REVOLUÇÃO DIFÍCIL

GEORGE PELECANOS

REVOLUÇÃO DIFÍCIL

Tradução:
BETH VIEIRA

COMPANHIA DAS LETRAS

Título original:
Hard Revolution

Projeto gráfico da capa:
João Baptista da Costa Aguiar
sobre detalhe de foto de Joseph Louw
(Time Life Pictures, Getty Images)

Indicação editorial:
José Figueiredo

Preparação:
Marcelo Yamashita Salles

Revisão:
Cláudia Cantarin
Otacílio Nunes

Dados Internacionais de Catalogação na Publicação (CIP)
(Câmara Brasileira do Livro, SP, Brasil)

Pelecanos, George
Revolução difícil / George Pelecanos ; tradução Beth Vieira. — São Paulo : Companhia das Letras, 2005.

Título original: Hard Revolution.
ISBN 85-359-0623-1

1. Detetives afro-americanos — Ficção 2. Guerra do Vietnã, 1961-1975 — Veteranos — Ficção 3. Investigadores particulares — Washington (D.C.) — Ficção 4. Irmãos — Morte — Ficção 5. Racismo — Ficção 6. Tráfico de drogas — Ficção 7. Strange, Derek (Personagem fictício) — Ficção I. Título.

05-1539 CDD-813.5

Índice para catálogo sistemático:
1. Romances : Literatura norte-americana 813.5

2005

EDITORA SCHWARCZ LTDA.
Rua Bandeira Paulista, 702, cj. 32
04532-002 — São Paulo — SP
Telefone: (11) 3707-3500
Fax: (11) 3707-3501
www.companhiadasletras.com.br

Para Sloan

A foto cujo detalhe está reproduzido na capa foi tirada momentos após o assassinato de Martin Luther King Jr. em 4 de abril de 1964. Na sacada do Motel Lorraine, em Memphis, Tennessee, o pastor Ralph Abernathy, o reverendo Jesse Jackson e outros colegas apontam na direção de onde vieram os tiros.

(Foto de Joseph Lorew — Time Life Pictures, Getty Images)

Você herda os pecados, você herda as chamas.
Bruce Springsteen, "Adam Raised a Cain"

PRIMEIRA PARTE
Primavera de 1959

1

Derek Strange curvou-se em ângulo reto. Respirou fundo, com calma, como o pai lhe ensinara, e sentiu o cheiro gostoso de abril. Magnólias, cornisos e cerejeiras floriam pela cidade inteira. E o perfume dessas flores, além do cheiro forte dos lilases crescendo na cerca de alguma casa ali perto, enchia de aromas o ar em volta.

"Você precisa manter as costas retas, feito uma mesa", disse ele, "como se fosse pôr a janta em cima. E não pode empinar a bunda. Desse jeito, você tá preparado. Aí é partir pras brechas do adversário. E tentar invadir."

Derek e seu companheiro dos sábados, Billy Georgelakos, estavam no beco atrás do Three-Star Diner, uma lanchonete no comecinho da Kennedy Street, no extremo leste da Zona Noroeste de D. C. Tinham ambos doze anos de idade.

"Igual ao seu grande ídolo", disse Billy, sentado num engradado de leite, com o gibi *Nosso exército em guerra* enrolado na mão carnuda, bem apertado.

"Isso mesmo. E lá vai Jim Brown no ataque de novo."

Derek saiu da posição em que estava e avançou, palmas das mãos sobrepostas, juntinhas ao peito. Pegou uma bola imaginária enquanto corria alguns passos, reduziu a velocidade, virou-se e caminhou de volta até o companheiro.

Ele tinha um jeito especial de andar. Confiante, mas sem arrogância, de peito aberto, gingando de leve os quadris. Copiara do irmão mais velho, Dennis. Derek tinha a altura normal para a idade, mas, como todo menino e a maioria dos homens, gostaria de ser mais alto. Nos últimos tempos, já na cama, à noite, tinha a impressão de sentir o corpo espichar. Sobre a penteadeira da mãe, o espelho lhe dizia que estava engrossando da cintura para cima também.

Billy, apesar dos ombros largos e do peito maior que o normal, não era nenhum atleta. Jogava nos times do bairro, mas suas paixões eram outras. Billy gostava de fliperama, espingarda de espoleta e gibi.

"Foi assim que o Brown conseguiu as doze jardas dele contra os Redskins?", disse Billy.

"Ô Billy, vamos mudar de assunto."

"Don Bosseler fez mais do que o Brown naquele jogo."

"*Naquele jogo*. Na maior parte do tempo, o Bosseler não chega nem nos pinos da chuteira do Brown. Duas semanas antes, lá no Griffith? Ele percorreu cento e cinqüenta e duas jardas. O cara bateu o recorde de jardas corridas de todos os tempos nesse jogo, Billy. Que Don Bosseler que nada."

"Tá bom, tá bom", disse Billy, com um sorriso se formando na cara larga. "Seu ídolo joga bem."

Derek sabia que Billy só estava querendo provocá-lo, mas assim mesmo se agitava todo, era inevitável. Não que não torcesse pelos Redskins. Escutava todos os jogos do time no rádio. Lia as colunas de Shirley Povich e Bob Addie sempre que apareciam no *Post*. Acompanhava tudo o que saía sobre o *quarterback* Eddie LeBaron, sobre o defensor Chuck Drazenovich, sobre o *halfback* Eddie Sutton e vários outros. Acompanhava inclusive o número de jardas que Bosseler fazia. Na verdade, ele só ficava contra os Redskins duas vezes por ano, e mesmo assim com uma pontada de culpa, quando o jogo era contra o Cleveland.

Derek tinha uma foto de jornal de Jim Brown grudada na parede do quarto que dividia com o irmão. Para ele, tirando o pai, não existia herói maior neste mundo.

Jim Brown era um sujeito forte que impunha respeito, e não só entre sua própria gente, ele impunha respeito à gente de todas as cores. O cara jogava muito.

"Don Bosseler", repetiu Derek, com um risinho de troça. Depois levou a mão de dedos finos, compridos, até o alto da cabeça e esfregou o coco quase rapado. Era um gesto que seu irmão Dennis fazia quando queria troçar dos amigos durante alguma conversa. Derek tinha copiado o gesto, assim como o jeito de andar, do irmão.

"Foi só uma brincadeira, Derek." Billy levantou-se do engradado e pôs o gibi no alpendre da porta dos fundos da lanchonete. "Vem, vamos sair."

"Onde?"

"Lá pras minhas bandas. Quem sabe tem algum jogo no Fort Stevens."

"Tá bom." Billy morava a uns dois quilômetros do *diner* e a vários da casa de Derek. Os garotos do bairro de Billy eram quase todos brancos. Porém Derek não tinha objeções. A verdade é que achava emocionante sair de seu território.

Quase todos os sábados, os dois matavam o tempo rodando pela cidade, enquanto os pais trabalhavam no *diner*. Eram meninos; fazia parte dos ensinamentos da vida ir para a rua e passar por algumas aventuras, inclusive por formas brandas de encrenca. Claro que havia violência em algumas áreas da cidade, mas isso era coisa de adulto, normalmente ocorria entre os criminosos mesmo, e quase sempre à noite. De modo geral, os jovens saíam ilesos.

Entrando na rua do comércio, Derek reparou que no cinema local, o Kennedy, continuava passando *Fibra de herói*, com Randolph Scott no papel principal. Ele já tinha assistido com o pai. O velho prometera levá-lo à U Street para ver a nova fita de John Wayne, *Onde começa o inferno*, que vinha dando o que falar na cidade. O filme estava passando no Republic. Assim como o Lincoln e o Booker T, que também ficavam na U, o cine Republic era quase que só para gente de cor, e Derek se sentia à vontade lá. O pai, Darius Strange, adorava filme de bangue-bangue e Derek Strange acabara se apaixonando também.

Eles caminhavam no sentido leste. No trajeto, passaram por dois meninos que Derek conhecia da igreja e um deles disse: "O que é que você tá fazendo com um branco, hein?", ao que ele respondeu: "Não se meta na minha vida". Encarou o outro apenas tempo suficiente para que o garoto soubesse que falava sério, e depois todo mundo seguiu seu caminho.

Billy era o primeiro e o único branco com quem Derek se dava. Os pais trabalhavam no mesmo lugar e eles haviam começado a sair juntos, aos sábados. Caso contrário, jamais teriam se conhecido, porque na maior parte do tempo, descontados os eventos esportivos e os primeiros empregos, os garotos negros não se misturavam com os garotos brancos, e vice-versa. Não que houvesse algo exatamente errado em se misturar, mas é que parecia bem mais natural que cada qual ficasse no seu lugar. De vez em quando, sair com Billy deixava Derek em má situação — por ali, tinha gente que o questionava quando o via com um branco. No entanto, chegara à conclusão de que era preciso confiar nas pessoas, a menos que elas dessem algum motivo para suspeitas, e achava que tinha de opinar quando surgia um desentendimento. Seria errado ficar quieto. Verdade que muitas vezes Billy dizia a coisa errada, e que às vezes essa coisa doía, mas era só porque ele não sabia agir diferente. Era um ignorante, porém sua ignorância jamais fora proposital.

Depois de cruzar o parque Manor a noroeste, atravessaram o gramado do Fort Slocum e em pouco tempo estavam na Georgia Avenue, que, para muitos, continuava sendo a "rua principal". Era a avenida mais longa de Washington e sempre fora a via de acesso e de saída mais importante do norte da cidade, desde os tempos em que se chamava 7th Street Pike. Ali havia todo tipo de comércio, além de gente passeando nas calçadas a qualquer hora do dia ou da noite. Vivia animada, a Georgia Avenue.

A pista de concreto branco continuava riscada pelos trilhos do bonde. Num lugar ou outro, ainda se viam as antigas plataformas de madeira onde outrora os passageiros esperavam a chegada do bonde; mas agora a principal forma de transporte público eram os ônibus da D. C. Transit. Umas poucas gamelas de aço — usadas para dar água aos cavalos que puxavam as carroças dos catadores de lixo e dos vendedores de legumes e frutas — permaneciam espalhadas pela avenida, mas em pouco tempo tudo aquilo teria o mesmo fim que os vendedores ambulantes. Dizia-se que a rua seria asfaltada em breve e que os trilhos, plataformas e bebedouros sumiriam dali para sempre.

Billy morava em Brightwood, um bairro quase só de brancos de classe média, com um forte elemento étnico: gregos, italianos, irlandeses católicos e todos os tipos de judeu. Eram famílias que haviam saído de Petworth, da 7th Street, de Columbia Heights, do corredor da H Street na Zona Nordeste, de Chinatown, e que, com a súbita prosperidade dos anos subseqüentes à Segunda Guerra, avançaram mais para o norte. Estavam em busca de casas mais bonitas, com quintal para os filhos, com espaço para guardar o carro. E também queriam certa distância da população negra, que tinha aumentado muito depressa na cidade, na esteira da dessegregação forçada e da reurbanização.

No entanto, essa mudança também seria temporária. Imobiliárias do tipo "arrasa-quarteirão" já estavam providenciando a mudança de famílias de cor para as ruas de Brightwood com o único e exclusivo intuito de levar os mais receosos a vender barato seu imóvel. A próxima parada para os brancos que moravam no Upper Northeast, a leste do parque, seriam os subúrbios de Maryland. Àquela altura, ninguém sabia que os acontecimentos dos próximos nove anos acelerariam esse passo final, embora existisse um pressentimento de que havia algum tipo de mudança no ar, e de que essa mudança teria de acontecer — era uma sensação do inevitável por vir que não encontrava palavras para se articular. Apesar disso, alguns negavam essa mudança iminente com a mesma veemência com que negavam a morte.

Derek morava em Park View, ao sul de Petworth, já então uma região sobretudo de negros com alguns brancos da classe operária. Estudava na Backus Junior e dali iria para o Colégio Roosevelt. Billy estava na Paul Junior e depois passaria para o Coolidge, onde havia poucos negros e quase todos eram atletas. Muitos alunos do Coolidge iriam para a faculdade; do Roosevelt seriam bem menos. O Roosevelt tinha gangues; o Coolidge, fraternidades. Derek e Billy moravam a uns poucos quilômetros um do outro, mas eram espantosas as diferenças em suas vidas e perspectivas futuras.

Na calçada leste da quadra 6200 da Georgia, passaram pelas portas escancaradas da tinturaria Arrow, que funcionava desde 1929, sempre sob a gerência de seu proprietário, Bill Caludis. Deram uma parada para cumprimentar o filho de Caludis, Billy, que Billy Georgelakos conhecia da igreja. Na esquina ficava a loja Clark, perto do Marinoff-Pritt & Katz, o mercado judeu, onde vários açougueiros tinham números de campo de concentração tatuados nos braços. Ali perto ficava o cine Sheridan, onde estava passando *Entardecer sangrento*, mais um filme com Randolph Scott. Derek já tinha visto com o pai.

Atravessaram para o outro lado da Georgia. Passaram diante da Vince's Agnes Flower Shop, onde Billy parou para trocar umas palavrinhas com uma balconista bem jeitosa chamada Margie, e depois em frente à Sheridan Waffle Shop, também conhecida como John's Lunch, de propriedade de John Deoudes. Em seguida havia um boteco chamado Sue's 6210, uma lavanderia chinesa, uma barbearia e, na esquina, outro bar, chamado 6200. "Stagger Lee" tocava na *jukebox* e suas batidas chegavam até a rua pela porta aberta do 6200.

Na calçada em frente ao bar, um grupo de adolescentes brancos se revezava entre as tarefas de falar, fumar e passar o pente no cabelo. Um deles provocava o outro, perguntando se fora a namorada que o deixara de olho roxo e cara inchada. "Que nada", disse o rapaz com o hematoma no olho, "isso daqui foi um bando de pretos que partiu pra cima de mim no estádio Griffith", acrescentando que estava com eles na mira, queria vê-los de novo para "dar o troco", conforme suas palavras. O grupo silenciou na hora em que Derek e Billy passaram. Ninguém abriu a boca, ninguém olhou feio para ninguém, não houve o menor problema. Derek, com uma espiada para o fracote todo prosa, pensou: provavelmente não teve "bando de pretos" nenhum nessa história; um só foi o suficiente.

Na esquina da Georgia com a Rittenhouse, Billy apontou todo animado para um homem de chapéu de aba mole, atravessando a rua no sentido leste. Com ele ia uma jovem cujo rosto não dava para ver, mas cujo traseiro se mexia de um jeito muito agradável.

"Aquele ali é o Bo Diddley", disse Billy.

"Pensei que ele morasse na Rhode Island Avenue."

"Isso é o que todo mundo diz. Mas ultimamente ele não sai daqui. Dizem que tá numa boate aí na Rittenhouse."

"Bo Diddley é um pistoleiro", Derek cantarolou baixinho, repetindo o refrão da música de Bo Diddley e sentindo um calor lhe subir pelas pernas ao ver o conteúdo da saia da moça.

Seguiram até a Quackenbos e cortaram caminho pela Nativity School, um convento católico com um belo ginásio de esportes. As freiras viviam espantando Billy e os amigos dele. Atrás do terreno ficava o Fort Stevens, onde, em julho de 1864, os canhões e mosquetes dos soldados da União repeliram as forças confederadas. O forte fora reconstruído e preservado na forma original, mas recebia pouquíssimas visitas. O terreno em volta acabou virando campo esportivo para a garotada das redondezas.

"Não tem ninguém por aqui", disse Derek, com um olhar de relance para o campo cheio de mato e para a bandeira norte-americana hasteada num mastro branco que lançava uma sombra ondulada no gramado.

"Vou apanhar um pouco de *porichia* pra minha mãe", disse Billy.

"Como é que é?"

Derek e Billy subiram a rampa íngreme até onde os vários canhões se enfileiravam lado a lado, bem no topo. Do outro lado, a rampa descia até uma vala funda que percorria a divisa norte do forte. Ao lado de um dos canhões, cresciam uns chumaços de plantas espigadas, de caule rígido. Billy arrancou algumas e sacudiu a terra das raízes.

"Pensei que sua mãe gostasse é daquele outro mato, dente-de-leão."

"Aquele chama *rodichia*. Estes aqui também são muito gostosos. Mas tem que pegar antes que dêem flor, porque senão ficam amargos demais. Vamos levar pra ela, assim a gente aproveita pra matar a sede."

Billy morava numa casa de tijolos, com telhado de ardósia e calhas de cobre na quadra 1300 da Somerset, alguns quarteirões a oeste do parque. Ao contrário das casas de Park View e Petworth, ali elas não eram geminadas, tinham espaço dos dois lados e gramados bem cuidados na frente. E havia muito italiano e grego por lá. Os Deoudes moravam na Somerset, assim como os Vondas, e na Underwood morava um magricela chamado Bobby Boukas, cujos pais tinham uma floricultura. Todos freqüentavam a mesma igreja de Billy, a St. Sofia. Na Tuckerman ficava a casa onde o ator anão Johnny Puleo, que trabalhou no filme *Trapézio*, com Burt Lancaster e Tony Curtis, passava boa parte do ano. Puleo tinha um Dodge personalizado, com blocos de madeira adaptados ao acelerador e ao breque. As ruas estavam cheias de italianos e gregos.

A caminho da casa dos Georgelakos, Derek parou para fazer afago num boxer musculoso, cor de mostarda, que costumava ficar acorrentado na frente da residência dos Deoudes. O nome do cachorro era Greco. Às vezes, Greco saía junto com o policial da noite para fazer a ronda, e era conhecido por ser um animal rápido, leal e enfezado.

Derek se agachou e deixou que Greco cheirasse sua mão. O cachorro enfiou o focinho entre os dedos dele, enquanto o garoto lhe fazia carinho na barriga e atrás das orelhas.

"Que gozado", disse Billy.

"O quê?"

"Em geral ele se arrepia todo e mostra os dentes."

"Para quem é de cor, certo?"

"Bom, é."

"De *mim* ele gosta." O olhar de Derek abrandou-se, ao contemplar o animal. "Um dia ainda arranjo um igualzinho pra mim."

2

Depois de entregar a *porichia* à mãe de Billy, os meninos voltaram para o Fort Stevens. Lá, avistaram dois irmãos, Dominic e Angelo Martini, parados no meio do campo.

"Quer continuar andando?", Billy perguntou. No último encontro deles, Dominic Martini tinha provocado Derek até não poder mais.

"Não", Derek respondeu. "Tudo bem."

Aproximaram-se dos dois irmãos. Com dezesseis anos, Dominic tinha mais de um metro e oitenta de altura e corpo de homem de vinte. Era moreno e usava os cabelos castanhos penteados para trás, com um topete impecável. Os olhos negros eram rasos. Tinha estudado no Coolidge e largado a escola ao completar dezesseis anos; trabalhava de frentista num posto Esso na esquina da Georgia com a Piney Branch. O irmão Angelo, de catorze anos, tinha um físico parecido, porém lhe faltavam o porte, a boa aparência e a confiança de Dominic. A má postura dizia que ele estava cônscio da diferença.

"Billy", falou Dominic. "Estou vendo que trouxe sua sombra hoje."

"O nome dele é Derek", respondeu Billy, com um vigor forçado na voz.

"Calma aí, Billizinho." Dominic sorriu, tragou o cigarro e mediu Derek de alto a baixo. "Que tal uma luta?"

Derek já esperava pelo desafio. Na primeira vez em que tinham se encontrado, vira Dominic fazer o mesmo com um garoto que cruzava o parque cuidando da própria vida. Pelo jeito, Dominic gostava de começar qualquer papo com essa pergunta, assim todo mundo ficava sabendo logo quem era o bacana ali. Desconcertava o outro cara e a vantagem ficava com ele.

"Hoje não", disse Derek.

"Vai ver você prefere ir pra casa, se esconder no colo da mamãe."

Ao ouvir a menção feita a sua mãe e o que Dominic acreditava ser sotaque de preto, Derek cerrou involuntariamente os punhos. Respirou fundo e relaxou as mãos.

"Olha aqui, escuta só, eu não quis dizer *comigo*", continuou Dominic. "Não ia ser justo. Eu não bato em gente menor que eu, sabe como é?"

Você não é assim tão maior que eu, pensou Derek.

"Eu estava pensando em você e no Angie aqui", prosseguiu o outro, e, assim que as palavras saíram dos lábios do irmão, os olhos de Angelo baixaram.

"Eu não tenho motivo pra brigar com o seu irmão", disse Derek.

"Pára com isso, Dom", disse Angelo.

"Eu estou falando com o *Derek*", retrucou Dominic.

Derek sabia que bater em Angelo seria a maior moleza. O queixo do garoto estava encostado no peito; ele *já* tinha pedido arrego. Devia ter medo dos garotos de cor, como tantos outros meninos brancos. E esse medo fazia toda a diferença. Mas, para Derek, não tinha a menor graça dar umas porradas nele. Não havia como Angelo ganhar.

"Vocês trouxeram as luvas?", Derek perguntou.

"Trouxemos sim", falou Dominic. "E daí?"

"Eu e o Billy", disse Derek, "a gente joga uma partida contra vocês, em vez de lutar. Que tal assim?"

"Ótimo. Mas antes você tem que dizer que não quer brigar."

"Dominic", Angelo implorou para o irmão.

"Eu não tenho necessidade de brigar", disse Derek.

"Isso não é a mesma coisa. Fale o que eu disse pra você falar ou então chegue mais perto e arme a guarda."

"Então tá. Eu não quero brigar." Derek não se importava de dizer isso. Não havia recuado um passo sequer, cruzado os braços ou desviado a vista. O corpo todo dele dizia que não tinha medo. Dominic tinha visto. Dominic *sabia*.

"Tá certo", falou Dominic. Por alguns instantes, Derek enxergou algo que era quase humano nos olhos do rapaz. "Vamos jogar."

Os irmãos Martini guardavam um bastão, uma bola de beisebol e duas luvas acolchoadas no barracão de munição, construído no sopé do morro onde se erguia o forte. O jogo era basicamente uma versão simplificada de beisebol, só que sem a cerca. As quatro bases eram identificadas por marcos na paisagem — o mastro da bandeira, a placa comemorativa do forte e assim por diante —, e o topo do morro era a base principal. Uma bola rebatida para lá da "cerca" representada pela linha divisória do forte valia como *homerun*.

Derek era muito superior no movimento do bastão e até Billy era melhor atleta que os irmãos Martini. Não demorou a ficar evidente que a partida tinha acabado. Quando Derek completou seu terceiro circuito das bases, Dominic declarou-se enfadado e parou o jogo. Depois de guardar o equipamento de volta no paiol, virou-se para Derek.

"E aí, você já fez com alguém?"

"Claro", disse Derek, o que era mentira. Havia apalpado um pouco os peitos, por cima da blusa, de uma menina mais velha lá do seu bairro que tinha fama de iniciar a garotada, mas isso era tudo.

"É, tô sabendo, tô sabendo." Dominic riu um pouco e acendeu um cigarro. "Agora eu, eu faço direto."

Contou então a Derek sobre um clube que ele e os amigos tinham fundado, o Clube do Forte, onde, nas sextas à noite, tomavam cerveja e trepavam com as garotas.

Derek encolheu muito de leve os ombros, o suficiente para se manter longe de mais um conflito, mas não tanto que desse para Dominic perceber que conseguira perturbá-lo. E essa não era a reação que Dominic queria. O rapaz tirou algo do bolso e estendeu a Derek.

"Sabe o que é isso?"

"Uma bombinha."

"Vamos estourar?"

"Por mim tudo bem."

Martini acendeu-a com o cigarro e, com toda a calma, largou-a na boca de um dos canhões. A bomba explodiu e o estrondo foi surpreendentemente alto. De dentro da igreja, surgiu um zelador que gritou alguma coisa e depois avançou na direção dos meninos. Angelo e Billy saíram à toda, rumo à 13th Street. Derek e Dominic deixaram o parque andando calmamente atrás dos outros dois.

"Você e eu", disse Dominic, "a gente não vai correr de nada, certo?"

Derek teve o pressentimento de que aquela tarde ainda acabaria mal, porque, no fundo, todo garoto sabe em que sentido caminha o dia. Era como se ele estivesse passando, de livre e espontânea vontade, do lado ensolarado da rua para a calçada envolta em sombras. Fora criado para compreender a nítida diferença entre o certo e o errado e sabia que, àquela altura, deveria pegar o caminho de volta para o Three-Star, junto com Billy. Mas sentiu-se atraído pelo lado das sombras. De modo que quando Dominic sugeriu que fossem "até o 6º", só para dar uma sapeada, Derek não disse não.

O 6º DP ficava na Nicholson Street, bem à esquerda da escola primária Brightwood. A construção, toda de tijolos e com colunas na frente, também parecia uma escola, só que menor. Havia um lago com peixes ornamentais bem ao lado do pátio de manobras, que fazia um semicírculo nos fundos da delegacia. Os garotos se aproximaram pelo lado direito, agruparam-se em volta de um carvalho e estudaram o prédio através do alambrado.

"Aquele ali é o bloco das celas, ó", disse Dominic, apontando para o lado direito do prédio. "Eles não têm nada lá, a não ser uns colchões velhos de mola pra gente dormir."

"E como é que *você* sabe disso?" A voz de Billy era de desafio, mas no fundo ele estava impressionado.

"Foi nosso velho que contou pra nós", disse Angelo. No ano anterior, o pai deles tinha passado algumas noites na cadeia curando a bebedeira.

"Não é só por isso", Dominic continuou, irritado. "Eu também já entrei lá dentro." Verdade que não chegara a passar a noite preso, embora tivesse vontade. Saíra só com uma advertência e um pedido de apuração, algo bem menos dramático do que "fichado" — jogara uma pedra na janela de uma escola primária.

Nos fundos, atrás da construção principal, havia uma garagem com várias motos Harley que eram usadas pela polícia. Das três radiopatrulhas da delegacia, só se via um Ford estiloso, parado atrás de um outro comum, de cor preta. Os meninos de Brightwood conheciam as viaturas pelo número, 61, 62 e 63, gravado nas laterais. Sabiam o nome dos sargentos que atendiam na recepção, dos homens do Departamento de Homicídios e dos que faziam a ronda a pé. Entre eles havia um irlandês que depois de levar um tiro de quarenta-e-cinco na barriga subira à condição de quase lenda. Tinha também um policial de cor que trabalhava fardado, chamado William Davis, e o tão odiado Pappas, um grego especialmente duro com a molecada, cuja missão principal na vida era prender pais e filhos, alguns gregos como ele, que agenciavam apostas ilícitas e de vez em quando expandiam o negócio para a avenida. Pappas usava um bigodinho fino, e, na cabeça dos meninos, aquilo parecia coisa de francês, meio afeminado. Acabou apelidado de Jaques. Quando fazia a ronda a pé, a molecada o atormentava dos telhados e becos, gritando com voz ardida "Jaaaaques, ui, Jaaaaques".

O policial Davis saiu pela porta da frente da delegacia e foi até a viatura de número 62. Davis era alto e magro, vestia uma farda impecável e levava o revólver de serviço preso no coldre. Derek se perguntou o que seria preciso fazer para entrar para a polícia. Devia ser muito bom, senão ele não andaria daquele jeito. Queixo erguido, quase se pavoneando. Pelo visto tinha um bocado de orgulho.

Dominic Martini pegou uma pedra. Derek agarrou seu pulso.

"Não."

O gesto de Derek surpreendeu a ambos, tanto que Dominic não resistiu. Largou a pedra, soltou a mão e fitou Davis.

"Olha só pra ele. Se achando o tal."

E é, pensou Derek Strange, examinando o policial que entrava no Ford. Ele é o tal.

Buzz Stewart enchia o tanque de um DeSoto Fireflite 57, um sedã vermelho e branco equipado com pneu faixa branca e saias nos pára-lamas. Tinha um cigarro pendurado na boca, enquanto manejava a bomba. Buzz não deveria fumar perto das bombas de gasolina, mas não havia ninguém no posto, nem o patrão, com tamanho suficiente para lhe dizer isso. Enquanto prendia de volta o bocal da mangueira e pegava o dinheiro do engomadinho atrás do volante, bateu a cinza do Marlboro no chão e botou o cigarro de volta entre os lábios finos.

"Oi, Buzz", gritou Dominic Martini, passando com uma garrafa de Coca-Cola na mão.

"Oi", resmungou Buzz.

Buzz Stewart viu Martini, o garoto italiano que trabalhava ali nas noites de fim de semana, juntar-se a um grupo de meninos mais novos que o esperavam no fim do posto Esso. Um era aquele irmão medroso dele, sem peito para nada. O outro era um gorducho que devia ser carcamano também. O terceiro era um crioulo. Mas por que será que Dominic Martini haveria de estar zanzando pelo bairro junto com um sujeito de cor? Precisava dar uns bons conselhos ao Dom na próxima vez que se encontrassem.

Stewart atravessou o posto, alisando a cabeleira loura besuntada de brilhantina. Admirou as veias proeminentes, que pareciam ramificações de raízes, à mostra no lado interno dos antebraços e nos bíceps. Sentiu-se forte. Tinha quase um e noventa de altura e oitenta e seis quilos de peso, sem um grama de desperdício. Alguns caras achavam que podiam desafiá-lo com aquele papo-furado de maior-é-a-queda; ficavam repetindo o tempo inteiro porque eram todos menores que ele. Stewart sabia como fazer jus ao tamanho e não precisava de muito incentivo para tanto.

Entrou no escritório do posto. O gerente, que já fora encorpado e agora era gordo, estava atrás da escrivaninha, fazendo seu quinhão habitual de coisa nenhuma. Do rádio saía "Party Doll", Buddy Knox cantando de soquinho e na seqüência aquela bela entrada da guitarra em ritmo mais lento. Stewart gostava dessa música. Não era nenhum Link Wray, mas era bacana.

"Dá pra falar agora?", Stewart perguntou.

"Manda", respondeu o gerente, sem cruzar o olhar com o do rapaz.

"Quando é que eu vou ter uma chance na oficina?"

"Quando fizer um curso."

"Eu sei desmontar um motor inteiro e montar tudo de volta de olho fechado."

"Quem sabe um circo possa empregar seus talentos", respondeu o gerente. "Mas a placa aí na frente diz MECÂNICOS FORMADOS. Se você quer ser um deles, a matriz exige que faça um curso."

Foda-se o curso, pensou Stewart. O último que eu fiz

foi no Montgomery Blair. Na época eu estava com dezesseis anos e não precisava de porra nenhuma de curso, muito menos de diploma de colegial. E ninguém precisa ir para a sala de aula para trabalhar com carros.

"Quem sabc mais tarde", disse Stewart, apontando o polegar para o relógio na parede. "Estou indo." Tirou o rolo de notas que guardava no bolso, desafivelou o porta-moedas que usava na cintura e pôs ambas as coisas sobre a mesa do gerente.

"Espere até eu contar."

"Se estiver errado, você me avisa."

"Está com pressa, hein?"

"Estou. Tenho lugares pra ir e pessoas pra ver, e nenhum deles está por aqui."

Stewart saiu.

"Quanta importâaaaancia", resmungou o gerente, mas só depois que o rapaz tinha fechado a porta do escritório.

Buzz Stewart entrou em seu Ford 50 envenenado, equipado com turbo e rebaixado quase até o chão. A pintura, carroceria lilás e interior azul, fora feita sob encomenda. Ele e a turma davam apelido aos carros e gravavam o nome no pára-lama direito da frente. No dele estava escrito "Lavender Blue", por causa das cores, lavanda e azul, e também por causa da música de Sammy Turner. Tinha orgulho do nome. Ele é quem dera, sem ajuda de ninguém.

Stewart deu a partida e pegou o sentido norte para sair de Washington e voltar para a casa dos pais em Silver Spring.

Um pouco depois de cruzar a divisa, passou por baixo do viaduto da B&O e em frente à fábrica da Canada Dry. Ele e a turma costumavam ir ali aos sábados, quando só ficava um segurança tomando conta de tudo, para roubar quantas caixas de *ginger ale* conseguissem carregar. Num mato próximo, jogavam fora o refrigerante, depois vendiam o vasilhame aos comerciantes locais para obter uns trocados. Conseguiam alguns dólares, com os cascos, mas aí, um belo dia, um vigia grisalho pegou a turma toda no flagra e a mamata acabou. Mas isso já fazia alguns anos. Por sorte, o melhor amigo de Stewart, um nanico chamado Hess, estava logo atrás do cara e arrebentou o crânio dele com um cano que sempre levava dentro do jeans. No começo ficaram com medo de que tivesse morrido, mas não saiu nos jornais nem nada e eles concluíram que o coroa sobrevivera. De lá para cá, Stewart e os cupinchas passaram a fazer serviços maiores, do tipo roubo com arrombamento. Para se divertir, gostavam de tirar rachas, de tomar cerveja e destilados, de meter medo nos pretos e de trepar com garotas. Também gostavam de briga.

Stewart chegou em casa. Morava com os pais, numa casa na Mississippi Avenue, entre a Sligo e a Piney Branch. A casa, um quadrilátero de tijolos com uma varanda de madeira na frente, ficava num terreno de quase dois mil metros quadrados. Nos fundos, separada da casa, havia uma oficina onde Stewart mexia com carros. Ao lado, havia uma horta de bom tamanho para os legumes da mãe — milho, tomate, pimentão, essas coisas. Stewart tinha revirado a terra para ela havia pouco tempo, porque estava quase na hora de plantar a safra de verão.

Em casa encontrou o pai, Albert, sentado em sua poltrona estofada na sala de estar, bebendo cerveja Old German e fumando um Camel sem filtro. Al comprava cerveja de dois dólares e cinqüenta a caixa e dava cabo de uma caixa a cada dois dias. Estava assistindo a uma reprise de *Cisco Kid* na televisão. Era tão grande quanto o filho, e quase calvo. Assim como Stewart, não era nem bonito nem feio, não tinha nenhum traço fisionômico proeminente ou digno de nota, era um homem sem graça, sempre de cenho franzido, lábios finos, olhos pequenos, rápido para se irritar e para julgar.

"Que que *você* tá fazendo?", falou Al, sem virar a cabeça.

"Nada", disse Buzz, olhando de boca aberta a televisão.

"Já recebeu?"

"Ontem."

"Você já tem dezoito anos, rapaz. Mais do que hora de começar a pagar aluguel."

"Eu sei."

"Então pague."

"Eu vou pagar."

"Quando?"

Stewart passou pela cozinha, onde a mãe, Pat, sentada a uma mesa de fórmica, fumava. Usava um vestido estampado com flores, um dos dois vestidos de bater que comprara anos antes na Montgomery Wards e que usava em dias alternados. O cabelo grisalho fora preso num coque. Ainda conservava algumas rugas em volta da boca, dos tempos em que costumava rir. Os olhos eram de um azul aguado. Parentes seus diziam que fora bonita, um dia.

"Carlton", disse ela, usando o nome de batismo do filho.

"Que foi, mãe?"

"Vai jantar em casa?"

"Não, vou sair. Mas levo um sanduíche, ou algo parecido."

"Tá achando que isto aqui é algum restaurante, é?", gritou Al, da sala de estar.

"Estou sim", respondeu Stewart, erguendo a voz. "Dá pra sair um bife? No ponto, pra mim. Se quiser me oferecer uma dessas cervejas metidas a besta, eu também aceito."

"Cretino filhudaputa", disse Al.

Buzz Stewart foi para o quarto.

3

Da delegacia do 6º DP, os meninos retornaram para a avenida. Dominic Martini comprou uma Coca de uma geladeira vermelha no posto Esso e garantiu ao patrão que chegaria na hora para pegar o turno da noite. Voltando para onde estavam os outros três, ainda disse: "Oi, Buzz", para um cara fortão que abastecia um carro e que vivia de mangas arregaçadas só para exibir o tamanho dos bíceps.

Dominic passou a garrafa para o irmão, que em seguida, sem pensar, a entregou para Derek. Derek tomou um gole e devolveu a garrafa para Dominic. Dominic limpou o gargalo, antes de colocá-lo na boca de novo. Ao fazer isso, encarou Derek de frente.

Por fim, acabaram dando numa loja de departamentos chamada Ida, na esquina da Georgia com a Quackenbos. Além de vender utilidades domésticas, a Ida vestia quase toda a garotada da região, pretos e brancos, sem distinção. Os quedes que Derek calçava tinham sido comprados lá, assim como o velho uniforme de escoteiro no guarda-roupa de Billy Georgelakos. A Ida estava para aquela região como a Morton estava para o centro.

Os quatro entraram, pegaram um dos corredores e foram para os fundos da loja. Os empregados estavam ocupados em atender os fregueses e ninguém parecia notar a presença dos meninos. Verdade que não tinham por que estar ali — nenhum deles levava dinheiro no bolso —, e Derek tinha uma idéia bem precisa da intenção daquela visita. Mesmo assim, acompanhou-os. Ato contínuo, viu Dominic pegar um pente Ace de uma prateleira e botar no bolso traseiro, tudo num único movimento discreto. Angelo, suor porejando do buço, fez o mesmo.

"Vamos dar o fora daqui, Derek", disse Billy.

"Melhor mesmo os mariquinhas irem embora", disse Dominic.

"Quem é que você está chamando de mariquinhas?", interrogou Derek, lamentando as palavras que mal tinham saído da boca.

"Então *faça* alguma coisa", rebateu Dominic. "Prove que você é macho, *Derek*."

"Provo sim", respondeu Derek Strange.

Dominic sorriu. "A gente se vê na rua."

Derek foi um pouco mais para a frente e passou para outro corredor, enquanto os irmãos Martini sumiam. Billy ficou com ele. Derek chegou à seção de ferramentas e ferragens, viu um cadeado, achou que o pai poderia usá-lo para alguma coisa. Deve ter ficado bem um minuto parado, fitando o objeto. Olhou em volta, não viu ninguém no corredor, e então enfiou o cadeado no bolso do jeans. Depois encaminhou-se para a frente da loja, com Billy na cola.

Ao chegar perto das portas da saída, sentiu um dos bíceps preso pela mão de alguém. Tentou se safar e correr, mas a pessoa que o segurava segurava bem.

"Pode ir parando por aqui", disse uma voz de homem. "Você não vai a parte alguma, filho."

Derek desistiu da briga. Fora apanhado e lá no fundo, em algum lugar bem lá no fundo, sabia que tinha merecido. Xingou a si mesmo em silêncio, depois xingou-se em voz alta.

"Idiota."

"É mesmo", disse o homem. Era um branco atarracado, de ombros largos. Usava colete, camisa aberta e levava os óculos encarapitados no alto da cabeleira negra.

Strange leu o nome no crachá de identificação da loja: "Harold Fein".

"Está com alguma coisa nos bolsos, filho?", perguntou Fein, virando-se para Billy.

"Não."

"Então dê o fora daqui *agora*."

"Não posso esperar meu amigo?"

Derek sentiu certo afeto por Billy nessa hora, pela forma como o chamara de "amigo". Até então, Billy fora apenas um garoto com quem se juntara, quase que por acaso.

"Se quiser esperar", disse Fein, ainda segurando o braço de Derek, "vai ter que esperar lá fora. E olhe só, eu *conheço* você e conheço sua mãe também. Nunca mais quero vê-lo envolvido numa coisa parecida."

Quando Billy falou "Sim senhor", eles já tinham lhe dado as costas e Fein conduzia Derek para os fundos da loja. Atravessaram uma passagem estreita e deram no estoque, uma salona de teto baixo.

Fein mandou que Derek sentasse. Havia uma cadeira estofada atrás da escrivaninha atulhada de papéis e uma cadeira de espaldar reto ao lado. Derek sabia que a cadeira estofada era do sr. Fein. Sentou-se na outra. Sobre a mesa, havia um bloco triangular de madeira com uma placa de latão. Dizia GERENTE DE RECEBIMENTO. Também sobre a mesa, dois porta-retratos com a fotografia de uma menina e do que parecia ser um menino de dois anos.

"Qual é seu nome?", Fein perguntou, ainda de pé.

"Derek Strange."

"Onde é que você mora?"

Derek falou que morava na Princeton Place, em Park View.

"Eu preciso conferir a carga de um caminhão", disse Fein. "Você fica aí sentado. Ponha o cadeado sobre a mesa, antes que eu me esqueça. E nem pense em fugir, porque eu sei onde encontrá-lo, entendeu?"

"Sim senhor."

Levou um tempo até Fein retornar. Talvez uns trinta

minutos, mas para Derek pareceu uma eternidade. Ele estava acabrunhado, pensando no que a mãe e o pai diriam quando recebessem o telefonema. Com raiva, também, de ter se deixado levar por Dominic Martini, um garoto que nem sequer respeitava. Por que fora achar que precisava provar para Dominic que era homem, Derek não saberia dizer. Já tinha cometido um bocado de erros e ainda cometeria outros tantos, sabia muito bem disso, mas jurou que nunca mais faria uma *estupidez* como aquela, sem motivo nenhum. Não fora criado para agir assim.

Fein voltou e sentou-se. Mexeu nos papéis sobre a mesa e colocou-os em algum tipo de ordem. Depois juntou as mãos, colocou-as no colo e voltou as atenções para Derek.

"Você fez uma coisa errada hoje."

"Eu sei."

"Sabe?"

"Sei, sim senhor."

Fein soltou o ar devagar. "Eu vi aqueles outros dois roubando os pentes. Não há segredo nenhum nisso: temos espelhos em todos os cantos da loja. Sabe por que eu não peguei primeiro os dois?"

"Não senhor."

"Porque não teria servido para nada. Eles já estiveram aqui antes. O mais velho, especialmente, já está... Bem, ele já escolheu o caminho que vai seguir na vida. Mas não quero acelerar as coisas para ele, entende?"

Derek não entendeu, não exatamente. Mais tarde, iria se lembrar desse dia e aí, sim, compreenderia.

"E agora você deve estar se perguntando: mas então por que eu? E eu digo: porque você não é como eles. Fiquei observando você e seu amigo lá no corredor. Você hesitou porque sabe a diferença entre o certo e o errado. Depois tomou a decisão errada. Mas se você *entender* que tomou a decisão errada, isso não será o fim do mundo."

Derek concordou com a cabeça, olhando direto nos

olhos do gerente, que tinham adoçado um bocadinho desde a primeira fuzilada.

"Derek, certo?"

"Certo."

"Você sabe o que vai querer ser quando crescer?"

"Polícia", respondeu ele, sem nem sequer refletir sobre a pergunta.

"Pois então. Precisa começar a pensar em como vai viver sua vida desde já. Tudo o que você fizer quando jovem pode acabar afetando aquilo que você vai ser ou deixar de ser mais tarde."

Derek fez que sim com a cabeça mais uma vez. Não estava muito claro, para ele, aonde o gerente da Ida queria chegar com aquilo tudo. Mas até que fazia sentido.

"Pode ir agora", falou Fein.

"*O quê?*"

"Volte para casa. Não vou ligar para seus pais nem chamar a polícia. Pense no que eu lhe disse hoje." Fein bateu com o dedo grosso na têmpora. "*Pense.*"

"Muito obrigado", disse Derek, levantando-se da cadeira ainda em estado de choque.

Harold Fein baixou os óculos do topo da cabeça e encaixou-os sobre o nariz. Voltou-se para o trabalho que o aguardava sobre a escrivaninha.

Billy estava sentado na calçada, na frente da loja. Levantou-se quando Derek apareceu.

"Você se encrencou?"

"Que nada. Está tudo bem. Cadê os irmãos Martini?"

"Foram embora."

"Bem que eu imaginei."

"Melhor a gente ir voltando pro Three-Star, Derek. Está ficando tarde."

Derek colocou a mão no ombro de Billy.

"Obrigado, cara."

"Pelo quê?"

"Por ter me esperado." Billy entortou a cabeça e sorriu.

Desceram a Missouri no sentido sudeste para chegar

à Kennedy Street. As sombras do final de tarde começavam a se alongar e eles apertaram o passo. Na altura do parque Manor, passou um carro com o rádio tocando "You're So Fine" com aquele grupo, o Falcons, que tinha um cantor de quem o pai de Derek gostava muito. Aquele som e a visão do negro atrás do volante fizeram Derek sorrir. Sentiu-se limpo, como se tivesse acabado de sair da igreja. Do jeito que a gente se sente depois de se confessar.

Aos olhos da maioria, Frank Vaughn estava com tudo. Tinha sobrevivido a uma passagem por Okinawa, casado com a dona de um belo par de pernas, gerado um filho, comprado uma casa num bairro de brancos, ganhava um salário decente e tinha uma aposentadoria esperando por ele no fim da linha. Os homens lhe cediam passagem e as mulheres ainda olhavam para ele quando andava na rua. Beirando os quarenta, estava onde a maioria dos homens diz que quer chegar.

Tomou um gole do café, deu uma tragada no cigarro e depois colocou-o de volta no cinzeiro de plástico que o filho Ricky comprara para ele na Kresge, no Dia dos Pais. Imagine um garoto comprar um cinzeiro para dar de presente a seu velho. Ele devia ter logo posto um cartão no embrulho dizendo: "Aí está, pai, agora só falta esticar as canelas". Mas o garoto não tinha essa esperteza toda. O cinzeiro devia ter sido idéia de Olga, era o que ela chamaria de piada. Até parece que conseguiria durar uma semana sem ele. Como é que iria ganhar a vida? Ninguém paga outra pessoa para fazer compras, assistir televisão e falar no telefone com as amigas. Pelo menos ninguém que Frank conhecesse.

Separou a página de esportes das outras seções do jornal amontoado a seus pés. Se não obtivesse o que queria durante o processo de renegociação do contrato de Calvin Griffith, George Marshall, presidente do Redskins, ameaçava construir um novo estádio lá para os lados do antigo paiol. O ex-campeão de peso meio-médio Johnny Saxton tentara se enforcar na cela da prisão, depois de ter sido apanhado furtando numa loja de pechinchas. Saxton, que, antes de cair na lona, vencera Kid Gavilan, Carmen Basilio e Tony DeMarco, já fora preso antes por tentar furtar um gorro forrado de pele e um maço de cigarros. Jim Piersall, ex-Senators e mais um candidato ao hospício, declarou-se "infeliz" com a transferência de Boston para Cleveland. E por acaso, pensou Vaughn, nosso Piersall algum dia já foi feliz? Audacious e Negro Minstrel eram os dois azarões para as corridas do dia em Laurel. E o Nats tinha vencido o Orioles por dois a um, graças a Killebrew.

Vaughn largou o jornal no chão e bocejou. Não havia nada naquela sua vida quadrada que o animasse. Nos últimos tempos, só conseguia entrar no ritmo depois que cruzava a porta da frente e entrava em sua outra vida, a da rua.

Recostou-se na poltrona e examinou Olga, montando sanduíches no balcão ao lado da pia. Ela usava calça cigarrete preta da Kann, uma blusa comprada na Lansburgh de Langley Park e estava com um novo par de sapatos nos pés. Tudo cortesia de seu cartão de crédito Central Charge, claro. Mas era aquele cartão que mantinha a mulher feliz, sem pegar no pé dele — portanto, assunto encerrado.

Olga aproximou-se, levando um sanduíche. Tinha um rosto comum, que endurecera com o passar do tempo. A quantidade de sombra aplicada sobre as pálpebras, o cabelo duro de laquê, o rosto emplastrado de base e o batom vermelhão não realçavam seu rosto; na verdade aquilo tudo fazia Vaughn pensar em cadáveres. Mas pelo menos mantivera a silhueta, se bem que já mais achatadinha atrás. As pernas continuavam bonitas, porém.

"Aqui está, meu bem", disse ela, colocando o prato na frente dele.

"Obrigado, boneca."

Olga ergueu um pé e revirou-o para um lado e para o outro.

"Sapatilhas Capezio. Gostou? Comprei na Hanh."

"É, são bonitas", ele concordou, com uma carranca. Não estava bravo porque a mulher tinha comprado um novo par de sapatos. Não dava a mínima para isso. Mas essa era a reação esperada. E agora era a vez de ela justificar a compra.

"Eu precisava de um par novo. E tenho economizado em um monte de coisas. Benzinho, eu enchi uma caderneta inteira com cupons de desconto do S&H..."

Vaughn bloqueou o resto da conversa. A voz dela lhe trazia à mente moscas zumbindo em volta da orelha. Chatas mas inofensivas. Grunhiu quase que imperceptivelmente, imaginando qual seria sua expressão no momento. Ali sentado, agindo como se estivesse escutando, mas sem ouvir uma palavra, oferecendo-lhe aquele seu sorriso canino, os olhos de pálpebras pesadas, achando tudo muito engraçado, meneando devagar a cabeça.

Por fim, depois que ela esgotou o assunto, Vaughn disse:

"Agora vamos comer, Olga."

Terminou o cigarro enquanto ela ia até o pé da escada, no hall, chamar o filho. Escutou-a acrescentar: "Desça e chame a Alethea, diga a ela pra vir também".

Enquanto Olga terminava de colocar os pratos e os copos na mesa, entrou Ricky, doze anos de idade, naquele seu jeito todo saltitante — que fazia Vaughn temer que o menino virasse maricas —, e sentou-se. Passara a manhã no quarto, muito provavelmente na frente do espelho, treinando o *twist* ou alguma outra dança idiota que eles aprendiam com aquele tal de Dick Clark. Não fazia muito tempo, Ricky era doido por Pick Temple, o caubói da televisão, mas agora seu interesse se transferira para as moças de malha justinha. Vaughn torcia por isso. Amava o filho, porém nunca conseguira entender o garoto. Deveria ter tentado se aproximar um pouco, sobretudo quando ele era menor, porém nunca soube como fazer isso. Ninguém distribui cartilha ensinando os outros a ser pai. Vaughn bateu a cinza, pensando: "A gente só pode fazer o melhor possível".

Alethea entrou na cozinha usando um daqueles seus velhos uniformes, um vestido branco largo mas incapaz de esconder suas curvas. Vaughn observou-a caminhar até a mesa, na esperança de ver as pernas dela quando o sol que entrava pela cozinha batesse por trás. Ela manteve a cabeça e os ombros eretos enquanto cruzava o aposento. Não usava maquiagem nenhuma e o cabelo estava oculto sob algum tipo de lenço estampado que não tirava da cabeça quando estava limpando a casa.

Vaughn lhe dava uns quarenta anos. Não era jovem, mas era toda mulher, da cabeça aos pés. Tinha curiosidade de saber o que fazia com o marido, quando as luzes se apagavam. Pensava muito no assunto. Às vezes pensava nisso quando fazia amor com a mulher.

Não se podia dizer que Alethea era bonita. A pele era escura e possuía traços acentuadamente negros, que não eram muito do agrado de Vaughn. Ninguém iria achála parecida com Lena Horne. Os olhos, entretanto, os olhos eram sua perdição — de um castanho profundo, cristalinos, experientes. Se havia alguma coisa de bom nela, uma única coisa, eram os olhos.

Olga sentou-se à mesa da cozinha. Alethea fechou os olhos, juntou as mãos e, sem emitir um som, moveu os lábios. Os Vaughn não eram muito religiosos, mas permaneciam em silêncio enquanto Alethea dava graças. Quando terminava, começavam a comer.

"Como vão as coisas hoje, Alethea?", Olga perguntou.

"Tudo caminhando no horário. A próxima coisa que eu vou pegar é a roupa."

"Tudo bem com você?"

"Ótimo."

"E a família, como vai?"

"Estão ótimos. Está todo mundo ótimo."

A mesma conversa de sempre, pensou Vaughn. Essa era a Olga influenciada pelas amigas do bairro, que passavam horas falando sobre segregação e direitos civis — quando não estavam entretidas com conversas sobre esmalte de unha ou jogando majongue, claro. Era a Olga que se sentia culpada por pagar "apenas" dez dólares por dia para Alethea, mesmo que esta fosse a diária que a própria empregada pedira no primeiro dia. Era a Olga tentando, ainda, fazer com que Alethea se sentisse membro da família. E Alethea, muito educada, não oferecia nada de si. E por que haveria de oferecer? Pois se era a criada, santo Deus. Chegar, fazer seu trabalho, ganhar seu dinheirinho e voltar para sua gente, seu bairro, isso era tudo o que precisava fazer. Vaughn compreendia perfeitamente, mas Olga, que não vivia a realidade do lado de lá, não conseguia. Tudo bem que havia pessoas pressionando pela igualdade, e Vaughn não tinha nenhuma objeção; mas ninguém queria se misturar, e isso estava muito claro para qualquer um que resolvesse se aprofundar na questão. Todo mundo queria continuar junto com seus pares.

"Olga", disse Vaughn, "me arranja um pouco de batata frita, uns picles, algumas coisas assim, tá, meu bem? Isto aqui... este sanduíche é capaz de deixar até um passarinho com fome, do jeito que está."

Valia qualquer negócio para fechar aquela matraca. Mas foi só voltar para a mesa com um vidro de picles que Olga recomeçou.

"Alethea, não foi um horror aquela história com o rapaz lá do Mississippi?"

"Foi", concordou Alethea. "Sem dúvida foi."

"Eles lincharam o rapaz!"

"Isso foi o que os jornais disseram." A voz de Alethea não traiu suas emoções. Manteve os olhos desviados dos de Olga, ao responder.

"A forma como tratam aqueles negros lá do Sul", continuou Olga, balançando a cabeça. "Quando você acha que isso vai acabar?"

"Eu não sei", disse Alethea.

"Acha que as coisas vão melhorar pra sua gente, daqui a algum tempo?"

Alethea encolheu os ombros e disse: "Eu simplesmente não sei".

Quando terminaram, Olga tirou a mesa. Vaughn viu quando ela separou o prato e o copo de Alethea dos outros que tinha posto na pia. Mais tarde, lavaria com muito mais cuidado as coisas de Alethea do que o restante da louça. Vaughn reparou que Alethea acompanhou o jeito como Olga dispôs os pratos.

Alethea voltou para a mesa e, por um instante, olhou bem dentro dos olhos de Vaughn.

4

Lá embaixo, no quarto, Buzz Stewart ligou o Philco de catorze polegadas que ficava sobre a cômoda e girou o botão até chegar no canal 5. O *Milt Grant Show* ainda estava no ar. A banda local Terry & The Pirates se apresentava no palco e a garotada se sacudia feito louca.

O programa de Milt Grant ia ao ar todos os dias, exceto aos domingos, pela WTTG. No sábado, porém, ele competia com o *American Bandstand*, que passava em rede nacional. Todo mundo sabia que o criador da idéia tinha sido Milt Grant, mas agora os riquinhos que estudavam em colégio particular, filhos de pais que trabalhavam de terno e gravata, preferiam o programa do Dick Clark. Para Stewart, contudo, na turma do *Bandstand* só tinha mariquinhas e gente se fingindo de bacana. O pessoal mais casca-grossa, os *greasers*, a turma do topete e da brilhantina, que gostava do rock cru e sem frescura, tinha permanecido fiel a Milt Grant. Porra, Link Wray liderava a banda do programa de Grant. Para Stewart, isso era mais do que suficiente.

Muitos dos famosos bailecos de Milt Grant aconteciam no paiol de Silver Spring, não muito longe da casa de Stewart. Nessas ocasiões, com a moçada dos colégios das redondezas lotando o recinto, Stewart via imitações dos Everly Brothers, do Fats Domino e daquele cara muito louco, o Little Richard. Stewart não era lá muito bom dançarino. Nos bailinhos, encostava numa parede, a manga da camisa arregaçada para mostrar os músculos, e ficava só olhando as meninas. Mas, às vezes, sobretudo quando os negros se soltavam e botavam pra quebrar, bem que lhe dava vontade de saber alguns passos.

Terminado o programa de Grant, Stewart tomou uma chuveirada. Depois voltou para o quarto, onde a mãe tinha deixado um sanduíche de peru e uma garrafa de RC Cola em cima do criado-mudo. Enquanto comia e se vestia, aproveitou para botar alguns discos na vitrola Cavalier. Primeiro foi "Bip Bop Bip" com Don Covay, do selo local Colt 45. Depois uma música dos Flamingos, seguida por "Annie Had a Baby", com Hank Ballard & The Midnighters, e, por fim, como parte inseparável de seu ritual de todo início de sábado à noite, tocou "Rumble" antes de abrir a porta e sair. Qualquer coisa com Link Wray & His Raymen o deixava animado.

Despediu-se da mãe, que fumava outro cigarro sentada na cozinha. Ela recomendou ao filho que se divertisse e o filho disse que sim, iria se divertir. Na sala, o pai, já meio alto, olhou-o de cima a baixo. Stewart estava de calça Levi's de boca estreita, mocassins de solado grosso e uma camisa laranja debaixo da jaqueta de couro preto. O cabelo estava grosso de brilhantina, com um belo topete imóvel no alto.

"Onde é que você arrumou essa camisa?", Albert perguntou.

"Por quê? Qual é o problema?"

"Tá parecendo um crioulo."

Buzz Stewart foi embora.

No porão do sobrado dos Vaughn, Alethea dobrava as roupas da família, ainda quentes da secadora, sobre a mesa de passar que ficava debaixo de uma lâmpada nua. Programava o dia de trabalho de tal forma a ficar com essa tarefa relativamente branda para depois do almoço, quando se sentia mais cansada. Toda aquela comida parada no estômago — ainda mais aquela comida insossa, sem gosto de nada, que Olga Vaughn fazia — deixava qualquer um com vontade de deitar e fechar os olhos.

Lá embaixo era tudo muito sossegado, agradável e fresco. Todos aqueles brinquedos largados ali no porão, coisas que Ricky não usava mais, e com toda certeza nunca tinha usado muito, juntando poeira. Na opinião de Alethea, o garoto fora muito mimado, o que aliás não era incomum no caso de filho único. No entanto, uma criança, qualquer criança, só precisa de amor, comida, teto e de um bom exemplo por parte dos adultos, homens e mulheres, de como conduzir a vida.

Alethea desconfiava que Olga não pudera mais ter filhos depois de Ricky, o que era uma pena para o menino. Uma criança precisa de irmãos para ter com quem brincar, e para ter também em quem confiar quando a situação aperta. Frank Vaughn não era do tipo que sabia ser pai e amigo ao mesmo tempo. Qualquer coisa do gênero seria muito trabalhosa, exigiria pensar. Mesmo assim, deveria ter dedicado um pouco mais de tempo a Ricky, ainda que isso fosse contra sua natureza: o garoto tinha ficado muito grudado na barra da saia da mãe. Depois de adultos, garotos desse tipo costumam virar uns malandros mulherengos, dependentes de mulher. Mas Ricky era inteligente e gentil. O mais provável é que, apesar do que faltara em casa, acabasse encontrando seu caminho.

Alethea parou uns instantes para esticar as costas doloridas. A dor poderia ser coisa da cabeça, de tanto pensar que completara quarenta anos já fazia uns anos. Mas que estava levantando mais devagar da cama na maioria das manhãs, disso não tinha dúvida. Entretanto, não era a imaginação nem a data na certidão de nascimento que estavam lhe dando essas dores. Quem faz esse tipo de trabalho seis dias por semana, durante anos a fio, pode esperar o que da vida? Mas não ia pensar muito no assunto, porque preocupação nunca fez bem a ninguém.

O Senhor haveria de lhe mostrar o caminho.

Poderia consultar um médico a respeito das costas, quem sabe, mas o dinheiro andava curto — como sempre, aliás. Uns dez, doze dólares a mais por semana ajudariam bastante, e tinha certeza de que poderia consegui-los, se dividisse o total entre as seis casas em que trabalhava regularmente. Nenhuma família seria capaz de dizer que ela não merecia um aumento de dois dólares. Só que com setenta e dois dólares semanais iria ganhar mais do que o marido, que tirava sessenta e cinco, e aí estava o enrosco. Mulher nenhuma quer ganhar mais que o marido. Uma situação dessas é até capaz de matar o leão que existe no homem da gente.

Alethea dobrou uma calcinha branca de Olga.

"Ai, Jesus", disse ela, rindo baixinho à lembrança de Olga tentando puxar conversa durante o almoço.

O almoço deveria ser sua hora de descanso, mas na casa dos Vaughn era a parte mais estafante do dia. Olga fazia questão de que ela comesse junto com a família, quando o que Alethea queria era só meia hora de paz e sossego. Aceitou, da mesma maneira como é preciso aceitar quase tudo o que um patrão pede, no entanto era trabalhoso, quanto a isso não tinha dúvida; mais ou menos como ser forçada a participar de uma peça de teatro. Quando Olga conversava com ela, estava sempre muito *consciente* de estar conversando com ela: "Olhem só para mim, pessoas do mundo inteiro, estou falando com uma 'negra'". Aquela história toda de almoço era sua forma de dizer a si mesma, mas acima de tudo às amigas, que era uma pessoa de coração puro, melhor que o povo "lá do Sul". Porém não era melhor que eles. Para falar a verdade, era pior ainda, porque com um racista, seja de *onde for*, ao menos a gente sabe onde está pisando. Se Olga era tão pura, então por que separava o prato de Alethea na pia?

Você não quer nem um pingo dessa negra em você, não é mesmo, moça?

"Esqueça", falou consigo mesma, descontente com o próprio ressentimento, ciente de que se tratava de uma característica que ia contra os ensinamentos cristãos. Em silêncio, fez uma oração rápida pedindo perdão.

Começou a dobrar a roupa de Frank Vaughn, cuecas extragrandes. Homenzarrão, o Frank. Será que... deixa pra lá. Não era pecado pensar nisso. Era apenas uma curiosidade natural a respeito de algo físico, mais nada. Sabia, no entanto, que ele a examinava com essa intenção. Sentia os olhos de Frank em cima dela o tempo todo. Mas nunca havia pensado nele dessa forma, nem por um segundo. Em qualquer mundo, fosse qual fosse, jamais faria seu tipo.

Com certeza ele estava lá em cima, no quarto, tirando o cochilo da tarde, como sempre fazia antes de voltar ao trabalho. Era bem provável que pegasse rápido no sono, como as pessoas descomplicadas costumam fazer. Esta era uma excelente definição para Frank Vaughn: descomplicado. Se alguém perguntasse, Alethea apostava que ele responderia o mesmo. Ao contrário da mulher, sabia quem era. Não exatamente bom, mas decente. Devia ter feito coisas ruins no trabalho, tinha de ter feito coisas ruins, imaginava ela, porque o serviço dele exigia isso. No fim, era apenas um homem. *Homem dos pés à cabeça*, se fosse preciso resumir a questão.

De uma forma ou de outra, a família Vaughn não era preocupação dela. Sempre seria educada, mas não tinha o menor interesse em ser amiga deles. Isso era algo que Olga e a maioria dos brancos “bons” nunca entenderiam. O negócio era o seguinte: possuía os próprios amigos, gostava do *próprio* mundo. Da sua família também. Tinha um bom homem, bom provedor, a quem amava com paixão, e dois filhos fortes e de bom coração.

Depois que Frank Vaughn acordou da soneca, tomou uma chuveirada e fez a barba no banheiro do casal. Deixou tanto a porta do quarto como a do banheiro fechadas, porque assim bloqueava o som do rock que vinha do quarto de Ricky.

E o pior é que havia um único culpado por aquela barulheira, já que ele mesmo tinha dado ao filho a maioria dos discos. De vez em quando, pagava o preço do varejo e comprava na loja Music Box da 10th Street, ou na Jay Perri Record Shop, ao lado do Highland Theater, na Pennsylvania Avenue, Zona Sudeste. Mas quase sempre fazia negócio com um receptador de cor que trabalhava perto da 14th com a U Street. O cara lhe devia um favor por algo que Vaughn não fizera com o irmão caçula dele, de modo que muitas vezes a mercadoria vinha de graça.

Os discos deixavam Ricky feliz e com isso Vaughn ficava feliz. Mas achava aquele barulho uma merda insuportável. Sinatra, Perry Como, esses caras sim eram cantores de verdade, além de Peggy Lee, June Christy e, claro, Julie London, que também eram boas pra caramba. Elvis? O cara cantava como um negão drogado, e aquele jeito de rebolar os quadris... era muito suspeito. Pelo menos nos últimos tempos já não se ouvia mais a voz dele toda vez que se ligava o rádio. Elvis Presley estava na Alemanha agora, de farda. A garotada tinha memória curta, de modo que talvez ele simplesmente sumisse do mapa. Na opinião de Vaughn, seria ótimo.

Vaughn achou sua lata de creme de barbear entre as coisas de Olga, junto com um pacote de Modess e um frasco de Lysol para duchas íntimas. Ensaboou o rosto e usou uma navalha para se barbear. Tinha feições grandes, uma cabeça quase quadrada, era bochechudo. Os dentes eram tortos e espaçados. Os olhos, azuis e preguiçosos. Gostava de se imaginar um Mitchum menos bonitão. Alguns dos colegas de trabalho o chamavam de Hound Dog. Talvez o apelido fosse literal — cão de caça —, por causa da pertinácia com que investigava seus casos, talvez estivesse mais para o sentido sulista da coisa, de conquistador mulherengo. E tinha também aquela maldita música do Elvis. De qualquer jeito, o apelido não o incomodava. Contanto que o respeitassem, tudo bem.

Pôs uma camisa branca, gravata preta e um terno cinzento da Robert Hall. Abriu a gaveta do seu criado-mudo e tirou o trinta-e-oito de lá de dentro. Conferiu se estava carregado e guardou a arma de serviço no coldre que usava preso ao cinto.

Olga entrou no quarto. Deu um sorrisinho sacana para o marido e passou as mãos nas coxas espremidas na calça cigarrete. Vaughn foi até ela, puxou-a para si e deu-lhe um beijo rude na boca. Ela o prendeu bem forte pela cintura.

"Você vai fazer minha arma disparar."

"E você vai borrar meu batom."

"Já borrei", disse ele, mostrando como estava seu sorriso. Aproximou-se mais ainda, para mostrar que tinha o que oferecer. Por mais que estivesse cansado dela, Olga continuava sendo sua amante, além de ser sua mulher. Olga gostava de trepar. Sempre fora boa de cama, desde que o serviço preliminar fosse bem-feito.

"Vamos sair este fim de semana", ela disse. "Ouvir um pouco de música, tomar uns coquetéis. Faz tempo que a gente não faz isso."

"Onde?"

"O Xavier Cugat está tocando no Casino Royal."

"Ele que se dane."

"Abbe Lane também está se apresentando."

"Certo, boneca. Vamos ver."

Beijou-a de novo, beijo de língua, antes de se soltar. Gostava de deixar uma lembrança para Olga, enquanto estava no trabalho.

Saiu e nem se preocupou em bater na porta de Ricky para se despedir. Olga continuou no quarto.

No hall de entrada, tirou a capa de chuva e o chapéu do armário. As noites de abril eram frias e úmidas, por isso iria precisar de algo mais quente. Além do mais, gostava da própria pinta com aquela dobradinha de capa de chuva e chapéu. Lembrava o disco *No One Cares*, com a foto do Sinatra sentado num balcão de bar, olhando para um copo de uísque com cara de quem acabou de levar uma porrada na alma. Um lobo da noite, ferido e solitário. Vaughn gostava de se ver dessa forma. A imagem lhe agradava.

Alethea vinha subindo a escada bem na hora em que ele estava saindo. Vestia um impermeável por cima da roupa de sair, tinha tirado o lenço da cabeça e penteara o cabelo.

"Quer carona até algum lugar?", perguntou Vaughn. "Estou indo para o centro."

"Eu pego o ônibus na Georgia. Ele me deixa direto em casa."

"Tem certeza?"

"Tenho, obrigada."

Era muito comum que seu horário de trabalho coincidisse com a saída de Alethea. Ele sempre lhe oferecia uma carona e a resposta era quase sempre a mesma.

"Posso lhe perguntar uma coisa?", disse Vaughn.

"Contanto que não seja pessoal demais", disse ela, deixando que percebesse, pelo tom de voz, que não ficaria ofendida se fosse.

"Você é feliz?"

Alethea Strange hesitou. Era uma pergunta curiosa e inesperada, mas o olhar de Frank Vaughn lhe dizia que de fato ele queria saber.

"Boa parte do tempo. Eu diria que quase todo o tempo. Sou sim."

"Você parece ser."

Lá fora, Frank Vaughn entrou no seu Dodge Royal 57, motor V8, um duas-portas em dois tons de rosa metálico com transmissão automática. Estava estacionado diante da casa, num quarteirão sossegado e arborizado da região entre Wheaton e Silver Spring. Alethea Strange andou até a Georgia Avenue e parou no ponto, junto com outras duas domésticas que aguardavam um ônibus da D. C. Transit para levá-las de volta ao sul de Washington e aos rostos familiares, aos cheiros conhecidos e às cadências sonoras das vozes que lhes diziam terem chegado em casa.

O sangue de Buzz Stewart tinha fervido por causa do pai, mas a sensação passou assim que começou a rodar. Com o rádio sintonizado na WDON, uma estação que ficava num porão na University Boulevard em Wheaton, ouvia o programa de Don Dillard com os últimos lançamentos do rock'n'roll. Dillard estava tocando "Maybe", das Chantels, uma das campeãs de todos os tempos de Stewart, e isso deu uma melhorada no humor dele. Terminada a música, Dillard encerrou a transmissão porque o sol estava se pondo e a WDON só tinha licença para operar durante o dia. Buzz girou o dial até a WINX, no 1600, que transmitia até a meia-noite. Depois tirou um Marlboro do bolso e acendeu.

O carro de Walter Hess, um Chevrolet rebaixado, motor 4.6, pintado de vermelho-maçã, estava parado na frente da loja de *donuts* na Pershing. Em letras de forma, no pára-lama direito dianteiro, estava escrito "Sonho do Baixinho". Stewart entrou atrás do Chevrolet, pôs em ponto morto e buzinou. Hess estava dentro da loja, decerto naquela máquina de fliperama mexida onde dava para jogar várias vezes com uma ficha. Depois que eles levantaram o tampo de vidro com o canivete de Hess e alcançaram aquele botão, foi muito fácil. O dono nunca desconfiou de nada.

Walter saiu da loja alguns minutos depois. Usava uma roupa muito parecida com a de Stewart, só que em tamanho bem menor. Os amigos de Walter o chamavam de Baixinho. Mas não ia aí nenhuma intenção de zombaria, o apelido era usado com respeito. O sujeito era só músculo e numa luta fazia de tudo para ganhar. Tinha um dos dentes da frente lascado e os olhos muito próximos um do outro; chegavam a ser cômicos para uns, patéticos para outros. Havia quem dissesse que Walter Hess não sabia ler, outros iam mais longe e diziam que era retardado, mas nunca na frente dele. Os rapazes o temiam e as moças rezavam para que ele não as tirasse para dançar. Tinha um jeitão gozado, mas um gozado de meter medo.

"Você ou eu?", disse Hess, aproximando-se da janela aberta do Ford.

"Você", falou Stewart, desligando o carro. "A gente troca depois."

Stewart descalçou os mocassins antes de entrar no Chevrolet de Hess. Esse era um ritual praticado por vários integrantes da turma dos fanáticos por carro — o pessoal tinha um tremendo orgulho do interior imaculado de seus automóveis. Stewart, porém, só tirava os sapatos para entrar no carro de Hess. Eram amigos desde os tempos do primário na escola católica St. Michael. Ambos foram classificados como encrenqueiros logo cedo. Na época, professora nenhuma, nem mesmo as freiras prontas para baixar a régua em cima deles, conseguia lhes dizer o que fazer.

Agora então, nem pensar.

5

Derek Strange e Billy Georgelakos chegaram no Three-Star Diner pouco depois de ele ter fechado. Nos apartamentos e casas geminadas da vizinhança, homens e mulheres tomavam os primeiros drinques e cervejas do dia, ouviam rádio, discutiam, faziam amor e vestiam trajes mais bacanas. Carros recém-lavados cruzavam a avenida e, pelos vidros abertos, deixavam um rastro de *rhythm-and-blues*. Era a noite de sábado que vinha chegando e, por trás dos muros, a pulsação da Kennedy Street começava a acelerar.

Os meninos entraram no *diner*. Mike Georgelakos, sentado diante da registradora, calculava a receita do dia, as notas e as moedas. Darius Strange tirava o excesso de gordura da chapa. Ella Lockheart, a garçonete que servia tanto o balcão como as mesas do Three-Star, despejava o ketchup aguado da rede A&P em vidros que tinham o rótulo da Heinz. Como era seu costume nesse horário, Ella sintonizara o rádio da casa no programa evangélico. Estavam tocando uma música chamada "Paz no vale".

O *diner* era dos anos 40. Havia um balcão de fórmica e, na frente dele, catorze banquetas giratórias de vinil vermelho. E, ao longo da vidraça da frente, mais três mesas de quatro lugares com assentos também estofados de vermelho. Toda a comida e bebida era preparada e servida atrás do balcão: a fria e a quente. Na ponta direita, o balcão fazia uma curva. Essa área ficava escondida por trás de uma cortina de plástico que ia do teto ao chão.

Atrás da cortina havia uma lava-louças automática de aço inoxidável e uma pia dupla com torneira industrial. Três paredes eram de reboco branco. A quarta, que ficava atrás do balcão, tinha azulejos brancos.

"*Vasili*", disse Mike ao filho. "Derek."

"*Ba-ba*", disse Billy.

"Seu Mike", falou Derek, incapaz de pronunciar de forma correta o sobrenome do grego.

Sem interromper o ritmo do trabalho, Darius Strange olhou para o filho, examinou-o e meneou a cabeça. Derek Strange respondeu erguendo o queixo.

"Vem cá, filho", disse Mike, "vem me ajudar a contar o dinheiro. Derek, o rodo está a sua espera nos fundos."

Derek encontrou o balde e o rodo ao lado da lava-louça. A lanchonete tinha um faxineiro, conhecido apenas pelo apelido de Meio-Período, mas aos sábados ele saía cedo para dar ao menino de Darius a oportunidade de ganhar uns trocados. Para Meio-Período, o arranjo era ideal.

Derek tirou os tapetinhos de borracha de detrás do balcão e passou uma água em todos eles na pia. Em seguida levou um por um para fora, passando pelo quartinho de depósito, e pôs todos para secar na viela. Depois esperou que Ella enchesse os saleiros e os potes de pimenta-do-reino e trocasse de roupa no quartinho dos fundos para ir embora. Com trinta e poucos anos, Ella Lockheart tinha a pele clara, era magra feito um palito, bonita, calada, solteira e intensamente religiosa. Virando-se para Derek, disse: "Tenha um dia abençoado, meu jovem", antes de cruzar a porta.

Derek passou o rodo pelo chão, enquanto o pai, sentado numa banqueta, lia a página de esportes no *Post*. O chapéu de mestre-cuca, que ele usava o tempo todo enquanto trabalhava na chapa, estava sobre o balcão, a seu lado. Mike mostrava a Billy como registrar as cifras num livro de capa verde. Derek tinha visto esse livro uma vez, as páginas todas quadriculadas com números pequenos escritos a lápis dentro dos quadradinhos.

Derek espremeu a água das fibras do rodo até que estivessem apenas úmidas e concentrou-se na limpeza do chão. Teve um cuidado especial com a região abaixo das banquetas, onde se acumulava mais gordura.

"Elgin Baylor fez trinta e quatro ontem à noite para o Minneapolis Lakers", falou Darius Strange, erguendo a voz para que o filho pudesse escutá-lo enquanto trabalhava. "Trinta e quatro num jogo de *campeonato*. Imagine, o Lakers jogando contra Russell, Cousy, Sam Jones e aquelas feras todas. Uma bela façanha, não foi não?"

"Claro."

"O garoto tem um bom arremesso."

"É."

"E se formou no Spingarn também", continuou Darius, lembrando o nome do colégio onde Baylor tinha feito o segundo grau, numa travessa da Benning Road. "A Green Wave tem atletas de primeira."

Derek sorriu consigo mesmo, enquanto trabalhava. Em parte porque o pai não perdia uma chance de contar as histórias de sucesso de algum moleque do bairro. Mas sobretudo porque gostava daquela voz grave.

Darius Strange olhou por cima do jornal para o filho, curvado, passando o rodo no chão da lanchonete. Para o garoto era bom ter essa tarefa. Depois de inspecionar o serviço, Mike lhe daria um dólar e esse dinheiro, que servia para pagar as miudezas do menino, era também uma lição muito simples de que a todo trabalho corresponde uma recompensa. Darius não se preocupava com Derek como se preocupava com o filho mais velho, Dennis. Basicamente, Derek tinha bom caráter.

Era legal também ver o pai num emprego fixo. Muito menino não tinha esse tipo de exemplo. Um dia, Derek perceberia que aquilo tudo importava para o que ele próprio iria se tornar.

Mas além disso Darius Strange gostava, e se orgulhava, de seu ofício. Depois da guerra, tinha feito muito trabalho braçal até desembocar, enfim, na cozinha de um hotel do centro, onde foi ser lavador de pratos. Ato imediato, começou a observar atentamente todas as atividades dos cozinheiros de partida e dos *chefs*. Um dos cozinheiros, um sujeito branco que cuidava do banho-maria, foi com a cara dele e lhe ensinou algumas coisas. Não demorou para que Darius achasse que estava pronto para uma promoção. Mas o gerente não lhe deu chance, de modo que saiu e conseguiu seu primeiro emprego como chapeiro num botequim lá nos confins da Zona Nordeste. O dono era um branco muito amargo, bruto, que o via como animal e lhe pagava uma miséria; mas foi lá que obteve o que precisava, e assim que aprendeu o ofício, se pôs a procurar algo melhor. Inscreveu-se numa agência de empregos na 6th Street, a Conway's Employment Service, que o cadastrou como "cozinheiro, de cor", e não demorou para que o pusessem em contato com Mike Georgelakos, que tinha acabado de perder um funcionário excelente por causa da bebida. Georgelakos ofereceu quarenta dólares semanais para começar. Cinco anos depois, Darius tirava sessenta e cinco.

"Já acabei", disse Derek Strange.

"Então vai falar com o seu Mike", disse-lhe o pai.

Mike Georgelakos levantou-se da banqueta, atrás da registradora. Não era muito mais alto de pé do que sentado. Calvo no topo da cabeça, tinha alguns tufos de cabelo grisalho dos lados. O nariz era largo e adunco, fazendo um gancho em cima do bigode. Possuía ombros largos e um tórax que parecia uma barrica. Essas duas características ele transmitira ao filho Billy.

Mike deu uma volta cerimoniosa pelo estabelecimento e examinou o chão. Ao voltar, estendeu uma nota novinha de um dólar a Derek.

"Aqui está, rapaz. Bom trabalho."

"Obrigado, seu Mike. A gente se vê, Billy."

"Até, Derek." Billy estava ao lado do pai, sorrindo de leve para o amigo, partilhando com ele o segredo do dia.

Na porta, Darius Strange virou-se para fazer um ligeiro aceno a Mike Georgelakos, como sempre fazia.

"*Yasou*, Mike."

"*Yasou*, Darius. *Adio*."

Na calçada, Derek perguntou ao pai:

"Afinal, que é que quer dizer esse troço que vocês falam em grego?"

"*Adio* é meio que parecido com *adios*. E *yasou*? Bom, é só uma forma de cumprimentar, uma, como é que se diz, uma saudação. Serve para quase tudo, mais ou menos como *aloha*. Sabe como é, do jeito que eles falam no Havaí."

Derek ergueu os olhos para o pai. Forte e bonitão, com um belo bigode e o cabelo cortado bem curto, esticado a poder de pomada. Seu pai devia ter entre um metro e oitenta e sete e um metro e oitenta e nove.

"E por falar em Havaí", continuou Darius Strange, "os Globetrotters estão vindo para cá, vão jogar no Uline Arena. Vêm jogar com o time do Havaí, os Fiftieth Staters, como você já deve saber. Acabei de ler o anúncio no jornal. Se você tiver vontade de ir, posso arrumar os ingressos."

"Claro!"

"Os Trotters têm esse jovem gigante no time deles, o Wilt Chamberlain, que jogava no Kansas. Estão pagando sessenta e cinco mil dólares por ano para o rapaz. Quero só ver o que ele vai fazer para merecer isso tudo."

"Ele também se formou no Spingarn?"

"Olha o respeito, Derek." A voz de Darius saiu severa, mas o filho viu um esboço de riso despontando nos lábios do pai.

Tinham chegado até onde estava o carro de Darius Strange, um Mercury 57 comprado numa loja de usados na esquina da 10th Street com a New York Avenue. Era carro tomado de cliente devedor. Dezenove dólares por mês para amortizar um total de oitocentos. A loja acrescentou um juro "especial" sobre as prestações, uma espécie de penalidade imposta aos pretos que queriam comprar carro. Darius sabia disso, assim como sabia que era errado, mas de todo modo aceitou. Fosse como fosse, teria de pagar por aquele carro pelos próximos quatro anos.

Darius Strange pegou a Georgia Avenue, com o filho ao lado. Passaram diante da Ida, onde Derek tinha se metido em encrenca havia pouco. A impressão era de que tudo acontecera fazia um tempão. Estava a salvo com o pai e toda aquela confusão ficara para trás.

Logo depois da Piney Branch Road, perto da Van Buren, Darius Strange parou no estacionamento da sorveteria, a que tinha pedacinhos de espelho incrustados no estuque das paredes. O nome do lugar era Beck's, mas todo mundo chamava a sorveteria de Polar Bears, por causa das estátuas dos ursos, na frente.

Darius desligou o motor, deu algumas moedas a Derek e disse ao filho que o encontraria no carro dali a pouco. Derek foi até o balcão que dava para a rua, comprou uma casquinha de chocolate e sentou-se na calçada. O pai tinha ido comprar uma daquelas tortas de chocolate em camadas na Hubbard House. Derek Strange ansiava a semana inteira por esse ritual dos sábados.

Ainda chupando seu sorvete, viu o pai atravessar a rua com a caixa da torta na mão. Um grupo de rapazes brancos passou num Chevrolet rebaixado e gritou algo para ele da janela aberta do carro. O pai voltou, sem demonstrar nada no rosto, e não fez nenhum comentário sobre o incidente. Derek, porém, tinha escutado a risada deles e o som o feriu bem lá no fundo.

A última parada a caminho de casa era o Tempchin's Kosher Meat Market, um açougue na 14th Street, entre a Shepherd e a Randolph, que vendia carne kasher. Lá dentro, Darius Strange cumprimentou Abe Tempchin, o proprietário — um sujeito troncudo, careca, que parecia estar sempre com um sorriso na cara. Para Derek, o lugar tinha um cheiro gozado, e os fregueses — gente branca, mas não exatamente — falavam gozado também. Meio parecido com o jeito como falava o pai de Billy, Mike.

"O homem santo esteve aqui hoje?", perguntou Darius Strange.

"Esteve sim", disse Tempchin.

"Então me dá uma das galinhas dele."

Derek sabia que Tempchin tinha um barracão cheio de galinhas vivas nos fundos da loja. O pai lhe dissera que o rabino, "a versão judaica do pastor", ia até a loja e matava as galinhas, algo muito estranho, no entender de Derek, para um ministro de Deus fazer. O pai explicara que "era isso que fazia os frangos serem kasher", e Derek perguntara o que significava "kasher". "Não tenho a menor idéia", admitira o pai. "Mas sua mãe acha que as galinhas daqui são melhores do que as do A&P."

Tomaram a direção sudeste, rumo a Petworth e Park View. Darius Strange estacionou o Mercury na Princeton Place, uma ladeira que cortava a Georgia. Uma fileira de casas geminadas, abrigando de uma a várias famílias cada, quase todas elas negras, enchia o quarteirão todo.

"Vá buscar leite para sua mãe", disse Darius, enquanto puxava o freio de mão.

"Tá bom."

Derek foi até a avenida, um quarteirão abaixo. Numa esquina ficava o York, o cinema do bairro, e na outra o pequeno armazém, um dos muitos espalhados pela capital. Pegou uma garrafa de leite e levou-a até o dono — um judeu que a garotada chamava de seu Meyer e os adultos apenas de Meyer —, que ficava acomodado numa banqueta alta, atrás do balcão. Seu Meyer conhecia Derek e os outros membros da família pelo nome. Anotou a compra numa caderneta amarela e agradeceu. Darius Strange acertava as contas com Meyer no dia em que recebia ou no primeiro do mês ou, às vezes, quando podia.

Derek saiu do armazém. Havia uma menina parada na esquina, com um vestido de loja. Era da altura dele, da idade dele, e já tinha seios. E covinhas no rosto, quando sorria. Naquele momento ela sorria.

"Oi, Derek", disse ela, num tom musical.

"Oi", disse Derek, parando na hora. Levava a garrafa de leite numa das mãos, mas a outra estava livre. Aquela mão parecia meio esquisita, ali pendurada, então enfiou-a no bolso do jeans.

"Esqueceu meu nome?", perguntou a menina. Santo Deus, pensou Derek, ela tem uns olhos castanhos lindos.

"Claro que não."

"Então por que é que você nunca diz meu nome?"

"É Carmen."

"*Eu* sei que é. Não precisa dizer isso pra *mim*! Mas devia ser mais bem-educado e me chamar pelo nome quando me vê."

Derek sentiu o rosto esquentar.

"Por que é que você tem um nome porto-riquenho, menina?"

"Não é porto-riquenho nada. Minha mãe achou bonito, só isso."

"Até que não é mau."

Carmen Hill deu uma risadinha e se pôs a bater o pé na calçada. Usava sapatos de verniz, de sair, e devia ter algo na ponta deles, especial para sapatear, porque faziam um som diferente.

"Está rindo de quê?", falou Derek. "Eu não contei nenhuma piada."

"É assim que você elogia uma garota? Meu nome *até que não é mau*?"

"É bonito", Derek disse mais que depressa e, antes que perdesse a coragem, acrescentou: "Que nem você".

Virou-se e subiu a rua. Cruzou com o alemão, um dos últimos brancos do quarteirão — que um dia tinha jogado água quente nele e no irmão porque estavam brincando perto demais da casa dele —, e com um menino conhecido seu levando uma espingardinha de chumbo Daisy, um presente de aniversário, debaixo do braço. Normalmente, Derek Strange teria parado e conferido a espingardinha. Mas continuou andando e de vez em quando espiando Carmen Hill por cima do ombro, ela ainda parada, sapateando, com aquele sorriso, aqueles olhos brilhantes, aquelas covinhas fundas que tinha no rosto...

Aquela menina o deixava perturbado quase todas as vezes em que a via. Ao menos tinha tido peito para dizer que era bonita. Quanto não daria para saber o que a espertinha tinha achado *daquilo*.

No número 760 da Princeton, subiu os degraus que levavam para casa.

6

A família morava numa casa que Darius Strange tinha dividido em dois apartamentos. Uma mãe solteira que trabalhava na lanchonete da Universidade Howard, a não mais de um quilômetro e meio dali, ocupava o térreo com seus três filhos endemoniados. Darius comprara a casa após ler um anúncio no *Washington Post* que dizia: "Para famílias de cor, casa de tijolos, NW". Depois de dar uma entrada de trezentos e cinqüenta dólares, conseguira um empréstimo garantido pela Lei dos Pracinhas a quatro por cento ao ano. Tinha uma prestação de oitenta e seis dólares por mês e até aquele momento não deixara de pagar nenhuma. A inquilina atrasava toda hora mas se esforçava para pagar o aluguel, e em geral ele fazia vistas grossas.

O apartamento dos Strange tinha dois quartos, sala de jantar/estar e uma cozinha pequena. A mobília e os utensílios eram antigos mas limpos. Uma varanda fechada, onde Derek Strange muitas vezes dormia nas noites de verão, dava vista para um quintalzinho malcuidado e para uma viela. A viela e o terreno da escola primária Park View, mais acima, eram os principais lugares onde brincavam os meninos e meninas da Princeton Place, e também os da Otis Place, a próxima rua na direção sul.

Derek Strange entrou no apartamento. O pai estava instalado em sua velha poltrona de sempre, a que ficava diante do aparelho de televisão, uma Zenith de vinte e uma polegadas com controle remoto Space Command.

Estava com o número mais recente do jornal *Afro-American* aberto no colo. Na tela, James Stewart e Stephen McNally disparavam um no outro com rifles, tendo ambos encontrado guarida atrás de um amontoado de rochas.

"Vejam só o jovem Derek", disse Dennis Strange, dezoito anos completos, alto e esbelto como o pai, de pele escura como o resto da família. Dennis estava sentado à mesa onde os Strange faziam as refeições. Ele também tinha uma cópia do *Afro-American*. Sempre havia um ou dois exemplares de sobra na casa.

"Dennis", disse Derek.

"O que é que você andou fazendo, cara?"

"Brincando."

Dennis esfregou os dedos na cabeça raspada.

"Com seu amigo branquela?"

"E daí?", Derek espiava o tiroteio na tela da televisão. O som dos ricochetes ecoava alto na sala. "Por que é que eles estão tentando se matar, pai?"

"Um deles pegou a Winchester do outro no começo do filme", respondeu Darius Strange. "E estão começando a acertar as contas agora."

Derek olhou para o tablóide no colo do pai. Derek e seu melhor amigo, Lydell Blue, entregavam a edição de Washington do *Afro-American* aos assinantes das redondezas às terças e às sextas, ganhando quase dois dólares cada um por semana. Isso, para eles, era dinheiro grosso. Derek sempre tentava ler o jornal também. Ao contrário das coisas que lia no *Post* e no *Star*, as notícias do *Afro* descreviam o seu mundo.

Freqüentemente, porém, as notícias o assustavam um pouco. A primeira página dessa última edição falava de um rapaz chamado Mack Parker, de apenas vinte e um anos, que tinha sido espancado brutalmente e depois arrastado para fora de sua cela por uma multidão lá no Mississippi. A mãe dele dizia: "Ai, Senhor, por quê?". Ninguém mais viu o rapaz, depois que o povaréu o jogou dentro de um carro na frente da cadeia. Fazia Derek pensar naquela história que Dennis vivia contando sobre Emmet Till, um rapaz que tinha sido assassinado por aquelas bandas só porque assobiara para uma moça branca.

No entanto, em casa, com a mãe, o pai e o irmão mais velho, Derek se sentia seguro.

"Cadê a mãe?", perguntou.

"Na cozinha", falou Dennis.

Derek contornou a pilha de revistas *Life* sobre a mesinha ao lado do sofá. O principal artigo da revista que encabeçava a pilha fazia parte de uma longa série de reportagens chamada "Como o Oeste foi conquistado", publicada em sete edições consecutivas. Darius Strange comprara e guardara todos os números. Dennis dizia que o título deveria ter sido "Como o Oeste foi roubado" só para aborrecer o pai. Da mesma forma como fazia troça daqueles programas que o pai adorava assistir durante a semana: *Wagon Train*, *Bat Masterson*, *Trackdown* e por aí afora. Nos últimos tempos, parecia que Dennis e o pai não paravam um segundo de se bicar.

Ao lado da mesa de jantar ficava o móvel do toca-discos de alta fidelidade Sylvania, com um monte de discos em cima. O pai ouvia um pouco de jazz, mas o grosso era mesmo de cantores de *rhythm-and-blues*, que tinham começado a cantar em igrejas. Derek gostava de ficar vendo a capa dos discos, com fotos de gente como Ray Charles, o cantor dos Soul Stirrers e um garoto reforçado da gravadora Apollo chamado Solomon Burke. Sentia curiosidade em saber como seria cantar para um monte de gente, lá do alto de um palco, receber aquela dinheirama toda, ter as mulheres mais lindas e andar de Cadillac. Às vezes se perguntava se o pai, que voltava do trabalho cheirando a gordura, suor e carne queimada, sentia inveja da vida deles. Derek não gostava de pensar muito no assunto, porque acabava se sentindo mal só de imaginar que o pai pudesse algum dia sair de casa.

Quando Derek tentou passar, Dennis agarrou-o pela camisa e imobilizou-lhe os braços. Derek deu um jeito de pôr a garrafa de leite em cima da pilha de discos. Depois tentou se livrar, mas Dennis era forte demais. Então fez a única coisa que podia, caiu de joelhos e levou o irmão junto. Eles bateram no chão e rolaram.

"Você não consegue se livrar de mim", disse Dennis.

"Seu veado", revidou Derek.

"Diz isso de novo e vai ficar que nem esses moleques com pólio. Vai ter que botar muleta e esses troços todos."

"Já chega", disse o pai, sem tirar os olhos da televisão.

Derek rolou com Dennis, de forma a prender uma das mãos do irmão mais velho debaixo dele. Depois apalpou, tentando pegar a outra mão. Em vez disso, pegou na virilha de Dennis.

"Está gostando, né, moleque?"

"Do quê?"

"Você está com a mão no meu pau!"

Rolaram até o toca-discos, rindo.

"Eu já não disse pra parar?", repetiu Darius. "Ainda nem acabei de pagar a vitrola."

Darius Strange tinha comprado o aparelho de alta fidelidade e a televisão a prazo. Primeiro fora até uma loja no centro, entre a 8th e a F Street, chamada George, mas o vendedor de lá, um branco gorducho, fora desrespeitoso com ele. Ao entrar, Darius escutara o Gorducho rir e comentar com um colega que ia vender uma "Zenick" para aquele cara e dizer, ainda imitando o que ele supunha ser sotaque de preto, "será que num dá pra fazê à prestação?". O Gorducho não percebeu, mas Darius tinha escutado tudo. Não fez nenhum escândalo, porém saiu da loja na mesma hora e foi até a Slattery, na Naylor Road, onde o próprio dono, Frank Slattery, lhe reservou um televisor Zenith e um toca-discos Sylvania, arranjou a papelada do financiamento e entregou as mercadorias no dia seguinte. O dinheiro do preto foi posto na caixa registradora junto com o dinheiro do branco e, depois de tudo somado e contado no final do do dia, nem deu para saber qual era qual. Era isso que o Gorducho não entendia.

Seria como o carro, ele teria de pagar as prestações por um longo tempo. Mas Darius não se preocupava com isso. Esperava continuar trabalhando pelo resto da vida.

"Você está ficando mais forte", disse Dennis, olhando o irmão caçula com admiração, enquanto levantavam-se ambos do chão.

"Aposto que não vai demorar para eu conseguir te pegar."

"Não custa tentar", respondeu Dennis. Depois fez um gesto de cabeça na direção da cozinha. "Pode passar, cara."

"Já fui."

Dennis soltou um risinho e, ao mesmo tempo, empurrou a testa de Derek com a palma da mão. Tentou de novo, mas o caçula desviou, agarrou a garrafa de leite de cima da pilha de discos e cruzou um corredor curtinho até a cozinha.

"O moleque amassou minha camisa", disse Dennis. "E eu ia usar hoje à noite."

Darius Strange ergueu os olhos para o filho mais velho.

"Vai sair?"

"Estou combinando. Por quê?"

"E com *quem* você vai sair? Com aquele imprestável com quem você estava outro dia na avenida?"

"O Kenneth?", falou Dennis. "Ele é gente boa."

"Não me pareceu nem um pouco gente boa."

"Tá, mas não precisa se preocupar. A gente só vai rodar por aí um pouco no carro do primo dele, mais nada. E quem sabe dar um pulo no Howard, para ver quem está tocando por lá. Eu sei que Baby Cortez e os Clovers vão se apresentar. Mas pode deixar que eu não volto tarde."

"Não volte mesmo. Você vai com a gente amanhã à igreja, não vai?"

"Eu vou ao templo. Tem um serviço à tarde, lá."

"Templo", repetiu Darius, com um grunhido. "Está falando daquele lugar na Vermont Avenue?"

"Com o pastor Lucius presidindo", disse Dennis.

"Ah, quer dizer que ele agora anda *presidindo*, é?"

"O homem é discípulo de Elijah Muhammad."

"Eu sei muito bem quem é esse." Darius bateu de leve no jornal que estava no colo. "Tem um anúncio desse sujeito bem aqui, ó, pago por ele. O cara se diz o Líder Ungido. Pedindo donativos, diz que quer construir um hospital. Eles já não têm hospitais em Chicago?"

"Esse aí é pra nossa gente."

"Ah, que beleza. Se está tão encantado com ele, por que não lhe manda um dinheiro também?"

"Se eu tivesse, mandava mesmo."

"Esse sujeito não passa de um aproveitador, mais um. Idêntico a esses cafetões que ficam por aí na rua. E não é nem cristão."

"Justamente. Jesus é deus de branco."

"Não deixe que sua mãe ouça você falando isso, garoto."

"Olha só, pai, pra mim a Igreja cristã é igualzinha a esse jornal que você está lendo. A gente imagina que foi escrito pra nós. Mas no fundo não foi. Já viu os anúncios que eles põem?" Dennis apanhou o jornal que tinha na frente, abriu e leu de uma página qualquer. "'Creme Clareador Preto e Branco — um jeito mais vivo, mais *claro*, mais macio, mais elegante para você.' E olha aqui um outro: 'Branqueador de pele do dr. Fred Palmer'. E o rosto das mulheres que aparecem nessas colunas sociais que eles escrevem? Todas têm pele clara, e o jeito como arrumam o cabelo, olha só, parece que estão todas querendo ser brancas. Então, quem é que está se aproveitando de quem? O que é que o senhor acha que esse jornal está tentando nos vender aqui, hein?"

"Eu tenho olhos. Você pode até me achar cego, mas não sou, não. As coisas estão mudando devagar, mas estão mudando. Nem tudo é uma maravilha neste mundo, mas no momento é o que temos."

"Quer dizer então que pro senhor está bom *o que temos*."

"Você ainda é jovem", disse Darius. "Mais cedo ou mais tarde, você vai ver, terá de aceitar algumas coisas pra poder ir levando."

"Feito o verão passado, quando fomos à praia? Quando nos botaram de lá pra fora e o senhor *foi levando*? Como é que se sentiu, naquele dia? Como é que acha que nós nos sentimos?"

Darius tinha ido com a família para a região de Annapolis, à procura de Highland, a praia onde tinham permissão para entrar. Mas acabou errando o lugar e, antes que pudesse dar marcha à ré, um sujeito numa cabine disse que ali não entrava preto. Falou isso na frente da mulher e dos filhos. Raiva foi o que ele sentiu. Raiva e vergonha. Mas não respondeu ao filho.

"As coisas não estão mudando rápido o suficiente para mim", disse Dennis. "Eu não quero só ir levando. E, para seu governo, eu vou participar daquela marcha na semana que vem também."

"Que marcha é essa?"

"Marcha da Juventude para a Integração das Escolas. Estão dizendo que vai ter pelos menos vinte e cinco mil pessoas reunidas no Sylvan Theater."

"Veja lá onde vai se meter."

"Eu sei o que estou fazendo."

"Você acha que sabe. Mas se essa sua turma começar a gritar muito alto, eles vão fazer com vocês o que fizeram com aquele moço lá na cadeia do Mississippi."

"Eu não tô nem um pouco preocupado."

"Claro que não. Como eu já disse, você ainda é jovem."

Na cozinha, Derek Strange guardou o leite na Frigidaire e foi até a pia, onde a mãe lavava os pratos. Havia uma janela em frente à pia, mas no momento não passava muita luz por ela porque Alethea Strange grudara um papelão nos vidros de baixo. Fez isso para que os humanos dentro da cozinha não espantassem os passarinhos que haviam feito ninho no parapeito, do lado de fora.

"Oi, mãe", falou Derek, tocando a mãe nos quadris.

"Derek", disse ela, olhando o filho no olho. Em algum momento nos últimos doze meses ele alcançara a altura dela. "E então, novidades?"

"Nada não", respondeu ele, pensando no incidente ocorrido na loja Ida e se perguntando se estaria por acaso mentindo para a mãe. "E a senhora?"

"Ah, você sabe como é, só trabalho." Alethea afastou um vidro de mata-barata Kretol do parapeito e despregou um cantinho do papelão grudado na janela em frente. "Olha só, filho."

Derek debruçou-se por cima do tampo. Uma mamãe tordo alimentava os filhotes no ninho. Três cabecinhas depenadas disputavam meia minhoca.

"Que fim levou o pai?", perguntou Derek.

"Ainda está por aí, imagino. Ele construiu o ninho e agora a mãe toma conta dos filhos. Do mesmo jeito que a gente faz por aqui."

Derek meneou a cabeça. A mãe já lhe dissera a mesma coisa mil vezes. Observou-a grudar o papelão de volta no lugar e apoiou-se de costas no tampo.

"O Lydell veio aqui hoje", disse ela.

"É?"

"Para perguntar se você queria ir pescar com ele lá na Casa do Soldado Veterano. Disse que voltava depois, pra te pegar."

"Posso ir?"

"Pode, mas por pouco tempo. O sol já está baixando e daqui a pouco vai estar escuro. De todo modo, seu pai e eu estávamos pensando em ir ao cinema hoje à noite. E eu quero você de volta antes de sairmos."

"Que filme?"

"Eu queria ver aquele *Imitação da vida*, porque está todo mundo falando. Mas você conhece o seu pai; ele disse que não ia pagar pra ver um filme água-com-açúcar.

No fundo o que ele queria mesmo era assistir a um faroeste, mas eu é que não vou me arrumar toda pra ir ver um punhado de marmanjos empoeirando a roupa. De modo que a gente chegou a um acordo. Vamos ver aquele lançamento, *Quero viver!*, que está passando no Lincoln."

"Aquele em que eles botam a moça na câmara de gás?"

"Esse mesmo."

"Puxa, eu queria ver esse aí."

"Você ainda não tem idade pra isso. Agora escute, seu irmão vai sair esta noite. Você fica aqui sozinho umas duas horas, não fica?"

"Claro."

"Nós não vamos demorar. Temos igreja amanhã cedo."

"Sim senhora."

Alvin Jones e Kenneth Willis estavam sentados no carro, numa viela atrás da casa da avó de Jones, dividindo uma garrafa de xerez importado de noventa e sete centavos. Kenneth, no banco do passageiro, mexia no dial do rádio, tentando achar uma música que agradasse a Jones. Parou a busca na hora em que um disc-jóquei apresentou um disco. A melodia entrou, seguida por uma voz feminina.

"Quem é essa vagabunda?", perguntou Jones.

"O cara disse Connie Francis."

"Cantar, ela não sabe. Mas se algum dia desse moleza, eu comeria ela até virar do avesso."

"Ela é muito velha. Eu até já vi essa tal de Connie numa revista e não é lá essas coisas, não."

"E eu lá estou ligando para a *cara* dela? Eu falei que eu trepava com a branca aí até ela se acabar, mais nada."

"Ela é hispânica."

"E daí?"

"Daí nada, só estou contando."

"Como é que chama essa música que ela tá cantando? 'Meu pinto em ponto de bala'?"

"Minha *felicidade*."

"Foi o que eu disse."

Os dois estavam no Cadillac de Jones, um sedã ano 53 modelo básico, só com rádio e aquecedor. Verdade que não era nenhum Coupe DeVille nem Eldorado, mas pelo menos tinha o emblema da Cadillac, e era isso o que mais importava a Jones. Comprara o carro a prazo na Royal Chrysler da Rhode Island Avenue por oitocentos e noventa e cinco dólares. Havia mentido sobre o cargo que ocupava no emprego para conseguir o crédito. Estava com o automóvel fazia três meses e tinha pago uma prestação até o momento. Os homens podiam vir retomar o carro, se quisessem. Ele não ia pagar nem mais um centavo.

"Pra onde é que a gente vai, quando acabar a garrafa?", perguntou Jones.

"Falei pro meu amigo Dennis que a gente passava pra pegar ele em casa, daqui a pouco. Ele é puxador, cara, vai ver tem alguma coisa pra gente queimar."

"Aquele cara alto que mora lá na Princeton?"

"É."

"Mas o cara é um garoto ainda."

"Tem a minha idade."

"Pois é o que eu estou dizendo."

Alvin Jones tinha vinte e dois anos. O primo, Kenneth Willis, acabara de fazer dezoito. Jones era violento, magro, de pele clara e estatura baixa. Willis, bem mais escuro, era dentuço, magrela, tinha altura média e punhos largos, indício de que o esqueleto não tardaria a encher.

"Como é que você conheceu esse Dennis?"

"Nós dois somos da reserva da Marinha."

"Hmm", disse Alvin Jones, rindo em seguida.

"Qual é a graça?"

"Imaginar você num daqueles terninhos de marinheiro. Você sabe, não sabe?, que pra alguns marujos aquela farda é que nem vestido. Ouvi dizer que todo navio vive assim, ó, de veado."

"Aqui pra você que eu sou fresco, cara."

"Acho bom mesmo. Se fosse, seria meu dever de primo meter um pé tamanho quarenta e dois na sua bunda."

Willis agarrou a virilha da calça.

"Isso daqui, ó, é só pra mulherada, Alvin. Só pra elas."

"E isso daqui também, ó", disse Jones, erguendo o punho. "Entendeu o recado?"

"Vê se não fica me chamando de veado", disse Kenneth.

"Mas que merda. Vê se acha uma maldita música nesse rádio e cala a boca."

Kenneth Willis girou o dial e encontrou uma música com Fats Domino na WUST. Era "I Want to Walk You Home". Isso sim é que era saber cantar uma música. Kenneth olhou de lado para o primo mais velho, que sabia tanta coisa.

"Alvin?"

"O quê?"

"O que foi que você sentiu quando matou aquele garoto?"

Jones deu mais um trago na garrafa de xerez e usou a manga para limpar a boca.

"Eu não estava planejando matar ele."

"*Planejamento* não teve nada a ver com a história. O cara tá morto, você querendo ou não."

Duas noites antes, Jones tinha ligado para uma loja de bebidas que entregava em casa e pedira uma garrafa de rum cubano, meia garrafa de conhaque francês e uma garrafa de xerez espanhol. A escolha das bebidas saíra direto do anúncio feito pela loja no *Evening Star*. Quando o entregador, um coitado usando chapéu, chegou ao endereço fornecido, uma fileira de casas geminadas e desertas no leste de Shaw, Jones saiu das sombras e enfiou o cano de um vinte-e-dois roubado na têmpora do sujeito. O garoto entregou o dinheiro que levava consigo sem reagir. Jones atirou assim mesmo e depois ficou assistindo com verdadeiro fascínio aos últimos momentos do garoto, vendo o sujeito estrebuchar e sangrar no meio da rua. Sempre soube que um dia acabaria matando alguém e chegara à conclusão de que já estava na hora de pôr mãos à obra.

"Não senti nadinha. O cara estava respirando e depois não estava mais."

"Que frieza, cara."

Jones deu de ombros.

"Estamos todos indo para uma cama de vermes. Eu só dei um empurrãozinho no garoto."

A resposta deixou Kenneth Willis gelado e, de certa forma, meio empolgado também. Pegou a garrafa e deu um gole enorme.

"Você não abriu o bico com ninguém, certo?"

"Ninguém."

"Nem *pense* em dizer alguma coisa pra esse seu amigo aí."

"Você *sabe* que eu não vou dizer nada."

Jones pegou a garrafa, botou na boca e esvaziou até a última gota.

"Aqui acabam as provas, bem aqui. Já dei conta do rum e do conhaque."

Kenneth Willis enxugou a testa.

"Eu tô calibrado."

"Eu também", disse Jones.

Saíram da viela, deram uma parada na rua ao lado e Willis saltou para jogar a garrafa vazia num bueiro. Depois, ele e Jones foram em direção à Princeton Place, para pegar Dennis Strange.

7

"Dennis?"

"O quê?"

"Eu estava olhando um policial hoje, meio que estudando o cara."

"E?"

"Fiquei pensando... acho que eu gostaria de ser polícia um dia."

"Polícia?"

"É."

"Pra manter a negada toda na linha, é isso?"

"Do que é que você está falando?"

"Esquece."

Dennis e Derek Strange estavam sentados nos degraus da frente da casa, sob os últimos raios de sol. Na calçada, três meninas pulavam corda e, no lado norte da Princeton, uma mulher empurrava um carrinho de bebê em direção à Georgia Avenue. A luz do sol se pondo era um mel pingando na rua. Derek via aquilo tudo como a "hora dourada".

"E você? O que quer ser?"

Enquanto pensava na pergunta, Dennis apalpou o cigarro de maconha que tinha enfiado no bolso antes de sair de casa. Não se importava em responder, desde que a pergunta viesse de Derek, e não dos pais. Não que estivesse pensando muito a respeito do futuro. Nos últimos tempos, tudo o que ele queria era ficar drogado. Um colega mais velho da rua ao lado tinha lhe apresentado a maconha e Dennis gostara na hora.

"Sei lá. Continuar na Marinha, eu acho, depois que sair do Roosevelt. Aprender algum tipo de trabalho. Deixar que o governo me mande para a faculdade, quem sabe. Conhecimento é poder, maninho, é isso que eles dizem por aí."

"Marinha. Isso quer dizer que você vai ter que sair de casa?"

"O que é que você acha?"

"Mas eu não quero que você vá", disse Derek, tentando afastar da voz o desespero que sentia.

"É mais do que natural que as coisas mudem por aqui, Derek. Você vai sentir falta de mim no começo, mas logo, logo, vai aprender a tomar conta das suas coisas sozinho. Que nem aqueles filhotes de passarinho que a mãe vive mostrando pra gente o tempo todo. Eles não vão ficar no ninho a vida inteira, vão?"

"Acho que não."

"Pois então, cara", disse Dennis, empurrando a cabeça do irmão, na esperança de aliviar a tristeza que tomara conta de seu olhar. "Vai dar tudo certo."

Um Cadillac subiu a Princeton e parou atrás do Mercury de Darius Strange. Embora tivesse espaço atrás, o motorista do Cadillac encostou no pára-choque traseiro do carro de Darius.

Um homem e um jovem saíram do carro e pisaram na calçada. Derek já conhecia o mais novo, Kenneth, um amigo que o irmão tinha arranjado entre os reservistas e com quem não simpatizava nem um pouco. O cara se vangloriava demais e vivia proclamando aos quatro ventos o que tinha feito ou ia fazer com as meninas. Kenneth Willis não tinha cara de quem ia acabar bem.

O outro, o mais velho e menor, de pele clara, tampouco tinha jeito de alguém com quem Derek fosse gostar de sair. Estava com uma calça preta e uma camisa roxa de tecido fino, parecia seda. Era bem o tipo que o pai chamava de imprestável, malandro ou, às vezes, apenas de cafetão. Dava para perceber, pelo jeito como o pai revirava os lábios quando dizia isso, que não via a menor utilidade para esse tipo de gente.

Dennis ergueu-se da escada assim que os dois do Cadillac pisaram na calçada. Derek também se levantou e ficou ao lado do irmão.

"Pô, Alvin", disse Dennis, "você não tinha nada que bater no carro do meu pai." Ele disse isso com um sorriso na cara, para que os outros dois soubessem que não estava bravo. Derek sentiu vergonha do irmão.

"Aquele Mercury é do seu velho?", disse o que se chamava Alvin, que dirigia o Cadillac. "Mas eu pensei que ele *tivesse* um emprego."

"E tem."

"Mas aquilo ali é carro de segunda mão."

E daí?, pensou Derek. Não significa que você pode sair batendo nele.

Alvin Jones pegou um cigarro do maço guardado no bolso da calça e acendeu. Sem o menor cuidado, jogou o fósforo usado no jardinzinho da frente, cheio de mato, enquanto a fumaça escorria do nariz e da boca.

Aqueles dois, com os olhos injetados, pesados, pareciam estar usando alguma coisa. Derek tinha ouvido falar de umas coisas que certas pessoas usavam para ficar doidas da cabeça. Mas, quando chegaram mais perto, ele sentiu o bafo de álcool. Reconheceu o cheiro por causa de um bêbado da vizinhança com quem vivia cruzando. Aqueles dois estavam de porre.

"É seu irmão?", perguntou Alvin, medindo Derek de cima a baixo.

"Esse é o Derek", disse Dennis.

"E onde é que vocês escondem o Dumbo?", disse Alvin Jones.

"Por que é que vocês todos têm nome começando com D?", indagou Kenneth Willis.

"Idéia do meu pai", respondeu Dennis, olhando para os pés.

Não se desculpe pelo papai diante desses sujeitos, pensou Derek. Jamais faça isso.

"Acho que você enervou o mocinho aqui falando mal da família", interveio Kenneth Willis. "Olha só, Alvin, ele tá de mão fechada."

Derek relaxou as mãos. Não havia percebido que cerrara os punhos.

"Ô mocinho", disse Jones, "ninguém aqui tá querendo te *irritar*, não. Qual é, quer vir pra cima de mim, é? Então vem. Eu deixo você dar o primeiro soco."

Derek sentiu o braço de Dennis pousar em seu ombro. Sentiu que o irmão o puxava para mais perto de si.

"Deixa ele quieto." Dennis fez um movimento com a cabeça na direção do Cadillac. "Vamos nessa."

"Aquele baseado tá na mão, cara?", perguntou Willis.

"Cala a boca, Kenneth", disse Dennis, perdendo o tom manso que vinha tentando manter. "Você não pensa, não?"

Jones e Willis deram risada.

Dennis virou-se para Derek.

"Agora se manda, mano."

"Por que é que você precisa ir com eles?", perguntou Derek, sem se preocupar se Willis e Jones estavam escutando.

"Eu não vou chegar tarde. Olha lá o Lydell, ele veio te procurar."

Derek deu uma olhada para o alto da ladeira e viu Lydell Blue descendo a rua, vindo da escola primária Park View, com duas varas de pescar no ombro. Derek foi se encontrar com o amigo. Eles se deram as mãos, depois bateram com o punho no peito.

"Nós", falou Derek.

"Nós", disse Lydell.

Lydell, atarracado e musculoso, exibindo vestígios de um bigodinho, entregou a Derek uma das varas. Estavam indo para a Casa do Soldado Veterano, onde teriam de pular a cerca que delimitava a propriedade para pescar na lagoa, situada no meio de um bosque. Era raro algum peixe morder a isca, mas ali ninguém os importunava e era um bom lugar para sentar e conversar. Lydell freqüentava a mesma escola que Derek desde o jardim-de-infância. Sempre fora seu melhor amigo.

"Tudo bem com você?", Lydell perguntou, examinando a fisionomia transtornada de Derek enquanto subiam a rua.

"O que é baseado, Ly?"

"Cigarro de maconha, cara. Você nunca sabe de nada, né?"

"Eu sabia que era", disse Derek, sentindo uma fisgada no peito. "Só queria saber se você sabia, mais nada."

Derek virou a cabeça, viu o irmão e os outros dois caminhando na direção do velho Cadillac, viu Dennis pôr a mão na maçaneta da porta traseira.

Não entre nesse carro.

Derek Strange escutou portas que se abriam e fechavam com uma batida, depois a ignição de um motor. Ele e Lydell Blue caminharam para o leste, em meio aos últimos vestígios da hora dourada, enquanto o lusco-fusco se instalava.

Stewart e Hess foram até o Mighty Mo, um drive-in no cruzamento da New Hampshire Avenue com a Route 410. O Mighty Mo fora construído em 1958 e era o ponto de encontro da turma. Era ali que eles planejavam a ação para o resto da noite. Os *hot rods* e os *lowriders* batizados com nomes como "Mãozinha Leve", "Sonequinha" e "Já Corri" enchiam o local com suas carrocerias lavadas e enceradas reluzindo sob a iluminação do pátio. Dos vidros abertos das janelas dos carros, jorrava rock'n'roll.

Stewart e Hess juntaram-se aos amigos. Os pedidos de hambúrguer com *onion rings* eram feitos em microfones e servidos por garçonetes que levavam a comida da cozinha até os carros. Todos, rapazes e moças, tomavam cerveja com o sanduíche. A noite transcorria mais ou menos assim: conversas sobre motor pra cá, lorotas pra lá, contato olho no olho com a namorada do alheio, e em pouco tempo era aquela animação proveniente do álcool e da noite alta. Tinha chegado a hora dos rachas.

Hess e vários outros começaram a deixar o Mo. Num canto do pátio, distanciados dos mais jovens, estavam Billy Griffith, Mike Anastasi e Tommy Hancock, todos encostados nos respectivos carros. Esses eram os brancos mais temidos e perigosos da área. Para se divertir, costumavam ir até o centro de Washington e provocar briga com os negros. A mais famosa delas tinha começado na frente da Hot Shoppes, na esquina da Georgia com a Hamilton, e prosseguido até o Little Tavern, no outro lado da rua. Disseram que Griffith, Anastasi e Hancock enfrentaram dez crioulos e arregaçaram todos eles. À medida que a história circulava, o número aumentou até chegar a vinte.

Stewart meneou a cabeça para Billy Griffith, o mais demente dos três, ao passar junto com Hess pelo grupo. Griffith tinha uma reputação lendária. Homens de todas as idades falavam dele nos bares e ficavam quietos quando ele entrava numa sala. Buzz Stewart tinha o sonho de um dia vir a ser tão falado quanto ele.

Stewart e Hess saíram pela Route 29 e foram até a região em volta da Fairland Road. Não ficava muito longe do centro de Silver Spring, talvez uns oito quilômetros, no hodômetro, mas ali era tudo mato. Por volta das dez da noite o trânsito era mínimo e quem ficava no acostamento estava ali para se divertir.

Um quarto de milha da estrada, quatrocentos e dois metros, fora isolada. As apostas já haviam sido feitas no Mo e em outros pontos de encontro. Hess parou perto de um grupo de amigos e assistiu a um racha entre um Chevrolet e um Dodge. Em seguida apareceu um cara rebocando um trailer que levava um Ford sedã, ano 1931, sem placas.

"O cara diz que tá com um V-12 na traseira", comentou Hess.

"Isso é o que ele diz", falou Stewart.

O motorista do Ford entrou na pista junto com um Studebaker 1950 mexido e o deixou para trás, comendo poeira.

"Pô", falou Hess. "Ele tava falando sério."

Assistiram a mais algumas corridas e tomaram mais cerveja. Stewart viu uma loira oxigenada em quem ele tinha dado uns amassos no banco traseiro do carro num dia em que estavam ambos no maior porre de gim e Coca-Cola. Não conseguia se lembrar de nada da moça, a não ser do cheiro que ficara no carro. Deu uns dois ou três passos na direção dela, mas mudou de idéia. Poderia ficar com a garota quando bem entendesse. Nessa noite, queria algo diferente. Três cervejas sussurraram isso para ele e a quarta lhe dizia claramente que estava era a fim de arrumar briga.

Hess porém queria ver se dava sorte com algum rabo-de-saia, então foram lá conversar com duas conhecidas da pesada, uma delas até que bacaninha, a outra parecida com uma pata espinhuda. Ambas estavam de calças jeans superjustas. Levaram as moças até o carro e, depois de estabelecidos os pares e tirados os sapatos, Hess rodou uns tempos pelos milharais da vizinhança, só de farra. As garotas estavam tão bêbadas quanto eles e não demorou para encontrarem onde parar. Stewart foi dar uma volta com a que era bacaninha e Hess ficou no carro com a pata espinhuda. Mais tarde, depois que deixaram as duas numa festa ao ar livre, lá para os lados da Peach Orchard Road, Stewart confessou que não tinha conseguido nada com a dele, nem mesmo um peitinho. Hess afirmou que tinha ficado com os dedos molhados e, com a mão estendida, ofereceu a Stewart uma cheirada.

"Tira essa merda da minha cara, Baixinho", falou Stewart.

Hess gargalhou feito uma bruxa.

"Está pronto para entrar em ação, Buzz?"

"Claro. Vamos pegar meu carango."

Trocaram de carro em frente à loja de *donuts*, compraram mais cerveja logo adiante e entraram no perímetro da capital federal, à procura de algo ou alguém para aporrinhar.

A parada seguinte foi no Rendezvous, na 10th Street, Zona Noroeste. O bar estava lotado de valentões, gente mais velha, motociclistas e mulheres apreciadoras do gênero. O lugar cheirava a álcool e suor. Link Wray & His Raymen estavam no palco tocando. Link, todo vestido de couro, botava a casa abaixo.

Stewart e Hess aproximaram-se do balcão e pediram dois chopes. Stewart quis na caneca, Hess na tulipa. Parecia copo de moça, mas Hess não se importava. A tulipa era um copo alto, frágil, fininho. Muito fácil de espatifar a boca, se fosse preciso, e usar o caco dentado para abrir a fuça de algum palhaço. Deu um gole e devolveu o copo ao balcão.

A banda tocou uma música com o vocalista ocasional Bobby Howard, depois outra. Os Raymen estavam fazendo uma barulheira dos infernos, mas Howard tinha a voz boa para aquele tipo de rock. Era sabido que Link não cantava. Contraíra tuberculose no exterior, durante o serviço militar, e os médicos tiraram fora um dos pulmões dele.

"Lá vamos nós", comentou Stewart, feliz da vida, e ambos acompanharam Link pegar uma caneta para abrir uns dois ou três buracos nas caixas de som da banda. Era assim que ele obtinha aquele som distorcido na guitarra, e era assim que avisava que a banda estava pronta para a decolagem.

E foi justamente o que houve quando eles tocaram os primeiros acordes de "The Swag" e, depois, uma versão alongada de "Rawhide". Era o tipo de som que ninguém mais parecia capaz de obter, uma espécie de rock primário que mexia com o sangue e eletrizava a platéia. As pessoas dançavam umas sobre as outras e não demorou para que saíssem alguns socos; muitos dos que brigavam continuavam com um sorriso na cara. Link, até onde se sabia, era um cara pacífico, mas sua música às vezes incitava surtos de violência.

"Você vem?", disse Hess, de olho na briga que ia aumentando numa das extremidades do salão.

"Não", falou Stewart, que só queria escutar a música, naquele momento. "Por enquanto estou bem."

Hess largou o chope no balcão, abriu caminho entre a multidão e começou a distribuir murros. O primeiro soco bateu direto na têmpora de um cara que virou a cabeça na hora errada e foi derrubado. Com seus botões, Hess pensava "Tem noite que a gente dá uma sorte desgraçada", quando outro cara, parecido com Richard Boone, acertou um direto de direita na sua cara e partiu-lhe o lábio.

Uma hora depois, estacionados na 14th Street, bem mais ao norte da Columbia Road, tomavam cerveja e fumavam. "The Girl Can't Help It" tocava no rádio e Stewart tamborilava os dedos no volante, acompanhando o ritmo da música.

Estavam ambos totalmente embriagados, mas ainda cheios de adrenalina por causa da briga. Stewart acabara entrando na dança depois de Hess ter levado aquela direita e, dali em diante, os dois fizeram um bom serviço. O que lhes deu mais orgulho foi não terem nem se abalado. Na verdade, saíram de lá andando, enquanto a banda tocava "Rumble" lá atrás. Stewart nunca mais se esqueceria da sensação daquele momento, como se Link estivesse tocando "Rumble" só para ele. Talvez devessem estar se sentindo satisfeitos, mas ainda restava energia para gastar e a noite não terminara.

"Que é que você acha que ele tá fazendo?", disse Hess, olhando mais para baixo da rua, onde havia um jovem de cor parado, sozinho.

"Tá na cara que tá esperando o ônibus", respondeu Stewart, pensando, como às vezes lhe acontecia, que alguém devia ter tirado um pedaço do cérebro do Baixinho. Porra, o garoto estava parado bem ali no ponto de ônibus.

Hess tateou o lábio. O sangue já quase coagulara, mas de vez em quando ainda pingava um pouco porque o corte tinha sido fundo. Enfiou o cigarro no lado bom da boca e deu uma tragada.

"O que você vai fazer?", perguntou.

"Como assim?"

"Da vida?"

"*Eu* sei lá." Stewart não tinha dado muita bola ao assunto.

"Estou pensando em me alistar."

"E você acha que eles iam te aceitar?"

"Por que não?"

"Você nunca ouviu falar no Parágrafo Oito?"

Hess coçou a virilha, pensando na garota com cara de pato. Ela havia protestado um pouco quando ele enfiara a mão na calcinha dela. Pode ser que tivesse sido meio grosseiro mas, porra, quando elas dizem não, você *sabe* que é sim.

"Sabe aquela garota que ficou comigo hoje?", falou Hess.

"Eu já vi ela naquele programa *You Bet Your Life*. Ela desceu do teto e quase bateu no Groucho."

"Pára com isso, cara. A garota é o máximo, cara."

"O máximo da feiura. Tinha que ser, pra te dar bola."

Os dois amigos riram. E então os olhos de Hess se estreitaram, ao tentar enfocar o rapaz de cor mais adiante na rua.

"Topa dar uns cascudos naquele escurinho ali, Stubie. Topa?"

"Claro. Por que não?"

Stewart ligou o carro e desceu devagar a rua. Manteve os faróis apagados.

"Ele tá de olho na gente", falou Hess. "Tá tentando não ficar, mas não consegue."

Hess inclinou-se para o rádio, pôs o volume no máximo e o uivo de libertação de Little Richard cortou a noite. O rapaz virou a cabeça na direção do Ford.

"Agora a gente conseguiu chamar a atenção dele", disse Hess.

Buzz Stewart subiu com o carro na calçada e acelerou. O rapaz se mandou.

"Corre, crioulo, corre", gritou Hess.

"Quantos pontos se eu atropelar o cara?"

"Uns cinco."

Stewart riu quando o carro chegou mais perto. O rapaz saiu da calçada e foi para o meio da rua. Hess gargalhou quando Stewart puxou para a esquerda, desceu o meio-fio e as quatro rodas agarraram de novo o asfalto. No último instante, quando estavam perigosamente perto, Stewart meteu o pé no freio.

Ficaram vendo o rapaz correr feito um desesperado rua abaixo. Voltaram para casa rindo.

O detetive Frank Vaughn conferenciou com seu tenente no recinto do 6º DP e mudou para um Ford preto, sem identificação. Rodou pela cidade, conversou com informantes e entrevistou possíveis testemunhas a respeito de um homicídio recente envolvendo um entregador de uma loja de bebidas; o cara fora roubado e morto a tiros ao atender a um chamado num endereço falso. Depois Vaughn tomou alguns *bourbons* num bar perto da Colorado Avenue e não pagou nenhum. Dali mesmo, ligou para uma divorciada conhecida sua, que morava num apartamento da 16th, perto do viaduto com os leões. Ele e a divorciada, uma morena alta e cheia de curvas chamada Linda, tomaram uns coquetéis na casa dela, conversaram um tempinho sobre isso e aquilo e, por fim, transaram numa cama queen size. Uma hora depois de ter entrado no apartamento dela, estava de volta ao trabalho.

Bem mais tarde, foi chamado ao local de um crime ocorrido na Crittenden Street, perto de Sherman Circle. A vítima, um rapaz de cor de uns dezoito anos de idade, fora esfaqueada no pescoço e no peito. Os fardados já tinham começado a falar com a vizinhança, mas por enquanto não tinham desenterrado nada.

Vaughn faria seu trabalho de forma metódica, sem pressa. Não haveria grande pressão dos superiores para que alguém fosse preso logo. Um garoto de cor morto não era prioritário. Caramba, talvez nem saísse no jornal.

A mãe da vítima chegara ao local e chorava histericamente. O som de sua dor levou os pensamentos de Vaughn para sua empregada, Alethea Strange. Ela tinha dois filhos, um deles da mesma idade de Ricky, o outro mais ou menos da mesma idade do garoto morto estirado na rua. Ele vira os meninos uma vez, e o marido também, quando lhe dera carona para voltar, num dia de chuva forte.

Expulsou o pensamento da cabeça. Todo homicídio, afinal de contas, era uma tragédia para alguém.

Derek Strange, deitado na cama, ouvia atento um ruído arranhado. O vento mexia os galhos e as folhas das árvores em frente à janela do quarto. Havia um cachorro fazendo barulho lá fora também. Só podia ser o pastor dos Broadnax, latindo na viela atrás da casa. Mais nada. Uma árvore em que ele subia sempre e um cachorro que lhe lambia a mão estendida.

Dennis ainda estava na rua com os amigos. Os pais tinham voltado do cinema e ido para a cama.

Derek sentia o sangue pulsando forte dentro de si. Queria que Dennis voltasse para casa. Queria o irmão debaixo do mesmo teto da mãe e do pai. Era seguro ali, quando estavam todos juntos em casa.

Levantou-se, foi até a cama de Dennis e enfiou-se debaixo das cobertas. O irmão não iria se importar com a troca. Derek sorriu, sentindo o cheiro de Dennis na cama, sabendo que já podia repousar. Fechou os olhos e adormeceu.

Enquanto dormia, sombras se esgueiraram pela parede.

SEGUNDA PARTE

Primavera de 1968

8

No domingo, ao sair da aula de catecismo, um menino escutou ecoar de um alto-falante nas redondezas da catedral da Igreja Ortodoxa grega de St. Sofia uma voz compassada, de enunciado marcante. Uma voz que era ao mesmo tempo imperiosa e quente. O menino desceu a escadaria da igreja e foi ver de onde vinha.

Ao redor, pais arrebanhavam mulheres e filhos. Alguns, em grupos pequenos, conversavam e riam, fumando seu cigarrinho pós-missa. Fazia um frio agradável. O cheiro de tabaco, misturado ao perfume de magnólias e cornisos, permeava o ar.

O menino aproximou-se de um homem grande, de rosto simpático e franco, marcado por uma cicatriz na bochecha, que estava parado na calçada, falando com outro grego de idade. Ele sorriu para o garoto de onze anos, que tinha cabelos crespos escuros e vestia um blazer azul, com um distintivo de comparecimento alfinetado na lapela.

"Você está pronto, *Niko*?"

"Ainda não, *Papou*. Daqui a pouco."

"Aonde você vai?"

"Vou ver o que está acontecendo lá. Já, já eu volto."

"Tá bom, garoto. A gente se encontra no *karo*."

O velho corpulento ficou vigiando o neto, que atravessou a Garfield, desceu alguns degraus de concreto e depois sumiu nos jardins em torno da catedral nacional.

Seguindo na direção de onde partia a voz, ele cruzou o gramado plantado com azaléias e arbustos diversos até topar com um aglomerado enorme de pessoas, quase todas elas de pele branca, só que eram de um outro tipo de branco, diferentes do avô e dos amigos do avô. Aliás, o avô os chamava de *amerikani* ou, às vezes, apenas de *aspri*. Estavam todos voltados para os alto-falantes colocados na entrada da igreja e escutavam uma voz, que parecia ser de um negro, vinda lá de dentro, do interior das paredes de pedra. Pelo jeito concentrado dos rostos, o menino percebeu que o que estava sendo dito era importante.

"... *não estamos vindo a Washington para nos engajar em algum ato histriônico e tampouco para destruir a capital...*"

O menino virou-se para o indivíduo mais próximo e puxou-o pelo paletó.

"Com licença. Quem é esse aí?"

"O doutor King." O cidadão não despregou os olhos dos alto-falantes.

"... *Não gosto de prever violência, mas se algo não for feito de agora até junho para aumentar as esperanças do gueto, sinto que este verão não vai ser apenas tão ruim quanto o do ano passado: vai ser pior ainda.*"

Alguns dos homens presentes olharam para suas mulheres quando isso foi dito. Os mesmos homens e suas mulheres olharam então para os filhos.

Não demorou para que o garoto se entediasse, já que não compreendia o significado das palavras do dr. Martin Luther King. Deu meia-volta e atravessou os jardins da catedral, regressando ao território de sua igreja e de sua gente. O avô esperava encostado num Buick Wildcat dourado, modelo 63, estacionado na Garfield. O velho jogou a ponta do cigarro na rua e abriu a porta do passageiro para o neto. Depois sentou-se ao volante e girou a chave da ignição.

"Quer dizer então que você foi escutar o *mavros*, hein?", comentou ele, afastando-se do meio-fio.

"Ouvi um pedacinho. Ele é legal?"

"Legal?" O avô encolheu os ombros. "E eu lá sei? Acho que acredita no que está dizendo. Mas que anda agitando o pessoal, isso ele anda. Não tem dúvida."

O menino estendeu a mão para o botão do rádio.

"Aonde nós vamos?"

"Vamos dar uma passada no *Kirio* Georgelakos, lá na Kennedy Street. O tomate dele acabou. Eu disse que a gente levava um pouco pra ele."

O menino, cujo nome era Nick Stefanos, remexeu no dial do rádio e parou no 1390. Tinha achado um rock na WEAM que lhe agradava. Aumentou o volume e começou a cantar junto.

"Mas que droga!", exclamou o avô, também chamado Nick Stefanos, com voz ríspida. Mas não estava bravo. Na verdade, estava achando graça. Olhou de soslaio para o banco ao lado e deu um sorriso maroto para o neto.

O avô Nick Stefanos parou seu Wildcat no beco, atrás de um Mustang fastback, tirou uma caixa de tomates do porta-malas e, antes de entrar com o neto, avisou que tinha chegado pela tela da porta dos fundos do Three-Star. Largou o caixote no quartinho de depósito e em seguida passou para a área de lavar louça, atrás do balcão.

"*Niko*", disse Mike Georgelakos de espátula em punho, debruçado sobre a chapa, com a careca salpicada de tufos grisalhos.

"Deixei os tomates nos fundos."

"Obrigado, chefe."

"*Tipota.*"

Nick e o neto deram a volta no balcão e menearam a cabeça para Billy, filho de Mike, que preparava os sanduíches frios. Billy, uma versão mais jovem, mais alta e mais cabeluda do pai, estava de avental e mantinha uma esferográfica encaixada atrás da orelha. Junto à cafeteira, uma garçonete magrinha suspendeu uma alavanca preta, fazendo jorrar café numa xícara. Os dois Nicks acomodaram-se no balcão.

Todas as mesas e metade das banquetas estavam ocupadas. Mike Georgelakos abria algumas horas aos domingos para aproveitar o movimento que havia entre o meio-dia e a uma da tarde de gente que fora à igreja. A maior parte dos fregueses usava vestido ou terno. A estação AM que em geral só punha *rhythm-and-blues* no ar estava tocando música *gospel*.

Um policial negro e outro branco, ambos de uniforme, tomavam sua primeira refeição do dia. Sobre o balcão havia duas xícaras de café e dois pratos com ovos e batatas fritas, cebola grelhada e lingüiça. De vez em quando eles trocavam uma palavra em voz baixa, mas, na maior parte do tempo, comiam concentrados. Dois adolescentes, sentados numa das mesas com a mãe, olhavam descaradamente para as costas dos policiais, examinando o tamanho de um e de outro e o jeitão da arma presa na cintura.

"Aquele Mustang novo lá fora é seu, Billy?", perguntou o Nick mais velho.

"É. Um quatro-lugares", disse Billy Georgelakos, de olho no sanduíche que estava preparando, com três fatias de pão e duas camadas de recheio.

"*Orayo eine.*"

"É, é um bom carro."

"*Tha fas simera?*", gritou Mike da grelha.

"Hoje não, obrigado", disse Nick Stefanos. "Só um café rapidinho pra mim e uma Coca pro menino."

A garçonete, uma mulher frágil e bonita, tirou um café para o mais velho, despejou uma dose de xarope de cereja num copo, completou com Coca da máquina e serviu a ambos.

"Ella, você trabalha muito bem."

"Obrigada, seu Nick."

Avô e neto tomaram o café e o refrigerante. O garoto se sentia à vontade ali; o avô também tinha um *diner*, o Nick's Grill, na 14th com a S Street, também freqüentado pelos negros. Mesmo assim, tanto numa lanchonete como noutra, tinha plena consciência de estar o tempo inteiro num mundo diferente do seu.

O Nick mais velho deixou um dólar debaixo do pires para Ella. Ao lado do neto, foi até o caixa, onde Mike acabava de registrar uma venda. Estava subentendido que Mike não daria nenhum dinheiro a Nick pelos tomates e que em algum momento futuro a dívida seria paga em espécie. Subentendido também que as bebidas eram por conta da casa.

"E você, como vai, meu jovem?", perguntou Mike ao menino. "Tudo bem?"

"Tudo."

"Muito bom." Depois, virando-se para o mais velho, a quem conhecia fazia uns vinte e poucos anos, falou: "Vocês foram à igreja, é? Ouvi dizer que o *mavros* ia fazer discurso ali perto."

"Quem, King?", disse Nick Stefanos. "E fez. Para uma multidão e tanto."

"Ele vai criar encrenca", continuou Mike, baixando a voz. "Ele vai acirrar o ânimo deles todos."

"O que tiver que acontecer vai acontecer, e pronto", respondeu Nick, com um dar de ombros e uma olhada para Mike, do outro lado do balcão, carregando dez quilos dos quais não precisava, suado, ofegante por caminhar dez metros sobre tapetes de borracha. "Você não pode fazer nada, *patrioti*, por isso é besteira perder tempo se preocupando. Vai acabar doente."

Mike abanou a mão.

"Qual o quê. Até parece que você não me conhece. Eu não me preocupo com nada."

"Pois eu acho que você anda precisando de uma ajuda. Cadê seu chapeiro?"

"Ele não trabalha domingo. Mas eu, meu filho e a Ella damos conta do recado, sem problemas."

"Até mais, *Michali*", falou Nick, debruçando-se sobre o balcão para trocar um aperto de mão com Mike.

"Até."

Assim que Nick Stefanos e o neto saíram da lanchonete, os dois policiais puseram uns trocados sobre o balcão, levantaram das banquetas e foram até o caixa. Os garotos que haviam sido tão ousados pelas costas baixaram os olhos para o prato quando eles passaram.

"Como estava a comida, rapazes?"

"Vou sonhar com aquela lingüiça esta noite", disse o policial branco, que carregava o Sul na voz e no sotaque.

"É minha marca registrada", falou Mike, olhando direto nos olhos do policial negro. "Aprendi com um profissional."

"Quanto deu, seu Mike?", perguntou o policial negro.

"Dois dólares os dois", disse ele, cobrando dois dólares a menos do que teria cobrado de um civil.

"Tenha um dia abençoado, meu jovem", falou a garçonete, Ella Lockheart, ao passar por trás do policial negro, que acabava de colocar a carteira de volta no bolso traseiro da calça.

"Você também."

Na porta, o jovem negro, ombros largos, pele escura, bonitão, virou-se e gritou para Billy Georgelakos, de pé na praça dos frios.

"*Yasou, Vasili.*"

"*Yasou, Derek.*"

O policial negro, Derek Strange, e o policial branco, que se chamava Troy Peters, saíram do Three-Star e foram para a viatura, estacionada na rua.

Strange pegou o microfone para informar por rádio à delegacia que ele e o parceiro estavam de volta ao serviço. Rodaram devagar pela avenida, com Peters na direção. Vários jovens faziam fila para a matinê do Kennedy; os cartazes em frente ao cinema anunciavam o filme *Ber-*

serk! com os dizeres JOAN CRAWFORD PERDE A CABEÇA!. Bares, tinturarias e outras lojas estavam fechados. Dois rapazes descendo pela calçada olharam torto para Strange, quando a viatura passou.

"Vamos lá, moçada", disse Peters. "Cumprimentem o Policial Amigo."

"Vocês ainda não sabem que a polícia é amiga de vocês?", completou Strange. Peters soltou uma risada, mas Strange não conseguiu sequer sorrir.

Essa era a parte que incomodava no serviço policial, o desprezo da população. Não seria tão ruim se só acontecesse quando estava fardado, fazendo a ronda. Mas não o deixavam esquecer nunca a profissão, nem nos momentos de folga. Uma vez, numa festa nas imediações da Florida com a 7th Street, uma mulher virou-se para ele e, na frente de Darla Harris, sua namorada, disse que seu trabalho era um engodo, que no fundo ele não passava de um traidor. Porém Derek Strange não pensava assim. Ele estava *protegendo* seu povo. Fazendo um trabalho que poucos se dispunham a fazer e que precisava ser feito. Convencera-se disso muito cedo, para poder seguir adiante com seu dia-a-dia.

Verdade que vários policiais negros mais velhos e mais experientes o haviam prevenido sobre esse tipo de atitude. O que ele não sabia é que aquilo continuaria a incomodá-lo de maneira tão profunda. Conversava a respeito com o amigo Lydell Blue sempre que possível, porque jamais poderia abordar o assunto com Troy Peters. Lydell também tinha entrado para o Departamento de Polícia Metropolitana logo depois de dar baixa do Exército. Ele entendia.

Nem todo mundo era assim. Muita gente o respeitava. Os mais velhos, em sua grande maioria, e as crianças. Mas nas áreas mais pobres todos o viam como inimigo, sobretudo os jovens. Já havia levado patada até do próprio sangue. Na tarde em que Strange se formara na academia de polícia, seu irmão Dennis, chapado com alguma coisa, o cumprimentara e, em seguida, dissera: "Agora você é um membro plenamente habilitado das forças de ocupação".

Strange sentira-se tentado a lhe dizer que ele não tinha moral para dar alfinetadas em quem tinha um emprego, mas não abriu a boca. Dennis não falara aquilo por mal, na verdade. Sempre fora contra tudo o que tivesse um vago cheiro de autoridade institucional. O consolo é que pelo menos os pais o olhavam com orgulho.

"Ouviu aqueles dois coroas lá dentro, falando sobre o doutor King?", perguntou Peters.

"Ouvi, sim."

"O pessoal está com medo, essa é que é a verdade."

Strange olhou para o companheiro loiro atrás do volante.

"E vai me dizer que você não está com medo?"

"Não da mesma forma que eles. Olha só, se o pessoal aqui fora não conseguir algum tipo de válvula de escape, a coisa vai pegar fogo. Eu não morro de amores por esse tipo de violência. *Claro* que sinto medo. Mas o que aqueles velhos temem é a mudança em si. Estou falando de como o mundo que eles conheceram vai mudar para sempre quando isso tudo for resolvido de uma vez por todas. Já eu não, eu acho bom esse tipo de mudança."

"Acha bom, é?"

"Você sabe o que quero dizer."

"Tá legal. Mas eis aqui algo pra você pensar enquanto mantém a mente assim tão aberta. Quando chegar a hora da revolução, você vai querer ir lá cumprimentar *aquela gente* de braços abertos, certo? Mas a sua vai ser a primeira cabeça a rolar."

"Eu só quis dizer que tem alguma coisa a caminho, mais nada. E isso você não pode negar. Seria como tentar parar o amanhecer."

Strange meneou de leve a cabeça, o pescoço tenso.

Com o aumento da pobreza, as condições de vida haviam se deteriorado bastante durante a década. Nos últimos tempos, apenas um em cada três jovens chegava a completar o segundo grau nas escolas públicas, o que resultara numa força de trabalho colossal, sem nenhuma qualificação, despejada ano após ano numa cidade de colarinho branco onde predominava o funcionalismo público, sem muitos empregos para oferecer e quase nenhuma perspectiva futura. Para muitos, as promessas do movimento pelos direitos civis tinham sido quebradas. E se os moradores do gueto se viam numa espécie de prisão, a força policial era considerada a guarda do presídio, percepção exacerbada pelo fato de haver, em Washington, mais ou menos três negros para cada quatro cidadãos, ao passo que, de cada cinco policiais, quatro eram brancos. Não era de surpreender que o crime, a desobediência civil e o ódio manifesto estivessem aumentando.

O governo, enquanto isso, tomava decisões de última hora para tentar amenizar as tensões. Por decisão do presidente Johnson, Walter Washington, diretor por muitos anos da Secretaria de Habitação da capital federal, foi nomeado o primeiro prefeito negro de Washington. Por sua vez, o prefeito Washington chamou Patrick V. Murphy, antigo chefe da polícia de Syracuse, para ocupar o recém-criado cargo de diretor de Segurança Pública. Murphy, considerado mais sensível ao problema racial do que o até então chefe de polícia John Layton, ficou encarregado de supervisionar tanto a polícia metropolitana como o corpo de bombeiros. Ato contínuo, promoveu vários negros a patentes mais altas e não poupou esforços para atrair mais recrutas negros. Com isso, perdeu popularidade entre senadores e deputados de determinadas correntes, cujo grande receio era conferir poder demasiado aos negros da capital da nação, uma cidade que vivia sob controle federal. O fato é que, com a nova oportunidade, muitos negros e negras alistaram-se para receber a farda, o distintivo e a arma. Derek Strange e Lydell Blue foram dois dos muitos que escutaram o chamado.

Mas, para o grosso da população desfavorecida de Washington, as novas medidas eram poucas e vinham tarde demais. A divisão racial continuava sendo o grande barril de pólvora dos Estados Unidos, e pelo visto esse barril estava fadado a explodir na capital do país. Em agosto de 1967, incêndios e pequenos tumultos pipocaram ao longo da 7th e da 14th Street; a população havia jogado pedras e garrafas nos bombeiros que tentavam apagar o fogo. Dali em diante, as arruaças tornaram-se ocorrências quase semanais. O então famoso Stokely Carmichael, ex-porta-voz do Comitê de Coordenação Estudantil sem Violência, o SNCC, se mudara para a capital. H. Rap Brown fora extraditado de Nova Orleans para Richmond e, de lá, seria enviado para a costa de Maryland, onde era acusado de incêndio criminoso e incitação à rebelião na cidade de Cambridge. Os Panteras Negras e outras facções nacionalistas negras tinham entrado em atividade e se entrincheirado por toda a cidade. Por sua vez, Martin Luther King prometia — ameaçava, alguns chegavam a dizer — levar a Campanha dos Pobres, um comício-monstro, até Washington no dia 22 de abril. Antes, porém, seria preciso lidar com a situação em Memphis.

Dias antes, King havia liderado uma passeata de seis mil pessoas pela Beale Street, em uma marcha de apoio à greve dos lixeiros de Memphis, onde quase todos os empregados do setor eram negros. Depois da passeata houve distúrbios violentos, com um saldo de vários feridos, dezenas de prisões e a morte de um menino de dezesseis anos. As testemunhas diziam que o garoto, Larry Payne, fora baleado por um policial branco após já estar com as mãos para cima, rendido. Logo em seguida, um grupo de eminentes radicais pediu a anexação de cinco estados do Sul, com a intenção de criar uma nação negra independente, avisando que o país não teria "chance de sobreviver" caso suas exigências não fossem atendidas. O presidente Johnson, visivelmente cansado, tinha declarado que os distúrbios só serviriam para dividir o povo, ao passo que o candidato a presidente Richard Nixon declarava que o país precisava "estar preparado para enfrentar a força com a força, se necessário". Martin Luther King prometera que o incidente em Memphis não impediria seus planos de marchar sobre Washington em abril.

"Troy?"

"Sim?"

"Você acha que daria pra gente passar uma tarde que fosse sem falar nessa porcaria de mudança?"

"Mas não é importante pra você?"

"Em *meu* mundo, já ouço o suficiente sobre o assunto todo santo dia. Preferia não ter que discuti-lo todo santo dia no trabalho também."

Discutir com um branco, Strange poderia ter acrescentado. Mas não havia necessidade de enunciar isso em voz alta. Peter era esperto o bastante para ler nas entrelinhas.

Strange fazia parceria com ele já havia um bom tempo, mas um único dia foi suficiente para se inteirar de toda a história de sua vida. Troy Peters tinha vinte e nove anos, era cristão devoto e se casara com a moça com quem namorava na faculdade. A mulher, Patty, trabalhava para uma organização de defesa dos direitos dos índios norte-americanos na Jefferson Place, Zona Noroeste; ela dirigia um Fusca com um adesivo em forma de flor apoiando Eugene McCarthy grudado no capô. Peters tinha opinião formada a respeito dos direitos civis, dos direitos das mulheres, dos sindicatos e da guerra do Vietnã. Em cada uma dessas questões, acreditava estar do lado dos anjos.

Certo ou não, o fato é que suas opiniões quase sempre vinham em forma de discurso, como se estivesse se dirigindo de novo à turma de ciências políticas num daqueles cursos que fizera na faculdade. Strange de vez em quando se achava no dever de trazê-lo de volta à realidade. De fazê-lo entender que, ainda que todos os negros estivessem buscando igualdade, poucos estavam ansiosos para ser aceitos, ou amados, pelos brancos. Na verdade, essa era uma das últimas coisas que passavam pela cabeça da população negra. E era justamente isso que muitos desses tipos bem-intencionados pareciam incapazes de compreender.

Mas uma coisa era verdade. Peters de fato se distinguia da maioria dos policiais que Strange conhecia. Nascido na Carolina e formado em Princeton, trabalhara no exterior como integrante do Peace Corps antes de ingressar no Departamento de Polícia Metropolitana como um recruta de alto coturno, um dos vários que apareceram na corporação munidos de diploma universitário e dispostos a mudar o sistema de dentro para fora. Tinha saído até um artigo no *New York Times* a respeito desses policiais no qual Peters era citado, bem como uma reportagem de página dupla na revista *Look* com uma foto de sua cara sardenta de olhos azuis. Ele se dizia constrangido com tanta atenção, e Strange não duvidava que estivesse de fato. O certo é que sua notoriedade e sua educação impecável não o tornavam muito querido entre os colegas da polícia, tanto negros como brancos. Para eles, o rapaz estava apenas brincando de polícia até se entediar e passar a fazer outra coisa.

Não que Peters desse moleza. Os rapazes criados no Sul em geral possuíam um físico mais avantajado e mais resistente que os do Norte, e Peters era um rapaz sulista da cabeça aos pés. Pelo que Strange havia visto até o momento, ele não tinha medo nenhum de entrar num conflito e tampouco problemas físicos para controlar suspeitos na rua. Mais importante que isso, Strange sentia plena confiança de que o colega lhe daria cobertura, se algo acontecesse.

De modo que Troy Peters era legal. Não era amigo do peito de Strange, nada disso, mas era um bom sujeito. Strange só gostaria que ele não tentasse com tanto empenho conquistar seu parceiro "negro" o tempo inteiro. Era cansativo, às vezes, ficar escutando as batidas de seu coração imaculado.

"Eu adoraria ter estado lá", disse Peters.

"Onde?"

"Na catedral. Gostaria de tê-lo ouvido falar."

"Eu achei que esse papo estava encerrado."

"O rádio disse que apareceram quatro mil pessoas para ouvi-lo", insistiu Peters, incapaz de abandonar o assunto.

"Vão ser quatrocentos mil, se ele voltar em abril."

"Primeiro ele tem que ir ao Tennessee botar uns panos quentes naquela situação toda de lá."

"Por mim, sem problemas. Vamos deixar a polícia de Memphis lidar com isso por uns tempos. Assim podemos ter um pouco de paz aqui."

Strange olhou pelo vidro da janela da viatura e viu um homem lavando seu Cadillac na rua. Um fiapo de "Cold Sweat" vinha do rádio dele. Dois moleques dançavam na calçada, um deles tentando abrir as pernas para fazer um *split* à James Brown atrás do carrão.

"*Maceo*", resmungou Strange bem baixinho.

Mais adiante, uma mulher com roupa de quem tinha ido à igreja caminhava sozinha, balançando a bolsa de lá para cá, requebrando lindamente o traseiro por baixo da saia curta.

"O que foi que você disse?", perguntou Peters.

"Eu amo esta cidade."

9

Buzz Stewart saiu, aspirou o ar gelado de primavera e acendeu um cigarro. Tinha acabado de trocar o óleo de um Dart 66, precisava de um descanso e achava tê-lo merecido. Atrás dele, do rádio da oficina, vinha a música nova dos Temptations, "I Wish It Would Rain". Isso sim é que era música.

"*Day in, day out, my tear-stained face is pressed against the windowpane*", cantou Stewart, em voz baixa e desafinada, de olhos fechados, esquentando o rosto no sol. Com David Ruffin nos vocais, não tinha como errar ali. Claro que Stewart não podia nem ver um preto na frente. Mas, cara, como eles cantavam bem.

Depois da dispensa do Exército, o gerente do posto Esso na esquina da Georgia com a Piney Branch o contratara de novo sem pestanejar. Disse que torcia para que o serviço militar tivesse feito dele um homem e Stewart lhe garantira que sim. Em pouco tempo, fora promovido a mecânico júnior, título que lhe permitia executar trabalhos simples: bombas hidráulicas, mangueiras, troca de bateria, termostato e coisas do gênero. Nada de mexer com válvulas, porém, nem mesmo regulagem de motor, porque o gordo continuava insistindo num certificado para que assumisse funções de responsabilidade maior. Stewart se negava a fazer o curso. Havia muito tempo, já, tinha decidido nunca mais sentar numa carteira escolar para nunca mais ter de escutar os outros dando risada dele, do jeito como os meninos riam no primário, só porque não conseguia ler as palavras compridas daqueles livros idiotas.

O gerente falou: "Você faz o curso e sai mecânico formado. Simplíssimo".

Stewart retrucou: "Fodam-se os cursos", e encerrou a discussão.

Ele gostava de mexer com carro, mas já não pensava mais em fazer disso uma carreira. Havia maneiras mais fáceis de ganhar dinheiro.

"Ei, Dom", disse Stewart, vendo Dominic Martini passar um rodinho no pára-brisa de um Impala 64 perto das bombas de gasolina. "Você deixou uma mancha aí. Como é que você quer ser eleito funcionário do mês, desse jeito?"

"Não sei, não, Buzz", disse Martini, sem tirar os olhos daquilo que fazia. Devia ter consciência de que o outro estava gozando da cara dele, mas, se isso o incomodava, ele não deixava transparecer.

"É que eu não quero ver você perder a chance de chegar à gerência, só isso."

"Obrigado pelo apoio, cara."

Stewart grunhiu. Martini estava com vinte e poucos anos e era o tipo do moreno bonito que agradava as mulheres. Se quisesse, poderia ter virado até ator de cinema, quem sabe, ou um daqueles gigolôs que ganham grana para sair com as coroas. Mas lá estava ele, de frentista, ainda limpando pára-brisas no mesmo bairro onde nascera e crescera, um bairro que agora era quase só de pretos.

"Tapado", resmungou Stewart.

Tapado, talvez, mas valente. Ao contrário de Buzz Stewart, que tinha ficado estacionado nas Filipinas durante todo o período de serviço militar, Dominic Martini estivera no Vietnã. Dizia-se inclusive que seu batalhão se envolvera em algumas ações de verdade. Mas Martini, que já fora um filho-da-puta convencido na adolescência, voltara diferente. O estranho era que ter participado da merda toda acabara apagando boa parte do fogo que havia dentro dele. Ou talvez fosse alguma coisa relacionada com o irmão caçula. O garoto, Angelo, um bunda-mole na opinião de Stewart, sempre agira meio que como a sombra do irmão quando eles eram mais jovens.

Mas independentemente do que tivesse botado água na fervura do cara, e apesar da falta de empolgação, ele fora incluído nos planos. No entender de Stewart, se algo falhasse, Martini agiria sem pensar, e agiria com autoridade. Depois de programado para matar, era muito difícil perder o instinto.

Martini havia dito que topava qualquer coisa que ele tivesse em mente. Disse isso sem o menor entusiasmo, como dizia tudo mais, mas concordara em participar. Stewart também incluíra o Baixinho nos lances, logo depois de ele ter saído da cadeia. A prisão o deixara mais pinel ainda, e isso vinha bem a calhar. Não que algum dia Walter Hess tivesse sido normal ou coisa parecida. Ele não precisava dos fuzileiros navais para ensiná-lo a matar.

Stewart deu uma tragada, mais outra, e na última puxou tão fundo que o papel se desfez. Esmagou a ponta sob a bota. Havia mais serviço para fazer, um rodízio de pneus num Oldsmobile 88 que estava parado ao lado do Dart. Era hora de voltar ao trabalho.

Antes, porém, deu uma paradinha perto do próprio carro, um Plymouth Belvedere 64 vermelho-sangue com capota branca, que deixava sempre estacionado rente à parede da oficina. Aquele carango era o xodó de Stewart, um 440 personalizado com entradas de ar Max Wedge no capô, turbina Hooker, escapes de três polegadas, transmissão automática 727 e rodas traseiras cromadas. No pára-lama esquerdo da frente, em letras brancas, estava escrito “Bernadette”. Ele tinha dado ao carro o nome de sua música favorita.

Stewart reparou numa mancha na capota. Na hora, levou a mão ao quadril, na linha da cintura, para puxar a estopa limpa que sempre levava dependurada no cinto. Esfregou e limpou a mancha. Agora sim, voltara a ficar perfeito.

* * *

Pouco depois, estava com o Oldsmobile na rampa, usando a pistola de ar comprimido para afrouxar os parafusos das rodas. A velha que era dona do carro ia passar dali a pouco para pegá-lo.

Arregaçara as mangas da camisa até a altura dos bíceps e, enquanto trabalhava, examinava a todo momento os braços, admirando o volume. Sempre fora um cara grande. O Exército fizera dele um touro.

Barry Richards, o locutor a mil por hora da WHMC, apresentou a nova dos Miracles, "If You Can Want", dizendo "Dá-lhe, Smokey", antes de a melodia entrar. Não era nenhum "I Second That Emotion", mas quebrava o galho.

Walter Hess andava pegando no pé de Stewart por causa dessa sua recente paixão pelo *rhythm-and-blues*. Verdade que Stewart era roqueiro velho, de muito tempo mesmo, mas algo tinha mudado bem no início da década de 60, quando começara a freqüentar o Howard, que ficava numa travessa da 7th, abaixo da Florida Avenue. Ia lá para ouvir música ao vivo com os amigos. Na maioria das vezes, eram os únicos brancos no pedaço, mas os crioulos estavam tão centrados no show que era raro haver problemas. Pelo menos nada assim muito digno de nota, fora as olhadas feias de vez em quando. Stewart sempre ficava em cima, no balcão, para não chamar tanto a atenção. Por causa de seu tamanho, sempre aparecia demais.

No começo, ainda pegou nomes famosos. Por cinqüenta centavos, isso nos primeiros tempos, você via os caras ao vivo e um filme também. Comediantes, às vezes, como Moms Mabley e Pigmeat Markham. Mas no geral eram todos músicos e era deles que se lembrava mais: James Brown & The Famous Flames, Stevie Wonder, Martha & The Vandellas, os Impressions, Joe Tex e Aretha, isso quando ela era pouco mais que uma menina. Porra, Aretha era tão jovem na época que o pai tinha que ficar no palco junto com ela, servindo de acompanhante. Stewart se enchera dos sucessos que escutava no rádio, sobretudo das porcarias inglesas, mas o que viu no Howard esquentou os motores dentro dele e o levou a comprar música de novo.

Gostava de tudo quanto é tipo de *rhythm-and-blues*. Mas quando ia às lojas para gastar dinheiro com disco, ficava de olho nas coisas de gravadoras como Tamla, Gordy e Motown. Não havia nada melhor do que o som da Motown. Aqueles negões que eles tinham lá no Sul, Otis Redding, Wilson Pickett e companhia, até que cantavam legal, mas quando começavam a grunhir e suar ficavam pretos demais para o gosto de Stewart. Os da Motown não, os caras tinham classe, usavam smoking, vestido comprido, cabelo de branco. E cantavam umas coisas que dava para ver que não era só para os pretos, não. Porra, eles podiam estar cantando a respeito de coisas que aconteciam na vida dos brancos. Às vezes, fechando os olhos, dava até para fingir que eram brancos.

Não que Stewart tivesse desistido por completo do rock. Ele e o Baixinho, com Martini na cola às vezes, ainda freqüentavam alguns clubes. E Link Wray continuava sendo o grande favorito.

Stewart perdera a longa temporada de Link no Vinnie's, um velho bar da pesada perto do terminal dos Greyhounds, na H Street, porque essa foi a época, vários anos na verdade, em que serviu o Exército. Quando voltou, Wray e os Raymen eram a atração principal do Clube 1023, no extremo da Zona Sudeste. O 1023 era bar de motoqueiro, freqüentado por integrantes do Satan's Few, do Phantoms, do Pagans e de outros grupos do gênero. Na época, aquela região de Anacostia estava passando de reduto do proletariado branco para bairro de preto e as tensões entre os residentes e os freqüentadores do clube tinham começado a se acirrar. No verão de 66, os negros atacaram o clube, cortaram a fiação elétrica, derrubaram as motos no chão e atiraram tijolos pelas janelas do 1023. Na semana seguinte, lógico, os Pagans revidaram distribuindo porrada para tudo quanto foi lado. Buzz Stewart e Walter Hess tinham participado do auê. Isso foi antes de o Baixinho ter ido em cana por uma outra coisa. Mas naquela maldita noite do revide, durante o pega-pra-capar, Stewart viu Hess cortar a cara de um crioulo com um baita de um canivete. Depois viu o cara em disparada pela rua, berrando feito mulherzinha. O Baixinho devia ter feito um estrago legal nele.

No fim, o clube foi obrigado a fechar. Link foi se apresentar no Famous, na New York Avenue, em frente ao Rocket Room, outro bar caindo aos pedaços. Stewart foi atrás dele e continuou freqüentando algumas outras espeluncas do tipo. Tinha o Anchor Inn, na Zona Sudeste, conhecido por empregar uma ou outra puta como garçonete; o Strick's, na Branch Avenue, que ainda tocava música *country*; o Alpine, na Kennedy; o Lion's Den, na Georgia; e o Cousin Nick's, outro reduto dos Pagans, perto do pátio dos ônibus, bem no alto da 14th. Negros não eram bem recebidos em nenhum desses bares, ainda que muitos estivessem situados em bairros onde só morava gente de cor. Se por acaso aparecesse algum olhando com segundas intenções para as garotas brancas, bom, azar do cara. Era obrigação de qualquer um lá dar uma surra nele.

No interior desses estabelecimentos, Stewart sentia-se seguro entre os seus. Era o mesmo que estar com a turma do racha, no estacionamento do Mo, as Chantels cantando no rádio do carro, como se no calendário ainda estivesse escrito 1959. Porém do lado de fora dos clubes a atitude tinha mudado. Os pretos não baixavam mais a cabeça quando você encarava. Eles andavam devagar pela rua, devagar mesmo, quase como se estivessem desafiando você a bater neles. Os mais novos, sobretudo, tinham aquele olhar zombeteiro que dizia: vá se foder. Estava claro que não iriam mais levar desaforo de branco.

Mas as mudanças não paravam por aí. A turma da brilhantina tinha sido desbancada. *Os hot rods* não estavam mais com nada, os *muscle cars*, mais esportivos, tinham chegado para ficar, assim como os *pony cars*, como foram apelidados os Mustangs; Elvis Presley era passado. Stewart aposentara a brilhantina e deixara o cabelo crescer um pouquinho por cima da orelha. Alguns amigos haviam começado a fumar maconha. Uns poucos foram por caminho pior. Walter Hess continuava tomando cerveja e às vezes uns Jack Daniels, mas em algum momento do percurso, muito provavelmente quando esteve em cana, entrou também nas anfetaminas. Quanto a Stewart, manteve-se na cerveja e nos destilados. Gostava de *bourbon* Ten High com *ginger ale*. Certas noites, quando queria sair fora de órbita de vez, ia de gim com Coca-Cola.

Nos bons tempos, Stewart e Hess haviam se fiado nos próprios punhos. Agora nunca entravam nas regiões dos negros sem algum tipo de arma. Buzz guardava uma Derringer na bota; o Baixinho sempre levava algum tipo de faca. Usavam esses mesmos acessórios nos bares da 13th e da 14th Street, aos quais iam a altas horas da noite, lá para os lados de Shaw. Claro que nesses botecos as raças se misturavam e a tensão aliviava um pouco na alta madrugada. Os freqüentadores eram uma massa amorfa de negros e brancos de porre. As prostitutas eram quase todas negras.

"Já acabou com o Oldsmobile?" Lá estava o gerente gordão, parado na porta.

"Quase", disse Stewart, que fizera o rodízio dos pneus, balanceara as rodas e agora apertava os parafusos.

"A do cabelo azulado já tá esperando."

"Não falei que tô quase acabando?"

Stewart olhou para a porta. O gerente já ia voltando para seu escritório, chacoalhando as banhas. Ao lado das bombas, Martini conversava com um sujeito encorpado, de terno e chapéu, enquanto a gasolina entrava no tanque do Dodge antigo. O fortão tinha uns olhos sonolentos e o cabelo curtinho. À primeira vista, dava a impressão de ser militar. Mas Stewart era rodado o suficiente para saber que não. O cara era polícia.

Stewart não se surpreendeu. Dominic Martini conhecia quase todos os policiais das redondezas. Era quase um jogo para ele, conhecê-los todos pelo nome. Rondava as delegacias, observando os policiais, desde menino.

Cretino de merda, pensou Stewart. Era como se Dominic admirasse os caras. Imagine só, admirar um polícia.

Logo depois, entrou no posto uma viatura com dois fardados, um branco e um preto no banco da frente. O motorista, o que era branco, encostou ao lado do Dodge do paisana.

Stewart disse entre dentes: "Mais essa porra, agora".

Frank Vaughn gostava de sair do carro e esticar as pernas enquanto o rapaz do posto Esso enchia o tanque. Fazia anos, aliás, que aquele rapaz trabalhava ali.

Pelo que estava escrito na camisa, seu nome era Dom. O tal do Dom ficara sumido um bom tempo. Vaughn supunha que tivesse sido convocado. Era o tipo de jovem que o governo não deixava escapar nem a pau. A faculdade, claro, não seria o caminho dele, e filho de rico ele também não levava jeito de ser. O mais provável é que tivesse resolvido largar o colegial por sua conta e risco. O fato é que era forte o bastante para ser soldado, quanto a isso não restava dúvida. Antes, quando Vaughn ia abastecer, aquele garoto dava a impressão de que ia estourar, de tanta vitalidade. Sabia que Vaughn era policial e sempre dava uma de esperto. Agora, tudo isso parecia ter murchado dentro dele.

"Não encha até a boca", disse Vaughn, que admirava um Plymouth Belvedere lustroso, todo preparado, estacionado ao lado da oficina. "Deixe um espaço pro tigre."

"Hã?"

"A placa aí de vocês diz 'Ponha um tigre no seu tanque'."

"Ah, tá", respondeu Dom, como se não tivesse entendido a piada. O mais provável é que ouvisse a mesma gracinha umas dez vezes por dia.

Uma viatura entrou no posto. Vaughn conhecia os ocupantes. Peters, o rapaz formado pela Princeton, e o recruta de cor, Derek Strange. O cavaleiro branco e seu parceiro negro, tão esmerados quanto uma cédula recém-impressa, parte da nova cara do Departamento de Polícia Metropolitana. A Vaughn, aquilo parecia mais um golpe publicitário do que algo de ordem prática. Peters era um policial fardado de alta visibilidade que de vez em quando saía nos jornais. Coloque-o ao lado de um cara de cor, um que tenha boa aparência, que seja capaz de enunciar uma frase completa, e está dado o recado. Esta é a cara do futuro da polícia.

Vaughn, porém, achava que o Departamento estava contratando os negros depressa demais, sem levar em conta a qualificação do pessoal. Em tese, era boa idéia ter uma polícia de cor para policiar cidadãos de cor. Mas Vaughn não tinha muita certeza se ele ou o Departamento estavam prontos para a mudança. Assim como tudo mais que vinha acontecendo nos últimos anos, aquilo parecia estar indo rápido demais.

O rapaz, no entanto, era um sujeito bem decente. Era filho de Alethea, caramba, então isso não era surpresa para ninguém.

O Ford parou do outro lado da bomba de gasolina e o motorista pôs o carro em ponto morto. Derek Strange estava no banco dos passageiros, o braço apoiado na borda da janela aberta.

"Detetive Vaughn", disse ele.

"Como é que vão vocês, rapazes?", perguntou Vaughn.

"Estamos terminando o turno."

"E eu aqui, começando o meu. Precisam de alguma coisa?"

"Só paramos pra cumprimentar. O senhor parecia meio solitário, parado aí."

"Obrigado pela preocupação."

O frentista virou-se na direção de Strange. Ambos se entreolharam por alguns momentos, depois o rapaz do posto desviou os olhos.

Strange reconheceu-o. Era Martini, o adolescente que morava lá para os lados de Billy, aquele com quem tinha saído algumas vezes nos tempos de menino. Um garoto com pinta de delinqüente juvenil, metido a mau, tinha um irmão boa-praça que com certeza ele considerava covarde. Estavam juntos no dia em que Strange fora apanhado no flagra tentando afanar um cadeado na Ida, fazia nove anos isso.

Strange não cumprimentou Martini. Ele não parecia querer ser reconhecido. A impressão que dava era que tinha caído um pouco do seu pedestal. Strange deixou-o em paz. O pai sempre lhe dissera: "Não vá você chutar um homem que já está caído no chão. Não há motivo nenhum para isso". Porém, por mais errado que fosse, foi obrigado a reconhecer que era uma sensação boa estar ali com sua farda impecável, olhando para Martini, todinho coberto de graxa.

"Sua mãe está boa?", Vaughn perguntou.

"Está ótima", disse Strange, com um tom de quem estava encerrando a conversa. Ficou muito claro para Vaughn que Strange lhe pedia para não dizer mais nada.

"Então já vou indo", falou o detetive. "Vocês dois fiquem de olhos bem abertos por aí."

"Bom trabalho, detetive", disse Peters, que engatou uma primeira no Ford e saiu do posto.

Martini repôs a mangueira na bomba.

"São cinco dólares."

"Toma", disse Vaughn, entregando-lhe a nota.

Vaughn caminhou então até o belo Plymouth estacionado ao lado da oficina. Examinou o carro. O dono tinha lhe dado o nome de Bernadette, muito provavelmente o nome da namorada. Bem, pensou ele, os rapazes fazem coisas muito cretinas quando o assunto é mulher. Ele próprio tinha uma tatuagem no ombro com o nome "Olga" escrito numa flâmula tremulando no meio de um coração. Olga ainda era sua namorada, na época. Tinha feito a tatuagem numa noite de farra, quando servia no exterior, vinte e quatro anos antes. Depois de se tatuar, fora para o puteiro em frente e gastara o resto do dinheiro da folga com uma mocinha magrela que o chamava de Fuank, tinha a xota raspada e gostava de rir.

Vaughn foi até a porta aberta. Lá dentro um mecânico, um rapaz com físico de peão, baixava um Oldsmobile até o chão.

"Esse Belvedere aí fora é seu?"

"É", respondeu Stewart, sem nem sequer se dar ao trabalho de olhar para Vaughn. Respirava pela boca, enquanto trabalhava. Vaughn lhe dava quase trinta anos. Alguém que ainda era da turma da brilhantina, não muito inteligente e que o tempo deixara para trás.

"Belo carro", disse Vaughn.

"Algo errado?"

"Só me chamou a atenção. Também sou fã de peças Mopar."

"Hum", fez Stewart. Foi mais um grunhido do que uma resposta.

Cara simpático, pensou Vaughn. Muito bem, então foda-se você também.

Voltou para seu veículo, um Dodge Polara 67, com lanterna traseira olho-de-gato. Debaixo do capô, o motor era um 5.2, ou seja, pouco cavalo para muito peso. Tudo nele era de fábrica, direto do pátio da Dodge de Laurel. Nada que se assemelhasse ao Plymouth do rapaz, que realmente chamava a atenção e era um verdadeiro foguete. Mas o Polara era esportivo o bastante para alguém que via os cinqüenta chegando pelo espelho retrovisor. Era um carro bonito.

Vaughn acendeu um cigarro ao sair do posto Esso, a caminho da delegacia. Domingo era um bom dia para se trabalhar. Em geral não acontecia muita coisa. Quem sabe daria para tirar uma horinha de folga. Tempo suficiente para visitar sua garota.

Saindo do posto, Strange e Peters responderam a um chamado referente a uma briga doméstica na Ogelthorpe. Peters avisou que estavam a caminho.

"A gente está indo a pé?", comentou Strange.

"Pra que a pressa, recruta?"

"Você está devagar demais."

Peters conferiu o velocímetro.

"E não é que estou mesmo?"

Peters sabia que desavenças domésticas em geral se resolvem sozinhas e antes de a polícia chegar. Os homens que estavam havia mais tempo no serviço não tinham a menor pressa de se intrometer em conflitos conjugais, não se pudessem evitar.

"O detetive *Hound Dog*", disse Peters, acelerando um pouco mais o Ford, ao chegar na ladeira da 14th Street. "Ele conhece sua mãe?"

"Do trabalho", falou Strange.

"O nosso amigo deve fazer limpeza nos dentes com uma certa regularidade, então."

"Imagino que sim."

Strange tinha dito a Peters, no início da parceria, que a mãe trabalhava como recepcionista num consultório dentário. Assim que pregou a mentira sentiu vergonha de si mesmo e perguntou-se por que fizera aquilo. Agora tinha de manter a história.

"Tem algum plano para hoje à noite?", Peters perguntou.

"Vou pegar a primeira sessão do Tivoli. *Três homens em conflito.*"

"Mas você já viu esse filme duas vezes."

"E vou ver a terceira. Minha namorada ainda não assistiu."

"A mulher que quiser namorar com você tem que gostar de bangue-bangue, sem dúvida."

"Ela gosta do que é bom, então vai ter que aprender a gostar de faroeste também."

"Pára de se achar o máximo."

"Não estou me achando nada. É verdade."

Peters entrou na Ogelthorpe e desacelerou a viatura.

"Aquela música do filme está tocando em tudo quanto é rádio, sabia?"

"Com o Hugo Montenegro? Aquela versão não presta. É a pior de todas."

Pararam perto da casa cujo número tinha sido dado pela central. Um homem e uma mulher, ambos vestidos para ir à igreja, abraçavam-se na porta. Ele deu um beijo no rosto dela, depois na boca.

"Agora ele vai fazer as pazes com ela", falou Peters.

"Está tentando", disse Strange.

"Entendeu por que eu não me apressei muito? Vamos ficar aqui e aguardar um pouco, tá? Vamos dar ao cara a chance de dizer pra ela que aprendeu."

Buzz Stewart foi até as bombas. Dominic Martini tinha acabado de abastecer um Riviera dourado com oito galões de gasolina. Repôs o medidor no zero assim que o Buick deixou o posto.

"O que foi aquilo?", perguntou Stewart.

"Nada."

"Nada o caramba. Quem eram os caras de farda?"

"Polícia."

"Tô perguntando se você conhece eles?"

"Já vi os dois por aí."

"Que merda, você não entende mesmo, né?" Stewart esfregou o queixo. "Você topa ou não?"

"Topo."

"Então aja como quem topou. Não dá pra você ficar

de lero com a polícia e vir comigo ao mesmo tempo. Entendeu?"

"Eu não fiquei de... eu não disse merda nenhuma."

"Ótimo. O Baixinho e eu vamos nos encontrar esta noite. Você vem?"

"Eu já não disse que topo?"

"Então esteja lá em casa por volta das oito."

Martini viu Stewart cruzar o posto e sumir na escuridão da oficina.

10

Sentado em sua poltrona favorita, Alvin Jones tinha um Kool queimando entre os dedos da mão direita e um *bourbon* com gelo na esquerda. Estava com a página de esportes aberta no colo e franzia a vista, tentando decifrar as letras. Tinha visão boa, mas o uísque já fizera efeito.

O jornal dizia que os Washington Senators tinham derrotado os Pittsburgh Pirates, cinco a três, o que dava dez vitórias consecutivas na Liga Nacional. No entanto, Jones não estava interessado em quem vencera quem. Conferia o resultado do jogo para escolher um número no qual apostar na segunda-feira.

Nos últimos tempos, Alvin Jones vinha operando da seguinte forma: pegava seu jogador predileto do time oposto e anotava primeiro a posição do cara e depois o que tinha conseguido fazer naquele jogo. Nesse dia, estudava a atuação de Willie Stargell. Stargell ficara na primeira base, de modo que isso era um 1. E avançara duas bases quatro vezes, o que dava 2 e 4. Juntando tudo, dava 124. Esse era o número em que Jones iria apostar.

Mas esse número não era igual ao da semana anterior? Era, e não tinha dado nada. Que merda, ele é que não iria apostar duas vezes na mesma roubada. Voltou-se para os resultados dos Senators e tentou a mesma coisa. O problema é que ele não tinha nenhum jogador favorito no time de Washington. Del Unser, esse até que era bom, mas nada de especial; Epstein, na primeira base, também não era mau, mas com aquele nome de judeu não ia dar; tinha o Ken McMullen, na terceira. Mas não, de jeito nenhum, ele não ia com a cara do magrelo, com aquele pomo-de-adão subindo e descendo o tempo todo. Casanova, Valentine... Frank Howard. O melhor era ficar com esse caipira mesmo; o desgraçado era capaz de arrancar até uma camada da bola, fazendo um arremesso muito forte para cima da arquibancada. Só que Howard jogava na defesa. Não dava para formar um número com um jardineiro esquerdo.

Jones deu mais uma tragada no mentolado e tomou um gole de *bourbon*. Era mercadoria barata, 86º de graduação alcoólica, com rótulo da Clark na garrafa, marca da própria loja. Ele comprava uísque de cinco anos, não de seis, a menos que estivesse bebendo com mulher. Mas não com a Lula, que era a nova mina no pedaço. Cara ou barata, a bebida dava conta do recado e deixava a cabeça chapada. Estava escrito que vinha do Kentucky, de modo que não devia ser tão ruim assim. Esvaziou o copo, chupou um gelo, cuspiu a pedra de volta no copo.

"Lula!", gritou por cima de um Sam & Dave que saía do som estéreo do outro lado da sala. O aparelho tinha de tudo, até rádio FM. Mas Jones mantinha em AM, onde ficavam as estações de *soul*. Estava sintonizado na WOOK.

Lula com certeza não ia escutar, estava lá enfurnada no quarto, fazendo alguma porra com o moleque. Com a música nas alturas e aquele bebê chorando, não ia ouvir mesmo, certeza. Às vezes Jones se perguntava como é que fora se meter nessa de novo. Trinta e um anos de idade e ainda não aprendera. Nem sequer gostava de criança e lá estava ele, tendo de aturar berreiro dia e noite. Havia pouco, largara outra mulher por causa do filho. Assim que pariu, ela concentrou todas as atenções no guri e não tomou mais conhecimento dele. Isso ele não agüentou, claro, mas agora estava metido no mesmo tipo de encrenca. Pelo menos desta vez a vadia botava um dinheiro fixo dentro de casa. Só isso já era o suficiente para fazê-lo ficar.

Jones levantou-se e baixou o volume do som. Convencera Lula a comprá-lo, depois de um certo esforço. Um dia, ele a levou até a loja Dalmo, na 12th com a F, e pediu para o vendedor mostrar. O cara deu risada quando Jones chamou o aparelho de "Admirável". Como é que ele iria adivinhar que a marca era Admiral? Do jeito como saiu no jornal, parecia que o nome era Admirável.

"Lula!", gritou de novo.

"Que foi?"

"Me traz uma bebida!"

Isso não foi tudo o que eles compraram naquele dia. Também levaram uma televisão a cores RCA Victor de vinte e uma polegadas, com controle remoto Wireless Wizard. Jones mandou Lula preencher os formulários de crédito para os dois produtos e assinar o nome dela em tudo.

Antes de fazer isso, ela o puxou de lado.

"Alvin, você sabe que eu não tenho essa grana toda."

"Tudo o que você precisa fazer é dar a entrada. Não precisa fazer mais pagamento nenhum, se não quiser."

"E aí eles vêm e tomam tudo."

"Se eles fizeram questão mesmo, eles tomam. Enquanto isso, nós temos som e televisão colorida."

"E meu crédito, como é que fica?"

"Você nunca fica tão fodido a ponto de perder completamente o crédito. Sempre aparece alguém para lhe dar um pouco mais."

"Você tem certeza, Alvin?"

"É assim que eu compro meus troços."

Do jeito como enxergava as coisas, se ia se mudar para a casa dela e escutar aquela choradeira o tempo todo, então pelo menos tinha direito a algumas coisas boas.

O lugar até que não era mau, pelo que Lula pagava. O apartamento tinha dois quartos, se fosse incluído o dos fundos, sem guarda-roupa, onde dormia a criança. Mas como o dinheiro não saía do bolso dele, Jones não queria nem saber quanto custava aquilo. Ele não trabalhava, não em emprego de otário. Lula também não, por sinal. Os cheques do governo é que bancavam tudo. O que significava que ele tinha que se esconder toda vez que aparecia por lá o cara que cuidava dos benefícios sociais dela. Meio inconveniente, mas era melhor do que morar na rua.

Recostou-se de novo, deu uma última tragada no cigarro e esmagou-o no cinzeiro equilibrado no braço estofado da poltrona.

Mas *iria* precisar de algum dinheiro logo, logo. Não dava para viver à custa de mulher o tempo inteiro. Um homem tinha de exibir uma certa pose quando andava pela rua. Tirar um rolo de notas no bolso na hora de conversar com uma garota em algum clube e oferecer um drinque a ela. Grana para coisas como cigarro, bebida e maconha. Sem contar que estava de olho num Cadillac Eldorado que vira numa loja de usados.

De maneira que seria preciso despregar a bunda da cadeira e trabalhar um pouco. Tinha cometido um assalto à mão armada num ônibus, fazia pouco tempo, bem tarde da noite, na Kenilworth Avenue, na Zona Nordeste. Havia entrado num veículo da D. C. Transit com uma meia de Lula na cara, mostrado o trinta-e-oito para o motorista e levado tudo que o sujeito arrecadara. Foi pouco dinheiro vivo e muito passe, mas o suficiente para algumas semanas. Esses eram os lances em que ele se metia. Uma vigarice ali, um furto acolá, um assalto, uma bolsa, uma coisa por vez. Em ocasiões raras, um serviço grande para se garantir por um tempo. Andara estudando alguns hoteizinhos do bairro chique da cidade, lá para os lados da 16th Street. Todos eles tinham dinheiro vivo dando sopa, e cofres também. Pelo menos fora isso que dissera um informante seu, e o cara entendia das coisas. Na recepção eram todos uns bundões bem babacas, portanto o risco não era muito grande. E tinha também o mercadinho ali perto do apê de Lula, onde os fregueses habituais acertavam as contas no primeiro dia do mês. Ele e o primo Kenneth já estavam de olho nessa venda fazia um tempo.

Alvin Jones cometera alguns erros na vida, verdade. Fora detido algumas vezes por delitos de pouca monta, assalto à mão armada e coisas do gênero. Mas nunca cumprira pena em presídio. Sobretudo, ninguém nunca suspeitara dos vários homicídios que cometera por rancor, por paixão ou por dinheiro, daqueles capazes de render uma cana de meio ano. Umas duas vezes, matara porque o sangue subira à cabeça.

Lembrou-se da última ocasião. De quando resolveu seguir um carinha que tinha dado em cima da mulher com quem ele estava no bar. Da hora em que botou a lâmina na cara do sujeito, num beco atrás de uns prédios baixinhos de apartamento — era um daqueles projetos que o governo, para botar banca nos guetos, chamava de projeto de reurbanização. Jones já tinha cortado o sujeito, que sangrava pelos dedos e implorava "Eu não tava querendo nada, irmão", e também "Por piedade, Senhor, hoje não", esse tipo de coisa. Porém Jones já havia começado a sentir aquele *tique tique tique* correndo pelas veias, aquela coisa que lhe dizia para matar. Atingiu o outro bem no peito e ainda torceu a lâmina antes de puxá-la para fora. Devia ter acertado o coração, porque o sangue era vermelho vivo e jorrava rápido. Houve testemunha, um sujeito novo ainda, mas Jones sacou logo a do babaca, que foi saindo de fininho. Sabia que o filho-da-puta nunca se apresentaria à polícia. Pouca gente, naquela área, sobretudo os jovens, falava com a polícia. Jones não perdeu o sono nem por uma coisa nem por outra. Só pensou: "O cara não devia ter falado com a minha mulher daquele jeito".

Depois começou a pensar: "Cadê aquela vaca que não me traz mais bebida?".

Lula Bacon entrou na sala com um copo na mão, como se Deus tivesse respondido a sua pergunta. Alvin Jones pegou o copo e tomou um belo trago.

"Onde você tava?", perguntou, passando o dorso da mão pela boca.

"Fui botar ele pra dormir."

E se debruçou sobre Jones numa bata sem manga, sapateando de leve. Calçava escarpins enfeitados com um laço no peito do pé. Jones adivinhou que ela queria que reparasse nos sapatos.

"São novos?", falou, numa espécie de agradecimento, lá a seu modo, pela bebida que ela tinha levado.

"É pra Páscoa. Mas eu não me importaria de estrear hoje mesmo."

"Quem vai tomar conta do moleque?"

"Minha mãe."

"Só que eu não tô a fim de sair desta poltrona aqui, ó. Meu primo e o amigo dele vêm vindo pra cá com fumo e eu vou ficar chapado por aqui mesmo."

"A gente podia ir até o Ed Murphy."

"Quer dizer que eu acertei na loteria e ninguém me avisou?"

"Muquirana."

Jones gostava do Ed Murphy's Supper Club, que ficava na Georgia. Eles serviam um camarão que era um arraso e os caras do bar não economizavam nas doses. Ia lá de vez em quando, sempre que estava à procura de carne fresca. Mas qual era a vantagem de levar uma mulher para sair e gastar dinheiro com ela, se a dona já estava a sua disposição bem ali do lado, a seis metros do quarto?

"Você nunca quer sair."

"Qual é, ainda está tagarelando?"

"Você é um puta preguiçoso."

"Cala a boca, garota."

"Escuta..."

"Eu tô avisando, ou você cala essa sua boca ou, ou..."

Lula pôs a mão nos quadris.

"Ou o quê?"

"Continue falando assim e vou meter um pé quarenta e três na sua bunda."

"Quarenta e três?", disse ela, os olhos já brincalhões. "Você tá *cansado* de saber que seu número é quarenta e dois. Por que vocês homens vivem mentindo o número que calçam?"

"Se eu estou mentido, estou mentindo pra baixo. *Você* sabe disso."

Lula sorriu.

Jones espiou-a dentro daquela bata muito acima dos joelhos. Belas pernas, e acabavam numa bunda tão gostosa que os amigos morriam de inveja por você ter botado a mão primeiro. Menina ainda, pouco mais de vinte anos. E continuava em forma, inteirinha, mesmo depois de parir aquele guri. Olhos castanhos imensos. Parecia a Diana Ross, com peitos.

Jones pôs a bebida no chão e abriu os braços.

"Vem cá, garota."

"Você vai acordar o bebê."

"Quem faz barulho é você."

Ela deu uma risadinha e ele sabia que já estava no papo.

"Alvin?"

"O quê?"

"Vamos sair hoje à noite?"

"Vamos ver."

"Eu tenho uma coisa pra você ver bem aqui."

"Onde?"

Lula ergueu a bata até a cintura. E avançou para ele. A frente da calcinha estava escura da umidade de seu sexo. A visão daquele monte negro por trás da calcinha branca o deixou de pau duro. Ele era um homem pequeno, de modo que havia espaço para ambos na poltrona. Ela subiu sobre ele e baixou o zíper de sua calça.

"Vamos sair hoje à noite?"

"Tá bom."

E Jones pensando consigo: Depois que eu der minha trepada, eu simplesmente digo a ela que mudei de idéia.

* * *

Kenneth Willis tinha comprado um Mercury, um Monterey verde, por causa das janelas traseiras achatadas. Com essa característica, o Monterey era diferente de todos os outros modelos circulando na rua. As mulheres, achava ele, gostariam de sentar ao lado de um homem que dirigia um carro assim.

Nos últimos tempos, porém, Willis estava tendo certa dificuldade para pagar as prestações. Tinha um emprego de servente numa escola perto da Kansas Avenue, mas ganhava muito pouco. Além do mais, ele e o Alvin não tiravam nada por fora fazia um tempo. Estava precisando de grana. E contava arrumar alguma logo, logo.

Kenneth Willis e Dennis Strange iam na direção sul pela 7th, dentro do Monterey. Ambos chapados por causa da maconha fumada quinze minutos antes, no pardieiro da H Street onde Willis morava. Dennis usava umas roupas que estiveram na moda em 1966. O cabelo estava um lixo. Segurava um exemplar de *Dominated Man* na mão.

Ao volante, enchendo o espaço da janela com o corpo, Willis sacudia a cabeça ao ritmo do mais recente sucesso de Percy Sledge, "Take Time to Know Her", saindo meio fraquinho e estralado de uma caixa de som montada debaixo do console.

"O Percy até que canta legal nessa", falou Willis. Ele tinha ombros largos e braços magros, musculosos. Seria um homem bonito, se não fossem os dentes saltados.

"Qualquer bosta soa bem quando a gente tá chapado", disse Dennis Strange.

Dennis preferia o novo som que estava surgindo, Sly & The Family Stone, os Chambers Brothers, esse pessoal. Gostava do jeito como eles se apresentavam, fazendo o que lhes desse na telha, sem dar a mínima para o que a sociedade achava. Percy Sledge? Para Dennis, ele era só mais um escurinho escravo das gravadoras, um Jacko Graves contemporâneo, capaz de morrer congelado no gramado dos brancos, só pela honra de segurar o lampião e iluminar o caminho do patrão. O cara cantava de smoking. Ainda usava pomada no cabelo. Mas isso ele não comentava com o amigo. Kenneth também usava pomada no cabelo.

A rua estava movimentada, cheia de gente. Famílias misturavam-se aos malandros e às crianças jogando bola. As mulheres deslizavam pela calçada, ainda vestidas com roupa de domingo.

"Ô gatinha", falou Willis, rodando mais devagar e botando a cabeça para fora da janela para falar com uma moça que estava descendo a rua. "Como é que você tem coragem de andar desse jeito enquanto eu estou aqui atrás do volante? Você vai me fazer sofrer um acidente."

"A culpa não é minha se você não sabe dirigir." Ela sorriu de leve, mas manteve o ritmo e não olhou nem uma vez para ele.

"Quer dar uma volta?"

"Hã-hã."

"Qual é o problema, você está com alguém?"

"Não é da sua conta se eu estou."

"Por que você faz isso comigo, garota?"

"Sai fora, idiota", ela ainda falou, antes de pegar uma transversal.

"Olha outro sapatão aí", disse Willis.

"Quer dizer, se ela não vai com a tua cara, é lésbica, hein?"

"Tem umas vacas que simplesmente não querem saber de homem." Willis deu de ombros.

"Mas você vai cantar todas. Descobrir quais as que não querem e quais as que querem."

"Algum problema?"

Para Dennis, não adiantaria nada tentar dizer a Kenneth Willis que sim, havia problemas naquilo. Kenneth, que ele conhecia desde que ambos eram da reserva, era louco por mulher. Havia até cumprido pena por estupro presumido, por ter transado com uma menor, mas nem mesmo essa lição servira para esfriar seu fogo. Dennis não conseguia entender como alguém como Kenneth tinha arrumado emprego, ainda que de servente, numa escola de crianças pequenas. Se ele tivesse uma filha, não deixaria Kenneth chegar nem perto. Não queria que ele se aproximasse nem da mãe, e olhe que ela já estava com mais de cinqüenta anos.

"Mas que a paisagem por aqui tá boa, isso tá", continuou Willis, já de olho em alguma outra garota.

"Sem dúvida", concordou Dennis, sorrindo ao sentir aquela conhecida sensação que lhe vinha ao ver sua gente, seu mundo.

Rodaram devagarinho pela T Street, onde ficava o Howard Theater, logo a leste da 7th. Nos últimos tempos, o Howard vinha substituindo os espetáculos de palco por aquilo que eles chamavam de filmes para adultos. Nessa noite, a marquise anunciava *Amor de minissaia* e, abaixo do título, letras menores diziam "A MORAL DISTORCIDA DO MUNDO MOD". Dennis não entendia como é que alguém ali poderia se interessar pelas proezas dos *mods*, um bando de playboyzinhos, todos eles brancos e cheios da grana, fazendo merda só porque estavam entediados.

"Onde é que foi parar a música, cara?", comentou Willis.

"Os shows foram pra onde os brancos têm grana pra gastar. O Ray Charles acabou de se apresentar no Constitution Hall. James Brown, Gladys Knight, porra, todo mundo vai estar lá no Shady Grove semana que vem."

"E onde é que fica essa porra?"

"Sei lá, em algum cafundó de Maryland. Eu só sei que não estou nem um pouco interessado."

E, se estivesse, não teria condições financeiras de assistir a nenhum desses shows. Dennis Strange era um desempregado. Vivia com o pai e a mãe. Vendia maconha em pequenas quantidades para poder sustentar o consumo. Era viciado em remédio. Bebia demais, sempre bebida barata. Na verdade, sentia o cheiro do vinho fortificado da noite anterior exalando dos próprios poros bem naquele momento. Quando estava chapado, pensava nessas coisas e a vergonha aumentava. Mas isso não o impedia de viver chapado.

O fumo também ajudava a aplacar sua ira. Isso era bom, porque tinha a impressão de estar irado fazia um bom tempo. Muito antes de esses filhos-da-puta idiotas saírem agitando suas luvas pretas, suas cabeleiras afro, seus refrões, ele já se indignava com as injustiças cometidas contra seu povo. Dennis perdera o interesse nos símbolos.

Quando era mais jovem, durante sua passagem pela Marinha, acabara envolvido com dois muçulmanos que tinham uma ideologia parecida com a dele. Sem muito alarde, reuniam-se com freqüência para conversar sobre Elijah Muhammad e sobre o novo mundo que estava fadado a surgir. Trocavam livros como *The Colonizer and the Colonized*, do mesmo autor do livro que levava consigo, e *Os condenados da Terra*. Discutiam sobre a opressão institucional, sobre os males do capitalismo e sobre a revolução até altas horas da noite. Mas não houve jeito de Dennis conseguir se entrosar com as normas pessoais da religião muçulmana. Entre outras coisas, gostava de beber, de ficar chapado, e gostava que suas mulheres fossem inteligentes e livres. Não tinha deus que justificasse abrir mão dessas coisas. Depois, quando Malcolm foi assassinado por seu próprio círculo, Dennis se desiludiu por completo. Parou de sair com os amigos muçulmanos e se recolheu em si mesmo.

Uma noite, bêbado de vinho barato, isso ainda em Chicago, onde estava estacionado, despencou de uma escada e quebrou o cóccix. Estava saindo de um conjunto habitacional onde tinha ido buscar fumo quando tropeçou e caiu. Desmaiou por causa da dor e da bebida. Ninguém o socorreu até o dia seguinte. Quando o fizeram, já estava sóbrio e esparramado numa poça da própria urina. Seu tempo na Marinha terminara. Recebeu dispensa honrosa e aposentadoria integral. Mancava de leve ao andar e sentia dores constantes. Os médicos receitaram barbitúricos e ele amou. Passou a receber um cheque todos os meses.

Regressou a Washington na condição de aleijado, vivendo das tetas do Estado, mais amargurado e inseguro do que nunca. Voltou a morar na casa dos pais e não tentou arrumar emprego. Drogava-se todo dia. Compareceu a alguns seminários realizados na Africa House, participou de uns dois comícios do SNCC e dos Nacionalistas Negros e foi a algumas reuniões organizadas pela divisão local dos Panteras Negras em Shaw. Achou que ia se entrosar com eles, mas acabou desistindo também. Verdade que muitos participantes estavam engajados de fato na causa. Mas uma parte dos irmãos mais jovens estava lá porque curtia o caimento da boina e o modelo do uniforme. Outros iam para pegar as garotas. Alguns adoravam berrar; todos gostavam de falar. Para Dennis, eram uma versão de pele escura daquela garotada de cabelo comprido que circulava por Dupont Circle, do outro lado da cidade. Estavam brincando de ser soldados, mas no fundo não queriam ir para a guerra. Como de hábito, ele não se encaixou.

Tentou seguir Martin Luther King, mas achou o reverendo compassivo demais. O tempo de dar as mãos se fora para sempre. Os seguidores de King acreditavam que a liberdade poderia ser obtida com atitudes pacíficas e palavras de amor. Dennis sabia que os Estados Unidos só reagiriam, reagiriam de verdade mesmo, ao som dos tiros, à visão do sangue, ao cheiro das cinzas.

"Pode crer", disse ele, enquanto o fumo e o comprimido que havia tomado batiam de uma só vez.

"Quê?", perguntou Kenneth Willis.

"Nada."

"Você tá falando sozinho de novo."

"É, eu sei. Deve ser a doideira."

Willis estacionou o Monterey numa quadra residencial de LeDroit Park, a sudeste da Universidade Howard, em frente a um conjunto de casas geminadas convertidas em apartamentos, três para cada casa.

"É aí que seu primo tá morando agora?", Dennis perguntou.

"A mulher dele. Ela tem um filho também."

"Dele?"

"Ele já fez alguns por aí. Mas esse não é."

Dennis Strange olhou para as escadas que levavam ao vestíbulo da casa. Provavelmente haveria mais um lanço para subir, depois que entrasse. Aqueles degraus todos eram o diabo para as costas.

"Você leva o bagulho pra ele", disse. "Eu espero no carro."

"Vai ter que entrar comigo."

"Por quê?"

"O Alvin falou que tem uma proposta pra nós. Quer você nessa também."

11

Dominic Martini saiu da Longfellow, virou à esquerda e pegou a Georgia Avenue no sentido norte para ir até Silver Spring. Dirigia com o punho apoiado no volante do Nova e um Marlboro entre os lábios. Jack Alix, o locutor da WPGC, anunciava com voz enfática a música seguinte.

"E aqui vai a primeira colocada do dia, 'Woman, Woman', com Gary Puckett e o Union Gap!"

O cantor começou sincero, depois, no refrão, ficou dramático, querendo saber se a garota dele estava pensando em lhe dar o fora. A música aumentou em volta de Martini, enchendo o carro todo, mas ele mal registrou. Sua atenção estava concentrada na rua.

Na volta do serviço militar, a primeira coisa a lhe chamar a atenção na Georgia tinha sido a pavimentação. O concreto branco e os trilhos do bonde haviam sumido e sido substituídos por asfalto negro. As plataformas de madeira e os bebedouros também não existiam mais. A rua toda estava menos alegre.

A segunda tinha sido a quantidade de negros no bairro, tanto na zona comercial como nas áreas residenciais. Dos rádios dos carros que rodavam pela avenida saía quase só música *soul*, e vários bares despejavam pelas portas abertas o mesmo tipo de som. Os corretores haviam levado os compradores negros até lá e os quarteirões que eram brancos viraram cinza; muitos moradores brancos venderam o imóvel barato e compraram casa nova em

Maryland. Por fora, a casa de Martini na Longfellow continuava igualzinha aos tempos de sua adolescência, mas a maioria dos vizinhos que conhecera na juventude tinha ido embora. Sentia-se um estranho na própria cidade.

Por dentro, tudo havia mudado. O pai morrera de complicações no fígado. Angelo se fora. A mãe vivia num estado de luto perpétuo, toda de preto. O cheiro de molho de macarrão que vinha da cozinha lhe dizia que estava em casa. Mas não havia mais alma ali. As janelas eram mantidas fechadas. O ar estava sempre abafado e a mobília, coberta por uma fina camada de poeira. Muitas vezes ouvia os soluços da mãe no quarto à noite.

Tinha poucos amigos. Não terminara os estudos e se sentia diferente do pessoal formado no colegial. Da turma que havia crescido junto com ele, alguns tinham ido para a faculdade; para os que ficaram, Dominic parecia estar morto. Não esperava ganhar uma recepção de herói na volta. Mas esperava ao menos um pouco de respeito.

Ele o conseguiu com os mais velhos, sobretudo com os veteranos, mas com os jovens era diferente. Para muitos, Dominic Martini era uma aberração. Nos bares, não abria mais a boca sobre o Vietnã. Não ajudava em nada na hora de levar um papo com as mulheres e, às vezes, provocava comentários sarcásticos por parte dos homens. Toda vez que mencionava ter estado na guerra, a coisa ficava mal parada.

O fato é que, aos vinte e cinco anos de idade, estava de volta ao posto de gasolina, enchendo tanque e limpando pára-brisa, fazendo as mesmas coisas que fizera aos dezesseis. Se quisesse, poderia cursar uma faculdade de graça — esse era um dos benefícios concedidos pelo governo por ter servido na ativa —, mas para isso seria preciso enfrentar o colegial primeiro. Com um pouco de esforço, não seria um bicho-de-sete-cabeças tirar o diploma, no entanto sabia que não era inteligente o bastante nem ambicioso o suficiente para dar o passo seguinte.

De modo que passara a andar com Buzz Stewart. De vez em quando Stewart zombava dele, mas chegava quase a ser um amigo, o único que Dominic Martini tinha. E Buzz contava com mais um elemento a seu favor, algo meio difícil para ele admitir. Martini se acostumara a cumprir ordens. Acabara gostando de ter sempre alguém para lhe dizer o que fazer já logo pela manhã, ao levantar. Quando Dominic Martini olhava para as mangas de Stewart, enxergava divisas.

Stewart havia perguntado se ele topava. A seus ouvidos, aquilo soara como uma ordem.

Depois de cruzar o pontilhão ferroviário, Martini entrou no centro de Silver Spring. Passou em frente ao Fay & Andy, uma cervejaria na Selim aonde ia de vez em quando com Buzz e Walter Hess e, na esquina seguinte, dobrou à direita na sorveteria Gifford. Desceu a Sligo Avenue, rumo à casa de Stewart na Mississippi. Deu uma última tragada no cigarro e atirou a ponta pela janela.

Stewart até que era legal, desde que estivesse sóbrio. Hess era um saco o tempo todo. Tanto um como o outro viravam bicho quando bêbados. Martini escutava aquele discurso de ódio, mas não participava. Estavam juntos em certas coisas, mas não nessa. Ele próprio tinha sido assim grande parte da vida, mas agora não mais. Crescera ouvindo o pai falar mal dos pretos, sobretudo quando estava de porre, e acabara contaminado pela doença. Fora preciso uma estada no Vietnã para lhe tirar o veneno do sangue.

Ficou muito claro, logo de cara, que os homens que integravam o seu pelotão eram bem mais parecidos entre si do que imaginavam. Nenhum deles estava ali pelo dinheiro. Nenhum deles compreendia por inteiro as circunstâncias que os levaram direto para a linha de fogo no Sudeste da Ásia. Todos cuidavam de proteger a retaguarda dos outros, eram todos irmãos.

Fizera amizades sólidas com negros e com brancos. Acreditara que os laços iriam durar. Mas depois da dispensa perdera o contato. Tinha vergonha de escrever para eles, sua ortografia era zero. E, de qualquer modo, dizer o quê? Minha vida é uma bosta. Trabalho de frentista e estou me preparando para um assalto. E vocês, como vão?

De volta a Washington, ficara decepcionado ao ver que a velha desconfiança não tinha arredado pé. A bem da verdade, o abismo que separava negros e brancos estava mais fundo ainda. Tentou fazer amizade com alguns negros recém-chegados ao bairro, mas só obteve apertos frouxos de mão e olhares gelados. Stewart e Hess deram risada dessas suas tentativas, chamaram-no de Martini Luther King, Lady Bird e cretinices do gênero. Disseram-lhe que um cara precisa escolher de que lado da linha vai ficar. Que nem mesmo a negrada respeitava um cara que mudava de lado. Entretanto, Dominic perdera o ânimo para esse tipo de conflito. Não odiava os negros. Não queria odiar mais ninguém, nunca mais.

Parou seu Nova na Mississippi Avenue, junto ao Belvedere de Stewart e ao carango de Hess. Contornou uma pequena casa de tijolos e foi até uma oficina construída ao lado de uma horta de tamanho razoável, cuja terra acabara de ser revolvida. Buzz fazia isso todo ano, na primavera, para ajudar a mãe; fazia isso mesmo quando seu velho ainda estava vivo. Albert Stewart tinha morrido de câncer na garganta enquanto Buzz estava no exterior.

Stewart e Hess estavam lá dentro, parados em volta da moto de Stewart, uma antiga Triumph Bonneville com guidão de 24 polegadas. Estavam ambos fumando Marlboros e tomando cerveja Schlitz direto da lata. Ambos de jeans da Levi's e botas de motoqueiro. Havia um rádio numa prateleira, debaixo de uma velha placa Esso tirada do posto. Tocava "Seven Rooms of Gloom".

Havia uma lâmpada pendente do teto, presa entre os caibros do telhado, iluminando os dois. Ela tingia com uma luz amarelada os rostos pálidos.

Hess jogou a cabeça para trás para terminar sua cerveja. Esmagou a lata na mão e jogou-a na lixeira posta num canto e cheia até a metade de latinhas vazias de cerveja.

Martini entrou e disse: "Buzz". Em seguida meneou a cabeça para Hess.

"Fala, bonitinho", disse Hess.

"Baixinho", respondeu Martini.

"Baixa essa porta", disse Stewart.

Martini puxou a porta da garagem até o cimento do chão. Hess pegou outra lata de cerveja, puxou o anel de metal, empurrou-o para dentro da latinha e deu um gole.

Stewart indicou com a cabeça algo que estava numa bancada junto a uma das paredes erguidas com blocos de concreto.

"Olha só isso."

Martini foi atrás de Stewart até a quina da bancada. Stewart retirou o encerado que cobria um volume irregular. E lá estava, bem presa num sargento, uma espingarda de cano e gatilho duplos, de fabricação italiana. O cano e a coronha haviam sido serrados. A serra estava largada ali do lado, coberta por uma camada de aparas de metal.

Martini não segurava uma arma desde o dia em que entregara seu rifle. Não tinha a menor vontade de pegar numa outra vez.

"Que tal?"

"Isso aqui deve ter uns cinqüenta anos no mínimo. Pra matar passarinho." Martini não conseguiu pensar em mais nada para dizer.

"Mas dá conta do recado. O cara olha pra dois canos de qualquer coisa e entrega o que você pedir pra ele entregar." Stewart deu uma tragada no cigarro. "Vai lá, cara, tira do sargento e sente o jeitão dela."

"Não estou a fim", falou Martini.

"Não estou a fim", repetiu Hess, fazendo trejeito de moça.

"Cala a boca, Baixinho", ordenou Stewart.

"O quê? Quer dizer então que agora vai deixar ele melar o esquema?"

Martini abanou a cabeça.

"Não foi isso que eu quis dizer."

"Então o que você quis dizer?", Stewart perguntou.

"Eu já tinha avisado que não quero ver ninguém ferido."

"Que papo de merda é esse?", disse Hess. "Pra passar fogo naquele povinho lá você não teve o menor problema."

Martini manteve o olhar fixo em Stewart.

"Só estou tentando dizer que não estou a fim de ver mais sangue."

"Mas não tem nada contra ficar rico, tem?", falou Stewart.

"Claro que não."

"Bom, então não tem com que se preocupar. A treta é aqui comigo. Você só precisa dirigir. Tudo dividido em três partes iguais, como eu prometi. Mas claro que você vai ter que levar uma arma, só para o caso de alguma eventualidade. Todos por um. Mas não vai haver necessidade de usar, não."

"Quando?", indagou Martini.

"Logo."

Stewart mediu Martini de alto a baixo. Martini baixou os olhos.

Hess fumou até o filtro e esmagou o toco sob a bota. Olhou para o rádio sobre a prateleira com algo parecido com ódio.

"Buzz?"

"O quê?"

"Que *porra* que esse pixaim tá cantando aí, hein?"

Stewart virou-se para Hess.

"Esse aí é o Levi Stubbs, seu ignorante de merda."

"E daí?"

"Daí que você não *sabe* de nada."

"Pensei que a gente ia sair e se divertir um pouco. Eu não vim até aqui pra ficar ouvindo esses troços."

Stewart falou: "Vamos embora".

Martini pegou uma lata de Schlitz e abriu. Hess tirou um comprimido do bolso, enfiou na boca e calmamente engoliu com cerveja. Stewart tirou um estojinho preto de dentro de um baú, colocou-o na bancada e abriu a tampa. Lá estava ela, uma pistola Derringer calibre 38 de tiro único, de fabricação americana, de aço inoxidável e coronha de jacarandá, aninhada no veludo vermelho do forro. Ele a pegou, ergueu o pé até uma banqueta e enfiou a arma na bota.

"Eu encontro vocês lá na frente", falou. "Preciso dizer tchau pra minha mãe."

"Cadê tua garota, Alvin?", perguntou Kenneth Willis.

"Tá lá nos fundos, mexendo com o moleque."

"Mas deve ter andado por aqui."

"Por que é que você tá dizendo isso?"

"Porque tá um puta cheiro de xota no ambiente, primo."

"Bom, *você* sabe..."

Alvin Jones e Kenneth Willis riram e tocaram na palma um do outro.

Jones continuava refestelado na enorme poltrona estofada. Estava com bafo de uísque, mas não ofereceu bebida nenhuma, nem a Willis nem a Dennis Strange. Os dois permaneceram de pé na sala apertada do apartamento de Lula Bacon.

Dennis baixou a vista até Jones, compacto, sardento, com um tom amarelado na pele. Vestia uma camisa de Ban-Lon dourada, com listras pretas largas na vertical, calça preta e sapatos de falso couro de crocodilo. Dava para ver as meias do cara, transparentes, ou quase, a não ser pelas duas sólidas linhas paralelas que iam de cima a baixo. Os manos descolados chamavam esse tipo de meia de "pele". E Alvin Jones sem dúvida era um cara descolado.

"Tá olhando o quê?", disse Jones. Ele tinha os olhos dourados, da mesma cor da camisa.

"Nada", falou Dennis.

"Nada o caralho. Tá *olhando* sim. Você vive olhando. Sempre prestando atenção em tudo, já percebi isso. Comprei isso aqui lá na Cavalier, na 7th, caso esteja interessado." Jones agitou o pé. "O sapato é de couro de crocodilo. Tava lá na vitrine da Flagg Brothers. Eu só compro sapato lá. Tô vendo que você gostou."

Esses sapatos não são de crocodilo nem a pau, pensou Dennis. E você também não é merda nenhuma.

"Eu te levo junto da próxima vez; a gente pode descolar um par pra você." Jones continuou o papo mesmo sem obter uma resposta de Dennis. "Quem sabe você tira esses Kinneys do pé."

"Não preciso de você pra me escolher sapato."

Jones deu risada.

"Pois eu acho que você tá precisando de uma ajudinha de *alguém* pra melhorar o visual."

"Por que é que nós estamos ouvindo o noticiário?", interrompeu Willis, que tinha ido até o estéreo e já estava com a mão no dial.

"Deixa onde está", falou Jones.

"Eu ia pôr na OL. Essa aí só tá no blablablá."

"Sem essa, cara, deixa na OOK que é das minhas."

"As duas são a mesma coisa."

"O K vem antes do L", falou Jones. "Não sabia disso, não?"

Willis olhou para o primo, de boca aberta, e afastouse do som.

"E aí, cara, como é que você tá pensando em jogar amanhã?"

"Pois é, tô meio enroscado. Eu pensei em pegar o Frank Howard pra primeiro número, mas o Howard é jardineiro esquerdo. E aí fica difícil..."

"Sete", disse Dennis Strange.

"Como é que é?"

"O jardineiro esquerdo é a sétima posição em campo. É o que o cara que marca os pontos anota no caderno dele."

Jones piscou.

"Porra, cara, você é esperto mesmo. Aqueles livros todos que você vive lendo devem estar fazendo efeito."

"Só tentei ajudar."

"Nada disso, você é inteligente pra burro, dá pra ver." Jones arreganhou os dentes para Strange. "O homem dos detalhes."

Dennis tinha sido apresentado a Alvin Jones nove anos antes, pelo primo dele, Kenneth Willis, mas conhecia o tipo desde menino. Jones exibia aquele mesmo sorriso de jacaré, aquele mesmo olhar de não-vem-que-eu-te-furo que costumava ver na cara de certos meliantes da vizinhança, quando criança. Voltara da Marinha decidido a não se misturar com essa laia que perpetrava barbaridades contra sua própria gente, que tratava suas mulheres como se fossem cachorro. Kenneth Willis, idiota e bem menos descolado, mas igualmente disposto a cometer baixezas, foi o responsável por juntá-los de novo. E lá estava Dennis, vendendo fumo para um traficante de Park View, recebendo pensão por invalidez do governo, chapado em plena luz do dia, sem emprego. Igualzinho a eles. O pai de Dennis os chamava de imprestáveis. Agora ele era um também.

"Quer seu bagulho?", disse Dennis, desviando o olhar de Jones.

"Você trouxe?"

Dennis deu um tapinha no bolso da calça.

"Tá na mão."

"Deixa eu ver."

Dennis tirou um saquinho do bolso e entregou a Jones os trinta gramas que ele havia pedido. Jones abriu e cheirou o conteúdo. Sopesou o pacote.

"O peso tá certo", disse Dennis.

"Quanto?"

"Trinta paus."

"Por isso aqui?"

"Isso não dá nas vielas do bairro."

"Tá certo. Mas eu tô meio duro esta noite. Não tenho a quantia toda comigo, entende?"

"Não tem a quantia toda *com* você. Mas vai arrumar, né?"

"Qual é, meu, não confia num irmão? Vive matraqueando a respeito de unidade, agora vai agir assim?"

"Eu confio em você", falou Dennis, odiando a própria fraqueza e a mentira.

"Escuta só." Jones fez toda uma encenação de olhar em volta, certificando-se de que Lula não estava por perto. "Tem uma mina aí que eu conheço que vai me adiantar a grana."

"Quando?"

"A gente vai até lá agora. Mas vai ter que ser em cheque."

"O cara que me fornece não aceita cheque."

"Mas vai ter que aceitar esta noite. Hoje é domingo, rapaz. Ou você tá achando que eles vão abrir os bancos só pra essa garota?"

"Acho bom ter fundo."

"Ela é certinha. Não tem erro."

Dennis cravou os olhos em Jones, depois desviou a vista.

"Não tinha um troço que você queria falar pro Dennis?", disse Willis.

"A gente resolve isso no caminho."

Jones ergueu-se da poltrona e passou a mão no chapéu, um modelinho esportivo, preto, com uma banda dourada brilhante, que estava num cabideiro junto à porta. Colocou-o na cabeça e acertou o ângulo.

"Pensei que você ia ficar em casa com a Lula hoje", falou Willis.

"Já comi a vadia", respondeu Jones. "Não tem mais necessidade de ficar com ela."

12

"Então qual dos três é que era o Mau?"

"Van Cleef. O cara que eles chamavam de 'Olhos de Anjo'."

"Viu só? E eu achando que aquele mexicano também podia ser o Mau. Como era o nome dele mesmo?"

"Tuco." Strange sorriu. "Também conhecido como Rato."

"Isso", disse Darla Harris. "Esse mesmo."

"Tuco era o Feio."

"Mas ele também era mau."

"Não exatamente. Ele estava mais para o lado maligno do loiro, entre o Mau e o Bom."

"Eu gosto mais quando dá pra saber quem é o mocinho e quem é o bandido."

"Do tipo chapéu preto, chapéu branco, é isso? Que nem John Wayne e companhia limitada?"

"É, mais ou menos."

"Isso acabou, menina. O cinema finalmente está começando a mostrar o mundo como ele é. Complexo."

"Não entendo por quê."

Eu sei que não, disse Strange com seus botões. E esse é um dos motivos que nos impedem de entrar em sintonia.

Eles seguiam pela Irving, na direção leste, depois de saírem do cine Tivoli, na esquina da 14th com a Park Avenue. Strange estava ao volante de seu Impala azul, modelo 65, um V-8 de linhas simples que ele tinha comprado usado da revendedora Curtis da Chevrolet. Gostava do carro, embora não fosse nenhum Cadillac. Assim como o pai, sempre tivera vontade de possuir um Cadillac. Como o pai, não sabia se algum dia teria condições para tanto.

"Nós sempre vamos ao cinema", disse a moça.

"Me dá uma certa paz, sentar lá dentro da sala escura e esquecer tudo o que eu vejo aqui fora."

"Nós sempre vamos ao cinema e os filmes são sempre de faroeste."

"Vamos fazer o seguinte. Você gosta daquele cara, o Coburn, certo?"

"Você está falando do Flint de *Contra o gênio do mal*?"

"O próprio."

"Taí um cara bonitão."

"Pois então, ele está num novo filme em cartaz no Atlas. Pensei que a gente podia ir ver na semana que vem."

Ela ergueu uma sobrancelha e olhou Strange com ceticismo.

"Como chama o filme?"

"'*Flint, perigo supremo*'".

Darla, que era uma moça graciosa, de pele escura, da Zona Nordeste, deu um tapa de leve no braço de Strange e riu.

"Agora você exagerou."

"Vem cá, vem", falou Strange, batendo no assento do banco com a palma da mão. Darla escorregou mais para perto, até que a coxa, exposta pela saia curta, tocou na dele. Tinha coxas bonitas, firmes e compactas como o restante do corpo. Strange pôs a mão no meio das pernas de Darla e fez um carinho.

Estavam juntos havia alguns meses. Strange não amava a moça, mas os dois eram compatíveis, sobretudo na cama. Ele não fizera nenhum juramento de fidelidade e ela também nunca pedira nada. Se tivesse exigido alguma coisa, ele teria se mandado na hora. Era comum ter várias outras mulheres na cabeça; havia uma, em especial, cuja imagem o perseguia já fazia um bom tempo. De todo modo, davam-se muito bem. Darla nunca despertaria nele a vontade de colher flores para lhe oferecer, ou de compor uma música para lhe dedicar nem nada disso. Mas o que havia entre eles dava bem para o gasto.

"Minha mãe vai sair com o namorado dela", falou Darla.

"Vai ficar fora a noite toda?"

"Imagino que sim."

"Então eu deixo você em casa e passo mais tarde por lá, se você quiser."

"Já tem planos para as próximas horas?"

"Você sabe que aos domingos eu sempre janto com meus pais."

"Tá bom." Darla lhe deu um beijo atrás da orelha. "Então vai encher a pança e depois volta pra mim."

"Veja se descobre alguma coisa na televisão, enquanto isso", disse Strange, pondo o braço direito em volta dos ombros de Darla e acomodando-se no banco.

Ela ligou o rádio do painel. Na WWDC, encontrou um instrumental sinfônico e reconheceu o tema.

"Essa música é do filme."

"A versão que não presta", disse Strange.

Darla passou para o 1260. Na estação só de notícias, a WAVA, o locutor disse que o presidente Johnson faria um pronunciamento à nação naquela noite. Ela girou o dial, passou direto por um rock e parou alguns instantes na WOOK. Strange teve tempo de reconhecer alguns acordes de "Chained and Bound", com Otis Redding, antes que Darla mudasse de novo. Ela encontrou a WOL na freqüência de 1450, largou o botão do rádio e se encostou de novo.

"Você é rápida que só vendo, hein?."

"Já cansei de escutar esse cara do Alabama."

"Ele é da Geórgia."

"Dá no mesmo. E de qualquer modo, no seu apê é só o que a gente escuta." Darla sorriu quando "Love is Here and Now You're Gone" começou a sair do alto-falante instalado na frente. "Eu prefiro isso que está tocando agora."

Mais uma coisa que acabaria por separá-los no futuro, pensou Strange. Ela passa reto por Otis Redding e deixa nas Supremes.

"Ah, vai, não fica assim", disse Darla, vendo a carranca no rosto de Strange.

"Motown", disse ele, com desprezo.

"O que é que tem?"

"Não passa de música *soul* feita pra branco, se você quer saber o que eu acho."

Alvin Jones, Kenneth Willis e Dennis Strange estavam sentados dentro do Monterey verde, em frente a uma venda de esquina, só que do outro lado da rua, debaixo de um poste de luz. O poente chegara e se fora. As crianças das redondezas e a maioria dos adultos tinham entrado. Os três estavam ali, no maior bate-boca, já fazia um tempo.

"Vai lá, cara", Jones tornou a dizer para Dennis.

"Já falei que não estou precisando de nada."

"Vai lá."

"Fazer o quê?"

"Você é o cara dos detalhes. Use os olhos. Volte e nos diga o que viu."

"E por que eu faria isso?"

"Porque eu e o Kenneth aqui estamos bolando um esquema pra assaltar a venda do filho-da-puta", falou Jones. "Que tal?"

Estavam numa quadra de um dígito só numa travessa da Rhode Island Avenue, no bairro de LeDroit Park. O armazém era idêntico a tantos outros que serviam às áreas residenciais da cidade. Na falta de um mercado maior, atendia às necessidades básicas dos moradores das redondezas. Uma placa verde e dourada pendia acima da porta. E a porta, para permanecer aberta, fora amarrada com um pedaço de barbante. As luzes estavam acesas.

"Então vai você mesmo ver", disse Dennis.

"Não dá", falou Jones. "Assim a gente acaba com a surpresa que a gente planejou."

"Bom, vocês vão ter que arranjar outra pessoa pra isso", insistiu Dennis Strange. "Porque essa não é a minha."

"Mas você quer ganhar uma grana, não quer?" Do banco do passageiro, Jones deu uma espiada para trás pelo espelho retrovisor. E sorriu com os olhos para Dennis, sozinho na traseira do carro, de livro na mão. "Tá na cara que *sim.*"

Dennis não tomou conhecimento da alfinetada. Lembrou-se num relance do pai e da mãe, do irmão policial. E repetiu: "Não é a minha".

Jones acomodou-se melhor no banco, olhou para Willis, ao volante, olhou de novo pelo retrovisor para Dennis. "Quer dizer então que você só fala?"

"Como é que é?"

"Esse tempo todo que a gente se conhece, eu aqui, ouvindo essas histórias suas. Não é você que vive falando que o homem branco explora o homem negro, tal e coisa? Não é você que vive reclamando que qualquer branco sem merda nenhuma no bolso se muda pra cá e abre um negócio? Que vive dizendo que eles sugam todo o dinheiro da nossa gente e que nunca dão nada de volta pra comunidade?"

"E daí? O que é que você tá querendo dizer com isso?"

"Aposto que, se você entrar lá, vai ver algum judeu filho-da-puta atrás do balcão, fazendo bem isso que você disse. Só estou dizendo que eu e o Kenneth aqui, nós vamos só tomar de volta o que os filhos-da-puta que nem esse aí têm tirado de todos nós, a vida toda. Mas tudo bem, vai firme, continua falando no assunto. Enquanto isso, eu e o meu amigo? A gente vai *fazer* algo."

"É, tá bom", disse Dennis, abanando a cabeça, "vocês são dois revolucionários e tanto."

"Mais que você."

"E o que é que vocês vão fazer com todo o trocado que arrancarem de lá, hein? Doar pra causa?"

"Vai ter muito mais que trocado", disse Jones.

"Pode crer", falou Willis.

"Deixa eu perguntar uma coisa pra você, cara", continuou Jones, ainda olhando para Dennis pelo retrovisor. "Que dia é hoje?"

"Último dia de março."

"E o que acontece no primeiro do mês nesses lugares todos, na cidade inteira? Aposto como tem uma venda igual a essa daí lá em Park View, então você deve saber."

"Quem compra fiado acerta as contas com o dono." Dennis nem precisou pensar para responder, e entendeu na hora o plano dos dois.

"Justamente. O pessoal tem que pagar o que tá marcado na caderneta, caso contrário, babau fiado. Por isso não tô falando de trocado, não. A gente entra antes do cara sair pra ir ao banco, no final da tarde. Deve dar pra tirar, porra, sei lá, uns mil dólares, quem sabe. Se fizer isso pra gente, leva uma parte."

"E você só precisa espiar em volta, mais nada", falou Willis.

"Vai ser um treco diferente pra você", complementou Jones. "Um pouco mais do que só falar."

Dennis sacudiu a cabeça.

"Eu é que não vou assaltar porra nenhuma nem ninguém."

"Ninguém tá pedindo pra você fazer isso", falou Jones. "É justamente o que eu estou tentando lhe dizer o tempo todo."

"Vai lá, mano", disse Willis. "Se a gente continuar batendo boca aqui, essa joça vai fechar."

Dennis pôs o livro no assento, a seu lado. Colocou a mão na maçaneta da porta e baixou a alavanca. Estava cansado de escutar a voz dos dois. O barato tinha passado, tanto o da maconha como o do barbitúrico que ingerira mais cedo. Tudo o que queria era se afastar deles e botar as idéias em ordem.

"Me compra um maço de Kools", disse Jones.

"E o dinheiro, cadê?"

Jones despachou Dennis com um aceno de mão. "Eu arrumo com a minha mulher."

Dennis saltou do carro e atravessou a rua, mancando de leve ao andar. Jones e Willis viram o momento em que ele cruzou a porta aberta da venda.

"Porra", falou Willis, "você é bom mesmo, primo. Aquele papo de exploração, que ele só fala e não faz... você pôs fogo no rabo do cara."

"Eu sou bom de papo, tá pensando o quê."

"E se ele mudar de idéia?"

"Ele entrou lá, não entrou? Agora não tem mais essa de mudar de idéia, não."

Ao pisar no interior do pequeno armazém, Dennis Strange descobriu que o lugar era bem o que imaginava que fosse. Latarias e mantimentos diversos enfileirados nas poucas prateleiras, uma geladeira para refrigerantes e laticínios, uma variedade pequena de legumes e frutas, um congelador para os sorvetes, muitos vidros bojudos cheios de balas, uma profusão de doces baratos e alguns livros de bolso num mostruário giratório. Um homem branco, sem dúvida o dono, e um homem negro, sem dúvida o empregado, estavam sentados atrás de um balcão comprido que pegava toda uma parede da venda. O branco estava numa banqueta, atrás da registradora. O negro, também numa banqueta, estava bem junto ao balcão, com um jornal aberto na frente.

Na ponta do balcão havia um televisor Philco preto-e-branco de doze polegadas, as antenas embrulhadas em papel-alumínio, com a imagem de um sujeito de smoking tremulando em meio ao chuvisco da tela. Mesmo com a má recepção, Dennis reconheceu os ombros encurvados, a cara de peixe e a voz de velha-guarda-do-rádio do apresentador.

"*Temos um grande programa para vocês esta noite... Vamos receber Charleton Heston, Peter Genarro, o grupo musical Young Americans, Frankie Laine, Lana Cantrell, nosso engraçadíssimo Myron Cohen, Smokey Robinson & The Miracles, e um jovem comediante que eu tenho certeza todos vão adorar, Richard Pryor!*"

O sujeito branco meneou a cabeça para Dennis.

"Como tem passado, amigo?"

"Muito bem, obrigado."

O negro — e Dennis tinha certeza de que era ele quem mantinha as prateleiras abastecidas, quem carregava as mercadorias de lá para cá, quem fazia o serviço pesado, quem punha os músculos para funcionar quando preciso — olhou-o de alto a baixo, mas não o cumprimentou nem esboçou qualquer gesto. Não estava sendo hostil, estava apenas fazendo seu trabalho. Aquele era o tipo de lugar em que os funcionários reconheciam praticamente todo mundo que entrava. Dennis concluiu que era inevitável um jovem como ele levar uma boa examinada, se essa fosse uma das coisas pelas quais o empregado recebia seu salário.

Caminhou até os livros e, como quem não quer nada, girou o carrossel, examinando capas, títulos e autores do estoque do armazém. Havia diversos romances de Chester Himes com a dupla de detetives do Harlem apelidados de "Ed Caixão" e "Jones Coveiro", dois romances de Harold Robbins, *A autobiografia de Malcolm X*, um exemplar de *Nigger*, de Dick Gregory, além de livros de John D. MacDonald, todos com títulos bem coloridos, edições da Avon de Ian Fleming, uns três ou quatro Matt Helms, *O vale das bonecas* e uma edição baratinha da Dell de *O bebê de Rosemary*. A capa deste último dizia que era o "1º na lista dos mais vendidos". A mãe de Dennis comentara uma vez que todas as amigas já haviam lido o livro, mas que ela não ia se incomodar porque já criara dois diabinhos por conta própria. Os olhos dela cintilaram de leve quando disse isso. Estava na cozinha, lavando a louça e vendo seus filhotes de passarinho, enquanto falava. Dennis sorriu de forma imperceptível ao se lembrar da mãe.

"Posso ajudar?", disse o negro, de detrás do balcão. "A gente já vai fechar."

"Só estou dando uma olhada nos livros", falou Dennis, afastando-se do mostruário e caminhando para a caixa registradora, onde estava sentado o branco. Viu quando o negro enfiou a mão sob o balcão sem dar na vista. "Mas vou levar um maço de mentolados."

"Qual?", disse o branco, levantando-se da banqueta e erguendo a mão até as pequenas prateleiras do mostruário que havia sobre o caixa, contendo cigarros.

"Kools", falou Dennis.

Reparou que o branco já havia pegado o maço de Kools antes mesmo que tivesse tido a chance de dizer o nome. Mas claro que ele sabia qual marca pegar. Todo irmão chegado num mentolado, ao entrar numa venda daquelas, pedia ou um maço de Newport, ou então de Kool ou Salem. Kool era de longe o preferido, sobretudo pelos carinhas mais jovens como ele.

"Isso é o que eu chamo de, como é que se diz, intuição", comentou Dennis.

"Ouviu isso, John?", falou o branco para o negro, e os olhos do empregado negro sorriram. "Virei o Uri Geller dos secos e molhados."

"O senhor está no ramo errado, seu Ludvig."

"Aqui está", disse Dennis, empurrando uma nota de um dólar no balcão.

O tal Ludvig era parecido com o velho Meyer, dono da vendinha de esquina no quarteirão de sua casa. O mesmo jeito simpático, o mesmo senso de humor, sempre fazendo piada à própria custa. Provavelmente sabia de cor o nome de cada um dos garotos que entravam em seu estabelecimento. Provavelmente também vendia balas e doces fiado para a molecada, assim como o seu Meyer lhe vendia chicle de bola Bazooka quando era menino.

E o negro, John, usando uma malha abotoada de alto

a baixo, ainda que não estivesse assim tão frio, poderia ser o pai de Dennis. A mesma idade, quase, o mesmo tipo de força física, a mesma resignação estampada no rosto quanto ao que ele era de fato na vida. Um homem íntegro, de certa forma, aos olhos do patrão. Assim como Darius, aos olhos de Mike Georgelakos, o grego do *diner* da Kennedy Street. Dando risada de piadas que nem eram assim tão engraçadas, meneando a cabeça para os mesmos velhos ditados gastos de sempre que saíam da boca do dono dez vezes ao dia. Fazendo tais coisas porque era próprio de sua época fazê-las. Uma época que estava fadada a terminar, é verdade, mas... Que outra escolha eles tiveram, de fato, para alimentar a família? O jeito era tomar conta dos seus e torcer para que eles conseguissem uma vida melhor para si e seus filhos, no devido tempo; ou então virar um vadio, um zé-ninguém de quem nem mesmo os herdeiros haveriam de se lembrar. Esse homem, John, e o pai de Dennis, Darius, optaram ambos pelo caminho correto. Eram dois homens que tinham escolhido *ser* homens e que, no processo, foram obrigados a abrir mão de parte do orgulho logo cedo. Porque era com isso que tinham de lidar *na época deles*.

"Tudo bem aí?", perguntou Ludvig.

"Tudo", disse Dennis, que estivera fitando o vazio.

"Aqui está, amigo", disse Ludvig, entregando-lhe o troco.

"Falou", disse Dennis, olhando de um para o outro. "Tenham uma boa noite, os dois."

"O mesmo para você, meu jovem", disse John.

Dennis cruzou a porta. O negro, cujo nome completo era John Thomas, deu a volta no balcão, foi até o vidro da frente da venda e acompanhou Dennis com os olhos.

Dennis atravessou a rua e entrou no Monterey. Entregou os Kools por cima do banco para Jones, que pôs o maço no dorso da mão, tirou todo o celofane, abriu pela parte de baixo e chacoalhou, tirando um. Depois virou o cigarro e enfiou a ponta com filtro na boca.

"E aí?", perguntou.

"Vocês vão ter alguns problemas", disse Dennis.

"Como assim?"

"O lugar está todo minado, pra começar. E eles têm atiradores em cima das árvores também."

Jones acendeu o cigarro. Soprou o fósforo ao exalar e virou a cabeça para Dennis.

"Já terminou?"

"Ainda não. Tem mais coisa. Deixe eu mapear a situação, como você me pediu, assim vocês ficam por dentro."

Os olhos de Jones não demonstraram nenhuma emoção.

"Vai em frente."

"Sabe onde sempre fica o caixa, nesses lugares? Fica no mesmo lugar, aí. Só que eles escavaram um fosso em volta. Jogaram umas cobras venenosas lá no fundo e puseram alguns crocodilos pra fazer companhia pra elas."

"Não me diga."

"Pois é. E você tinha razão sobre aquela dinheirama toda. Tem toneladas de grana lá dentro, cara. Na verdade, eles têm um cofre imenso daqueles antigos lá na venda, idêntico ao do forte Knox, pra poder acomodar tudo. E cheio de guarda em volta também."

"Crioulinho esperto."

"Se por acaso eu lembrar de mais algum detalhe", disse Dennis, "eu aviso."

O lábio de Jones retorceu-se de leve.

"Tá achando que isso é brincadeira, é?"

"Eu disse logo de cara que não ia entrar nessa."

"Você precisa entender o seguinte, então. Se eu souber por alguma fonte que andou falando com alguém, sobretudo com aquele seu irmão polícia, vou atrás de você, pode crer. E tem mais: se eu entrar em cana por esse serviço, por *qualquer* motivo, seu nome vai ser o primeiro que eu vou soltar. Porque você entrou lá, rapaz; ninguém pode negar o fato. E o cara com quem você falou, não importa quem, vai se lembrar da sua cara."

"Pô, você tá me assustando, mano. Ó, tô até tremendo."

"Isso não é brincadeira não, cara", disse Jones.

"Já acabou?"

Jones expirou o ar bem devagar.

"Larga esse filho-da-puta em algum lugar, Kenneth, que ele já me encheu o saco."

"Você tem que ir falar lá com a sua garota, antes de me largar em algum lugar."

"Como é que é?"

"Você ainda me deve trinta paus. Pelo fumo."

Willis deu a partida no Mercury e afastou-se do meio-fio. A noite já tinha caído sobre as ruas.

13

“Você está passando bem, amor?”

“Estou ótimo”, disse Frank Vaughn.

“Seu olho tá meio engraçado.”

“O seu também estava. Um minuto atrás, parecia que ia sair saltando.”

“Pára com isso.”

“Não se preocupe comigo. Estou só um pouco zonzo. Mas é uma tonteira boa, meu bem.”

Frank Vaughn saiu de cima da mulher que estava embaixo dele na cama. Seu nome era Linda Allen. Ela prendeu o fôlego quando ele saiu. Vaughn deitou-se de costas e colocou a mão carnuda entre a cabeça e o travesseiro. O cheiro do sexo de Linda, do suor de ambos, da bebida que tinham tomado e dos cigarros que haviam fumado estava forte no quarto.

“Eu vou me lavar”, falou ela. “Quer alguma coisa?”

Vaughn conferiu as horas no seu Hamilton de pulso. Pêlos grisalhos e castanhos despontavam entre os espaços da correia de aço inoxidável.

“Acho que ainda dá tempo para tomar um gole.”

Linda Allen levantou-se da cama, nua e orgulhosa, a postura ereta. No caminho, tirou os cabelos dos ombros com uma sacudida. O gesto foi para ele. Vaughn ficou olhando e admirando. Era uma morena alta, de pernas compridas, de uns quarenta e poucos anos, divorciada, que não tivera filhos e que, portanto, não perdera as curvas. Os seios eram cheios, de bicos rosados e empinados.

Acompanhou os movimentos das coxas musculosas, da bunda farta e redonda, e daquele espaço quente entre as pernas que sempre o segurava bem apertado. Deus meu, ali estava uma mulher de verdade. Lembrava Julie London no auge. Vaughn estava com Linda fazia dez anos.

E via aquele apartamento de um quarto no edifício Woodner, na altura do viaduto dos leões, lá na 16th, como seu oásis. Visitava Linda durante os turnos da noite, uma ou duas vezes por semana. Às vezes, ia atrás do que tinha ido nesse dia. Às vezes, ia para descansar.

Escutou a descarga no banheiro e depois o ruído de água jorrando de uma torneira. Estendeu a mão para o criado-mudo, tirou um L&M do maço com uma sacudida e acendeu o cigarro com seu Zippo, personalizado com o mapa de Okinawa desenhado à mão. Deu uma tragada funda, tossiu um pouco e descansou a cabeça de novo no travesseiro.

Linda e Olga, sua mulher, eram da mesma idade, mas as semelhanças terminavam por aí. Olga não tinha mais uma silhueta digna de nota. A bunda achatara, bem como os peitos. Linda falava pouquíssimo. Olga, o tempo inteiro. As ejaculações de Vaughn com a mulher eram, de forma geral, tão pouco sensacionais quanto uma urinada. Com Linda, ele gozava feito um garanhão. O engraçado, porém, era que, quando fazia amor com a mulher, experimentava emoções que nunca sentia quando trepava com Linda. E sabia que a diferença era muito simples: uma era amor e a outra apenas uma foda. Um homem sortudo poderia ter ambas as coisas com a própria mulher, mas Vaughn não fora contemplado com esse tipo de sorte. Entretanto, não havia por que se queixar. Aquele arranjo funcionava muito bem.

Escutou os passos pesados de Linda na sala. Ouviu quando ela abriu a tampa do toca-disco. Ouviu uma música de Chris Connor saindo das caixas. Esta era outra coisa a respeito de Linda: eles tinham os mesmos gostos em matéria de música. Gostavam de apresentadores que se vestiam da forma correta, de músicos que haviam sido treinados para tocar seus instrumentos, de cantores que cantavam em vez de gritar. Nada daquela bosta de rock'n'roll que o filho, Ricky, agora um estudante de vinte e um anos da Universidade de Maryland, gostava de ouvir.

Linda entrou no quarto com uma toalhinha limpa e úmida numa das mãos e, na outra, um copo com uma dose de Beam, água e gelo. Vaughn largou o cigarro no cinzeiro sobre o criado-mudo. Ela pôs a toalha na mão dele e sentou-se na beira da cama. Vaughn passou-a no pênis incircunciso, tirou o que sobrara de sêmen e removeu o cheiro de Linda dos pêlos púbicos. Sentou-se na cama, apoiou as costas na cabeceira e largou a toalhinha no chão. Linda deu um gole na bebida e entregou o copo a ele. Ele fez o gelo tilintar algumas vezes, depois pôs um pouco do calor do *bourbon* gelado na boca.

Em seguida engoliu bem devagar.

"O que é que você tanto olha, meu bem?"

"Cachorrão velho. Estou olhando você." Esfregou a mão no cabelo curtinho dele. "Pra dar sorte", disse ela.

"Bem que estou precisando."

Linda desceu com a mão até o ombro de Vaughn e tocou, inconscientemente, a tatuagem com o nome de Olga flutuando dentro de um coração.

"Você acha que dá pra gente ir ouvir um pouco de música, qualquer noite dessas? Faz um tempo que a gente não sai."

"Aonde você quer ir?"

"Eu gosto daquela moça que canta no andar de cima do Henry's, na Zona Sudeste. Lembra dela?"

"Aquela de cor que canta com um trio."

"Roberta Flack", disse Linda, lembrando-se do nome da cantora.

"Tá, tá bom."

"Então nós vamos?"

"Qualquer hora dessas."

Vaughn tocou no seio esquerdo de Linda, apertou a pontinha do bico rosado e sentiu-o inchar.

"Se você continuar com isso, vai ter que ficar."

"Não dá. Tenho de voltar pra rua."

Buzz Stewart e Dominic Martini estavam no Galaxie 63 ½ de Walter Hess, um carrão estiloso, vermelho e preto, indo para o centro de Washington; os três tomando cerveja o caminho inteiro. A dica do Ford viera de um companheiro de cela, e, ao ser libertado, Hess comprara o carro de um mecânico em King of Prussia, uma cidade da Pensilvânia. Tinha um motor 7.0 debaixo do capô, caixa de quatro marchas, calotas pequenas, saias nos pára-lamas traseiros e um conjunto de cromados de fábrica. Desse modelo, não existia outro mais bacana rodando.

Hess trabalhava numa loja de maquinário na Brookeville Road e investia cada centavo que sobrava no carro. Tinha poucas despesas, fora cerveja, cigarro, as anfetaminas que comprava com regularidade e o Ford. Morava com a mãe e o pai numa casa térrea no quarteirão de número 700 da Silver Spring Avenue. Adquiria as bolinhas de uns motoqueiros que alugavam uma casa na mesma quadra. Preferia umas que chamavam Beleza Negra. Quando os motoqueiros ficavam sem Beleza Negra, comprava a Cruz Branca, mas aí tinha de tomar o dobro. Qualquer coisa valia para ter aquela sensação de formigamento batendo no crânio.

Hess sentia ter crescido um bocado desde sua passagem pela prisão. Com certeza nunca mais ferira ninguém tão feio quanto naquele incidente final que acabara dando em cana, o último de uma série de ataques semelhantes, se bem que menos sérios. No dia, estava parado na Cameron Street, travessa da Georgia, fumando um cigarro na frente da lanchonete Eddie Leonard, quando passou um grupo de jovens num Chevelle novo, gritando e rindo na janela. O pessoal o chamou de "brilhantinazinha" e merdas do gênero. Hess ficou furioso e gritou de volta, bem alto, "veados filhinhos-de-papai", porque tinha visto o adesivo da Universidade de Maryland na janela traseira do carro. Na mesma hora, a turma parou o Chevrolet no meio da Cameron. Um cara enorme, de jaqueta de couro com uma bola de futebol bordada em cima do M de Maryland, desceu. Hess puxou de dentro da bota uma faca de caça que costumava carregar para todo lugar na época, com uma lâmina de aço inoxidável de quinze centímetros de comprimento, e segurou-a bem junto à coxa. Quando o jogador de futebol chegou perto, ergueu a faca e apunhalou o rapaz no rosto, logo abaixo do olho esquerdo. Em seguida cortou o cara da bochecha até o ombro. Foi aquela sangueira. Um dos estudantes vomitou o almoço todo, de tão feia que foi a cena. Walter Hess soube no mesmo instante que teria de pagar por aquela agressão. Era testemunha que não acabava mais e havia ainda as brigas anteriores.

Achava que ia receber algum tipo de oferta, como alguns de seus amigos tinham recebido, na época. Entre para o Exército e nós retiramos a acusação, uma coisa assim. Ele tocou no assunto com o advogado que o tribunal lhe destinou, mas o cara todo arrumadinho abanou a cabeça. "Eles não querem gente como você", o advogado tinha dito. Na cela, à noite, Walter de vez em quando pensava no assunto e ficava confuso. O Exército treinava os caras para matar, certo? Ele nem de treino precisava; no seu caso, era uma coisa natural. E se aceitavam garotões cheios de panca feito Dominic Martini, por que não aceitariam um homem como ele?

"Pára por aqui", disse Stewart. "Qualquer lugar por aqui tá bom."

"Ainda não", disse Hess.

Hess passou pelo terminal de ônibus, cheio de gente na calçada da frente, matando o tempo e fumando. Martini viu quando os olhares dos jovens negros os seguiram. Ele e os companheiros tinham toda a pinta de encrenca, claro. Encrenca e ódio.

"Estaciona aí", falou Stewart, vendo uma vaga. Eles estavam na quadra 1200 da New York Avenue, na mesma direção do Famous.

"Preciso achar uma vaga mais perto do clube", disse Hess. "Não quero nenhum desses imbecis aí mexendo no meu carango."

"Bem ali, ó", disse Stewart. "Porra, Baixinho, que é que você quer, parar dentro do clube?"

Hess soltou uma risada de bruxa.

"Você acha que eles iam me deixar?"

Estacionaram e entraram. Na mesma hora, cruzaram com diversos conhecidos, todos brancos e proletários. Motoqueiros de várias gangues misturados a valentões, operários da construção, aprendizes de eletricista, encanadores, garçonetes, secretárias e rapazes de boa família que não deviam estar ali mas almejavam ser durões. Algumas moças exibiam tatuagens no corpo, feitas tanto por profissionais como auto-infligidas. Uma jovem, que dizia se chamar Danny e tinha a tatuagem para prová-lo, havia perdido um dente da frente numa briga com o cara dela, mas não pusera pivô porque, segundo a própria, o buraco era um lugar excelente para encaixar o charuto. Stewart comprou um Canadian Club com Seven Up para ela assim que entrou. Tinham transado uma vez, fazia um tempo, já, antes do estrago que o namorado fizera na cara dela; achava que lhe devia uma bebida. A garota estava avacalhada, mas era legal. Stewart estava se sentindo generoso. Feliz de estar entre os seus.

Martini ficou na cerveja. Stewart e Hess passaram para os destilados, enquanto Link Wray e sua última formação dos Raymen subiam ao palco. Com a invasão britânica, o retorno do *blues* branco, Bob Dylan, música psicodélica e a revolução do *soul*, a música de Wray não tinha tido muita exposição no rádio durante os últimos anos, mas ele continuava atraindo o pessoal local. Seu repertório passara a ser uma mistura de antigos sucessos e *covers* de Elvis. Ele abriu o show com "Jack the Ripper", de 1963, seu último grande sucesso. O lugar pegou fogo na hora. Stewart apoiou as costas no balcão. Viu Dominic sorrindo, acompanhando a música com o pé. Porra, quando Wray aumentava o som do seu amplificador e mandava ver, até aquele idiota de merda achava um jeito de se divertir.

Stewart se perguntou por que o mundo não podia ser sempre do jeito como era ali, naquele momento.

"Buzz", falou Hess, parando do lado, com uma dose de Jack Daniel's numa das mãos e um chope na outra.

"Hein?"

"Tá vendo a porra daquele *veadinho* ali no canto?"

Stewart olhou na direção mencionada. Viu um sujeito tomando uma cerveja, de sorrisão largo na cara, sem incomodar vivalma. Depois olhou para o Baixinho. O amigo parecia meio vesgo e meneava a cabeça em ritmo frenético, sem nenhuma razão especial para isso, a não ser o fato de as bolinhas estarem dando as cartas.

"E daí?"

Hess atirou a cabeça para trás para entornar até a última gota do chope, depois colocou o copo vazio no bar.

"Não gosto do jeito que ele sorri."

"Porra, ele não tá sorrindo pra você."

Hess deu um passo adiante. Stewart agarrou a manga de couro da jaqueta do amigo e puxou-o de volta.

"Deixa quieto, Baixinho. O cara tá só se divertindo."

Stewart sentiu os músculos tesos do braço de Hess afrouxarem sob sua mão.

"Me paga mais uma dose, vai, Buzz. E mais um chope, também. Cara, tô com uma puta sede."

Claro que está, pensou Stewart. Com todas aquelas bolas que você mandou ver.

Pediram mais duas rodadas. Depois que o show terminou, Stewart recebeu um aviso do garçom para ir andando e fez um sinal para que Hess e Martini o acompanhassem até a porta. Deram cabo de mais seis cervejas no caminho para a cidade.

Derek Strange estacionou o Impala na Princeton Place, debaixo de um poste de iluminação, e estava trancando o carro quando viu o Mercury verde de Kenneth Willis subir a rua, reduzir a velocidade, encostar no meio-fio e parar atrás dele. Viu também que Alvin Jones, um meliante que não prestava para nada nem ninguém, estava ao lado do motorista. Dennis estava no banco traseiro do carro.

Ele esperou que o irmão saltasse. Jones debruçou-se na janela, cruzou a mão esquerda por cima do antebraço direito e bateu a cinza do cigarro. Como era seu hábito, Derek examinou os detalhes físicos: Jones usava uma camisa dourada de Ban-Lon e um chapéu preto com uma faixa dourada bem brilhante. E sorria enquanto avaliava o policial.

Derek Strange espichou o corpo para mostrar toda a sua altura e constituição ao outro. Era infantilidade e ele sabia. No entanto, há certas coisas que um homem jamais vai conseguir deixar de fazer, não importa o grau de maturidade que supostamente tenha. É uma forma de dizer aos demais que ele possui as ferramentas necessárias para lhes dar uma boa surra, se por acaso for essa sua intenção.

"Ei, seu guarda", disse Jones. "Deve ser chato pra caramba ficar sem a farda. Cadê a arma?"

Bem debaixo da camisa, pensou Strange.

"Irmão, assim você vai me deixar magoado, se não falar alguma coisa logo."

Strange não abriu a boca. Pelo vidro do pára-brisa, viu o sorriso dentuço de Willis. Kenneth Willis cumprira pena por estupro presumido, trabalhava como servente de escola, morava em cima de uma loja de bebidas na H

Street e se achava o maior garanhão. Também viu os dois dentro do carro trocarem um cumprimento com a mão.

"O grande homem", Jones continuou, olhando direto para Strange com seus olhos claros gelados. "Tornando o mundo mais seguro pros brancos." Depois deu uma tragada no seu Kool e deixou a fumaça sair pela boca.

Dennis bateu a porta e, devagar, caminhou do Mercury até Derek, segurando um livro na mão e fazendo uma pequena careta ao dar um passo errado. Ficar sentado num carro e depois sair era dureza para as suas costas.

"Lembre-se daquilo que eu falei, garoto", disse Jones. "Ouviu bem?" Dennis porém não olhou para ele.

Os dois irmãos se encontraram ao lado do Impala. Juntos, rumaram para os degraus da frente da casa geminada, onde tinham sido ambos criados. Escutaram mais alguns comentários vindos de trás. Jones disse algo a respeito da polícia, depois mencionou qualquer coisa sobre o carro de Darius Strange, "mais um pau velho", que provocou uma risada de Willis. Os irmãos não olharam nem deram mostras de ter escutado. Logo veio o ruído do motor do Monterey acelerando na subida e Willis virou de volta na Georgia.

"O que é que você anda fazendo, cara?", perguntou Dennis.

"Hoje eu trabalhei, depois levei a namorada ao cinema. Você?"

"Dei umas voltas por aí, mais nada."

"Com esses dois?"

"É."

"Aonde é que vocês foram?"

Dennis apalpou o cheque que tinha no bolso.

"O Jones conhece uma mina aí. A gente só deu uma passada na casa dela, coisa rápida."

Sei sim, pensou Derek. E coisa boa é que não foi. Nunca seria, com Jones e Willis em volta. O mais provável é que o irmão tivesse comprado ou vendido alguma coisa errada. Talvez como passador daquele traficante, o Hayes, que morava na Otis.

"O que é vocês foram fazer na casa dessa *mulher*?"

"Que saco, cara, vai ficar me interrogando agora?"

"Só estou curioso."

"A gente foi lá pra dar uma bola. Satisfeito?"

Derek lançou para o irmão mais velho um olhar de decepção. Era um olhar conhecido e Dennis desviou a vista.

"Quer dizer então que agora você precisa ficar doido até antes de jantar com a família?"

"Como se você nunca tivesse fumado."

"Já, mas não fiz disso minha razão de viver."

"Padre Derek", falou Dennis, abanando a cabeça.

"Essa mulher que vocês foram visitar", disse Derek, incapaz de deixar o assunto morrer. "Por acaso é aquela tal Bacon com quem o Jones tá morando, em LeDroit Park?"

"Como é que você sabe sobre ela?"

"Foi você mesmo que me contou. Difícil esquecer um nome desses."

"Não, é uma outra, uma que teve um filho dele. Mora lá pros seus lados."

"É bem do que estamos precisando por aqui, de mais crianças geradas por imprestáveis feito o Jones."

"Quer dizer que depois que botou essa farda perdeu a cor, é?"

"Pára de dizer besteira."

"Agora só falta você subir num pedestal e começar a empinar o nariz pros negros também."

"Pára de falar merda, Dennis. Só estou dizendo que esse carinha em particular não presta."

"Eu tenho dois olhos. Não precisa vir me dar sermão sobre coisas que eu estou enxergando."

Tinham chegado à porta de casa. Derek pôs a mão no braço do irmão.

"Escuta, só estou querendo dizer que você não precisa ficar empacado aqui. Eu posso arrumar algum trabalho pra você, se você me deixar. Vivo conhecendo esses pequenos comerciantes no trabalho. Eles ficariam muito contentes de prestar um favorzinho a um policial, ajudar alguém da família, entende? É assim que funcionam as coisas."

"O sistema, certo?"

"É, é. Não tem nada de errado nisso."

"Não estou interessado."

"E o que é que você planeja fazer, então, virar uma espécie de vítima profissional? Desistir por causa da opressão dos brancos, como você mesmo não se cansa de dizer? E tudo isso, claro, pra que todos esses filhos-da-puta racistas que têm por aí possam apontar mais um crioulo perdido e dizer tá vendo só, como a gente tinha razão?"

"Cala a boca, cara."

"Ou vai ver você prefere ficar saindo com lixo feito o Jones, até que aconteça algo que não dê mais pra consertar."

"Já não falei pra você calar essa boca?"

"Você e eu, a gente não foi criado desse jeito."

Dennis soltou o braço.

"O jantar já deve estar pronto, eu acho."

"Você é muito melhor do que imagina."

"Eu tô é cansado." Dennis baixou os olhos. "Me faz um favor, Derek. Me deixa em paz."

14

“Lá vai a Julia do seriado”, comentou Dennis Strange, apontando para a tela da televisão em cores da família.

“Diahann Carroll”, disse o irmão Derek. “Eis aí um mulherão.”

“Ela me lembra a mãe de vocês”, falou Darius Strange.

“Mas fala que nem branca”, resmungou Dennis.

“Algum crime nisso?”, retrucou o pai.

“E namora com branco, também”, continuou o filho mais velho. “Já vi foto dela numa revista, de braço dado com um carinha inglês, um que faz entrevista no canal 5.”

“O que não a impede de *continuar* sendo um mulherão”, insistiu Derek.

“Ela tem os mesmos olhos da mãe de vocês.” Darius Strange estava em sua poltrona verde, com o caderno de esportes do *Washington Post* aberto no colo. O semblante tinha começado a despencar e o peso, a se transferir para a região do abdômen.

Os filhos se acomodaram em duas cadeiras, ao lado do pai. Alethea Strange tinha tirado a mesa e estava na cozinha, pondo os pratos dentro da pia cheia de água morna.

O apartamento continuava igual ao que sempre fora. Os móveis eram os mesmos móveis entre os quais Dennis e Derek haviam se esbaldado a infância toda. Mas o pai já quase não usava o toca-discos, que passara a servir de apoio para as ervas e violetas que a mãe gostava de ter em casa. Fazia anos que Darius não comprava um disco. Primeiro Ray Charles resolvera passar para o *coun-*

try, em seguida Sam Cooke levara um tiro daquela mulher, em 64. Depois disso, Darius simplesmente perdera todo e qualquer interesse por música. Além do mais, estava com cinqüenta e tantos anos. O novo som *soul* era para os jovens. Dera todos os seus discos para o filho caçula, que tinha virado um grande fã do *rhythm-and-blues*, como ele próprio havia sido, anos antes.

Os homens assistiam a um programa de variedades chamado *The Hollywood Palace* na ABC. *Bonanza* já tinha acabado e não havia mais nada de interessante nos outros canais. Estavam os três esperando para ouvir o presidente, que ia fazer um pronunciamento a qualquer instante. Dizia-se que era algo de extrema importância relativo à guerra do Vietnã.

Diahann Carroll terminou seu número, uma das melodias do musical *Camelot*. O apresentador do programa, Don Adams, voltou ao palco e começou a apresentar o convidado seguinte.

"Vai desculpar o mau jeito, chefe", imitou Dennis, com voz nasalada. "É, vai desculpar mesmo. Você e esse saco desse programa."

"Esse sujeito fazia comédia aqui em Washington, antes", lembrou Darius.

"E na época ele era engraçado? Porque ele nunca conseguiu me fazer rir. Pra me fazer assistir essa porcaria, só com a Agente Noventa e Nove apresentando.

"*E agora, por favor, uma salva de palmas para Diana Quarry e seu irmão, o boxeador Jerry Quarry, que vão cantar uma música muito especial esta noite.*"

"Ele agora deu pra cantar, é?", disse Derek.

"Alguma coisa ele tem que fazer", falou Dennis. "Porque lutar você sabe que ele nunca conseguiu."

"Ele venceu Floyd Patterson", disse Darius.

"Depois que o Floyd já estava um velho", falou Dennis.

"Deixa o governo devolver as luvas pro Ali", interveio Derek, "que ele faz picadinho desse cara."

Enquanto o peso-pesado e a irmã tentavam engatar

um dueto de rock, Darius Strange leu no jornal: "Elgin Baylor fez trinta e sete pontos pro Lakers, dá pra acreditar num negócio desse? Agora eles deslancham na costa Oeste. O cara eliminou os Bulls sozinho".

"Baylor?", disse Derek, sorrindo para o irmão. "Quem é esse?"

"Garoto do pedaço, certo?", disse Dennis, com uma piscada para Derek.

"Se formou na Spingarn", continuou Derek.

"Tá brincando", disse Dennis. "Eu achava que tinha sido na Dunbar."

Dennis e Derek estenderam o braço por trás da cadeira do pai, deram risada e tocaram na palma um do outro.

"Chega de piada", falou Darius, sufocando um sorriso, de olhos grudados no jornal.

Alethea entrou na sala, enxugando as mãos num pano de prato. Usava um vestido caseiro estampado com flores e uma rosa artificial, parecida com as do vestido, presa nos cabelos que começavam a branquear. A não ser pelos fios grisalhos, pelo aumento das rugas em volta dos olhos e pelas mãos encarquilhadas, efeito dos produtos de limpeza que ela usara anos e anos a fio, estava em forma para seus cinqüenta e um anos. As pernas e as costas lhe causavam alguns problemas de vez em quando, conseqüência do trabalho de doméstica, que fora reduzido de seis para cinco dias por semana. Mas, exceto por essas pequenas dores, sentia-se ótima.

"Satisfeitos?", perguntou, olhando com afeto para seus homens, agrupados em volta do aparelho Sylvania na sala.

"Sim, senhora", disse Derek. "O frango estava perfeito. E os legumes até que não estavam de se jogar fora."

"Que bom que você gostou."

"Não teria sido má idéia acompanhar com uma garrafa de vinho ou algo assim", falou Dennis, sorrindo para a mãe, sem maiores intenções ao fazer o comentário.

"Quer que a gente compre vinho pra você também, é?", disse Darius.

"Darius", falou Alethea.

"Nós já não estamos pagando todas as outras despesas dele?"

"Ele só está brincando comigo", disse Alethea.

"Eu posso me mudar, pai", falou Dennis, "se o senhor quiser."

"O que eu quero é que você arranje um trabalho, isso sim. É o que todo homem faz. Seu irmão está aí na vida, suando a camisa. Tem carro, mora sozinho. É isso que você precisa almejar pra você também."

Derek não conseguiu olhar para o irmão. Tinha lhe dado uma dura um pouco antes, na frente de casa, porque acreditava em Dennis e achava que ele podia melhorar de vida. Mas nunca dera bronca nele na frente dos pais. E o que mais desejou naquele momento foi não estar ali, de testemunha.

O silêncio que tomou conta da sala acabou quando um locutor interrompeu o programa para informar aos telespectadores que o presidente ia se pronunciar. Derek levantou-se e deu o lugar para a mãe. Pegou outra cadeira e arrastou-a para perto do aparelho de televisão.

"O cara é idêntico aos beagles dele", disse Dennis.

"Psiu", fez Darius.

O presidente Johnson começou pela guerra no Sudeste Asiático. Disse que daria ordens imediatas para a suspensão dos ataques aéreos e marítimos contra o Vietnã do Norte, exceto na região ao norte do paralelo vinte. Em seguida embarcou numa explicação do que significava essa decisão em termos do histórico do conflito e de seus desdobramentos. E só depois anunciou que tinha outro pronunciamento a fazer. Estava carrancudo mas, de algum modo, com a fisionomia levemente mais tranqüila do que a que a maioria dos americanos se acostumara a ver nos últimos tempos.

"*Eu não vou tentar, nem vou aceitar, ser nomeado pelo meu partido...*"

"Mais essa agora", disse Dennis.

"Não acredito", falou Alethea.

"O homem está desistindo", disse Derek. "Dá pra ver na cara dele. O presidente não agüenta mais."

"Então que imbecil é que nós vamos ter agora?", perguntou Dennis. "Nixon?"

"Isso não vai acontecer", falou Darius. "Eu tenho que acreditar que no fim das contas o povo deste país é melhor do que isso. Na hora de botar o voto na urna, eles não vão escolher aquele sujeito."

"A menos que estejam com medo", disse Dennis.

"Medo do quê?", perguntou Darius.

"De tudo", respondeu Dennis. "De nós."

Derek esfregou o rosto.

"Agora o Bobby Kennedy emplaca. Vocês vão ver só."

"Até pode dar certo", disse Darius. "Ele é um político como todos os demais. Mas parece ter o coração no lugar certo."

Alethea concordou com a cabeça.

"Ao menos haveria esperança."

E lá ficaram os quatro, sob o clarão da tela do televisor, escutando o presidente. Mas logo o pensamento de cada um voltou a se concentrar nos conflitos menores e mais contornáveis das próprias vidas. Derek pensou no trabalho. Dennis, nos companheiros errados, nos planos deles e, ao mesmo tempo, no próximo baseado. Alethea continuava preocupada com o futuro do filho mais velho. Darius crispou o rosto por causa da dor repentina e aguda no fim da espinha.

Vinha sentindo essas pontadas nos últimos tempos, às vezes quando estava de pé, às vezes mesmo quando estava relaxado na poltrona. Alguns dias antes, tinha reparado que havia sangue nas fezes, pela manhã. Havia algo de errado com ele, sem dúvida. Mas fazer o quê? Precisava continuar sustentando a casa. A mulher, que Deus a proteja, não poderia trabalhar mais do que já trabalhava. Continuavam endividados como sempre. Não podia se dar ao luxo de ficar doente, de modo que não adiantava se preocupar, de um jeito ou de outro.

"Eu vou sair", disse Dennis, levantando-se da cadeira.

"Aonde é que você vai?", perguntou Darius.

"Sair", retrucou Dennis, indo até o quarto que outrora repartira com Derek. "Vinte e sete anos de idade e o senhor continua me perguntando aonde eu vou."

"Pare de agir como quem tem sete que eu paro de perguntar."

"Darius", falou Alethea.

"O moleque até hoje não cresceu, mulher."

Dennis entrou no quarto e foi direto para o frasco que guardava debaixo das meias, na gaveta de cima da cômoda, ao lado de uma bola de beisebol toda esfolada que ele tinha desde os oito anos de idade. Pai e filho começaram a usar aquela bola para treinar arremesso durante as noites claras de verão, no beco atrás da casa, em 1948. Fitou a bola alguns instantes, depois fechou a gaveta.

Tirou um barbitúrico do vidro, juntou saliva e engoliu a pílula. Saiu do apartamento sem falar com ninguém; pretendia acertar as contas com seu fornecedor, ansiava pelo conforto que a rua lhe dava.

Na cozinha, Alethea lavava a louça do jantar e Derek enxugava. Ela estava cantarolando um *gospel* que o filho reconheceu quando ela lhe passou mais um prato. Ele enxugou rapidinho com o pano e o guardou, ainda úmido, numa prateleira desbotada de sol.

"Está com pressa?", perguntou a mãe.

"Tenho um encontro."

"Com aquela mocinha lá da Zona Nordeste, aquela que trabalha no salão de beleza?"

"Ahã."

"E que fim levou a Carmen?"

"Continua por aí. Está terminando a Howard."

"Vocês têm se visto?"

"Ultimamente não."

"Pena. Sempre gostei da Carmen. De boa família e daqui do bairro, também."

"É, ela é legal."

"Uma moça tão distinta, que cresceu do nosso lado. Às vezes a gente não enxerga as coisas boas justamente porque elas estão muito perto do nariz. Feito a história daquele homem que foi correr mundo, em busca de um tesouro, e só quando voltou para casa é que descobriu..."

"Diamantes no quintal", completou Derek. "É, eu conheço."

"Acho que já contei antes, né?"

"É bem capaz", disse Derek, ainda sorrindo para a mãe, quando seu quadril tocou no dela.

"Pois eu espero que você tenha me escutado todos esses anos."

"É o irmão dele que é surdo", disse Darius, entrando na cozinha. Ele foi até a velha Frigidaire e pegou uma garrafa de cerveja da prateleira de baixo.

"Ele vai encontrar um caminho", falou Derek.

"Então acho melhor ele começar a procurar. Porque o fato é que por enquanto ainda não achou nenhum."

Darius pegou o abridor de uma gaveta e tirou a tampinha da garrafa. Tomou um gole no gargalo mesmo. Derek guardou o último prato, enquanto Alethea enxugava as mãos. Os três se achavam no aconchego da cozinha acanhada, sem espaço para nada, mal iluminada, mas tão confortável para eles quanto uma luva quentinha.

"Como é que vai indo o trabalho?", Darius quis saber.

"Bem", Derek respondeu, sem muita convicção.

"É duro, não é?"

"Às vezes."

"Imagino que não esteja recebendo todo aquele amor que achou que ia receber."

"É, não vou ganhar nenhum concurso de popularidade."

"Lembre-se de uma coisa, filho. Gente boa, gente de bem, não se assusta quando vê você descendo a rua. São os delinqüentes e os imprestáveis que olham pra você com ódio nos olhos. Esta cidade finalmente está começando a ter uma polícia com a cara de seus moradores. E você está fazendo algo necessário e certo. Devia se orgulhar."

"É que é duro, só isso."

"Nunca é fácil, quando o trabalho é importante. Mas vai dar tudo certo, desde que você não saia dos trilhos. E não se envolva nessa coisa de poder, como acontece com certos policiais que, pra começo de conversa, se esquecem por que ingressaram na corporação."

"Eu não sou corrupto."

"Eu sei que não, filho", disse Darius.

"E se cuide, hein?", disse Alethea.

"Sim senhora."

Darius olhou com admiração para o caçula. Não precisava dizer o que sentia. Derek sabia. Ele estava recebendo, de uma forma silenciosa, o que todo filho anseia obter do pai e o que poucos recebem: legitimação e respeito. Estava tudo ali no olhar.

"Se a gente conseguir endireitar seu irmão", falou Darius, "aí, sim, estaremos todos bem."

"Me paga mais uma cerveja", disse Walter Hess.

"Eles já estão acendendo as luzes", falou Buzz Stewart.

"Ótimo. Agora dá pra ver o que eu tô tomando."

"Ele quis dizer que estão fechando o bar", disse Dominic Martini.

"Eu sei o que ele quis dizer, ô carcamano cuzão." Hess virou-se para Stewart com o olhar embaçado. "Me paga mais uma cerveja, cara."

Eles estavam num bar de brancos num bairro de pretos na 14th. Os homens usavam roupas de couro e botas de motociclista. As mulheres, jaqueta de couro da Peters e blusa de Ban-Lon. O rádio tocava Mitch Ryder. Estavam todos suados e bêbados de dar medo, sob o fulgor das luzes que tinham sido acesas para avisar que o bar recebia os últimos pedidos. Uma nuvem de fumaça de cigarro pairava no ar.

"Já chega, Baixinho", disse Stewart, agarrando uma das mangas da jaqueta de Hess e puxando-o para a porta.

Hess desvencilhou o braço no caminho. Parou junto de uma mulher desconhecida que acompanhava um sujeito tomando uma Schlitz. Ela tinha a cara bexiguenta e uma mecha oxigenada no cabelo. Hess resolveu lhe dar um beijo. Ela, encostada à parede, deixou caírem os braços ao lado do corpo, sem poder fazer nada. Hess enfiou a língua na boca da mulher e, ao retirá-la, ainda lhe deu uma boa lambida nos lábios, para completar o serviço.

"Ei", disse o cara que estava junto, avançando alguns passos.

"Ei é pra cavalos, seu *veado*", disse Hess, vesgo e sorridente.

O sujeito não disse nem fez mais nada. Um leão-de-chácara chamado Dale, amigo de Stewart e de Hess, surgiu rapidinho de detrás do balcão. Foi direto para o sujeito que tinha defendido a moça e encostou-o na parede. Com a mão esquerda, agarrou o colarinho do sujeito e prendeu-o ali. Com a direita, sentou um murro na cara do rapaz. O nariz afundou, o sangue jorrou, escorreu para o lábio e dali para a boca. Ele deixou cair a garrafa, revirou os olhos e apagou. Dale bateu de novo. O pessoal que estava no bar virou a cabeça e emborcou o último gole de cerveja.

Hess saiu às gargalhadas, seguido de Stewart e de Martini. Todos acenderam um cigarro a caminho do carro de Hess.

Seguiram pela 14th, entupidos de álcool, todos eles. Stewart virou e mexeu com o dial do rádio até topar com uma música de Marvin e Tammi; dessa ele gostava. Aumentou o volume. No começo da ladeira, Hess reduziu duas marchas de uma vez. O tranco jogou Martini de volta ao encosto do banco.

"Vai mais devagar", ele reclamou.

"Vai mais devagar", repetiu Hess, com voz fininha de moça, pisando ainda mais fundo no pedal.

"Eu não tô achando graça nenhuma", disse Martini.

"Fecha a porra dessa matraca", disse Hess.

No alto da ladeira, numa faixa residencial da 14th, em algum ponto entre a Park e a Arkansas, eles viram um jovem negro caminhando pela calçada, mais ou menos um quarteirão na frente do carro. Hess tirou o pé do acelerador, olhou pelo retrovisor, olhou adiante e não viu mais ninguém rodando por ali. Fora o negro, não havia pedestres por perto. Hess desligou os faróis e reduziu a velocidade ainda mais.

"Buzz", disse Martini, "fala pra ele parar com essa merda."

Hess e Stewart continuaram de olho fixo no leito da rua. O negro olhou por cima do ombro e aumentou de leve o ritmo do passo.

"Ele ouviu a gente", disse Stewart.

"Claro que ouviu", disse Hess, "olha o volume que tá essa porra de rádio."

"É o escapamento dessa bosta que faz esse barulhão todo."

"Isso daqui é ronco, não é barulho, cara." Hess franziu a vista. "Agora me diz, por que é que o crioulo não tá correndo?"

"Eles não correm mais e você sabe disso. Ele tá te desafiando, amigão."

"Eu devia dar uma prensa no escurinho aí, Stubie."

"É, dá um susto nele", falou Stewart. "Vai lá, vai."

"Não", disse Martini; mas a palavra mal foi ouvida, em meio à estridência da música no rádio.

Hess achou uma brecha na fila de carros estacionados, subiu com o maior cuidado no meio-fio e botou o Ford na calçada. Continuou descendo a ladeira bem devagar. O negro virou a cabeça de novo, deu uma segunda olhada assustada e saiu correndo. Hess riu e acelerou.

"Quantos pontos?", perguntou.

"Que tal dez?"

Aproximaram-se do rapaz num instante. O negro saltou da calçada para a rua.

"Olha só como corre", disse Hess.

"Parece que viu fantasma", disse Stewart.

Hess arrancou grama do chão ao saltar o meio-fio e voltar para a pista. Reduziu uma marcha e os pneus fritaram, tentando se agarrar ao asfalto. Pisou fundo e encurtou a distância entre o homem e o carro. No banco traseiro, os dedos de Martini marcaram o vinil preto.

De repente o rapaz deu uma guinada para a direita, em direção a uma vaga entre dois carros estacionados, um Chevrolet roxo e um Dodge branco. Hess foi atrás. O Ford saiu de traseira, depois tomou pé de novo.

Stewart olhou para o amigo.

"Ô Baixinho."

Alcançaram o rapaz com uma rapidez surpreendente. Hess meteu o pé no pedal do breque, até o fundo, mas a velocidade era muita e o Ford derrapou. A cabeça do jovem negro virou para trás. Stewart estava pensando, porra, o cara tá assustado pra caramba, quando o Galaxie ergueu o moço e jogou-o sobre a dianteira do Dodge branco. Nesse momento, todos os ocupantes do Ford foram atirados para a frente. Stewart e Hess contra o painel; a cabeça de Martini bateu e ricocheteou no banco. Continuaram os três ali sentados, zonzos, o mundo girando de leve, o estrépito do rádio e alguma outra coisa zunindo em seus ouvidos.

Hess engoliu sangue. A boca tinha batido com violência no volante e a colisão abrira um talho no lábio superior. Stewart tocou num corte fundo na testa, sentiu a umidade em volta e retirou um dedo manchado de vermelho. Com a mão direita trêmula, desligou o rádio.

A vertigem na cabeça diminuiu. Eles olharam pelo

pára-brisa. Viram o rapaz, os braços retorcidos, o torso deformado, estendido num ângulo esquisito, dentro da poça de um líquido que se esparramava rapidamente, pregado no capô do Dodge. Luzes se acenderam numa fileira de casas que até pouco antes estavam às escuras.

"A gente precisa dar o fora daqui, Baixinho", disse Stewart, vendo Hess mexer na alavanca de câmbio e mais nada.

"O quê?"

"*Vamos cair fora.*"

O corpo do rapaz escorregou de cima do capô do Dodge quando Hess engatou uma ré e acendeu os faróis. Um único facho se acendeu à frente do carro. O Ford recuou, e da boca do jovem, quando ele rolou de lado na rua, esguichou um jato fino de sangue. Uma das mãos se estendeu, como se quisesse pegar algo. A mão caiu. O corpo retorceu-se num espasmo e depois não se mexeu mais.

Hess pisou fundo. Subiu a 14th enquanto as sirenes soavam ao longe. Martini fechou os olhos. Stewart pôs um Marlboro na boca e empurrou o acendedor no painel de instrumentos. Hess acelerou forte e passou para uma quarta, resmungando o tempo inteiro. Estava chateado porque tinha fodido com o carro.

Satisfeito com a trepada e relaxado com o último trago, Vaughn subia a 16th Street num veículo policial sem identificação quando escutou no rádio a notícia sobre a decisão de Lyndon B. Johnson. O locutor da WWDC disse que a reação local tinha sido veloz.

"*Dezenas de estudantes universitários, alguns deles descalços, segundo consta, dançaram em comemoração ao fato, cantando 'We Shall Overcome' no parque Lafayette, em frente à Casa Branca. Muitos estavam com o distintivo de campanha de Eugene McCarthy grudado nas costas...*"

"Jesus", exclamou Vaughn. Torcia pelo menos para que o filho não estivesse no meio do pessoal que celebrava a desistência do presidente Johnson. Do jeito como o cabelo dele já estava chegando no ombro, o garoto se encaixava feito uma luva naquele quadro.

Veio um chamado da delegacia e Vaughn respondeu pelo rádio. Era um atropelamento numa quadra residencial da 14th Street; o motorista fugira. Vaughn pisou fundo e dirigiu-se para lá. Até chegar, os fardados, o legista e o rabecão já estavam no local.

Sob os flashes de um fotógrafo da polícia e em meio aos efeitos estroboscópicos do giroflex das viaturas, Vaughn viu o corpo retorcido e o rastro de sangue na rua. O jovem, Vernon Wilson, de dezessete anos, tinha sido identificado pelo conteúdo da carteira. Os policiais já haviam começado a interrogar os moradores, mas ainda não aparecera ninguém dizendo ter visto algo, só um homem que afirmava ter escutado, por trás da veneziana, pneus guinchando, música alta e uma batida. Cacos do vidro de um farol dianteiro, pedacinhos de grade e um emblema Ford foram encontrados perto do corpo. A luz de uma lanterna revelou a presença de tinta vermelha na parte amassada do Dodge branco, no local da ocorrência.

Vaughn subiu e desceu o quarteirão, examinando a área em volta. No dia seguinte, tentaria identificar o modelo do Ford com a ajuda de seu perito, que entendia bem de carro; pediria a ele para examinar a grade, o emblema e os cacos de vidro. Também espalharia a notícia pelas funilarias de sempre, para que ficassem de olho em pára-lamas, faróis, grades, capôs e pára-choques danificados de um Ford vermelho. Visitaria as oficinas que tivessem algum histórico de desmanche ou que fossem notórias por reparar veículos envolvidos com criminosos e com o crime.

Se ficasse comprovado que não fora homicídio, Vaughn não teria mais nada a ver com o assunto. Podia ser obra de alguém embriagado; o motorista atropelara o garoto, entrara em pânico e fugira. Nesse caso, a esperança era o cara acordar sóbrio, enxergar Jesus e se entregar à polícia. No entanto, Vaughn tinha certeza quase absoluta de que aquele caso era dele.

Ao norte de onde estava o morto, a faixa de grama que ladeava a calçada, formando uma espécie de moldura, apresentava marcas de pneu; a relva fora danificada por algum carro, sinal de que o motorista do Ford saíra deliberadamente do asfalto. Além disso, o carro havia queimado borracha e deixado marcas de derrapagem no local do acidente, evidência de descaso e velocidade excessiva. Era como se Vernon Wilson tivesse sido caçado. A altura da música também indicava que o motorista e os possíveis ocupantes do veículo eram todos jovens e que, até certo ponto, estavam achando a brincadeira divertida.

Era bastante improvável que Wilson tivesse ligação com alguém de importância política, de modo que não haveria pressão nenhuma para resolver o caso. No fundo, era mais um garoto de cor morto, ou seja, um caso de baixa prioridade, na melhor das hipóteses. Ainda assim, Vaughn faria seu trabalho.

Dennis Strange parou no beco que passava por trás da Princeton e da Otis. Riscou um fósforo e protegeu a chama com a mão. Depois acendeu o baseado que já tinha enrolado, deu uma tragada e deixou que a fumaça doce parasse uns tempos no pulmão.

Um cão latia na bifurcação norte do beco, lá para os lados da escola primária Park View. Sabia, pelo latido grave do animal, um pastor alemão de pêlo longo, que era o cachorro da família Broadnax, um pessoal que pouco tempo antes perdera um filho na guerra. Eles tinham aquele bicho fazia quinze anos. Dennis reconhecia quase todos os cachorros do quarteirão pelo latido. Essa era uma das coisas que aconteciam com quem ficava muito tempo num mesmo lugar. No caso dele, tempo demais. Não era natural que um homem continuasse morando com os pais depois de uma certa idade, e ele sabia disso. Por outro lado, não tinha planejado nada do que estava ocorrendo. Na verdade, o problema era justamente este: ele nunca planejava nada na vida.

Dennis soltou a fumaça e deu outro tapa.

Lá em cima, na cozinha do apartamento, a luz fluorescente redonda que havia no teto tinha sido apagada. Dava para perceber o clarão azulado da televisão brincando nas paredes, escapando para fora da sala de estar, onde estava o pai. Decerto assistindo a um faroeste, se houvesse algum passando; caso contrário, a uma daquelas séries policiais.

Dennis entregara o cheque para seu fornecedor, James Hayes, o velho traficante de sempre que morava na Otis, e, em troca, ganhara um pouco de fumo. Hayes era da velha guarda, não se exibia, usava roupas sóbrias, era calado. Vivia sozinho e, muito de vez em quando, recebia alguma amiga. Todo bairro pelo visto contava com algo parecido, quer dizer, um traficante para maconha, outro para heroína. Às vezes, mas não sempre, o mesmo cara vendia as duas substâncias. Boa parte dos vizinhos adultos sabia o que o sujeito fazia para ganhar a vida e, à medida que cresciam, as crianças também ficavam por dentro de seu ramo de negócios. Em geral, as pessoas continuavam cuidando da própria vida e deixavam o cara em paz.

Dennis deu mais uma boa puxada no baseado e sentiu a maconha atingi-lo feito um beijo.

Ninguém falava com a polícia. Essa era a regra. Não a menos que fosse cometida uma puta agressão contra velhos ou crianças. Aos olhos de muitos, um alcagüete era pior que um criminoso. Era assim que funcionava. Até seu pai, impossível alguém mais correto, achava isso.

Não que o pai não admirasse Derek e seu uniforme. Admiração era pouco para expressar o que ele sentia pelo filho. Amar o filho policial, no entanto, era diferente de amar a polícia. Ir à polícia por algo que podia se resolver por si só ou ser resolvido por outros meios, bem, isso era errado. Dennis era dessa opinião, sem sombra de dúvida. Claro que às vezes essa atitude criava problemas. Como aquele lance que ia rolar no dia seguinte com Alvin e Kenneth. Se o pai soubesse de algo parecido com antecedência e um dos envolvidos fosse um amigo, o que ele faria?

A maconha tinha começado a fazer efeito na cabeça de Dennis. Suas idéias tornaram-se grandiosas e ousadas.

Certo: ele não ia ficar de braços cruzados e deixar os caras assaltarem a venda. Do jeito que o Alvin era nervoso, podia até matar o velho atrás do balcão, se algo saísse errado. E ele, Dennis, teria isso lhe pesando na consciência. Mais uma coisa para acrescentar a sua lista de vergonhas.

Contudo, dava para fazer algo a respeito. Algo que faria o pai olhá-lo do mesmo jeito como olhava para o filho caçula. Do jeito como ele próprio olhava para o irmão lá no fundo.

"Puta merda", disse Dennis, rindo da idéia, gostando da idéia, olhando fixo para o baseado aceso entre os dedos.

Quem sabe eu deixo o barato vir com tudo agora, pensou. Dou uma volta por aí, penso num plano.

Isso seria uma novidade para mim, pensou Dennis Strange. Um plano.

15

Na segunda-feira, na cidade de Memphis, o corpo de Larry Payne, o garoto de dezesseis anos que fora baleado e morto por um policial branco, estava sendo velado no templo Clayborn da Igreja Metodista Episcopal Africana, de onde saíra a passeata da semana anterior liderada pelo reverendo Martin Luther King. Centenas de negros foram prestar suas últimas homenagens, sob a vigilância constante de soldados da Guarda Nacional. Martin Luther King voltaria a Memphis no dia seguinte, terça-feira, para concluir os preparativos de uma outra marcha marcada parra a sexta-feira.

Na segunda-feira, políticos de todo o país comentavam publicamente a decisão de Lyndon B. Johnson de se retirar da corrida presidencial e a posição relativamente pacifista que o governo resolvera adotar na guerra do Vietnã. O ex-vice-presidente Richard Nixon, o principal candidato dos republicanos, tinha dito que "uma suspensão dos bombardeios não é, por si só, um passo em direção à paz". O governador da Califórnia, Ronald Reagan, declarara que uma "desaceleração costuma resultar num número ainda maior de norte-americanos mortos", acrescentando que ele "seria a favor de incrementar os esforços de guerra". Na frente dos microfones, Robert Kennedy, McCarthy e o vice-presidente Hubert Humphrey ofereciam seu apoio às decisões do presidente, mas, nos bastidores, mexiam os pauzinhos, tentando aproveitar a oportunidade de alcançar uma colocação mais favorável na disputa eleitoral. O próprio Johnson, num discurso anormalmente sincero e relaxado na Associação Nacional de Radiodifusores, falou que havia "algumas coisas que um presidente não pode fazer para comprar popularidade" e admitiu ter "falhas como comunicador".

Na segunda-feira, em Washington, os trabalhadores seguiam com sua vidinha. Derek Strange e Troy Peters patrulhavam o seu distrito. Buzz Stewart seguiu Walter Hess com o carro até uma oficina em Hyattsville, Maryland, onde Hess deixou o Galaxie para ser consertado, depois lhe deu uma carona de volta. Stewart largou o amigo na porta da loja de maquinário e foi para o posto Esso, onde Dominic Martini já estava enchendo os tanques. No Three-Star Diner, na Kennedy Street, Darius Strange, parado diante da chapa quente, tentava não pensar na dor nas costas, enquanto Mike Georgelakos operava a registradora e trocava amenidades com os fregueses. Ella Lockheart servia a comida. Kenneth Willis limpava o chão da escola primária que ficava numa travessa da Kansas Avenue, na Zona Noroeste. Alethea Strange fazia faxina numa casa na Caddington Avenue, em Silver Spring. E o filho mais velho dela, Dennis, rodava pela 7th num ônibus da D. C. Transit.

Dennis Strange, de livro em punho, saltou entre a Florida e a Rhode Island e de lá andou no sentido leste, rumo às ruas de números baixos de LeDroit Park. Achou o mercado com a placa verde e dourada na porta e entrou.

O velho judeu, seu Ludvig, estava atrás do balcão, com o *Post* aberto sobre o tampo. O aparelho preto-e-branco da venda, sintonizado no canal 5, transmitia o programa local de entrevistas, *Panorama*, apresentado por aquele carinha novo, filho da colunista esportiva Shirley Povich.

Ludvig ergueu a cabeça quando Dennis entrou. Más lembranças lhe passaram pelos olhos desbotados. Depois veio um sorriso forçado.

"Você é aquele do maço de Kools. Acertei?"

"Eu mesmo. Mas não hoje. Eu estava querendo falar com o homem que trabalha aqui, o John."

"Seu Thomas está no estoque."

"Posso falar com ele?"

Ludvig deu uma examinada em Dennis, depois desceu devagar da banqueta, grunhiu e foi até o quartinho do estoque. Dennis escutou vozes abafadas e, logo depois, Ludvig voltou.

"Dê a volta até a viela. Está quase na hora do John dar uma paradinha pra fumar. Ele sai por trás."

A viela servia os fundos de duas quadras residenciais, ambas de casas geminadas, e a venda era o único estabelecimento comercial da área. Gatos vira-latas e filhotes saíram em debandada quando Dennis pisou no concreto rachado. Mais adiante, um garoto jogava uma bola de tênis contra uma parede de tijolos. O garoto examinou Dennis, depois segurou a bola para deixá-lo passar.

"Irmãozinho", disse Dennis, e o garoto ergueu o queixo, à guisa de cumprimento. "Não tem escola hoje, não?"

"Falei pra mãe que eu tava doente."

"Mas não deve ser muito grave, pra você estar aqui fora brincando."

"Bom, sabe como é..."

"Conhecimento é poder", disse Dennis, mostrando o livro que carregava. "Você precisa estudar."

"É o que a mãe me diz", falou o garoto. "Mas ela tá no trabalho."

"Então se cuide. Falou?"

Dennis seguiu seu caminho. John Thomas estava ao lado da porta dos fundos do mercado, sentado num engradado de leite, fumando. E acompanhando com os olhos a aproximação de Dennis. Embora o dia estivesse fresco, havia uma película de suor sobre o rosto dele. Thomas era mais velho do que aparentara sob a luz artificial do mercadinho, na noite anterior. Estranho como a luz natural realçava as marcas que o trabalho e o tempo imprimiram em seu rosto.

"Meu jovem", disse ele

"Como vai o senhor?"

"Vou bem, obrigado." Os olhos de Thomas foram até o livro que Dennis levava sob o braço. "Está gostando?"

Dennis deu uma olhada rápida para a capa do recém-publicado *Soul on Ice*, que já tinha até esquecido que carregava. Jovens de diferentes cores e classes andavam falando do livro pela cidade inteira. Alguns ficavam indignados; outros, emocionados. Mas em geral todos reagiam, de uma maneira ou de outra. Dennis lia pela segunda vez.

"Eldrigde Cleaver fala a verdade."

"Sob alguns aspectos fala, de fato", disse Thomas. "Até aí eu concordo. Nunca tinha visto as coisas todas tão bem esmiuçadas na minha frente antes, do jeito como ele faz, embora tenha vivido essa situação a vida toda. Meu filho, um rapaz mais ou menos da sua idade, foi quem me emprestou. É difícil pra mim acompanhar tudo. Mais difícil ainda é entender o próprio Eldrigde Cleaver."

"Do que é que o senhor não gostou nele?"

"Pra começo de conversa, o sujeito é um estuprador. Só isso já basta. É contra a minha educação cristã seguir um homem desses."

"Ele pagou pelo crime."

"E tinha que pagar mesmo. Mas esse tipo de violência contra um outro ser humano... não entendo como é que alguém consegue relevar uma coisa dessas. Agora, pegue um homem como Martin Luther King. Esse sim é que é um líder de verdade. O reverendo vem em paz. Claro, na sua idade, é muito provável que não tenha paciência pra esperar isso tudo."

"Eu respeito o reverendo King. Não resta a menor dúvida de que ele é bom. Mas tem muito jovem negro, homens e mulheres, achando que a resistência passiva não vai nos levar mais a lugar nenhum."

"E o que é que você acha que vai funcionar, então? Fogo? Você viu o que aconteceu em Watts. Vocês jovens, homens e mulheres, vocês querem queimar esta sociedade que temos, mas o que é que vocês têm pra pôr no lugar dela? Se esta venda aqui virar cinza, *negros* como eu vão perder o emprego. Se esta venda aqui virar cinza, *negros* de toda esta área vão ficar sem um lugar onde comprar os mantimentos pra alimentar os filhos. Percebe o que estou querendo dizer? Vocês precisam ter algo construído, antes de começar a demolir tudo."

"Eu entendo o senhor. E sei que talvez não goste do que vem por aí. Talvez até nem faça muito sentido pro senhor. Mas está vindo, de qualquer forma."

"Eu não preciso ler esse livro aí pra saber qual é o problema", Thomas continuou. "O que nós todos estamos precisando, agora, é de alguma solução que não machuque nossa própria gente."

"Não dá pra fazer uma revolução sem machucar ninguém. Nunca vai haver uma revolução fácil, certo?"

Ludvig apareceu na porta do estoque e pigarreou. "Está tudo bem por aqui?"

"Está sim, seu Ludvig", disse Thomas.

Ludvig olhou de Thomas para Dennis, depois voltou a entrar na venda.

Thomas fixou os olhos em Dennis.

"Agora me diga o que veio me dizer. Porque é óbvio que veio até aqui pra aliviar algum peso."

"É tão evidente assim?"

"Ontem à noite era. Parecia que você tinha alguma coisa pra me dizer." Thomas deu uma tragada no cigarro, bateu a cinza no concreto. "Pode me dizer agora."

Dennis meneou a cabeça devagarzinho.

"Dois caras que eu conheço, eles estão com planos de limpar o lugar."

"Aqueles que estavam no Monterey verde, esperando você sair."

Dennis inclinou um pouco a cabeça.

"É."

"Não faça essa cara de espanto. Eu sabia que boa coisa não era assim que você entrou na loja. Vocês deviam ter se mandado rapidinho, em vez de ficar lá sentados na rua, discutindo sei lá o quê. Estacionados debaixo de um poste de luz, ainda por cima. Eu vigiei vocês três da vitrine. Meus olhos ainda estão funcionando. Dei uma boa olhada no motorista, um tipinho de pele escura com uns dentes gozados, e no outro cara, o do chapéu. Tive tempo até de anotar o número das placas. Burrice pura. Se bem que cretinos que planejam fazer uma coisa dessas nunca são muito inteligentes mesmo."

"Acho que o senhor tem razão."

"Você acha, é?" Thomas deu outra tragada e exalou devagar a fumaça, sem tirar os olhos de Dennis. "Pra quando?"

"Hoje à tarde."

"Eu venho dizendo pro Ludvig, todo mundo que cresceu nesta cidade sabe que os mercados estão com dinheiro na mão no primeiro dia do mês. Faz anos que eu digo pra ele que precisa mudar isso."

"Esse era o plano deles. Pegar vocês antes do depósito."

"E sua parte nisso qual era?"

"Eles me fizeram vir dar uma espiada. Mas eu não contei nada pra eles, não."

"Nada mesmo, hein?"

"Não falei nem da arma que o senhor tem sob o balcão."

"Você tem bom olho."

"Alguns dizem que eu tenho. Outros dizem que sou bom de detalhes."

"O que significa que você é mais inteligente que seus amigos e tem talento. Além de uma consciência, também. A pergunta é: por que você fica andando com esses tipos?"

"Sei lá. Eu tô no caminho errado faz tempo, parece. Difícil mudar de direção agora."

"Mas você acabou de mudar. Ao menos botou o pé

no rumo certo." Thomas deu uma última tragada no cigarro e esmagou a ponta sob o sapato. "Como é seu nome, filho?"

"Dennis Strange."

Thomas sorriu muito de leve. Faltavam alguns dentes na boca.

"Ahã. Certo. Conheci um sujeito chamado Strange, já faz tempo. Tinha um nome começando com D também. Veterano. Eu costumava vê-lo naqueles banquetes que davam no Salão Azul do Republic Gardens, lá na U, lembra? Mas já faz uns dez anos que parei de ir."

"As reuniões da Legião Americana", falou Dennis, lembrando-se do pai de terno e gravata, porte ereto, saindo de casa.

"Posto número cinco", disse Thomas. "Quer dizer que é seu parente?"

"É meu pai. O nome dele é Darius."

"Darius, isso mesmo. Chapeiro. Ele ainda mora em Park View?"

"Na Princeton. Esquina da Georgia."

"Um bom homem."

"É. Minha família toda é boa." Depois Dennis espiou em volta, constrangido com a mostra de orgulho. "Olha..."

"Eu sei. Nunca tivemos essa conversa."

"Não é só isso. Um deles, o motorista que o senhor viu... Eu conheço o cara já faz um tempão."

"Você fez sua escolha", disse Thomas. "A escolha certa."

"Só não quero ver ele levar um tiro, coisa assim."

"Sei lá o que vai acontecer com aquele rapaz, mas que vai acontecer, isso vai, hoje ou daqui a um ano. Ele tomou um caminho e pronto. Mas não precisa se preocupar que comigo ele não vai se machucar. O que você achou que me viu pegar debaixo do balcão? Aquilo não é arma coisa nenhuma. É só um porrete reforçado com chumbo. Eu não dou um tiro desde que saí do Exército, depois da guerra."

"Então o que é que o senhor vai fazer?"

"O meu trabalho", disse Thomas. "Acho que você não vai querer me dar o nome daqueles dois, vai?"

"Isso não dá."

"Foi o que imaginei. Tudo bem. A gente se vira. Mas, como eu falei, você fez a escolha certa."

"Eu nunca estive aqui. Aconteça o que acontecer, eu não estive aqui."

"Estamos combinados." Thomas estendeu a mão. Dennis apertou-a. "E você, vê se não sai mais desse caminho, ouviu bem?"

"Vou fazer o possível."

Dennis deu as costas para ele e saiu da viela pelo mesmo caminho por onde tinha entrado. John Thomas viu quando ele cruzou com o garoto que passava a vida jogando aquela bola de tênis no muro. Depois se ergueu do engradado e entrou na venda pela porta dos fundos. Passou do depósito para o recinto da loja, onde Ira Ludvig já retomara seu lugar na banqueta.

"Acho melhor fazer o depósito no banco, seu Ludvig."

"É cedo ainda."

"Acho melhor o senhor ir fazer agora", disse Thomas, em tom autoritário.

Ludvig ergueu a cabeça. Era muito raro Thomas usar aquele tom com ele. Quando usava, Ludvig escutava.

"Tá bom. Você cuida das coisas enquanto isso?"

"Não se preocupe", Thomas respondeu.

Depois que Ludvig saiu, com uma sacola verde de depósito debaixo do braço, John Thomas fez um telefonema e deixou um recado para William Davis, um velho conhecido seu. Os dois haviam crescido juntos em Foggy Bottom. O sargento Davis, agora já na meia-idade avançada, tinha sido um dos primeiros negros a entrar para a força policial. Normalmente, Thomas não esperaria uma resposta muito pronta, depois de um telefonema daqueles. Afinal de contas, a polícia não tinha tempo nem recursos para investigar suspeitas de crimes ainda não cometidos. Mas se John Thomas lhe pedisse, Bill Davis tomaria alguma providência, com certeza.

Dez minutos depois, Thomas recebeu um telefonema de volta. Contou então a William Davis tudo o que sabia e algumas coisas das quais suspeitava. Davis lhe perguntou como tinha obtido a informação e Thomas respondeu que, principalmente, graças ao que havia observado na noite anterior e, em parte, graças à intuição. Não fez nenhuma menção ao rapaz, Dennis Strange.

"John, você tem certeza?"

"Já aborreci vocês com algo parecido antes?"

"Bom, admito que você não tem o hábito de ficar soando alarmes falsos."

"Pois então."

"Mas você percebe que é uma situação meio complicada."

"Se o moleque pretende vir fazer o serviço, claro que deve ter uma arma, certo? E o mais provável é que o serviço vá ser feito hoje. Ele já deve ter feito isso antes, portanto tem ficha. E se você pegar o sujeito com uma arma, tem motivos pra meter o cara em cana."

"Agora você vai me ensinar como fazer meu trabalho."

"Eu jamais faria isso."

"Tá bom, então", disse Davis. "Vou tomar uma providência. E vou mandar dois policiais ficarem na porta da venda até o fim do dia, também. Que tal?"

Quando Ludvig voltou, uma viatura com dois policiais já estava estacionada na esquina. Ele pôs a sacola de depósito no lugar de sempre, dentro de uma gaveta debaixo da caixa registradora, depois foi até a frente envidraçada do mercado e olhou para a rua.

"Aqueles policiais estão ali faz tempo?"

"Não muito."

"O que será que está havendo?"

"Não faço idéia. Mas não faz mal nenhum ter os dois aí fora."

Ludvig olhou com atenção para seu velho funcionário. Nunca, em nenhum momento, houvera o menor contato entre eles fora do trabalho, mas, ainda assim, o dono da venda tinha Thomas na conta de amigo. Na verdade, não fazia idéia de como poderia ter levado o negócio adiante sem ele. Às vezes se perguntava quem de fato dirigia o estabelecimento, mas não era homem de ego muito forte, de modo que a pergunta se tornava irrelevante no fim.

"John?"

"Senhor?"

"Por que é que você me fez fazer o depósito tão cedo?"

"Já não faz um tempão que eu ando lhe dizendo pra mudar o sistema? Pois então, achei que hoje seria um bom dia pra começar. Tive um pressentimento, sabe como é?"

"E esse pressentimento não teria nada que ver com aquele rapaz que veio ver você mais cedo, teria?"

"Nada, nada", falou Thomas. "Estávamos só conversando. É que eu conheci o pai dele."

"Ele me pareceu meio suspeito, por isso estou perguntando."

"É coisa da nossa idade, o senhor sabe disso. A maioria dos jovens quando entra aqui, se a gente não conhece, já prevê encrenca."

"É verdade", concordou Ludvig.

"É um bom rapaz, aquele lá."

Encrencado, pensou Thomas. Mas bom.

16

A oficina de Pat Millikin — uma estrutura de blocos de concreto numa ruela de cascalho, bem atrás de um conjunto de lojas especializadas em componentes para carros envenenados — ficava numa travessa da Agar Road, em West Hyattsville, na comarca de Prince George, no estado de Maryland. Não havia placa para identificar o estabelecimento, mas um certo tipo de cliente sabia onde encontrá-lo e Millikin nunca se via sem trabalho. Ele atendia a turma do racha, tinha como atividade principal o aluguel de veículos, e por cem dólares qualquer um podia obter o certificado de inspeção veicular. Mas, além de serviços e produtos, o que Millikin vendia mesmo, o que ele garantia, era o silêncio.

Millikin tinha um irmão chamado Sean, um reincidente com ficha quilométrica, que havia ficado preso por homicídio culposo junto com Walter Hess no presídio estadual de Maryland. Hess não era lá muito chegado em irlandeses, porém Sean era branco e, na prisão, isso os transformou em aliados. Sean contara a Hess sobre o irmão Pat e lhe dissera o que Pat poderia fazer por ele, se algum dia precisasse. Hess tinha mandado alguns clientes para Millikin; ele e Stewart já tinham até usado os serviços dele para coisinhas pequenas, no passado. E naquele momento Hess precisava de Pat Millikin.

Buzz Stewart conduzia seu Belvedere reluzente pela Agar Road, escutando "Jimmy Mack" no rádio, feliz com Martha & The Vandellas, um braço na janela, um Marlboro queimando entre os dedos. Estava seguindo Hess, que dirigia o Galaxie dentro do limite de velocidade. Hess não queria ser parado por motivo nenhum, sobretudo ali. A polícia da comarca de PG tinha fama de não engolir conversa de ninguém. Hess achava melhor dirigir devagar, não passar nenhum farol vermelho até chegar com o Ford na oficina de Pat. Feito isso, acabariam os problemas.

O Baixinho, porra, de vez em quando ele extrapolava. Não tinha razão nenhuma para atropelar o crioulo, mas agora era tarde. Consertar o carro e esquecer o assunto, era isso que precisava ser feito. Dominic Martini, com toda aquela sua culpa católica, era o elo frágil da cadeia. Do jeito como agira logo depois do ocorrido, era como se quisesse confessar. Stewart teria de fazer Martini entender que ele podia confessar o que quisesse, quanto quisesse, que não haveria padre neste mundo, nem mesmo o Todo-poderoso, capaz de trazer aquele preto de volta. No fundo, não achava que Martini pudesse oferecer problemas. Ele só precisava ser mandado. Martini era dos que seguiam o rebanho, e sempre seria.

Encontraram a oficina de Pat Millikin. Hess entrou no boxe aberto, no local que Millikin deixara vago para o Ford, e desligou o motor. Stewart parou do lado de fora, atrás de um Dart GT cor de ameixa. Saltou e trancou o Belvedere.

Um sujeito de cor, de cara amarrada, corpulento, estava sentado numa cadeira de dobrar, na porta da oficina, fumando um cigarro. Ele examinou o Belvedere e, no processo, abriu um pequeno sorriso. Stewart concluiu que o sujeito estava admirando seu carro, então meneou a cabeça para ele, esperando algo de volta. Mas não recebeu nada em troca. E pensou: em todo lugar que a gente vai agora é a mesma coisa.

Entrou na oficina, onde um rádio tocava "Cherish". Millikin, pálido e sardento, com braços de estivador, deu uma volta em torno do Ford, examinando tudo, avaliando os danos. Usava um macacão do qual as mangas haviam sido cortadas. Levava um cigarro pendurado na boca. Aonde ele ia, Hess ia atrás.

"É", falou Millikin, "você não mentiu."

"Pois é", disse Hess. "Eu fodi legal com o carro."

"No que é que você bateu, num alce?"

"Num macaco", Hess respondeu, dando uma olhada para Stewart e um sorrisinho.

"A gente teve um acidente, mais nada", interveio Stewart, avisando Hess com os olhos. "Bebemos além da conta, não houve nada. Mas sabe como é, digamos que a gente não deixou exatamente um bilhete no pára-brisa do outro cara com as nossas... hum... informações do seguro."

"Não precisa dizer mais nada", falou Millikin.

Nesse exato momento, Hess percebeu que o cara de cor, o que estava sentado lá fora quando chegaram, havia entrado atrás de Stewart no boxe. Hess se perguntou se por acaso teria escutado a parte do "macaco". Depois se perguntou por que tanta preocupação com o assunto. Estava pouco se lixando.

"Lawrence, vem cá um pouco", disse Millikin.

Hess e Stewart viram o preto dar alguns passos no chão de concreto para inspecionar o Ford. Ele examinou o carro com todo o cuidado. Disse "é" e "ahã", olhou mais um pouco, depois enfiou as mãos no bolso e virou-se para Millikin.

"E então?", falou Millikin.

"Vai dar trabalho", respondeu Lawrence.

"Puta novidade", disse Hess, virando-se para Millikin. "A questão agora é: quando e quanto?"

"Preciso dar uma conferida em Brandywine", continuou Lawrence, ainda falando com Millikin como se Hess não estivesse ali. "Ver se eu consigo as peças no ferro-velho de lá. Se não, vou ter que pedir na fábrica. Quer dizer, ainda não dá pra saber nada."

"Você ouviu o que o Lawrence disse, Baixinho. Ainda não dá pra lhe dar nenhum preço. Quanto ao tempo, vamos ter que ver como as coisas caminham."

"Tá, tá bom."

"Pat?", disse Stewart. "Posso falar com você um minuto?"

"Com ele tá limpo", disse Millikin, apontando para Lawrence.

"Um minutinho só", insistiu Stewart.

Lawrence saiu da oficina, sem dizer uma palavra.

"Vou precisar de um alugado", falou Stewart. "Com placas. Que ande bem, mas que não chame a atenção."

"Pra quando?"

"Logo."

"Eu arrumo alguma coisa pra você."

"Você costumava trabalhar sozinho por aqui", Hess comentou.

"Preciso de ajuda. Estou trabalhando num outro lugar, com o mesmo tipo de negócio. As instalações aqui são muito visíveis, se é que vocês me entendem. Por isso preciso ter outro homem pra me ajudar."

"É, tá, mas acontece que eu não conheço esse Lawrence. E não fico lá muito à vontade."

"Lawrence cumpriu pena, igual a você. E também não fala com os homens, igual a você." Os olhos de Millikin brilharam de malícia. "Pensando bem, na verdade ele nem é assim tão diferente de você."

"Que piada, cara", disse Hess.

Millikin arremessou a ponta do cigarro para fora.

"Eu aviso quando for pra vir buscar o carro."

Hess e Stewart saíram da oficina. Lawrence Houston estava de volta a seu posto, olhando fixo para a frente, fumando outro cigarro.

Dentro do Belvedere, já na estrada, Hess abanou a cabeça.

"Já reparou como agora eles têm esses nomes cheios de frescura? Não tem mais aquela de ser apenas Larry e pronto. Agora tem que ser *Lawrence*."

"A sua mãe não te deu o nome de Walter?", disse Stewart, olhando para Hess de canto do olho. "E ninguém nunca te chamou de Wally, correto?"

"Não é a mesma coisa."

"Pois eu desconfio que é como o próprio Pat falou. Aquele macaco lá na oficina nem é tão diferente assim de você."

"Ah, *cala* essa boca, Buzz."

Stewart sorriu e estendeu o braço para ligar o rádio no painel.

Kenneth Willis levou a última lata de lixo da cantina até a caçamba nos fundos da escola. Willis carregava a lata no ombro do mesmo modo como alguns homens carregam o paletó esporte, casualmente. Tinha força bastante para tanto. Ao contrário de seu supervisor, um cara de idade que atendia pelo nome de Samuel e que Willis, quando sozinho, chamava de Sambo. Sempre dizendo sim-senhor para todo mundo, sempre de olho no chão, e sempre coçando a cabeça.

Levar uma lata de lixo cheia daquela maneira era uma forma de exibir os músculos dos braços. No trabalho, arregaçava bem as mangas da camisa para que as moças pudessem ver o que ele tinha. Usava calça justa pelo mesmo motivo. Quando passava pelo corredor, sentia o olhar de curiosidade de uma professora ou outra que lecionava na escola. Algumas meninas do primário também, às vezes reparavam nele. Mesmo que *fossem* crianças demais para saber o que era aquele calor que sentiam por dentro.

Saindo pela porta dos fundos, despejou o lixo na velha caçamba verde e largou a lata no asfalto. Enfiou a mão no bolso da camisa, pegou um Kool e acendeu. Deu uma tragada funda e ficou espiando as meninas, do jeito como gostava de fazer. Elas tinham terminado de almoçar e estavam numa das extremidades do pátio, chutando uma bola vermelha de um lado para outro num campo cheio de mato.

Havia uma menina em especial em quem Willis andava de olho fazia um tempo. Ela usava trancinhas no cabelo e sempre ia para a escola de saia. De meia branca no pé. A menina tinha só dez anos, mas a bunda era de uma garota de treze. Willis dera uma conferida na mãe dela, um dia na hora da saída. Supondo que a mãe fosse uma espécie de mapa, mostrando aonde a menina ia chegar, bem, então aquela garota estava no caminho certo.

Não que fosse chegado em criança, nem nada parecido. Já tinha tido um lance ou outro com as mais novinhas, muito de vez em quando, até aquela última vez, com a garota de catorze anos; por causa dela é que tinha entrado em cana por estupro presumido. Catorze anos? Porra, do jeito como ela rebolava? Só uma mulher adulta ia saber mexer os quadris daquele jeito. Mas isso tudo havia ficado para trás. E o negócio agora era tomar muito cuidado na hora de ficar a fim de alguém. Conseguira arrumar trabalho, mesmo com um antecedente daqueles, porque alguém tivera preguiça de pesquisar seu passado. Não queria perder o emprego, não ainda.

Não iria demorar muito, porém, para cair fora. Depois do lance do mercado e dos servicinhos em uns hotéis que o primo Alvin estava preparando, Willis jogaria longe aquelas roupas nojentas. Aquela camisa com o nome dele bordado na frente, como se tivessem medo de que não fosse se lembrar. Aquela calça fedorenta, sempre com o cheiro da comida que a criançada jogava no lixo, por mais que ele esfregasse o tecido na pia. Isso não era emprego para um homem como ele. Precisava começar a viver direito. As mães que iam buscar os filhos, e as professoras, e algumas crianças também, todo mundo desviava a vista quando ele sorria, e só podia ser porque era servente. Depois dos trabalhos com o primo Alvin, voltaria vestido com roupas legais, de carro novo, quem sabe um Lincoln, e aí sim, queria ver só, todo mundo iria olhar para ele.

Willis atirou o cigarro no asfalto e o apagou com o pé.

Deu mais uma espiada na menina no pátio. Sentiu curiosidade em saber qual seria a cor da calcinha que ela usava por baixo da saia.

Virou-se e voltou para a escola, dirigindo-se para a zeladoria, onde Samuel almoçava. Era mais do que hora de ir trabalhar. Não essa merda que fazia na escola. Ir fazer trabalho de homem.

Willis entrou na saleta acanhada, mal iluminada por uma única lâmpada. Samuel estava sentado à mesa, comendo o sanduíche que a mulher preparara para ele, tomando aquela caixinha de leite que ele comprava todo santo dia na cantina. Ele e aquelas calças largas, aqueles chumaços grisalhos de cabelo em volta da careca.

"Não tô me sentindo muito bem", falou Willis, pondo a palma da mão no estômago.

"Sei, sei", disse Samuel.

"Tô enjoado mesmo, sério."

"Ahã."

"Acabei de sair do banheiro, cara. Nunca imaginei que pudesse sair tanta coisa de um homem só."

"Vai ver você tá com verme."

"Alguma merda dessas, com certeza."

"Então acho melhor você ir pra casa", disse Samuel, com uma expressão de cansaço.

"Obrigado, chefe."

"Não se esqueça de bater o cartão."

Certo, pensou Willis. Eu vou lá fazer o serviço agora. Você pode continuar aí, comendo essa porra desse seu sanduichinho miserável, sem me encher o saco. Porra, até um cara cego com o pé na cova teria visto que ele não estava doente. Com aquele corpo forte que tinha? Pois muito bem, o Samuel que continuasse por lá, ganhando seus trocados, porque ele, Willis, ia participar do serviço com o primo e faturar uma boa grana. Nem tinha segredo conseguir uma folga. Dava para enganar aquele idiota todos os dias.

Samuel Rogers viu quando Kenneth Willis bateu seu

cartão, depois o viu sair da sala. Consigo mesmo, deu risada. O garoto achava que estava lhe passando a perna. Não se incomodava de dar uma tarde livre para ele, de vez em quando, mesmo que isso significasse mais serviço para si próprio. Estava na cara que não gostava de Willis. Ele e aquelas mangas arregaçadas para exibir os músculos, ele e aquele jeito de lobo faminto de olhar as mulheres, inclusive as meninas. Ele e aquelas revistas imundas que guardava no gabinete da diretoria, atrás dos armários, como se fosse o máximo da esperteza. Sem saber o suficiente a respeito de si mesmo para poder admitir o que era de fato.

Com o correr dos anos, Samuel Rogers já vira muitos desses rapazes metidos a besta, que se achavam inteligentes demais para trabalhar. Achando que ele, Samuel, era um cretino por agüentar firme onde estava. Eles, que estavam na correria para entrar na fila do desemprego. Samuel simplesmente não gostava de conviver com esse tipo de gente.

Além disso, o cara usava umas calças apertadas demais.

Olga Vaughn parou ao lado do marido, Frank, que estava sentado à mesa da cozinha, tomando café e fumando um cigarro. Tinham acabado de almoçar. Olga fora até o quarto e voltara com um novo par de botas, parecia algo saído dos anos 30, nos pés. Puxou um cigarro do maço de Frank e, sem acendê-lo, se pôs a imitar alguém fumando um charuto com gestos exagerados. Estava com a mão livre sobre o quadril, como se segurasse uma metralhadora de gângsters.

"Que tal, Frank?"

"Quem é que você está imitando?"

"A Faye Dunaway!"

"Ela é loira. O seu cabelo é preto retinto."

"Estou falando do conjunto." Olga deu uma espiada

nos pés, de tal forma que os olhos de Frank foram obrigados a seguir o mesmo caminho. "Comprei na loja de sapatos lá da Connecticut. O pessoal chama de borzeguim."

"Não me diga."

"Combinam com minhas listras de Capone. Sabe aquele terninho que eu comprei na semana passada na Franklin Simon?"

"O que veio com o chapéu?"

"Aquilo é uma boina, Frank. Você não sabe distinguir uma coisa da outra?"

"Claro que sei. Uma boina, igual à dos pintores."

Olga remexeu um dos pés.

"Gostou?"

"*Mim não saber.*" Vaughn bateu a cinza do cigarro. Quanto antes aquela bobagem de Bonnie and Clyde acabasse, melhor.

"Você não tem conserto, Frank." Olga girou os olhos, amarrou um avental na cintura, foi para a pia e começou a lavar os pratos.

Frank fitou a mulher com afeto.

No andar de cima, Ricky estava com o estéreo ligado e o som da guitarra entrava cozinha adentro. E o pior é que a culpa de estar enlouquecendo com aquilo era dele mesmo. Comprara o aparelho para o filho de presente de aniversário, e também de incentivo pela entrada na faculdade. Era um aparelho Zenith, de oitenta watts, com um sistema novo chamado de "som circular". O vendedor da George, lá na Queen's Chapel Road, tinha dito que era um belo "aparelho" e, logo depois, que custava "apenas" cento e sessenta e nove dólares. Quando Vaughn ouviu o preço, teve vontade de agarrar as calças e dizer para o cara: fica de costas que eu lhe mostro o belo aparelho que eu tenho aqui, ó. Mas limitou-se a sorrir educadamente e falou que voltaria. Em seguida procurou um amigo receptador, que negociava lá para os lados da 14th, e pediu-lhe que encontrasse um aparelho Zenith igual ou algo bem parecido. Que logicamente não saiu por cento e lá vai pedrada. Claro que era mercadoria meio ilegal. Mas só não veio com caixa e selo de garantia. E para pagar só vinte e cinco dólares qualquer um abre mão da garantia e do número de série.

Vaughn estava se sentindo meio mal porque o filho continuou morando em casa enquanto alguns amigos dele foram fazer faculdade fora, de modo que comprar o sistema de som tinha sido mais ou menos, como é que se diz, um prêmio de consolação. Mas a que preço, senhor, a que preço.

Quando Ricky não estava ouvindo música, estava tagarelando a respeito com os amigos. Falando de um grupo chamado Flavor, que tinha tocado no Rabbit's Foot da Wisconsin, e, durante o último verão inteirinho, de um cara chamado Hendrix, que havia se apresentado no Ambassador e depois dado umas "canjas" com outro cara chamado Roy num lugar conhecido como Silver Dollar; e por aí afora, sem parar, o tempo inteiro. Como falava ao telefone, o garoto. Era idêntico à mãe.

"Tem hora que ele estuda alguma coisa?"

"Deve estudar. Tirou notas até que boas, no outono passado."

"Trezentos dólares por semestre e ele fica lá enfurnado no quarto, tocando essa merda o dia todo. Ele devia era estar com a cara enfiada nos livros."

"Frank."

"Não é pra isso que eu trabalho feito uma mula. Pra ele mamar nas minhas tetas e ficar ouvindo música o dia todo."

"Foi você quem comprou o aparelho de som pra ele, lembra? Você vai ver, ele está indo bem na faculdade."

De todo modo, pensou Vaughn, isso há de mantê-lo fora da guerra.

Vaughn estava apagando o cigarro quando Olga se virou, enxugando as mãos num pano de prato. Ela desamarrou o avental, pendurou-o de volta no gancho e olhou para ele. Frank usava um dos seus ternos da Robert Hall. Era cedo ainda para já estar vestido.

"Você não vai dar sua cochilada?", ela perguntou.

Em geral, ele puxava um ronco depois do almoço, enquanto Olga assistia ao que ela chamava de sua "matinê" no canal 7: *The Newlywed Game*, *The Baby Game*, *General Hospital*, *Dark Shadows* e o programa do Mike Douglas. Mais ou menos na hora em que ela via aquele programa maluco de vampiros, ele se vestia, saía de casa e ia para o trabalho, cumprir seu turno das quatro à meia-noite.

"Hoje não. Vou sair mais cedo. Quero visitar umas oficinas antes que fechem."

"Por quê?"

"Um garoto que foi atropelado, ontem à noite. O motorista fugiu e estou dando uma investigada."

"O rapaz morreu?"

Vaughn meneou a cabeça.

"O carro deve ter ficado bem amassado. Vai precisar de um conserto."

"Mas você não trabalha com morte acidental, trabalha?"

"Até prova em contrário, estamos tratando como homicídio. E eu acho que foi por racismo. O cara que fez isso, seja quem for, fez de farra, parece. Sabe, como se estivesse achando divertido. O rapaz era de cor."

"Frank."

"Que foi?"

"De que cor ele era?"

"Hein?"

"Ele era negro, não era?"

"É, claro que era."

"Então diga que era negro."

"Mas que saco, Olga."

Foi preciso exercer o autocontrole. Olga e suas amigas. Podia apostar que aquilo era invenção das amigas, elas é que tinham ensinado a mulher a dizer aquilo sempre que ele falasse "de cor". *De que cor ele era?* Muito sabidas. Elas, que não tinham uma amiga negra. Elas, cujo contato com os negros se limitava às palavras que trocavam com as empregadas e com o rapaz do supermercado A&P que punha as compras que faziam na traseira de seus carrões. E lá estavam elas, com suas unhas compridas e suas pedras de majongue, todas sócias do mesmo clubinho, achando que podiam lhe ensinar alguma coisa, quando era ele que saía para o mundo real, todos os dias.

"O que foi?", Olga perguntou.

"Nada." Os olhos de Vaughn franziram nos cantos. "É que você às vezes me faz rir."

"Você é um verdadeiro troglodita, Frank. Sabia?"

"Vem cá, vem", falou Frank, dando um tapa na própria coxa. "E traga essas botinas junto."

"Borzeguins, seu tonto", disse Olga, já caminhando na direção do marido para dar uma sentadinha no colo dele.

O rosto estava emplastrado de base e o cabelo era um capacete rígido, preto retinto; porém o olhar era brando, idêntico ao que ela mostrara no dia em que se conheceram, na boate Kavakos, na H Street, no começo dos anos 40. Olharam um para o outro, enquanto o som lá de cima fazia trepidar as paredes da cozinha. Vaughn beijou-a na boca.

Olga mexeu o traseiro de lá para cá, enquanto se acomodava melhor nele. Vaughn sentiu que estava ficando excitado.

"O que é isso?", ela perguntou, com um sorrisinho de viés.

"Você não falou que eu era um troglodita? Esse aí é meu porrete."

Por sob o beijo seguinte, sentiu o sorriso da mulher.

Strange e Peters passavam com a viatura pela Georgia Avenue. Estavam no final do turno, que era das oito às quatro da tarde. O dia fora composto por algumas investigações em campo, um relatório de arrombamento, um pequeno furto, um distúrbio doméstico e as diversas multas de trânsito de costume: excesso de velocidade, ultrapassagem de farol fechado e coisas do tipo. Nada envolvendo violência ou, pelo menos da parte deles, o uso de força.

Peters estava tendo um daqueles seus ataques de tagarelice e discorria sobre Lyndon Johnson, quem seria seu sucessor, o retorno programado de Martin Luther King a Memphis e o que iria acontecer por lá. Na maior parte do tempo, Strange só meneava e sacudia a cabeça.

Desde a parada que tinham dado na delegacia, não abrira mais a boca. Ele havia escutado o comentário de dois policiais brancos, no estacionamento. Um chamou Peters de "rapaz de ouro", bem na hora em que ele e Strange estavam voltando para a viatura, e o outro disse que eles formavam a "dupla dinâmica". E ainda acrescentou: "Antes o Peters do que eu". Esse era o mesmo policial, um tal de Sullivan, que tinha chamado seu cassetete de "quebra-crioulo" na frente de Strange, poucas semanas antes, e depois, sorrindo meio nervoso, se emendera: "Ei, eu não quis ofender ninguém, recruta. Quer dizer, aqui nós somos todos irmãos de farda, confere?". Strange fizera um meneio de cabeça, mas nem tentara esconder o ódio do olhar. Ele agüentava firme um monte de coisas, mas havia algo na cara daquele Sullivan, naqueles dentões de cavalo que não cabiam na boca, que fazia com que Strange tivesse vontade de lhe dar uma boa surra.

"Derek, você tem planos pra hoje?"

"Por quê?"

"Pensei que talvez você quisesse nos fazer uma visita, jantar comigo e com a Patty."

"Muito obrigado, mas já tinha combinado de sair com o Lydell. Estávamos pensando em ir dar um pulo numa festa lá pros lados da Howard."

"Então fica pra uma próxima, o.k.?"

Strange achava altamente improvável. Mas disse: "Combinado".

Passaram o cruzamento da Piney Branch e aproximaram-se do posto Esso. Do lado das bombas de gasolina, um branco encorpado, de mangas arregaçadas para exibir os bíceps, parecia estar batendo boca com outro cara, um rapaz musculoso, de cabelo escuro e farto. Ambos estavam com o uniforme do posto. O maior esbravejava, com a boca quase encostada na cara do outro. Peters reconheceu o menor, era o frentista que tinham visto no dia anterior, quando pararam para falar com o detetive Vaughn.

"Parece que ali tem coisa", disse Peters.

"Acho que não", discordou Strange.

"Talvez devêssemos dar uma parada."

"O cara de cabelo escuro vai ceder. Ele era chegado numa briga antes. Mas acho que perdeu o gosto pela coisa."

"Vocês se conhecem?"

"Cruzei com ele umas vezes, quando era garoto. Nós fizemos um furto numa loja um dia, faz um tempão."

"E vocês escaparam?"

"Eu fui pego. Ele não."

"Foi o dia de sorte dele", então.

"Dele não. Meu."

17

Fazia já uns seis meses e pouco que Alvin Jones estava com um Buick Special de cor verde. Era um quatro-portas básico, com rádio e aquecimento, banco inteiriço e câmbio automático de três marchas; não era carro que chamasse a atenção. Apesar do nome, não tinha nada de especial. No fundo, levava mais jeito de carro de coroa, daqueles que elas dirigem de luva branca, na posição dez para as duas, sentadinhas sobre uma almofada para poder enxergar a rua.

O negociante o fizera pagar tudo no ato, em dinheiro vivo, antes de entregar as chaves do Buick 63. Quatrocentos dólares não eram exatamente uma fortuna, mas, mesmo assim, Alvin não tinha o hábito de entregar a grana adiantado. Contrariando o que dissera a Lula Bacon, há sim uma hora em que o crédito da pessoa acaba e ninguém mais renova; e o crédito de Alvin Jones não poderia estar pior.

De toda forma, o preço cobrado fora justo e o carro lhe pertencia. Mas assim que a sorte mudasse, e ela iria mudar muito em breve, arrumaria uma coisa melhor. Não fazia muito tempo, tinha visto um El Dorado conversível, branco e vermelho, ano 67, com ar-condicionado de fábrica, capota de vinil, vidros e bancos elétricos exposto na Capitol Cadillac-Olds, na 22nd, do outro lado da cidade. E era aquele carro que ele queria. Depois que o cara mete um carro na cabeça, é mais ou menos como ver uma determinada mulher numa boate. O cara sabe que até o final da noite vai comer aquela mina. Alvin sabia que aquele Cadillac ia ser dele. Mas o doído mesmo era que, nove anos antes, aos vinte e dois anos de idade, Alvin tivera um Cadillac; e ali estava ele, homem feito, trinta e um anos de estrada, atrás do volante de um Buick. A impressão que tinha, nos últimos tempos, é que estava andando para trás e para baixo, e ultrapassando a si mesmo na descida.

Mas, naquele exato momento, Jones se sentia bem. Estava usando uma camisa de botãozinho na gola da National Shirt Shop, os sapatos da Flagg Brothers e seu chapéu predileto, o preto com a tira dourada, que realçava os olhos cor de mel. Estava com um trinta-e-oito encaixado no meio das pernas, bem junto do pau. "Funky Broadway" estava tocando na WOOK e Wicked Wilson cantava alto. Broadway. Um dia ainda iria até aquela porra só para mostrar como é que se faziam as coisas em Washington. E iria de Cadillac, claro. Até lá, o carango já estaria bem incrementado.

Para chegar ao apartamento do primo, que ficava em cima de uma loja de bebidas, onde ele havia passado uma temporada uma vez, Jones desceu a H Street, no sentido da 8th, até chegar na altura do trecho comercial da Zona Nordeste. Entre adultos e crianças, as calçadas estavam lotadas, gente carregando sacola, menino brincando, gente passando. Na frente da loja de bebidas, Jones reparou que havia um bêbado pedindo trocados a quem passava. Também viu o Monterey de Kenneth estacionado mais adiante e começou a procurar um lugar para deixar o Special. Iriam com o Mercury, porque era mais confiável e um pouco mais possante. Jones não estava nervoso com o assalto, nem nada. Além do quê, já tinha tomado uns tragos.

Enquanto procurava vaga, viu uma viatura da polícia pelo espelho retrovisor e as mãos, por hábito, se crisparam ao volante. A polícia reduziu a marcha e encostou um pouco adiante da loja de bebidas. Jones olhou para a frente. Da direção oposta, vinha outra viatura que passou por ele, diminuiu a marcha perto da loja, virou e parou de frente para a traseira da primeira radiopatrulha. Alvin dobrou na 9th, achou lugar e estacionou. Escondeu a arma debaixo do banco, saltou do Buick, trancou a porta e caminhou rápido até a H.

Quando chegou lá, as viaturas já tinham ido embora. Mas reparou em dois brancos, à paisana, que pelo tamanho e pela ginga pareciam polícia, se movimentando com uma certa pressa em volta da região da loja de bebidas. Um deles buscou abrigo no saguão externo da área ocupada por um mercado e o outro foi se encostar na parede da escada que subia até os apartamentos do segundo andar. O bêbado sumira.

Jones foi até a cabina telefônica da esquina, pôs uma moeda na fenda e discou o número do primo. O telefone tocou e continuou tocando. O chamado acabou virando um grito na cabeça de Alvin Jones. O grito lhe dizia que jamais conheceria a Broadway e tampouco sentaria ao volante de um El Dorado branco.

"Vai, Kenneth", disse Jones. "Atende logo a porra desse telefone."

Kenneth Willis pusera uma roupa escura e estava revirando a gaveta da cômoda, tentando achar o par de meias que aquela mestiça grandalhona tinha largado para trás. Ia botar uma das meias na cara quando chegasse a hora, do jeito como o primo lhe ensinara. "Funky Broadway" tocava na sala, num rádio comprado na Sears local. Se ele já estava bem ligado por causa do que estava prestes a fazer, as ordens de Wilson para "sacudir, sacudir, sacudir" e seus brados de "Deus, tenha piedade" o deixaram ainda mais ligado.

Achou as meias, daquelas que pareciam rede de pesca. Bem, o primo Alvin tinha dito meias; não especificara o tipo.

Willis pegou uma e, sem se conter, deu uma cheirada antes de meter no bolso. Olhou-se no espelho. Era um cara grande, peitudo, com uns brações legais. Naquela vendinha não tinha ninguém que fosse páreo para ele, era só dar uma boa olhada na figura que os caras entregavam tudo. Além do mais, estava armado.

Willis saiu do quarto e entrou na saleta acanhada, tropeçando em algumas revistas de mulher pelada que tinha largado no chão. O apartamento estava na maior bagunça, como sempre, aliás. O cinzeiro transbordava de pontas de cigarro, havia garrafas de cerveja vazias sobre a mesa de jantar e, na pia da cozinha, sobre os pratos da semana anterior, ainda com restos de comida grudados, as baratas faziam a festa. Até ele sabia que aquilo ali precisava de uma faxina. Talvez chamasse uma mulher para fazer o serviço, assim que conseguisse uma grana.

Deixou a camisa para fora para ocultar a arma que tinha prendido no cós da calça. Um ferro barato, é verdade, mas que, apontado para a fuça de alguém, assustava. Era um trinta-e-dois de bolso com pente de seis balas e estava lhe apertando as costas. Poria num outro lugar, assim que entrassem no carro. O primo havia dito que se encontrariam na calçada, bem na frente da loja de bebidas. Willis torcia para não ter se atrasado.

O rádio tocava um comercial da rede de funilaria Earl Scheib e ele desligou o aparelho. Saiu, trancou a porta e rumou para a escada. Viu um branco meio parrudo no hall de entrada do prédio, no fim da escada, onde ficavam as caixas do correio embutidas na parede, depois ouviu o telefone tocar dentro de casa e parou onde estava. O branco, com cara de quem nunca tinha visto um negro antes, recuou e saiu do prédio. Devia ser um dos caras que trabalhavam para o proprietário do prédio, ou algo parecido, devia ter ido cobrar o aluguel. Mas ele estava com as contas em dia, de modo que aquele não era problema seu... *Saco*, esse telefone. Willis olhou para cima, para seu andar, sem saber se devia voltar e atender. Podia ser o primo, ligando para avisar sobre alguma mudança de planos. Mas Willis sabia que Alvin já estava a caminho porque fora ele próprio quem marcara a hora em que iriam se encontrar na frente do prédio, e Alvin não se atrasava jamais. Por isso não podia ser ele.

Ainda assim, fosse quem fosse, se o cara estava ligando é porque queria falar com ele. E devia ter um *puta* de um motivo para insistir daquele jeito.

Willis desceu. Não queria deixar Alvin esperando.

A luz do sol brilhava forte na hora em que cruzou a porta da frente do prédio. Fazia um belo dia. Mas não tinha muita gente na rua, nem mesmo o bêbado que todo mundo chamava de Grilo e que não saía ali da frente da loja de bebidas. Willis virou a cabeça para a esquerda e viu o homem branco que tinha visto antes avançando para cima dele. Estava com um revólver na mão e a mão mirava direto nele. Willis levou o braço para debaixo da camisa. Escutou as costas estralando e sentiu uma puxada no pescoço, ao mesmo tempo que os braços eram torcidos por trás por alguém bem forte. Peito e rosto bateram na calçada ao mesmo tempo, ele soltou um "ãn", sentiu gosto de sangue na boca e escutou pneus cantando numa freada brusca. Vozes de branco gritando para ele não se mexer, algumas pessoas por perto xingando a polícia que o tinha derrubado e a intensidade do aperto das algemas se fechando nos pulsos.

"E o que é que nós temos aqui?", falou o policial branco que o pegou por trás, com o joelho pressionado em suas costas. Willis sentiu quando a arma foi arrancada do cós, sentiu o arranhão que a coronha da automática fez na pele.

"Desgraçado filho-da-puta", disse ele, cuspindo sangue no concreto.

"Continua falando, crioulo", murmurou uma voz em seu ouvido.

Do jeito como foi puxado da calçada, então, parecia que os braços estavam sendo arrancados.

Do outro lado da rua, perto da 9th, Alvin Jones saiu

da cabina telefônica e viu Kenneth ser derrubado bem em frente de casa. Viu quando o algemaram e o puseram de pé, com brutalidade, como gostavam de fazer, e viu quando eles o levaram para a viatura e o enfiaram lá dentro. Em algum momento durante esse episódio, esperava ter feito contato com o olho. Para lembrar ao primo que ele, seu sangue, continuava solto, esperando por ele, e que tudo acabaria dando certo no final.

Kenneth estava calmo. Não daria com a língua nos dentes. Jones não estava preocupado com isso.

Mas que *era* uma pena, era. Toda aquela grana dando sopa e tudo por água abaixo. Tinham roubado uma oportunidade de ouro dos dois. Quem é que garantia que haveria outra chance igual?

Alvin Jones voltou rápido para o carro, os lábios se mexendo, o rosto crispado, indignado, protestando.

Alguém tinha fodido o plano deles. Aquela merda toda para cima do primo não tinha sido nenhum acaso.

Jones foi se aproximando do Buick. Olhando para ele, sabendo que tinha de entrar naquilo, odiando ter de entrar naquilo; porque sabia que merecia carro muito mais bacana na vida.

Não entendia por que alguém faria uma coisa dessas com ele e com o primo. Mas esse alguém, fosse quem fosse, era alguém que precisava ser pego.

Derek Strange morava num apartamento de quarto e sala num prédio na esquina nordeste da 13th com a Clifton, um pouco além do Colégio Cardozo e a poucas quadras do coração de Shaw. Estava perto da casa dos pais, da Universidade Howard, da U Street e de tudo mais que um jovem negro pudesse desejar ou precisar na vida. O edifício fora erguido bem na beirada do planalto Piedmont. A paisagem e a rua davam um mergulho abrupto, ali, e a silhueta da região central de Washington, com todos os seus monumentos, esparramava-se à volta inteira.

O apartamento não era luxuoso, de forma alguma, e a região era o que era, mas Strange tinha uma vista para lá de privilegiada.

Vista que não era nenhum segredo, no entanto. Conseqüentemente, era muito raro haver algum apartamento vago no prédio. Quando apareceu um para alugar, passou na frente dos outros interessados porque o dono soube que era da polícia. Strange salientara bem o fato ao preencher a ficha, declarando que ficaria de olho para evitar qualquer tipo de atividade criminosa em volta do prédio, ainda que não tivesse a menor intenção de fazer nada parecido. Usar a farda para conseguir o apartamento que queria, bem, era mais uma das vantagens do emprego.

À exceção da vista descortinada pela janela, o apartamento de Strange não tinha nada de excepcional e era típico de um sujeito solteiro, que compra os móveis com um olho na economia e o outro fechado. O sofá, a mesa de jantar e as cadeiras eram de segunda mão. Na verdade, não se interessava nem um pouco por essas coisas e, quando recebia alguma visita feminina, dava um jeito de fazer a casa parecer razoavelmente limpa em poucos minutos. À guisa de arte e decoração, pendurara dois pôsteres na parede. Num deles, lá estava o Homem sem Nome, de Eastwood, de poncho no peito e cigarrilha na boca. No outro estava Jim Brown, com uma granada na mão, pronto para atravessar o pátio do castelo em *Os doze condenados*, que Strange vira duas vezes na estréia, no cinema da esquina da 13th com a New York Avenue. Também havia alguns recortes amarelados de jornal que mandara pôr em molduras baratas, pendurados ao léu pelas paredes. Eram de Brown ainda de uniforme do Cleveland, de seus tempos de jogador. E um aparelho de televisão que ele pouco usava. Estava feliz, ali. O único problema do prédio era não permitir cachorro. Tinha visto uma boxer castanha, uma cadela linda e com jeito de ter índole boa, um dia na carrocinha. Mas essa parte teria de esperar.

As grandes estrelas da sala de estar eram o aparelho de som e a música. Derek Strange tinha comprado os componentes, inclusive o amplificador Marantz, um ano antes na Star Radio, no cruzamento da Connecticut com a Jefferson, e continuaria pagando por eles durante 1968 inteiro. A compra fora uma extravagância tremenda, tendo em vista o salário que ganhava, mas para ele tinha valido a pena porque passou a achar bom voltar para casa.

Ao redor do aparelho ficava sua coleção de discos, guardados em caixotes de fruta e arrumados em ordem alfabética. Do pai, Strange ganhara álbuns de Ray Charles, Sam Cooke, Jackie Wilson e outros, além de algumas gravações de *gospel* com grupos que depois fizeram carreira em *rhythm-and-blues*. Mas esses LPS ele guardava mais porque tinham sido presente do pai; era muito raro tirar algum da capa. Seu negócio era o novo *soul*. Para ser mais exato, o *soul* do Sul. Havia exceções, como The Impressions, que eram de Chicago e que faziam uma música linda e politicamente corajosa, além de alguns artistas que gravavam para os selos Blue Rock e Loma, mas, no geral, Derek Strange ficava com o som que era feito no Sul.

Otis Redding, o maior cantor de *soul* de todos os tempos, era seu favorito, e sempre seria, quanto a isso não restava a menor dúvida. Porém existiam alguns outros. Gostava em especial de James Carr, a personificação desse gênero, que arrancava o som lá do fundo da alma e que parecia cantar com conhecimento de causa sobre mágoas e amores gorados. Sem falar em O. V. Wright, o autoproclamado Negão, que conferia força e emoção de verdade a cada faixa gravada, e Solomon Burke, um batalhador, sempre surpreendendo, capaz de acumular um rio de energia como nenhum outro, com músicas emocionantes.

Para achar seus tesouros, Strange visitava pequenas lojas de disco em Shaw e Petworth, e gastava dinheiro demais na Soul Shack, na 12th com a G, e na Super Music City, na 7th. Só comprava álbuns que a seu ver iriam durar, aqueles que ele imaginava que continuaria escutando dali a trinta anos: *Otis Blue* e *The Great Otis Redding Sings Soul Ballads, I Never Loved a Man the Way I Love You* com Aretha, e aquele que todos os negros, homens e mulheres, pareciam ter em casa, o lendário *Live at the Apollo* de James Brown.

Mas Strange era um colecionador sobretudo de discos *single*. Comprava praticamente todo 45 que aparecesse na frente, mesmo sem ouvir, se fosse de uma das "suas" gravadoras porque, e não havia como negar isso, essas gravadoras tinham um certo som. Soubera pelo vendedor da Soul Shack que eram Booker T. & The MGs que gravavam a maioria das músicas mais legais, mas o que ninguém precisou lhe contar é que Atlantic, Atco, Dial, Stax e Volt trabalhavam todos com a mesma cozinha instrumental. Você ouvia os mesmos ritmos e sessões de metais em gravações feitas por Wilson Pickett, Otis, Rufus e Carla Thomas, Sam & Dave, Aretha, William Bell, Joe Tex, Johnnie Taylor e muitos outros. E ouvia o mesmo tipo de som antigo, em estado bruto, em lançamentos feitos por selos menores, como o Goldwax e o Back Beat. Outra coisa que Strange também já tivera a oportunidade de notar é que a maioria dessas gravações vinha de Memphis ou de Muscle Shoals. James Brown era exceção. Ele gravava pela King ou pela Smash, e fazia um som todo próprio. Mas James Brown, um cara que parecia ter vindo de outro planeta, era exceção em tudo. De uma forma ou de outra, o fato é que havia qualquer coisa nesses cantores sulistas e nos carinhas que faziam o acompanhamento que distinguia todos eles de seus colegas que gravavam em Detroit, pela Motown. Alguns diziam que a máquina Motown tinha tentado, propositadamente, tirar a sexualidade e a aspereza de suas faixas, para poder vender disco às massas de modo geral e aos adolescentes brancos em particular. Alguns iam até um pouco mais longe e costumavam dizer que enquanto as músicas da Motown faziam você querer dar uns beijos, as da Stax/Volt faziam você querer trepar. Só que isso não era nem justo nem correto. Verdade que a voz dos cantores do Sul parecia sair úmida de sexo, mas nela também era possível escutar a felicidade e a mágoa que vinham junto com o amor. Essa mistura de *blues*, *country*, *gospel*, *rhythm-and-blues* com as durezas da vida só poderia ter surgido na região ao sul da linha de Mason e Dixon.

Fosse o que fosse, essa música o pegara de jeito. Strange já tinha até começado a catalogar o número de lançamento de cada *single* que comprava num caderninho que mantinha ao lado do aparelho de som. Era uma doença, quase uma obsessão, algo sobre o qual não conseguia conversar, algo inexplicável. Porém uma coisa ele sabia muito bem: sempre que ouvia esse som, ficava tão emocionado que seria capaz de chorar.

E lá estava ele, sentindo a mesma coisa outra vez. Sentado no sofá, de olhos fechados, escutando James Carr cantar seu novo lançamento, "A Man Needs a Woman", gravadora Goldwax, número 332.

Ouviu uma batida na porta e levantou. Espiou pelo olho mágico e abriu.

Dennis continuou alguns instantes parado na soleira, emoldurado pelo batente, usando as mesmas roupas do dia anterior. Exalando aquele cheiro peculiar, mistura do cheiro doce do fumo com um quê de vinho barato, que Derek Strange acabara associando ao irmão desde que ele dera baixa do Exército. Dennis sempre levava algum livro na mão e dessa vez não era diferente. Estava tudo como de hábito, exceto o olhar, que parecia diferente, de certa forma mais brilhante do que nos últimos tempos.

"Jovem Derek."

"Dennis."

"E aí, vai continuar deixando um negro parado na porta, em pé?"

"Vamos entrar."

Derek fechou a porta, depois que Dennis entrou. Sentaram-se ambos no sofá.

"Quer uma Coca, alguma coisa?"

"Não, tudo bem."

Dennis comentou a qualidade do equipamento, a limpeza do som, disse que as caixas de som deviam ter custado uma grana. Derek lhe disse que eram os tubos do amplificador, e não as caixas, que davam aquela nitidez toda de som, conforme o vendedor lhe explicara e ele já tinha explicado para Dennis várias vezes.

"Um dia desses ainda compro um igual pra mim."

"E deve mesmo."

"Mas antes vou ter de arrumar um lugar só meu pra morar, imagino."

"É outra coisa que você devia fazer."

Dennis espiou em volta, absorvendo o ambiente.

"Você tá com tudo, né?"

Derek já tinha escutado esse tipo de comentário do irmão outras vezes, em geral dito num tom de voz diferente. Dessa vez, não havia inveja ou rancor ali.

"Eu não tenho um centavo", disse Derek, reduzindo a importância do apartamento e, ao mesmo tempo, dizendo a verdade. "Pagar aluguel é o mesmo que jogar dinheiro fora. O que eu preciso é fazer como o pai. Investir numa casa."

"Parece um bom plano."

Fez-se um silêncio entre os irmãos. A música acabou e o silêncio ampliou-se. Derek não sabia por que o irmão fora visitá-lo, muito menos o que conversar com ele. Com o passar do tempo, os assuntos tinham rareado.

"Escuta só, Dennis..."

"O quê?"

"Eu vou sair daqui a pouco. O Lydell e eu vamos a uma festa, lá pros lados da Howard."

"Posso ir?"

"Não é uma boa idéia", disse Derek, um pouco depressa demais. "Quer dizer, você não conhece ninguém que vai estar lá, certo?"

"Calma, cara. Eu tava só brincando. Você e eu não andamos exatamente com a mesma turma."

Na hora Derek sentiu vergonha por ter tentado fazer o irmão desistir de sair com ele e o amigo. Houve uma época em que Dennis era seu grande ídolo. Um tempo em que, à exceção do pai, o irmão mais velho era seu grande herói. Então, teria dado qualquer coisa em troca de um convite de Dennis para ir a uma festa ou a algum outro lugar. Naquela época, só andar ao lado do irmão já parecia um baita privilégio.

"Mas pode passar a noite aqui. Será um prazer", disse Derek. "Só pra dar uma aliviada entre você e o pai. Eu sei que as coisas andam meio difíceis entre os dois ultimamente."

"É, bem difíceis. De minha parte, é difícil estar à altura das expectativas dele. Mas dá pra sacar por quê. Eu fui uma decepção, eu sei."

Derek não abriu a boca.

"Mas acho que dei uma melhorada, não sei, talvez", falou Dennis.

"Melhorada como?"

"Estou vendo as coisas com mais clareza, só isso. Pelo menos eu acho."

"Aconteceu alguma coisa?"

"Nada parecido com um raio descendo dos céus. Foi um troço mais lento. Mas a questão é que veio. O que eu ando pensando é que um cara tem que ter um plano."

"Verdade."

"Não precisa ser um plano enorme."

"Eu entendo."

"Você falou alguma coisa sobre tentar me arrumar um trabalho. Acho que eu gostaria de dar uma olhada nisso. Quer dizer, já seria um passo, certo?"

"Claro que sim", disse Derek. "Seria um começo."

"Não muito pesado, por causa das minhas costas."

"Certo."

"Pois então, é isso aí. Eu tava dentro do ônibus, indo pra U. Vi a Clifton Street e dei o sinal pra descer. Achei que ia ser legal vir te ver. Pro caso de estar se perguntando o que eu vim fazer aqui."

"Você é bem-vindo a qualquer hora."

Dennis pegou o livro que tinha deixado sobre a mesinha de centro e levantou-se do sofá.

"Bom, então deixa eu me mandar agora."

"Você não quer ficar e passar a noite aqui?"

"Acho que não. Vou pegar um cinema, sei lá, depois volto pra casa. Quero conversar com o pai do jeito como conversei com você."

Derek levantou-se e apertou a mão do irmão.

"Bem que eu achei que você estava diferente quando entrou."

"Eu continuo o mesmo."

"Quer dizer que não é pra ninguém começar a imaginar que você vai comprar convite pro próximo baile anual da polícia, certo?"

"Eu sinto raiva, cara. Não vou deixar de sentir raiva enquanto as coisas forem como são. E vou continuar dizendo o que penso."

"Não há nada de errado nisso."

"Só espero viver pra ver um mundo melhor."

"Eu também."

"Mas quero que saiba de uma coisa, Derek. Tenho muita raiva, mas nunca tive raiva de você. Pra falar a verdade, sempre tive orgulho de você, cara. Sempre."

Derek deu um passo em direção ao irmão. Dennis o puxou e o segurou bem apertado entre os braços. Trocaram um tapinha nas costas. Separaram-se e Dennis endireitou o corpo.

"Eu senti, hein", falou Dennis, enxugando os olhos.

"Sentiu o quê?"

"Você tentando pegar no meu pau."

"Tentei coisa nenhuma."

"Claro que *tentou*, porra."

"Vai, sai fora, cara."

"Já fui." Dennis sorriu e partiu.

Logo depois, Derek Strange foi até a janela da sala e viu o irmão descer mancando a ladeira da 13th Street. Pensou: Eu devia ter dito que sinto orgulho dele, também.

18

Depois do trabalho, Dominic Martini caminhou até a quadra 6000 da Georgia Avenue, entrou no John's Lunch e acomodou-se junto ao balcão em L. Pediu um bife de panela e fumou um cigarro enquanto o velho Deoudes preparava seu jantar. Não havia cozinha nos fundos, de modo que Martini sabia que o lugar era decente. Essa tinha sido uma das poucas coisas úteis que o pai lhe ensinara: "Sempre coma em lugar que tem cozinha na frente. Assim, você sabe se está limpa ou não".

A mulher de John Deoudes, cujo nome era Evthokia, mas a quem os fregueses todos chamavam de Mama, estava atrás do balcão. O filho mais novo deles, Logan, que havia dado baixa da Marinha em 1965, trabalhava na chapa. Banquetas e mesas estavam ocupadas pelo pessoal da vizinhança ou por gente que tinha acabado de sair do trabalho. Martini viu um dos açougueiros do mercado kasher que havia do outro lado da rua, o que se chamava Katz, tirar dois filés de dentro do paletó e passá-los para Mama. Um ela colocou na geladeira, para a família, e o outro levou para Logan pôr na chapa. Martini deu-se conta de que conhecia todos ali pelo nome, ou ao menos de vista. O lugar não mudara nada, desde os tempos em que era menino.

Depois de jantar, tomou uma xícara de café e fumou mais um cigarro. Logan Deoudes, baixo e musculoso, aproximou-se para dar um alô.

"E aí, quais as novidades, Dom?"

"Quase nada. E vocês, ainda têm aquele cachorro?"

"O Greco? Ele ainda respira."

"É um bom cachorro."

Deoudes olhou com mais atenção para ele.

"Tudo bem com você?"

Martini pagou a conta, deixou uns trocados no balcão e saiu. Continuou seguindo pela Georgia, no sentido sul. Ele adorava o Nova, mas em geral ia trabalhar a pé. Nunca tinha muita pressa de voltar para casa.

Na outra calçada, havia um punhado de gente em volta da bilheteria do Sheridan. Quando eram adolescentes, Martini e o irmão dele, Angelo, tinham o costume de subir pela escada de incêndio que levava ao telhado e entrar de fininho por uma janela que dava num hall perto da sala de projeção. Quando o gerente, um sujeito chamado Renaldi, não pegava os dois na hora, eles se escondiam no banheiro masculino até começar a sessão, depois iam sentar protegidos pelo escurinho. O cinema era o ponto alto da área, um lugar onde só passavam bons filmes e também muito bom para paquerar as garotas. Agora, ali só tinha faroeste porcaria, filmes B e cinema grego às quartas-feiras à noite.

Nesse dia, ia passar um filme de George Peppard, *A noite dos pistoleiros*, com Dean Martin no elenco. Todo ítalo-americano sabia que o verdadeiro nome de Martin era Martini. Angie costumava perguntar ao irmão: "Ô Dom, você acha que ele pode ser nosso parente?", e Martini invariavelmente lhe sentava um tabefe na nuca e dizia: "Claro, e a Nancy Sinatra é nossa irmã".

Quanto Dominic Martini não daria agora para retirar todos os tapas e todas as vezes em que o xingara de burro e de veado. Claro que aquilo tinha sido só para endurecer um pouco o irmão, mas mesmo assim... Se pudesse vê-lo de novo, só mais uma vez, iria lhe dar um abraço bem apertado.

Caminhou até o Lou, um bilhar ao lado da estação dos bombeiros, e foi jogar uma partida. Alguém botou "A balada dos boinas verdes" na *jukebox* e um par de bêbados começou a cantar junto com a música. Martini apostou, encaçapou na ordem até a bola preta, depois entregou o taco para um sujeito desconhecido. Cruzou o salão e um dos bêbados abriu caminho para ele. Na vizinhança, todos sabiam que o fuzileiro naval Dominic Martini tinha participado de combates no Vietnã. Imaginava que o pessoal sentisse medo dele. O que o bêbado não sabia, o que nenhum deles sabia, é que seus dias de briga haviam acabado. Acendeu um cigarro ao sair e tomou a direção oeste.

Entrou no perímetro do Fort Stevens e passou pelos canhões, escutando os estalidos da bandeira e o barulho das correias de encontro ao mastro. Sua história estava nesse parque. Tinha fumado seu primeiro cigarro ali, tomado o primeiro porre ali, tinha escondido cerveja e outras coisas roubadas no paiol de munição escavado no morro. Quando menino, atravessara o gramado fugindo do policial Pappas, rindo e berrando "Jaques" por cima do ombro enquanto corria de volta para casa. Perdera a virgindade ali, quando ele e mais uns amigos fizeram um trenzinho com uma garota que todos chamavam de "Putinha", depois de ela ter dito que eles não teriam peito. Na época achava tudo muito divertido e jamais lhe passara pela cabeça que as coisas que fazia teriam influência naquilo que seria quando homem. Mas pelo visto todas elas o levaram ao lugar em que estava.

Havia lido o jornal durante o horário de folga no serviço. Buzz dissera que ele não precisava se preocupar, que um atropelamento daqueles, de um cara de cor, não chegava nem a ser notícia. Buzz se enganara. Eram só uns poucos parágrafos no caderno Cidades, mas estava lá. Vernon Wilson tinha dezessete anos, ia se formar no colegial pelo Roosevelt e, na hora do atropelamento, trabalhava como entregador para uma delicatessen. Fora aceito na faculdade e planejava começar seu curso no outono. Deixara mãe e um irmão. A polícia estava investigando a fuga do motorista responsável, mas ainda não tinha pista nenhuma.

Martini praguejou contra si próprio ao sair do parque e desceu pela Piney Branch Road.

Buzz se enganara a respeito de um monte de coisas. O pessoal do jornal e a polícia "estavam aí" sim. Eles iriam procurar os assassinos, mesmo que a vítima fosse "só um macaco".

Buzz tinha dito que não adiantava chorar pelo leite derramado porque não iria mudar nada. Buzz tinha *dito* para ele ficar de bico calado. Ele ficaria quieto, claro, porque sempre fazia o que Buzz mandava. Mas havia um lado em Martini que torcia para que a verdade viesse à tona. Achava importante que as pessoas entendessem que o que acontecera com Vernon Wilson não fora provocado nem era de alguma forma culpa dele. A mãe de Wilson merecia saber disso. O irmão também.

Martini entrou em casa, na Longfellow. A casa toda cheirava a alho e manjericão. O ar estava quente e parado lá dentro. A mãe, Angela, sentada na velha poltrona que fora do pai, toda de preto, assistia a uma reprise de *Hazel* na velha televisão RCA Victor. Virou a cabeça e olhou para o filho, quando ele entrou. O rosto parecia de cera naquela luz.

"Mãe."

"Tem molho e macarrão na cozinha."

"Eu já comi."

A mãe virou-se de volta para o televisor. Martini foi para o quarto e esticou-se na cama.

Puseram Kenneth Willis numa sala do 9º DP, numa daquelas com uma mesa, uma cadeira e nada mais. A mesa chumbada no chão, por baixo da qual corria uma barra de ferro. Tinham algemado uma das mãos dele na barra. A cara estava toda estrepada, por causa daquele tombo na calçada e também por causa das porradas que já tinha levado na saleta. Havia dito uma gracinha para um dos policiais que efetuaram a prisão e isso deixara o pessoal meio irritado. Os caras também deviam saber dos antecedentes dele; a condenação por estupro presumido na sua ficha sempre fazia ferver o sangue dos homens. Willis se acostumara a apanhar da polícia, já até esperava por isso, de modo que não era nenhum choque para ele. Mas não teria dito não para uns goles de uísque, ou algo parecido, para esfregar nas gengivas. O garotão branco tinha abalado um de seus dentes.

O que havia batido nele na rua, o policial James Mahaffie, e um outro, o policial William Durkin, ambos à paisana, conduziam o interrogatório. Parados por cima dele, bem juntinho, como a polícia gostava de fazer.

Willis sabia como levar os dois. O negócio era devolver na lata o papo que eles jogavam em cima de você. É assim que se obtém respeito de gente como eles.

"E o que é que você ia fazer com isso, então?", disse Durkin, segurando o pé de meia que tinha tirado do bolso de Willis.

"Uma garota com quem eu andei saindo aí", falou Willis, "ela largou isso lá em casa. Eu ia devolver pra ela."

"Quer dizer então que a moça só tem uma perna?"

"Ela tem uma boceta. E pra mim, isso dá."

"Você é um comedor, eu sei. Só estou um pouco curioso: alguma vez já trepou com uma mulher que tivesse mais do que catorze anos?"

"Sua mãe tinha", retrucou Willis.

Mahaffie, grande e loiro, esbofeteou-o com violência na cara. Willis encostou a língua no dente mole, mexeu de lá para cá, e sentiu o gosto de sangue. Estava zonzo e acalorado.

"Uma arma e uma meia", continuou Durkin. "Você ia assaltar algum lugar, quando nós te prendemos na porta de casa. Não ia?"

"Hein?"

"Conte do outro cúmplice. Aonde estava indo, quando a gente te pegou?"

"Eu ia sair pra dar uma volta, só isso."

"Mentiroso."

"O que foi que disse?"

"Você é um preto mentiroso de merda."

"*Vá se foder*, branquelo."

Mahaffie sentou um murro com toda força no queixo de Willis e o derrubou da cadeira. Na queda, ele torceu o braço; sentiu uma pontada de dor no punho, que continuava algemado na barra. Alguma coisa se deslocara também no ombro. Mahaffie endireitou a cadeira e Willis fez um esforço para se pôr de joelhos. Teve ânsia de vômito quando conseguiu voltar a sentar. Cuspiu sangue e um dente em cima da mesa. E olhou os dois policiais bem no olho.

"Ei, Jim", falou Durkin, sorrindo e mostrando os dentes tortos. "Tá vendo isso aqui, ó?" Deixou a meia pendurada na mão.

"Tô, tô sim."

"O imbecil filho-da-puta ia assaltar com uma meia arrastão na cara. Puta que o pariu."

Durkin e Mahaffie riram.

"Qual é a acusação?", perguntou Willis.

"Esse trinta-e-dois que você tá levando aí", disse Durkin. "Mas que novidade, e não é que alguém lixou o número de série da arma? Um cara assim como você, flagrado com uma arma dessas, pode ter certeza que é delito grave."

"E daí? Se é delito, cadê o juiz? Não tô vendo nenhum aqui, pra me julgar."

"A gente vai te dar um tempo pra pensar no assunto."

"Eu não preciso da porra de tempo nenhum pra pensar. Eu aceito a acusação."

"Isso vai dar cana", disse Durkin.

"Quero falar com um advogado."

"Tá, tá bom."

Mahaffie pôs o dedo sobre a imundície na mesa e atirou o dente contra o peito de Willis.

"Olha aí, guarda com você. E bota debaixo do travesseiro hoje à noite. Pra fada te trazer dinheiro."

"Eu tenho direito a um telefonema, não tenho?", perguntou Willis, vendo os dois saírem da saleta dando risada.

Mais tarde, de pé num hall, com a escrivaninha de um sargento bem do lado, Willis fez sua ligação de um telefone público. Falou bem baixinho, para o sargento não escutar.

"Tô enroscado, primo."

"Vai ter que agüentar firme", falou Alvin Jones.

"Você *sabe* que eu agüento."

"Eles vão tentar fazer você falar."

"Já tentaram", disse Willis, enjoado com o gosto de cobre na boca.

"Você tem advogado?"

"Eles vão me dar um, eu espero."

"Você se safa fácil de uma acusação por porte ilegal de arma."

"Eu sei, mas o negócio é que eu ainda nem fui indiciado por coisa nenhuma. Eles vão me deixar aqui de molho por uns tempos, eu acho."

"Mas isso daí é ilegal."

"Pra um negro de merda que nem eu não tem essa de legal e ilegal, primo." Willis moveu os olhos para o sargento, depois de volta para a parede a sua frente. "O que interessa é que eles sabiam do plano."

"Como é que é?"

"Daquele negócio lá na venda. Eles sabiam. Agora, como é que você acha que eles descobriram?"

Alvin Jones assimilou a informação.

"Kenneth."

"Fala"

"Se você ligar de novo aqui, pode ser que eu não esteja, entendeu?"

"Vai voltar pra Mary?"

"Que nada, cara. Aquela criança tá com a doença do choro e eu não agüento. Vou pro apê do primo Ronnie, lá na 7th. Mas isso fica só entre nós. Não diga a ninguém pra onde eu fui."

"Pode ir tranqüilo."

"Eu sei. Você é um soldado, Ken."

Jones disse para o primo ser forte, depois desligou. Os olhos se estreitaram e ele começou a resmungar. Sentado ali na poltrona da sala de estar do apartamento de Lula Bacon, tilintou os cubos de gelo no copo alto onde o *bourbon* tinha estado.

Eles sabiam. As palavras do primo lhe queimavam o cérebro.

"O que foi que houve com você?", perguntou Lula, parada ao lado dele, de mão nos quadris.

"Nada", disse Jones.

"Tá falando sozinho, o olho tá gozado."

"Vai lá, vagabunda", falou Jones, entregando o copo. "Me traz mais uma dose."

Lula foi na direção da cozinha. Jones acendeu um Kool e deu uma tragada funda.

Certo. Eles sabiam. Mas *como* ficaram sabendo? Que *filho-da-puta* teria a ousadia de cagüetar o plano deles para a polícia e por quê? Lula? Não, impossível. Ele nunca contava nada para ela. O único cara que lhe ocorria... aquele garoto metido a esperto, o Dennis, o que tinha um irmão na polícia. É, era ele, claro. Tinha de ser. Tentando ser todo certinho, o imbecil de merda.

Jones lembrou-se então de Dennis dentro daquele mesmo apartamento, lhe dando conselhos sobre como apostar na loteria com as estatísticas dos jogos. Dizendo para ele que Frank Howard era o sete porque jogava de jardineiro esquerdo.

Jones agarrou o telefone, discou e chamou o cara com quem deixava suas apostas.

"Alvin", falou o sujeito. "Como é que você está, irmão?"

"Que número deu?"

O outro lhe disse que não acertara nenhum. Os números que tinham saído não eram nem parecidos com os que ele havia apostado.

Jones desligou. Recriou a imagem de Dennis Strange na cabeça. Agindo com superioridade, falando aquelas merdas complicadas, todo metido, gozando da cara dele. Desafiando a autoridade dele, sentado lá no banco de trás do Mercury na noite anterior, sempre segurando aquelas porcarias de livros, como se fosse melhor do que ele, do que Kenneth, que ele chamava de amigo. O amigo que ele traíra. E para completar o cara ainda vinha dar maus conselhos.

Alvin Jones viu a mão tremer quando foi bater a cinza do cigarro. Sentiu o sangue fazer *tique tique tique.*

19

Derek Strange ouvia o *single A Sweet Woman Like You* com Joe Tex, lançamento da gravadora Dial, quando Lydell Blue interfonou lá debaixo. Desligou o som, examinou-se no espelho de corpo inteiro que tinha mandado instalar junto à entrada e foi ter com o amigo. A rua já estava escura.

Strange acomodou-se no banco individual do Riviera dourado, ao lado do motorista. Os braços fortes e o peito musculoso de Lydell retesaram o tecido da camisa quando ele deu a partida.

"Pra onde a gente tá indo, Ly?"

"Pra Barry Place."

"Pô, mas dá pra ir a pé."

"Eu andei o dia inteiro fazendo a ronda. Além disso, se conhecermos umas garotas hoje, você acha que elas vão querer voltar pra casa a pé?"

"Tem razão."

"Afinal, pra que é que você acha que eu estou pagando as prestações do Riviera?"

Eles desceram a ladeira, passaram em frente ao Colégio Cardozo e, na Florida, tomaram a direção leste. Lydell Blue deu uma pisada e o carro pareceu que ia decolar.

"O que é que você tem dentro desta coisa, o foguete Apollo?"

"Um motor Nailhead 6.6", falou Blue, afagando o grosso bigode preto.

Strange espiou em volta. Blue mantinha tudo impecável, por dentro e por fora; a carroceria parecia um espelho de tão brilhante, daria para fazer a barba na frente dela. O Riviera era de 63, o primeiro ano em que a Buick produziu o modelo. Com vidros e bancos elétricos, tinha até uma antena que subia e descia quando você apertava um botão. Blue comprara o carro daquela velhinha de Pasadena que todo fanático por carro procura. E mesmo cinco anos depois de sair da fábrica, não fora barato. Blue continuava morando com os pais, em Petworth, porque não tinha condições de bancar um apartamento e as prestações do carro ao mesmo tempo.

"É bem legal", disse Strange.

"O quê?"

"O seu carro. Mas a pergunta é: caso você conheça uma garota esta noite, para onde é que vai levá-la depois?"

"Pra sua casa", disse Blue, como se estivesse dizendo o óbvio a um sujeito não muito brilhante. Ele usava o apartamento de Strange regularmente para esse fim.

"Por mim tudo bem, desde que não seja como da outra vez com aquela garota que você levou."

"O que tinha de errado com ela?"

"Vocês não me deixaram dormir quase nada."

"É que ela era uma daquelas carolas de igreja", disse Blue, com uma piscada de olho. "A garota gostava de *gospel*."

"E pelo visto bem gritado."

"Sem essa, Derek."

Strange sorriu. Quando meninos, ele e Blue tinham defendido os interesses um do outro tanto no pátio da escola como nas ruas. No Roosevelt, ambos faziam parte do time de futebol; Strange se revezava entre ataque e defesa sempre na ponta e Lydell Blue jogava de *halfback*. Ele era uma estrela. Strange era melhor no bloqueio que com a bola na mão e tinha aberto muitas brechas para Lydell, que, no último ano de colégio, quebrara o recorde de jardas conquistadas na competição entre escolas de segundo grau. Foi numa das finais que Strange rompeu os ligamentos do joelho e, com isso, acabou excluído da convocação para o serviço militar. Enquanto Blue servia o Exército, Strange trabalhou numa sucessão de empregos sem futuro, recuperando-se da cirurgia no joelho. Quando Blue terminou o serviço militar, ambos resolveram se inscrever para a academia do Departamento de Polícia Metropolitana. A gente faz amigos novos a vida inteira, mas ninguém tão especial quanto os amigos feitos na infância.

"Você tá a fim de ouvir alguma coisa?", perguntou Blue.

"Escolha você."

Blue estendeu o braço e ligou o rádio em AM. O locutor Bob Terry apresentava o mais novo sucesso de Marvin Gaye na WOL, a música "You". Blue manteve a mão no dial e, com um sorriso maroto no rosto, olhou para Strange.

"Tá bom aí, deixa aí", disse Strange.

"Achei que você não gostasse da Motown."

"Eu abro uma exceção pro Marvin."

"Mas isso não tem absolutamente nada a ver com o fato de ele ser daqui, tem?"

"Em parte."

"Quem sai aos seus não degenera", disse Blue.

Nem me diga, Strange falou com seus botões.

Estacionaram na própria Barry Place. Mais adiante, para os lados da Georgia, viram vários jovens na frente de uma casa geminada, espalhados na varanda de concreto e no jardinzinho, conversando, dançando e se animando com substâncias ingeridas direto do gargalo ou em copos de papelão. O *soul* invadia com doçura o quarteirão.

Strange e Blue caminharam lado a lado em direção à casa. Estavam ambos superalinhados; ambos se moviam com os ombros retos, de cabeça erguida. Ser jovem e bonito, ter emprego e entrar numa festa se sentindo forte, junto com o melhor amigo de infância, confiante na proteção um do outro, não havia uma sensação melhor neste mundo.

"É bom", disse Blue.

"O quê?"

"Tirar a farda, pra variar. Não que eu não goste do meu trabalho, porque gosto e muito. É só que, você sabe, é legal ver o pessoal me olhando como se eu fosse um irmão também."

"Mas você é."

"Me olhando como se estivéssemos todos do mesmo lado."

"Não precisa explicar", disse Strange. "Sei exatamente o que você quer dizer."

"É duro. E pra completar, meu parceiro é um autêntico filho-da-puta. Vive me dando lições, o tempo inteiro. Pra ele, quando eu abro a boca é melhor que seja só pra respirar, porque quando eu digo alguma coisa é sempre besteira."

O comentário de Blue levou Strange a se lembrar de Troy Peters. Às vezes o parceiro se esforçava um pouco além da conta, mas era bem-intencionado. Tudo somado, era quase tão bom companheiro quanto qualquer policial poderia ser.

"Vamos lá, Ly", disse Strange, quando atingiram os degraus que levavam até a festa. "Vamos nos divertir um pouco."

Strange e Blue se misturaram ao bando que estava do lado de fora. Pegaram duas cervejas Miller High Life de uma tina cheia de gelo e tiraram a tampinha com o abridor preso na borda por um barbante. Blue apresentou Strange para o dono da festa, um estudante da Howard chamado Cedric Love, que alugava a casa com outros dois jovens. Tinha muito universitário na Barry Place e adjacências, já que a Howard ficava ali perto, mais para leste. Strange olhou em volta, erguendo a cabeça para as duas caixas de som na varanda, de onde Wilson Pickett aconselhava a "não brigar com o sentimento". No jardim, os casais foram se formando para dançar ao ritmo dinâmico dos metais do selo Stax/Volt, com Wilson na exortação vocal. Na varanda, Strange viu as costas de uma jovem, de vestido curto azul-bebê, entrando na casa. Strange conhecia aquelas pernas e aquelas curvas.

"Com licença", disse ele ao anfitrião, Cedric Love, "vou lá dentro ver o que está acontecendo." Ainda tentou captar a atenção de Lydell, mas ele já estava tirando uma garota para dançar.

Strange subiu até a varanda. Um cara que o conhecia do colegial falou com ele:

"E aí, como vai essa força?"

Ao que Strange respondeu:

"Tudo legal, George, e você, como vai?", antes de trocar com o cara o aperto de mão *soul* e seguir caminho. De repente, viu-se dentro da casa.

Estava quente e lotado. Pessoas encostadas nas paredes e amontoadas em grupinhos, homens e mulheres debruçados uns sobre os outros, cabeleira afro para eles e para algumas delas, as garotas com brincos enormes de argola e uma parte dos rapazes de óculos escuros. O ambiente inteiro exalava cheiro de cigarro misturado com cheiro de maconha. Conversas e risadas reboavam sob a música, mais alta ali do que lá fora.

Strange percebeu alguns olhares ao cruzar devagarzinho a sala. Viu duas belas garotas, Rachel Phillips e Porscha Coleman, que tinham se formado no Cardozo alguns anos antes. Reconhecia vários rostos ali. Os que o conheciam sabiam que era policial.

Entrou noutra sala ainda mais cheia que a anterior. Uma música de O. V. Wright, chamada "Eight Men, Four Women", saía das caixas de som, com aquele coro feminino de vozes indolentes que ele gostava de usar, e Strange pensou: "gravadora Back Beat, número 580". Depois concluiu: "Alguém aqui nesta festa sabe das coisas".

"Derek", falou seu amigo Sam Simmons, alto e magro, interpelando-o de repente no hall. "Meu irmão."

Simmons estava junto com um cara de boina preta na cabeça que Strange não conhecia. Muito provavelmente um universitário, porque boa parte deles adotara aquele visual de revolucionário de plantão.

"Cootch", falou Strange, usando o apelido de Simmons e lhe dando a mão.

"Vai nessa", disse Simmons. "Curte esse aqui."

Simmons passou um baseado aceso para Strange. Strange olhou para o cigarro alguns instantes, depois botou na boca e tragou fundo. A fumaça ainda estava saindo pelo nariz quando deu novo tapa. O fumo entrou macio nos pulmões, o que significava que seria bom para a cabeça.

Strange passou o baseado para o cara de boina, que primeiro olhou para Simmons, o qual, por sua vez, lhe deu sinal verde com o queixo. Simmons, que jogava no ataque para o Dunbar quando Strange era defesa do Roosevelt, sorriu para o antigo adversário. Nunca tinha deixado de existir respeito entre eles, sobretudo quando havia algum jogo marcado.

"Meu amigo aqui é boa gente", disse Simmons para o companheiro.

"Neste momento sim", disse Strange.

"Ouvi dizer que você anda mantendo nossas ruas seguras", falou Simmons.

"As ruas vão ter que se virar sem mim um pouco", disse Strange. "Estou de folga hoje à noite."

Falaram de futebol e especularam sobre quem estava se formando em que colégio e para que faculdade iria. O sujeito da boina não foi muito com a cara de Strange, mas tudo bem. Até terminar a cerveja já estava para lá de chapado e não tinha ressentimento de ninguém. Apertou de novo a mão de Simmons e foi para a cozinha, onde pegou outra High Life e abriu. Tomou um bom gole e passou para outra sala.

Essa era a dos casais. Alguém havia tirado toda a mobília e trocado as lâmpadas das luminárias, de modo que estava tudo banhado de azul. Solomon Burke rodava no estéreo com "Tonight's the Night" e dizia para sua mulher:

"E quando as luzes baixarem, vou trancar todas as portas", alguns casais colados, deslizando pelo assoalho, outros abraçados apenas, parados, se beijando muito. Strange sorriu e encostou-se à parede. Sentiu um tapinha no ombro e virou a cabeça. O que viu o fez sorrir ainda mais.

"Carmen. Como vai você?"

"Estou bem."

Ela tinha uma fitinha azul no cabelo, da mesma cor do vestido. Tinha também olhos castanhos imensos, covinhas no rosto e uma pele macia, cor de chocolate. E um corpo que o deixava ofegante. Carmen Hill tinha tudo. A lembrança dela nua em sua cama secou-lhe a boca. Tomou mais um gole de cerveja.

"Fazendo o quê, sozinho na sala da luz azul?", disse Carmen.

"Eu tava te esperando, garota."

"Nem vem, Derek." Carmen riu, olhando bem dentro dos olhos de pálpebras pesadas. "Você tá chapado, não tá?"

"Um pouco."

"Eu também fumei agora há pouco."

"Mas você vai ser médica, tem que parar com isso. Não vai dar pra você ficar *operando* as pessoas com um baseado na cuca."

"Por enquanto eu sou só aluna da faculdade. Ainda tenho um tempinho pra me divertir. De qualquer jeito, você vai fazer o quê? Me multar?"

"Hoje você escapa só com uma advertência."

Strange estendeu a cerveja para Carmen. Ela pegou a garrafa, deu um gole e devolveu. Ele esticou o braço e passou o polegar num restinho de espuma que se juntara no canto da boca da jovem. Ela inclinou-se um tantinho para ele, ao toque da mão. Olhou-o, desviou a vista e, depois, tornou a fitá-lo bem nos olhos.

"Lembrei de você em dezembro", disse Carmen. "No dia em que o Otis morreu."

"Pois é, dez de dezembro. Eu estava dentro da viatura quando veio a notícia no rádio, dizendo que o avião dele tinha caído em Wisconsin."

"Mas ele deixou muita música boa."

"Que vai continuar sempre aí." Os olhos de Strange se voltaram para um dos alto-falantes da sala, de onde a voz de King Solomon continuava saindo forte. "Essa aí também é bem legal."

"É."

"Quer dançar?"

"Vamos lá."

Ele deixou a garrafa de cerveja no chão e, ao endireitar o corpo em toda a sua altura, ela veio para ele. Strange estremeceu um tiquinho quando Carmen encostou a cabeça em seu ombro. Sentiu o cheiro do xampu que ela usava, o perfume modesto, os seios firmes em seu peito, os dedos quentes nos dele. Moviam-se muito serenos, devagarzinho, como se ela nunca o tivesse deixado, como se tivessem dançado durante todo o colegial e além, até que problemas começassem a surgir e ela lhe dissesse para ir embora.

Otis Redding veio em seguida, naquela música que tinha uma introdução de piano lindíssima e que sempre provocava calafrios em Strange. "Nothing Can Change This Love", nada pode mudar este amor. Era uma das músicas deles. Strange puxou Carmen mais para perto e aspirou-a todinha.

"Andei sentindo sua falta", disse ele.

Beijaram-se. Os lábios de Carmen estavam quentes e ele sentiu o calor que emanava do rosto dela. Otis cantou para eles e não havia mais ninguém naquela sala.

Mais tarde, depois que a maioria já tinha ido embora e o volume da música diminuído um pouco, Strange e Carmen Hill sentaram-se na frente da casa, nos degraus da entrada, dividindo outra cerveja. Lydell fora para o apartamento de Strange com uma garota com quem transava de vez em quando. Strange já não estava mais tão chapado, graças ao efeito do álcool. Sua coxa roçava a de Carmen, enquanto conversavam.

"Foi legal esta noite", falou ele. "É bom relaxar de vez em quando, sabia? E melhor ainda foi te ver."

"Pra mim também foi muito legal."

"Com você é tão fácil, Carmen. Sempre foi."

"É só pegar o telefone, Derek. Quando quiser falar comigo, dá uma ligada."

"Às vezes eu sinto que preciso. Tem sido dureza, o serviço e tudo nestes últimos meses."

"Você sempre soube que seria assim."

"Eu sabia que uma parte não ia gostar, que os policiais brancos iam ficar desconfiados. Eu estava preparado pra isso. O que eu não esperava é que minha própria gente começasse a me olhar como se eu fosse inimigo. Estou só tentando fazer meu serviço, mas acabo tendo que desviar do fogo de ambos os lados."

"Então faça o seu serviço", disse Carmen. "Era isso que você me dizia o tempo todo, antes. Fique na sua e trabalhe."

"Acho que é isso mesmo."

"Além do mais, você sempre quis ser como aqueles caras dos filmes de faroeste que você tanto ama. 'Um homem que protege a comunidade, mas que jamais poderá fazer parte dela.' Não foi assim que você me descreveu a filosofia do faroeste?"

"Pode ser."

"Então você tem mais sorte do que a maioria. Você é o homem que queria ser."

Carmen pegou na mão de Derek e entrelaçou os dedos nos dele. Ele olhou para ela com um afeto enorme.

"Onde é que você mora agora?"

Carmen Hill fez um sinal de cabeça para o outro lado da rua.

"Bem ali na esquina, no terceiro andar. Está vendo aquela luzinha ali? Aquela sou eu. Finalmente consegui encontrar um lugar de onde dá pra ir a pé para a faculdade."

"É, eu tinha ouvido dizer que você havia mudado."

"Tinha, é?", disse Carmen, num tom levemente zombeteiro.

"Encontrei com a sua irmã um dia na rua."

"Tem certeza de que foi assim? Porque, pelo que ela me contou, você foi falar com ela e perguntou pra onde eu tinha me mudado."

"Não lembro direito dos detalhes. A questão é que foi sua irmã quem me disse."

"Tá certo", disse Carmen, com uma risadinha. Depois apertou a mão dele.

"Então, considerando que você está a poucos passos daqui..."

"Sim?"

"Não vai me convidar pra subir?"

"Acho que não, Derek."

"Por que não?"

"Eu também andei falando com as pessoas. Você continua saindo com aquela cabeleireira, não?"

"Não é nada sério."

"Nunca é nada sério com você."

"Ela é só outra garota, isso que estou querendo dizer."

"Mas não é a única garota, *é*, Derek?"

"Eu não estou casado com ela, se é o que você quer saber."

"E agora você está tentando transar comigo."

"Aonde é que você quer chegar?"

"O seu problema é o mesmo de sempre, Derek. E isso não vai funcionar comigo; não de novo."

"Se pudesse ser com você, seria só com você."

Carmen inclinou-se, beijou-o no cantinho da boca e levantou-se.

"Eu sempre soube, Carmen", disse Strange. "Mesmo quando nós éramos crianças... você parada na frente da vendinha da esquina, naquele seu vestido de Páscoa, com os sapatos de verniz. Eu sabia."

"Eu também. Mas se por acaso nós formos tentar outra vez, vai ter que ser nos meus termos. Acho melhor você pensar um pouco a respeito, Derek. Se algum dia chegar a uma conclusão, bem, você sabe onde me encontrar. Agora já sabe onde eu moro."

"Você lembra onde *eu* moro, não lembra?"

"Lembro. Ainda tenho a chave."

Strange continuou sentado, vendo Carmen descer os degraus e atravessar a rua para ir para casa. Perguntava-se se algum dia teria coragem de se comprometer com uma mulher, se era apenas uma questão de idade e se, com o tempo, mudaria de atitude. Ele *queria* mudar. Porque quanto a uma coisa não restava a menor dúvida: era a Carmen mesmo.

Levantou-se, pegou a Barry Place e desceu até a Florida Avenue. Caminhava na direção leste por uma cidade silenciosa. Parou para mandar um menino de nove ou dez anos que batia uma bola de basquete sozinho na calçada entrar. O menino perguntou o que ele tinha a ver com sua vida.

"Eu sou polícia", disse Strange.

Esperou até que o menino fizesse o que ele mandara, depois seguiu seu caminho.

20

Na terça-feira, em Memphis, líderes negros anunciaram planos de realizar uma passeata colossal no final de semana, com a presença prevista de vários sindicalistas e porta-vozes do movimento em prol dos direitos civis vindos de todo o país. Um acordo com os lixeiros em greve adiaria o protesto, mas ninguém esperava que isso fosse acontecer. Martin Luther King deveria ter chegado ao Tennessee na terça, para preparar a marcha, mas acabara detido por outros assuntos em Atlanta. Sua equipe garantiu que ele começaria a chefiar as operações em Memphis na quarta-feira sem falta.

Na terça-feira, em Milwaukee, o senador Eugene McCarthy comemorava os resultados das primárias de Wisconsin, depois da sólida vitória sobre o não-candidato Lyndon Johnson e sobre os outros dois inscritos, Robert Kennedy e Hubert Humphrey, na noite anterior. Nas primárias republicanas, Richard M. Nixon obtivera oitenta por cento dos votos, ao lado dos dez por cento de Ronald Reagan, e parecia estar a caminho de ser nomeado candidato à Presidência dos Estados Unidos pelo Partido Republicano.

Na terça-feira, em Washington, o Cherry Blossom Festival de 1968 teve início oficialmente. Perto do rio Potomac, na Virgínia, Estados Unidos, a guarda do parque removeu do local uma bandeira vietcongue que fora hasteada em cima do monumento de Iwo Jima, ao lado do cemitério de Arlington. Mais tarde, no mesmo dia, dois irmãos foram autuados no estacionamento de um *drive-in* da Wisconsin Avenue, ocasião em que foi feita a maior apreensão de haxixe de toda a história da região de Washington.

Nesse meio-tempo, Buzz Stewart e Dominic Martini trabalhavam juntos desconfortavelmente no posto Esso da Georgia Avenue, ao passo que Walter Hess, sem o menor remorso nem nada que lhe preocupasse a cabeça, cumpria seu dever na loja de maquinário da Brookeville Road. Darius Strange virava hambúrgueres e ovos na chapa do Three-Star Diner na Kennedy Street, enquanto sua mulher, Alethea, limpava uma casa na região chamada Four Corners, em Silver Spring, Maryland. O filho mais velho deles, Dennis, dormiu até tarde, assistiu a um pouco de televisão e leu os anúncios de emprego do *Post*. O caçula, Derek, teve uma manhã calma, lendo e escutando música, depois se vestiu e foi se juntar a Troy Peters para patrulhar as ruas no final da tarde.

Frank Vaughn ouviu a notícia da apreensão do haxixe na estação WAVA, só de notícias, enquanto rodava com o Polara por Silver Spring, na direção sul. Isso o fez pensar no filho Ricky e no pequeno cachimbo que encontrara no carro dele, uma semana antes.

"Eu tava dando uma volta com uns caras, uma noite dessas", Ricky explicou. "Um deles deve ter deixado cair no banco, sei lá. Eu juro, pai, nem sei pra que serve."

Conta *outra*, malandro, pensou Vaughn. Mas, para o filho, ele disse: "Veja se você se livra disso, tá bem?".

Vaughn virou na Sligo Avenue, depois novamente à direita na Selim. Parou diante de uma cervejaria chamada Fay & Andy's, onde os fregueses ficavam olhando para a Georgia Avenue e para os trilhos da B&O quando não estavam olhando para os copos ou cinzeiros à frente. Havia diversas oficinas mecânicas, funilarias e lojas de autopeças nessa parte da avenida. Vaughn estava fora de sua jurisdição, mas isso não significava nada para ele; além do mais, não estava em horário de serviço.

Ele tinha falado com o cara da perícia, um sujeito chamado Phil Leibovitz, por telefone naquela manhã. Leibovitz examinara a grade, o vidro e o emblema deixados no local do atropelamento e chegado à conclusão de que o veículo envolvido era um Ford de tamanho médio, ano 63 ou 64.

"Não é nem Falcon nem Mustang", disse o perito. "Eu tenho certeza. A grade é diferente. Acho que você devia sair atrás de um Fairlane ou de um Galaxie 500."

"Que droga, Phil!", disse Vaughn. "Qual dos dois?"

"O Galaxie."

"E por quê?"

"Estou presumindo que o impacto tenha arrancado o emblema da frente do carro. O Fairlane não tem o emblema da Ford na grade."

"Você é um gênio."

"Elogios não pagam minhas contas."

"A próxima cerveja é minha."

"Cerveja também não paga minhas contas, Frank."

"A gente dá um jeito quando se encontrar."

Vaughn passou os sessenta minutos seguintes visitando oficinas, fazendo perguntas para mecânicos e funileiros, tentando obter alguma dica sobre um Ford vermelho danificado. Falou com deus e o mundo, com mecânicos certinhos, com verdadeiros cretinos, com caras que levavam jeito de ter cumprido pena e com caras que levavam jeito de que iam cumprir pena. Não deu em nada.

E resolveu então voltar para o perímetro de Washington. Ainda tinha uma hora antes de pegar no batente. Fora encarregado de investigar um novo homicídio em Petworth e isso tiraria dele tempo que de outra forma poderia dedicar ao atropelamento. Pela história que o pessoal havia desencavado, o garoto, Vernon Wilson, estava limpo. Tinha emprego fixo e ia fazer faculdade. Era de uma família que o amava e a quem ele amava também. E fora assassinado, essa era a conclusão a que Vaughn chegara, por ser de cor. Vaughn sentia estar muito perto de descobrir o assassino de Wilson, e isso fazia seu sangue ferver. Só precisava achar o carro.

Ele percorria a Arkansas Avenue, entre a 14th e a Piney Branch Parkway. Havia uma oficina ali, de um boxe só, perto de uma vidraçaria e de uma loja de geladeiras comerciais. Vaughn conhecia o mecânico-chefe, um preto enorme chamado Leonard White, que ele havia posto em cana anos antes sob a acusação de furto qualificado, isso quando trabalhava no Departamento de Roubos, sua primeira colocação depois de largar a farda.

Vaughn parou perto de um telefone público e tamborilou os dedos no volante. Lembrou-se de um amigo na comarca de Prince George que talvez pudesse ajudar. Mas antes queria arriscar falar com White.

A cabeça dele estava debaixo do capô de um Valiant 63, quando Vaughn cruzou a porta aberta do boxe. A música berrava no rádio da oficina. Outro cara de cor, magro, de macacão e gorro de lã enterrado na cabeça, entregou a White uma chave de estria, mediu Vaughn e disse: "Leonard, ó a Cana aí querendo falar com você". White ergueu a cabeça, franzindo os olhos por causa do brilho da lâmpada pendurada por cima do Plymouth. A luz conferia uma certa ilusão de calor, mas o interior do boxe, erguido com blocos de concreto, estava tão gelado quanto uma tumba.

White endireitou o corpanzil de mais de um metro e noventa, limpou as mãos numa estopa e foi ter com Vaughn. Usava óculos de aro preto, emendado no meio com esparadrapo. A cabeça tinha o tamanho da de uma novilha. Parecia Roosevelt Grier.

"Policial Vaughn."

"Leonard. Ainda mexendo com esses Valiants."

"Enquanto eles continuarem botando câmbio automático nesses Signets, eu vou continuar trabalhando."

"Será que dá pra conversarmos uns minutinhos lá fora?"

White saiu sem responder e Vaughn foi atrás. Chacoalhou o maço de L&M para pegar um cigarro. White tirou um Viceroy da carteira guardada no bolso da frente e pôs na boca. Vaughn veio com o Zippo, acendeu o cigarro de White, depois o seu, em seguida fechou o isqueiro.

"Houve um homicídio uma noite dessas, na 14th."

"Até aí, nenhuma novidade."

"Só que não foi pros lados de Shaw. Foi a dois, três quilômetros de lá. Um carro atropelou um garoto de cor, ele não estava fazendo nada, só estava voltando pra casa."

"É, eu soube."

"Você soube *o quê*?"

"Que aconteceu."

White deu uma tragada no Viceroy e deixou que a fumaça saísse bem devagar.

"Estou à cata de um Ford vermelho", disse Vaughn. "Um Galaxie 500, modelo 63, 64. Com avaria na grade, nos faróis, na parte dianteira, algo assim."

"Por aqui não apareceu nada do tipo."

"Fica com isto." Vaughn entregou ao mecânico um cartão onde anotara o número do telefone de sua casa ao lado do número impresso do telefone da delegacia. "Qualquer coisa que aparecer, você me avisa, combinado?"

White fez que sim com a cabeça.

"Tá tudo certo por aqui?", Vaughn perguntou.

"Deus é bom", disse White.

Leonard White terminou seu cigarro e ficou vendo Frank Vaughn atravessar a rua, na direção do telefone público perto do ponto de ônibus. Achava o policial engraçado. Como um dinossauro que não sabia que os outros dinossauros tinham sumido do mapa. Além disso, como muita gente que cumpriu pena, sentia um estranho carinho pelo homem que o botara em cana. De forma muito direta, o detetive tinha feito o que a mãe, o pai, as namoradas e o pastor não haviam conseguido: virado a vida dele do avesso.

Chegando ao telefone público, Vaughn jogou fora o cigarro. Puxou a carteira e remexeu entre as dobras até encontrar um número de telefone anotado numa caixinha de fósforos. Introduziu a moeda no aparelho e discou o número de um investigador da divisão de homicídios da comarca de Prince George, um cara chamado Marin Scordato, com quem fizera amizade num treinamento de tiro em Upper Marlboro, muitos anos antes. Scordato anotava detalhes do paradeiro de todos os que ele mandava para a cadeia e que, depois de cumprir pena, voltavam ao mundo. Era comum ele dar um aperto nesse pessoal, para obter informações. Quase todos haviam violado a condicional, de uma forma ou de outra, e respondiam prontamente às ameaças. Era assédio, claro, mas muito eficaz.

"Marin, aqui é o Frank."

"*Hound Dog!* Como é que vai o nosso amigão?"

"Ainda sobe. Mas estou com um probleminha num caso."

Mike Georgelakos tinha fechado a registradora às três da tarde e estava anotando a receita do dia em seu livro-caixa. Sentado numa banqueta perto da máquina, os óculos na ponta do nariz, registrava os números a lápis no livro. Todas as vendas feitas depois das quinze horas iriam direto para seu bolso, sem notificação à Receita, uma prática muito comum entre os pequenos comerciantes de Washington.

Atrás do balcão do Three-Star Diner, Darius Strange limpava a chapa, enquanto Meio-Período, o pau-para-toda-obra de Mike, lavava pratos do outro lado da divisória de plástico, cantarolando o refrão de "I Was Made to Love Her" sem parar, enquanto trabalhava. Ella Lockheart enchia os vidros da marca Heinz com ketchup comprado na rede A&P e o rádio tocava música *gospel*. Eles todos se desincumbiam das tarefas sem grande pressa. A corrida do almoço tinha acabado e o fim do expediente estava próximo.

Derek Strange e Troy Peters, no balcão, abasteciam

o estômago com um cheesebúrguer no prato e uma Coca para começar o turno das quatro à meia-noite. Estavam de farda, com os revólveres de serviço pendurados no coldre, junto aos quadris. Peters pensava na mulher, Patty, e na expressão dela, dormindo, os cabelos loiros espalhados sobre o travesseiro, depois de terem feito amor na noite anterior. Strange passara o dia meio zonzo, pensando o tempo todo em Carmen Hill, lembrando da curva daquele traseiro, daquelas coxas, do calor daquele corpo junto ao seu enquanto dançavam. Daqueles olhos castanhos tão intensos. No mais, Strange e Peters estavam concentrados na comida que tinham na frente; amavam-na tanto quanto amavam as mulheres, como costumam fazer os rapazes.

"Como é que está a carne, filho?", perguntou Darius Strange.

"Tá ótima, pai."

"Quando a pessoa faz uma coisa tempo suficiente, imagino que acabe acertando." Darius olhou por cima do ombro para o filho e mudou o peso do corpo ao sentir uma dor aguda no cóccix.

Derek viu o pai fazer uma careta e, em seguida, retomar o trabalho. Estava com aquele chapelão de cozinheiro, que ele chamava de toque, na cabeça. Não fazia muito tempo, Billy Georgelakos tinha tirado uma foto do pai, Mike, de pé ao lado de Darius com o chapéu e uma espátula na mão. A fotografia fora emoldurada e pendurada junto à porta da frente.

Mike tinha aumentado o salário de Darius com o correr dos anos. No momento, ele tirava cento e dez dólares por semana. Alethea recebia dezessete dólares por casa e reduzira sua carga de trabalho de seis para cinco dias por semana. Somando os salários, o casal conseguia pagar as contas. De modo que estavam indo bem. Entretanto, Derek estava preocupado com o pai. Nos últimos tempos, a pele do rosto andava meio flácida, as maçãs chupadas. Para um homem nos seus cinqüenta anos, estava envelhecendo muito depressa.

O entregador do *Daily News* entrou no *diner* e largou sua pilha de jornais em cima da máquina de cigarros, levando consigo os exemplares não vendidos do dia anterior. Derek levantou-se da banqueta, pegou um e voltou ao balcão, abrindo-o à esquerda do prato. O *News* era o jornal de Washington em formato tablóide, conveniente de ler devido ao tamanho. A diagramação de estilo fácil e o tom dramático dado às notícias também tornavam divertida sua leitura. O jornal tinha até uns quebra-cabeças perto da página das tirinhas, que Derek ainda gostava de fazer. Ele abriu o jornal na seção de cinema e conferiu as estréias.

"Algum lançamento bom?", perguntou Peters, tirando a mostarda dos cantos da boca.

"*Revanche selvagem*", disse Derek. "Esse eu quero muito ver."

"Dizem que o Burt Lancaster tá muito macho."

"E o Ossie Davis, então? E também tem aquele careca, que fez o Maggott nos *Doze condenados*."

"Telly Savalas!", gritou Mike Georgelakos, de repente todo animado, da outra ponta do balcão. Derek escutou o pai soltar uma risada bem baixinho.

"Vai levar sua cabeleireira pra assistir?", Peters perguntou.

"Acho que não", disse Derek, pensando que Darla nem sequer gostava de faroeste.

Darius virou-se, chegou até o balcão, colocou as palmas da mão em cima e fitou o filho.

"Terminou?"

"Obrigado, pai", falou Derek.

"Agora você vai querer fazer meu serviço também, é?", disse Ella Lockheart, avançando mais que depressa e passando o braço sobre Darius para retirar o prato vazio de Derek Strange. "Eu mesma levo, pode deixar."

E, ao fazê-lo, roçou em Darius. O toque pareceu natural e não deu a menor impressão de ter encabulado o pai. Ella colocou o prato sujo num carrinho sob o balcão e voltou para seus vidros de ketchup. Darius olhou para ela uns instantes, depois se concentrou no filho.

"O Dennis e eu tivemos uma conversa ontem à noite."

"Pois é, ele comentou comigo que ia falar com o senhor."

Os olhos de Darius foram até Troy Peters, depois voltaram para Derek.

"Tudo bem, pai. Meu parceiro e eu já discutimos o assunto."

Peters quase sorriu. Era a primeira vez que se lembrava de ouvir Derek chamá-lo de parceiro.

"Você acha que desta vez é pra valer?", Darius perguntou.

"*Ele* acha que é. Se vai levar adiante ou não, isso eu não sei. Acho que nós vamos ter que esperar pra ver."

"Talvez nós três pudéssemos ir ver esse filme que você comentou. Você, eu e o Dennis, quero dizer. Podíamos ir até um cinema lá do centro, no fim de semana. Está passando no Keith, não está? Faz um tempão que a gente não vai a um cinemão do centro, nós três."

"Eu topo."

"Vou falar com o seu irmão. Ver se ele topa também."

Darius voltou a suas tarefas. Derek olhou para a ponta do balcão, onde estava Ella, sorrindo consigo mesma, cantando baixinho a letra do *gospel* que tocava no rádio.

Derek lembrou-se de uma ocasião, ele ainda era menino, em que, na saída da escola, num dia em que as magnólias estavam todas floridas, resolvera fazer uma surpresa para o velho. Estava entrando na viela, a caminho da porta dos fundos do *diner*, como ele e Billy gostavam de fazer, quando viu o pai e Ella Lockheart falando bem pertinho, no pórtico. Nos olhos e no sorriso do pai, Derek viu algo de familiar. Era daquele jeito que ele olhava e sorria para a mulher, para a mãe dele, em certas noites, quando estavam ambos felizes e se dando bem. Mais tarde, naquelas mesmas noites, Derek ouvia os dois rindo e fazendo ruídos no quarto. Ver o pai olhar para Ella daquela mesma forma o deixou perturbado. Ele recuou, saiu da viela, foi para casa e nunca comentou com ninguém que tinha ido visitar o pai naquele dia de primavera.

Mas mesmo na época já devia saber qual o significado daquilo. Só que, para um garoto, era muito confuso lidar com o assunto de forma direta, por isso relegara o incidente, ou grande parte dele, ao esquecimento. Ele amava a mãe e o pai igualmente. Sentia pena dela e estava decepcionado com o pai. Decepcionado também por ver que o laço entre os dois, que considerava simples e sagrado, era tão complexo e frágil quanto tudo mais na vida. Entretanto, não conseguiu odiar o pai. Não julgues, para não seres julgado, era isso que o pastor dizia na igreja o tempo todo. E parecia se aplicar tanto a Darius como a seu filho.

Quem sai aos seus não degenera. Isso era o que Lydell tinha dito para ele na noite anterior.

De fato. Sem sombra de dúvida herdara do velho a ética do trabalho. O interesse pelos heróis locais do esporte, pela música, até mesmo pelos filmes de bangue-bangue, tudo viera de Darius Strange. Sua relutância em se comprometer com uma só mulher, comprometer-se de verdade, mesmo quando alguém tão fantástico quanto Carmen estava logo ali na sua frente... também isso devia ter herdado do pai. Claro que saber de onde viera toda a sua bagagem não tornava o fardo mais leve. O jeito era pôr um pé na frente do outro todos os dias e fazer o melhor possível.

"Temos que ir andando", disse Peters, olhando o relógio.

"Certo", disse Derek.

Pagaram, metade do preço que constava do cardápio, e deixaram um troco sobre o balcão. Acenaram um tchau para Mike, cujos lábios se mexiam junto com a contagem de uma pilha de notas de um.

"Tenha um dia abençoado, meu jovem", disse Ella Lockheart, repondo o sal e a pimenta, sua última tarefa do dia. Derek Strange e Troy Peters chegaram na porta.

"Você também, Ella. Até mais, pai."

"Filho."

Lá fora, dirigiram-se para a viatura. Do outro lado da rua, em frente ao Kennedy, já começava a se formar uma fila para a estréia de *O expresso de Von Ryan*. Meninas pulavam corda diante da igreja e uma mulher empurrava um carrinho de bebê pela calçada, bem onde um homem encerava seu Lincoln encostado ao meio-fio.

"Tá legal aqui fora", disse Peters, olhando para o céu sem uma nuvem.

Strange sentiu cheiro de chuva.

21

Alvin Jones parou seu Special na esquina da 2nd com a Thomas e seguiu a pé para o centro de LeDroit Park. No caminho, encarou feio os homens e lançou olhares melosos para as mulheres. Tinha deixado a arma no apartamento, mas não estava de mãos vazias. Levava uma navalha no bolso da calça.

Não demorou para chegar à esquina em frente ao mercadinho. Podia ser que o dono da venda, ou algum empregado, tivesse desconfiado ao ver os três dentro do Monterey, domingo à noite. Podia ser que o próprio dono, ou o empregado, tivesse avisado os homens, depois de anotar o número da chapa do primo. Não era muito provável que a polícia de Washington fosse prender alguém só por palpite, mas mesmo assim... Jones queria ter certeza.

A porta estava aberta e presa por um barbante. Ele fitou a venda sem maiores propósitos; sabia que não se aproximaria nem mais um passo. Depois viu dois garotos meio quarteirão adiante, andando de bicicleta sobre uma tábua de compensado apoiada em alguns tijolos bem no meio da rua. Jones foi até onde os meninos brincavam e ficou observando. Eles ganhavam uma certa velocidade na aproximação da rampa grosseira e, ao entrar nela, tentavam tirar a bicicleta do chão. O garoto que subisse mais alto seria o ganhador de um dinheiro que, Jones desconfiava, nenhum dos dois tinha. As bicicletas, porém, eram velhas e pesadas, não estavam se saindo conforme os planos.

Pelo menos eles tinham bicicleta. Uma vez Jones pedira para o pai lhe dar uma, era começo da década de 50, e o pai soltara uma gargalhada. Jones insistira e levara uma bofetada tão forte que tinha visto até estrela, igualzinho aos desenhos animados. O sujeito não era nem seu pai de verdade. Só um cara a quem a mãe lhe mandara obedecer. Quando não estava rindo dele, costumava surrá-lo com a cinta ou bater de punho fechado. Se Jones pudesse encontrá-lo agora, mataria o sujeito na hora. Mas ele tinha morrido fazia uns dez, doze anos. Levara uma facada no coração durante uma briga por causa de uma dona que morava no andar debaixo.

Jones assobiou para os meninos. Eles foram ver o que era montados nas bicicletas, com sinais de apreensão e curiosidade no rosto. Jones apresentou-se e disse o que queria, com duas notas dobradas dentro da mão enquanto falava. Contou que tinha crescido por aquelas bandas e perguntou: "Qual é mesmo o nome do dono da venda aqui, e do outro que trabalha com ele?". Disse que queria ir dar um oi para eles, mas que estava com vergonha porque não conseguia se lembrar do nome. E: "Ah, sim, por acaso não viram um outro carinha de bobeira ali pelas redondezas, um dia antes e tal". Jones ia descrevendo a aparência de Dennis Strange e os garotos sem saber dizer porra nenhuma, mas de olho arregalado e babando por causa do dinheiro.

"E a gente não leva a grana, seu moço?", disse um deles, atento aos movimentos de Jones.

"Da próxima vez, peçam logo de cara."

Jones pôs o dinheiro de volta no bolso e afastou-se, pensando com seus botões: eles é que deviam me pagar pela lição que eu acabei de dar. Sempre que precisava de uma informação, procurava primeiro os moleques, que eram mais ingênuos e entregavam o ouro antes. Mas aqueles dois ali, eles não valiam um centavo.

Voltando pela mesma rua, passou em frente à venda e, na esquina seguinte, dobrou à direita e entrou no beco que separava as duas quadras residenciais. Na outra ponta, viu os fundos da venda e um engradado de leite virado de borco, diante da porta. Gatos de todos os tipos saíram espavoridos ao som de seus passos no concreto rachado. Lá adiante, um menino de camisa listrada jogava uma bola de tênis contra um muro.

Ele chegou até o garoto e parou. O menino não se afastou. Tinha uma fisionomia madura para a idade, com olhos que haviam perdido a inocência cedo demais. Tudo isso, no entender de Jones, era bom.

"E aí, rapaz?"

O garoto não abriu a boca.

"Você tem um braço que parece o do Bob Gibson, cara."

O menino atirou a bola contra o muro.

"Tá certo. Ó, o negócio é o seguinte."

Repetiu então a história que tinha contado para os dois garotos na bicicleta e fez as mesmas perguntas que já fizera. O guri continuou jogando e pegando a bola com a mão nua. Quando terminou, Jones esperou um pouco para ver se obtinha resposta. Mas o menino não esboçou a menor reação.

Sua reserva de paciência estava se esgotando. Acendeu um Kool e mediu o interlocutor de alto a baixo.

"Você tem algum problema na língua?"

Ele sacudiu a cabeça.

"Meu tio me falou pra não falar com polícia."

"E com toda razão."

O menino segurou a bola e endireitou o corpo. Pela primeira vez, olhou Jones no olho.

"Tem grana?"

"Quem sabe."

"Então quem sabe eu te conto alguma coisa."

"Me *conta* o que você sabe."

"Cadê a grana?"

Jones soltou uma risadinha. Enfiou a mão no bolso e entregou ao garoto duas notas de um dólar.

"Vai falando."

"O cara branco, o que é dono da venda, todo mundo chama ele de seu Ludvig. O outro que trabalha lá, todo mundo aqui chama de John."

"E o John é negro..."

"Pele escura, cabelo grisalho."

"E o resto?"

"Que resto?"

"Do que eu perguntei. Você não viu um cara jovem falando com esses dois ontem? Quer dizer, um cara que não é daqui destas bandas. Alguém de fora. O carinha deve ter falado com esse tal de John."

O menino franziu o cenho. E a carranca se dissolveu quando a imagem lhe veio à mente.

"Teve um cara, sim, que veio ontem cedo. Veio aqui pelos fundos."

"Por esta viela?"

"Passou por mim. Falou com o John na porta dos fundos da venda. Um moço alto, com um afro todo fodido."

"Por acaso ele não disse o nome?"

"Não."

"Lembra de mais alguma coisa do cara?"

"Acho que não. Fora que..."

"O quê?"

"Ele tava com um livro na mão."

Jones sorriu.

"Ele te disse alguma coisa?"

"Nada de importante. Conhecimento é poder, um treco assim."

"Isso é só conversa fiada", falou Jones.

"E eu não sei?", disse o garoto.

"A gente só precisa de um professor na vida. A rua. Livro é coisa de bicha, além de tudo."

"Eu não sou veado."

"Isso eu vi logo. Escuta aqui, ó, você e eu, a gente não se falou hoje, entendeu?"

"Por mais dois dólares, a gente não se falou *nunca*."

"Cara", disse Jones, pegando a carteira, "desse jeito você vai me botar num asilo pra pobre, de tão esperto que você é."

Os distúrbios começaram após o anoitecer, na Peoples Drug Store da 14th com a U, onde tumultos não eram incomuns. As quatro esquinas da 14th com a U Street formavam o cruzamento mais movimentado e notório de toda a Washington negra: além de ponto de baldeação importante no coração do Harlem de Washington para quem utilizava ônibus urbanos, eram um núcleo onde se concentravam viciados em heroína, cafetões, prostitutas e todos os tipos de vigaristas, bem como cidadãos ordeiros e moradores do bairro que estavam apenas tentando se deslocar em seu próprio mundo.

A Peoples Drug Store ficava bem ao lado da sede da Conferência da Liderança Cristã Sulista, do dr. Martin Luther King, que funcionava num antigo banco. Os escritórios do SNCC, o Comitê de Coordenação Estudantil sem Violência, e da NAACP, a Associação Nacional para o Progresso da População de Cor, também ficavam por perto.

Nessa *drugstore* específica, já havia algumas semanas, as hostilidades entre os jovens e os seguranças da loja, todos eles negros, eram uma ocorrência regular. Na noite da terça-feira, o guarda de plantão, contratado por uma firma terceirizada, interpelou um grupo de rapazes que sacudiam um peixe morto na frente do estabelecimento e incomodavam os transeuntes com gestos e comentários indecentes. O segurança mandou que se afastassem, mas os rapazes não atenderam. Chamaram-no de "veado" e de "filho-da-puta". Quando o guarda recuou, dois garotos entraram atrás dele. O gerente ligou para a polícia. Houve um entrevero entre o guarda e um dos rapazes e os jovens acabaram sendo expulsos da loja. O gerente trancou a porta da frente. A essa altura, já tinha começado a juntar gente diante da vitrina da Peoples.

Como era hábito, no centro da cidade, o boato se espalhara feito pólvora por meio do "telégrafo do gueto", e a história havia mudado para mais um espancamento de um garoto negro pelas autoridades. Confusão e curiosidade foram se transformando em raiva, à medida que a multidão aumentava. O povo começou a empurrar a vidraça da loja. E o vidro estourou bem na hora em que os camburões e as viaturas da polícia vinham chegando.

Unidades disponíveis haviam sido convocadas por rádio. Derek Strange e Troy Peters foram dos primeiros a aparecer no local. Strange saltou da radiopatrulha com a mão no cassetete. Ele, Peters e os outros fardados fizeram uma roda em volta do tenente no comando. E foram instruídos a usar a presença, não a força física, para restituir a ordem e proteger os estabelecimentos comerciais da área. A multidão, agora já na casa de centenas de pessoas, continuava aumentando, enquanto a polícia recebia orientações.

"Não saquem a arma a menos que seja absolutamente necessário", disse o tenente. Strange sentiu um fiozinho de suor escorrer pelas costas. Num gesto involuntário, a mão partiu direto para a coronha do trinta-e-oito.

Strange e Troy foram integrar a barreira policial formada em frente à loja, separados por alguns metros, mas sempre lado a lado. Pelo que dava para ver, Strange era o único policial negro no local. Escutou gritos de "Pai Tomás" e "negrinho da casa" e sentiu uma pontada na cabeça. Puxou o cassetete e começou a batê-lo na palma da mão ritmicamente. Não olhou ninguém no olho.

Sirva e proteja. Faça seu trabalho.

Um projétil estilhaçou a porta da Peoples Drug Store. Pedras, latas, garrafas e entulho voaram para tudo quanto era lado. Alguém, o dono de uma das lojas, soltou um doberman em cima do povo, acirrando ainda mais os ânimos. Um sargento berrou com o civil para tirar o "maldito cachorro" dali, mas já era tarde demais. Uma garrafa cheinha de refrigerante de uva atingiu uma viatura, quebrando o pára-brisa. Dois policiais avançaram para o aglomerado de gente, puxaram de lá do meio um homem que xingou e esperneou até ser jogado dentro do camburão. Um segundo foi algemado e posto também no camburão. Garotos despejaram fluido de isqueiro numa árvore e atearam fogo. Riram e xingaram o bombeiro que foi acudir. Pedregulhos atingiram uma radiopatrulha com a força de uma bala, meninas de doze anos de idade gritavam coisas horrendas para os policiais fardados, e Strange sentiu a mão ficar úmida no cassetete. Olhou para Peters e viu os olhos arregalados do companheiro, o suor se formando na testa. Durante os vinte minutos seguintes, a impressão foi de que pipocavam incêndios relâmpagos que a polícia não tinha como apagar. Um jovem policial sacou a arma por medo, o barulho aumentou ainda mais e Strange percebeu que eles tinham perdido o controle. O tenente deu ordens para que se retirassem.

Mas, de repente, como se esgotada por sua própria ira, a multidão começou a se acalmar. Stokely Carmichael, que estava na sede do SNCC, chegou e, de jaqueta de campanha e megafone em punho, mandou todo mundo ir embora "para casa". Que as pessoas se dispersassem e limpassem tudo, porque aquele era, afinal de contas, o bairro deles. Ninguém fez o menor gesto para limpar coisa alguma, mas, enquanto Carmichael falava, o pessoal foi se acalmando e se afastando devagar do local.

A polícia ficou ali parada na rua vazia, rodeada por cacos de vidro e outros detritos. A fumaça toldava a luz estroboscóbica do giroflex rodopiando nas esquinas. Passou um menino numa bicicleta, com o irmão caçula sentado no guidão, ambos rindo. Um jovem policial acendeu um cigarro com a mão trêmula.

"Troy", falou Strange.

O rosto de Peters estava sem cor. Ele olhava a sua frente, os pés plantados no chão.

"Vamos lá, companheiro", disse Strange, dando-lhe um tapinha no braço.

Caminharam juntos até o carro.

* * *

Como o homem que morava nele, o apartamento de James Hayes era asseado e despretensioso. A mobília fora comprada numa boa loja do centro e dali a vinte anos ainda seria considerada elegante. A cozinha tinha utensílios e armários nos tons de trigo maduro que iriam virar coqueluche nos anos 70. Na sala de estar, havia uma televisão em cores e um aparelho estéreo. As camisas penduradas no closet do quarto só eram lavadas a seco e tinham sido feitas sob medida. Tudo ali possuía, além de qualidade, um comedimento proposital.

James Hayes morava havia tempo suficiente na Otis para ter visto garotos como Dennis e Derek Strange correndo pelas vielas e praças de Park View até virarem homens. Não falava com os jovens até que fossem maiores de idade e, quando estes se envolviam com ele, era por vontade própria. James não era um bom homem, mas também não era mau.

Estavam sentados na sala de estar, Dennis Strange e ele, tomando um conhaque Margeaux, escutando um disco, curtindo a música e a companhia um do outro, sem porém falar grande coisa, porque estavam ambos chapados. Tinham dividido um baseado e agora o conhaque também fazia seu efeito, dando aos dois aquela sensação quente do álcool em cima da coisa na cabeça que embaciava os contornos da sala. Dennis havia engolido um Seconal uma hora antes, e estava mais ou menos onde queria estar. Saíra de casa antes que os pais chegassem do trabalho porque não estava com vontade de olhá-los nos olhos.

"Olha só, escuta isso", disse Hayes. "Está ouvindo ele rosnar?"

"O homem sabia das coisas."

"Eles dizem que o Sam era café pequeno. Se o único Cooke que você tem é o *Live at the Copa*, até dá pra achar que sim. Mas a gente tem que ouvir os discos antigos pra saber de fato."

Dennis sorriu e meneou a cabeça, concordando. Como seu pai, Hayes era chegado no som antigo, nos cantores de *rhythm-and-blues* com raízes no *gospel*. Dennis já passara muitas noites ali, escutando as gravações pelo selo Keen de Sam Cooke, os Soul Stirrers com R. H. Harris, os Pilgrim Travelers com J. W. Alexander, Jackie Wilson e tantos outros. Não era um cara religioso, mas muitas vezes acabava sentindo o mesmo que sentia na igreja, escutando esses discos.

Dennis se sentia confortável na casa de James Hayes. Quando não estavam mergulhados lá no fundo da própria cabeça ou na música, gostavam de travar longas discussões sobre política e sobre o futuro dos negros nos Estados Unidos. Hayes era uma pessoa inteligente e sensível que sabia se exprimir. Dennis conhecia o suficiente da vida para perceber que James Hayes era um pai para ele, de uma forma que o próprio pai nunca conseguira ser. Para começar, ele escutava, e não se apressava em julgar. Mas Dennis também sabia que era fácil para um homem relevar uma série de coisas e ser amigo, quando o outro cara não era filho.

"Eu tenho uma garota", disse Hayes.

"Com o Ray Charles no vocal", disse Dennis, rindo da própria piadinha, rindo porque estava chapado.

"Não, o que eu quis dizer é que eu tenho um encontro com uma amiga que vem aqui, hoje. Não é o nome da música."

"Tô sabendo, tô sabendo."

"Mas não queria mandar você embora."

"Sem problema. Numa boa."

Dennis não queria ir embora. Não tinha para onde ir. Mas levantou-se do chão, onde estivera sentado de pernas cruzadas, e esticou o corpo. Terminou o conhaque e pôs o cálice vazio na mesinha ao lado da poltrona em que Hayes sempre sentava. Apertou a mão do dono da casa.

Perto da porta da frente, sobre o aparador e ao lado do telefone, dentro de um pote para chaves e outras miudezas, Dennis viu o cheque preenchido pela amiga de Jones que ele entregara a Hayes no domingo à noite.

"Você ainda não foi sacar isto?"

"Não andei me sentindo muito bem nos últimos dias. Ainda não tive a chance de ir ao banco."

"Perguntei porque eu queria saber se tinha fundos, só isso."

"Se não tiver, vou precisar que você *providencie* os fundos."

"Você *sabe* que pode confiar em mim."

Dennis disse isso num tom de bravata, mas não tinha a menor idéia do que faria se o cheque voltasse. Não queria ver a cara do Jones nunca mais, não depois do que tinha feito com ele e sobretudo com o Kenneth. Perguntava-se o que teria acontecido com o Kenneth, se por acaso a polícia o prendera e, nesse caso, se ele teria de cumprir pena. Não havia pensado muito bem na questão toda, nas conseqüências e assim por diante, quando fora conversar com o velho lá da venda. Tinha sido só um impulso, no fundo, nada parecido com algo planejado. Não que estivesse arrependido de ter ido lá, nem nada disso, porque era a coisa certa a fazer, mas... deixa pra lá. Não queria pensar nesse assunto, não por enquanto. A cabeça estava numa boa.

"Vá com calma, meu jovem", falou Hayes.

"Você também, cara."

Dennis abriu a porta. Desceu as escadas até o saguão da casa dividida em apartamentos e saiu para a rua.

A lua estava baixa e brilhante. Não havia uma nuvem no céu. Mas, para Dennis, a noite estava com cheiro de chuva.

Ele subiu a Otis, na direção da escola, passando por vários carros estacionados. Mustangs e Novas para os garotões, Monacos e Oldsmobiles para velhos e homens de meia-idade, Cadillacs e Lincolns para quem gostava de aparecer. Essa não era sua rua, mas seria capaz de apontar a casa onde morava grande parte dos donos daqueles automóveis. Seria capaz disso até sem nada na cuca. Passou por um Buick Special verde, depois por um Fusca que pertencia a um conhecido seu que vivia chapado e por um Camaro novo, todo branco, com listras laranja no capô, de um mecânico que trabalhava lá para os lados do Fort Totten. Dennis sempre tivera esse dom para identificar coisas grandes a partir de pequenos dados. Como os cães latindo na viela. Ele sabia o nome de quase todos. Se bem que talvez não no momento. A cabeça estava no espaço.

Pegou-se em pleno playground da escola primária Park View. Atravessou mancando o campo cheio de mato. Encontrou no bolso a ponta do baseado que ele e Hayes haviam fumado e acendeu. Sentou-se num balanço onde mal cabia e tragou fundo. Aspirou pelo nariz a fumacinha extra e segurou tudo dentro dos pulmões por alguns momentos.

Os pais já haviam jantado, com certeza. A mãe teria lavado toda a louça, tomado banho e ido para a cama. O pai provavelmente continuava acordado, tomando sua única cervejinha do dia, vendo televisão. Qual era mesmo o programa, por volta das onze? Devia estar vendo *Wanted: Dead or Alive*, no canal 20. Reprise, mas o pai não ligava. Desde que tivesse cavalos e armas.

Dennis soltou uma risadinha, junto com a fumaça. Esfregou a mão na cabeça.

O pai o escutara na noite anterior, quando fora lhe contar os planos. Que iria dar uma guinada na vida, arrumar emprego, trabalhar duro feito o irmão e alugar um lugar só para ele, igual ao irmão, porque abrira os olhos e aprendera. O pai só balançara a cabeça, sem interromper. Verdade que tinha aquela fagulha de dúvida nos olhos o tempo todo, e as mãos se abriram e fecharam várias vezes, como ele sempre fazia quando estava impaciente. Mas tinha *escutado.*

A coisa do plano, era tudo conversa fiada, claro. Dennis dera uma espiada na página de empregos pela manhã, mas não tinha dado nenhum telefonema. Basicamente, não fizera coisa alguma o dia inteiro. E lá estava ele, sentado num balanço, tarde da noite, sem amigos, sem mulher, sem ninguém com quem conversar e ninguém querendo conversar com ele. Só chapado. Sentado no mesmo balanço de vinte anos atrás. Ainda uma criança, sem ter progredido muito além da infância.

Seu plano havia lhe parecido o máximo uma noite antes. Agora não parecia nada.

Mas o Derek vai me arrumar alguma coisa, pensou. Meu irmãozinho vai me arranjar algo.

Umedeceu os dedos com saliva, apagou o baseado e guardou de volta no bolso, porque ainda tinha sobrado uma ponta para depois. Levantou-se e saiu coxeando pelo playground da escola.

A Otis ficava mais para cima de onde estava. Escutou o latido da cachorrada de lá. Cortou caminho por uma viela bem curta e desembocou na que unia os fundos das casas da Otis e da Princeton. No quintal da casa de esquina, passou por uma vira-lata chamada Betty, que rosnava com o focinho bem junto à cerca do dono. Betty o conhecia de vista e de faro. Dennis disse algumas poucas palavras para sossegá-la, mas Betty não abrandou e Dennis, dando de ombros, seguiu em frente.

Conhecia cada pedra daquela viela. Não precisava nem olhar para os pés para não tropeçar nos trechos esburacados. Quando ele e o pai jogavam bola ali, por volta do pôr-do-sol ou nas noites de verão, no final dos anos 40, o velho atirava tanto bolas rasteiras como altas. Chegou uma hora em que ele sabia quando a bola daria um salto, dependendo de onde tinha sido atirada. Lembrou-se da imagem do pai, as mangas da camisa branca de trabalho arregaçadas, deixando à mostra os braços fortes, os movimentos suaves na hora de lançar. Saindo para ir jogar bola com o filho, mesmo que estivesse moído de cansaço.

Não abracei meu pai ontem à noite, lembrou de repente. Foi o que me esqueci de fazer. Estou chapado hoje e talvez volte a estar chapado amanhã, mas vou dar um abraço em meu pai quando chegar em casa, e dizer a ele como foi bom ter me ouvido. O que significou e como foi bom para mim.

Na metade do beco, um pastor alemão corria de lá para cá ao longo da cerca, mostrando dentes e gengivas, com latidos rápidos. O nome do pastor era Bravo, e Dennis parava ali todos os dias para lhe fazer um carinho. Dennis aproximou-se da cerca e debruçou-se, estendendo a mão para que o cachorro pudesse cheirá-la.

"Vem cá, rapaz. Sou eu."

Bravo latia desesperado, abocanhando o ar com as mandíbulas. A saliva pingava de sua boca e os olhos estavam ferozes e aflitos. O cachorro avançou para a mão de Dennis.

Dennis retirou-a e endireitou o corpo.

"Crioulo esperto", silvou uma voz em seu ouvido, na hora em que a lâmina de uma navalha comprimiu-lhe a garganta.

Pai, pensou Dennis Strange.

22

Na quarta-feira, o reverendo Martin Luther King chegou ao estado do Tennessee. A cidade de Memphis obteve uma Ordem Federal de Impedimento contra a passeata programada para a sexta-feira, sob a alegação de que a polícia da cidade seria incapaz de "controlar" os manifestantes.

Na quarta-feira, em New Haven, Connecticut, o senador Eugene McCarthy, animado com sua vitória nas primárias de Wisconsin, falou num comício para seis mil pessoas. Uma banda tocou "When the Saints Go Marching In" quando ele entrou no recinto, e alguns partidários chegaram a alisar seu cabelo. Mais tarde, McCarthy foi até um gueto no norte de Hartford e falou com a ajuda de um megafone para cerca de quatrocentos negros, prometendo-lhes "uma nova legislação para regulamentar os direitos civis" e detalhando suas propostas, mas lembrando a todos que o mais importante, para o governo, seria "descobrir o que vocês pensam, o que vocês querem". A imprensa não repercutiu as reações a esses comentários.

No final da tarde de quarta-feira, em Washington, D. C., entre cinco e dez mil pessoas compareceram a um comício na esquina da 14th Street com a Park Avenue, ao qual Robert F. Kennedy chegou em carro aberto, saltando em seguida para um palanque improvisado na traseira de um caminhão. Havia inúmeras faixas e cartazes com os dizeres "RFK, Irmão de Alma de Olhos Azuis" espalhados entre os presentes. Reinava uma atmosfera de festa de rua durante o comício no qual Kennedy falou dos "monumentos ao fracasso existentes em Washington, da indiferença e do descaso". As pessoas paravam no meio da rua, subiam em telhados, em cabinas de telefone, em latas de lixo, e aplaudiam loucamente. Uma loira desmaiou na frente da mulher de Kennedy. Um pouco mais adiante, na mesma quadra, dois Nacionalistas Negros discursaram para um grupo bem menor de gente, quase todos negros, incitando-os a não votar em "outro branquelo". Segundo o repórter do *Washington Post* que acompanhou esse comício, os comentários de ambos não "empolgaram ninguém".

Quase ao mesmo tempo, em Memphis, Martin Luther King falou para mais de dois mil adeptos. A passeata de sexta-feira fora transferida para segunda, mas as autoridades municipais continuavam tentando obter uma ordem judicial para impedi-la, em parte devido às ameaças feitas contra a vida do reverendo.

"Na verdade, o que acontecer agora já não tem mais importância", disse Martin Luther King. "Eu estive no topo da montanha."

Bem cedo, nessa mesma quarta-feira, por volta do amanhecer, o corpo de Dennis Strange foi encontrado na viela que separa os fundos da Otis e da Princeton, perto da casa onde morava com os pais. Quem o encontrou foi um vizinho que saía para o trabalho. No caminho para pegar seu Oldsmobile, os olhos cansados ainda meio sem foco, ele viu estorninhos pousando sobre um amontoado no paralelepípedo em frente. Os pássaros levantaram vôo com sua aproximação. O vizinho sabia que aquilo era um cadáver; já vira muita gente morta durante a Segunda Guerra Mundial. Reconheceu a vítima na hora, se bem que, naquela postura de quem sofreu morte violenta, estivesse bem diferente do que fora em vida. A cabeça tinha sido praticamente decepada e jazia separada dos ombros, caída num ângulo esquisito, como se presa por dobradiças. Os dentes, manchados de sangue, pareciam saltar por sob os lábios arreganhados para cima, acentuando a careta de agonia muito comum em animais abatidos no matadouro. Os olhos estavam abertos, fixos, e saltados. E havia todo aquele sangue. O sangue, uma poça embaixo dele, ensopara toda a roupa e pretejara quase tudo.

"Santo Deus", disse o homem, com uma voz que era pouco mais que um sussurro.

Voltou para casa, ligou para a polícia, depois acordou a mulher e sentou-se na beirada da cama de casal.

"Coitada da Alethea", disse a mulher.

"Eu sei", disse o marido, sacudindo a cabeça. As palavras foram mínimas, porém mutuamente compreendidas. Ele e ela também tinham filhos crescidos.

"Acha que ele foi assaltado?"

"Pra levar o quê? O rapaz nunca teve um tostão." Depois de apertar a mão da mulher, levantou-se da cama. "Acho melhor eu ir pra lá. Eles vão querer falar comigo, imagino."

Até o vizinho voltar, já havia duas radiopatrulhas no local, e pouco depois chegaram o rabecão, o fotógrafo e o perito. O último a entrar em cena foi um detetive do Departamento de Homicídios chamado Bill Dolittle, que estava fazendo turno dobrado e teve a infelicidade de pegar o caso uma hora antes da folga. Dolittle era um alcoólatra de queixo mole, chegado num terno de algodão listrado, sempre com um ar de quem está mais morto que vivo. Tinha o menor índice de casos resolvidos de sua delegacia. Os outros policiais o chamavam de Do-Nothing, de "Faz-Nada", em vez de "Faz-Pouco", conforme o sobrenome, e riam cada vez que alguém o chamava. Dolittle não se incomodava. Trabalhava pensando na aposentadoria e na próxima dose.

O detetive despachou um dos fardados para conversar com o dono da casa em cujos fundos o homicídio fora cometido. O velho, um cavalheiro de rosto encarquilhado que respondia pelas iniciais R. T., disse que conhecia a vítima e mais nada. Que tinha posto o cachorro para dentro de casa já bem tarde da noite, mas que não tinha visto "nada de nada".

"Seu cachorro passa a noite aqui fora?", perguntou o policial fardado.

"Em geral, sim. O Bravo é meu guarda de segurança. Mas ontem à noite ele latia pro nada. Pelo menos nada que desse pra enxergar. Eu vim até essa varanda aqui nos fundos e olhei, com a luz da cozinha acesa atrás de mim. Só vi o pretume da noite."

"E por que pôs o cachorro pra dentro?"

"Pra mim, o Bravo estava latindo pros fantasmas e não queria saber de parar. Fiquei com medo de acordar alguém com aquela barulheira."

Depois de obter uma declaração do vizinho, o detetive Dolittle foi notificar os pais da vítima. Encontrou a mãe, Alethea Strange, tomando uma xícara de café a uma mesa de jantar, vestida com uma espécie de uniforme e se preparando, segundo ela, para sua "casa das quartas-feiras", em Maryland, onde trabalhava como doméstica. O pai, Darius Strange, já tinha saído para trabalhar; era chapeiro numa lanchonete. Alethea descontrolou-se um pouco quando recebeu a notícia de Dolittle, parado na frente dela, sacudindo as moedas no bolso e olhando impotente para o chão. Depois se refez, levantou-se da mesa e ligou para o marido. Quando terminou de falar com ele, ligou para o filho mais novo.

Frank Vaughn tinha encerrado seu caso mais recente de homicídio, o de Petworth, na noite anterior. E do mesmo jeito como acabam sendo concluídos quase todos os casos de polícia: via informante. Ao se ver detido por posse de maconha, em violação a sua condicional, o sujeito fez uma barganha: apontou o criminoso com quem jogava carta em bases regulares e obteve um acordo. A polícia fardada prendeu o suspeito no apartamento da avó, sem incidentes. Vaughn interrogou-o na delegacia, mas foi mera formalidade, uma vez que ele já tinha assinado uma confissão de gramática deplorável antes de Vaughn chegar.

"Por que você fez isso, Renaldo?", Vaughn perguntou.

"E importa por quê?"

"Isso é coisa pro seu advogado decidir. Mas eu gostaria de saber. Só aqui entre nós."

Renaldo deu de ombros.

"O cara tava trepando com a minha mulher. Eu nem *gosto* da vaca, entende? Mas tem umas coisas que não se faz. Fiquei sabendo do lance num carteado; todos aqueles caras com quem eu circulo... todo mundo sabia, menos eu. Eu não fiquei nem chateado porque o cara tava comendo a mulher. É que ele não devia ter aberto assim tanto a jogada, só isso. Me deu vergonha. E quando um homem perde o orgulho..."

Não lhe resta mais nada, pensou Vaughn, desligando da voz de Renaldo e terminando a frase sozinho. Só tinha escutado essa história, com algumas variações, umas cento e cinqüenta vezes, não mais que isso. Por alguns momentos chegou a imaginar que talvez aquela fosse ser a exceção interessante, algo diferente para fazer o pessoal que freqüentava o bar da Ordem Fraterna da Polícia dar risada, mas era sempre a mesma coisa. Agora esse tal de Renaldo, com três passagens pela polícia, a exemplo do sólido cidadão que o dedurara, iria pegar de vinte anos para mais por ter defendido a honra de uma cadela de quem ele nem sequer gostava.

"Não se exalte, Renaldo", disse Vaughn, antes de sair da sala de interrogatório. Ao menos você manteve a dignidade.

Agora o detetive estava livre para trabalhar no caso do atropelamento. Tinha feito o turno das oito às quatro e planejava investigar o dia todo.

Por volta das nove horas, ainda estava na delegacia, tomando café, fumando um cigarro, sentado à escrivaninha, passando os olhos pelos relatórios da noite, quando soube da nova vítima lá para os lados de Park View. O filho mais velho de Alethea chamava-se Dennis. Só podia ser a mesma pessoa.

Ele levantou o fone, falou com Olga, deu-lhe a notícia, escutou o teatro da mulher e conseguiu o número de Alethea. Ligou para a residência dos Strange e um homem atendeu. Ele reconheceu a voz.

"Residência da família Strange."

"Aqui é o Frank Vaughn."

"Detetive."

"Acabei de saber. *Foi* seu irmão, certo?"

"Foi."

"Meus pêsames, para você e sua família. Por favor, diga a sua mãe que eu... que estou pensando nela."

"Pode deixar."

"Mais uma coisinha."

"Sim?"

"Quem está com o caso? Você sabe?"

"Um tal de Bill Dolittle."

"Certo. Então diga a ele que estou à disposição, seja pro que for. E o mesmo vale pra você e seus pais. Eu estou às ordens. Pra qualquer coisa, entendeu?"

"Obrigado, detetive", respondeu Strange, desligando.

Billy Do-Nothing. Era um péssimo começo. A menos que o culpado entrasse de livre e espontânea vontade na delegacia, de caneta na mão, ou houvesse alguma testemunha do crime, ou então alguma barganha, o caso não daria em nada.

Vaughn esfregou o rosto. O rapaz, Derek, lhe parecera até que muito controlado, considerando a situação toda. Bem, ele era um policial. Alguns deles achavam que tinham que bancar o durão o tempo inteiro. Lá no fundo, Vaughn sentia um grande alívio por ter sido o filho, e não a mãe ou o pai, a atender o telefone. Mas esperava que ele desse o recado.

Vaughn continuou sentado onde estava, fumando. Tudo o que sabia de Dennis Strange viera de Alethea, e Alethea contava muito pouco de sua vida privada. Lembrava-se muito vagamente de que o filho mais velho servira o Exército, mas fazia um tempão, isso. Não havia muito mais a lembrar. Quando falava dos filhos, e isso era raro, em geral Alethea falava sobre Derek, o policial. Talvez o que fora vítima de homicídio tivesse lhe causado alguma vergonha, ou talvez fosse apenas excesso de orgulho pelo caçula.

O detetive apagou o L&M no cinzeiro em frente, saiu para o pátio, escolheu um carro sem identificação no estacionamento e foi trabalhar.

Visitou várias oficinas nas divisas do distrito de Columbia. Voltou até a 14th Street e tornou a conversar com alguns vizinhos que moravam próximo ao local do acidente. Não descobriu lhufas.

Pouco depois disso, estava sentado no balcão de comidas da Peoples Drug Store da Georgia com a Bonifant, comendo um hambúrguer com fritas no prato, acompanhado por um milk-shake de chocolate; essa era sua escolha básica, quando almoçava cedo. O copo de aço inoxidável do liquidificador estava ao lado do seu copo de vidro. O pessoal que trabalhava ali não jogava fora o resto do milk-shake, como faziam em outros lugares, e era por isso que Vaughn sempre voltava lá.

Empurrou o prato e acendeu um cigarro. Quando acabou, tirou o bloco de anotações e uma caneta do bolso interno do paletó, foi até uma cabina telefônica de madeira, dentro da própria *drugstore*, enfiou uma moeda na fenda e ligou para Scordato, o amigo que trabalhava na polícia de Prince George.

"Marin, aqui é o Vaughn."

"Hound Dog! Como é que vai o nosso amigão?"

"Ainda dá pro gasto. Me dá alguma coisa, vai."

"Tem uma caneta?"

Vaughn entrou no carro e foi para a comarca de PG. Visitou uma oficina numa travessa da Riggs Avenue, em Chillum. Obteve muito dar de ombros e a hostilidade passiva habitual. A parada seguinte foi num lugar perto da Agar, em West Hyattsville, perto do drive-in Queens Chapel, uma oficina sem identificação situada numa rua de cascalho, atrás de umas lojas de pneus e de peças para envenenar carro.

Vaughn estacionou atrás de um Dart, um Dodge GT cor de ameixa com rodas de magnésio. O vidro traseiro exibia um adesivo do Hi Jackers e outro que dizia "WOOK: o K vem antes do L". Ele observou bem o carro, a caminho da entrada da oficina.

Ao cruzar a porta aberta do boxe, viu um camarada branco e outro de cor, ambos de bom tamanho, com a cabeça debaixo do capô de um Chevelle SS todinho envenenado, pintado de pérola. No alto de uma prateleira, um rádio tocava "Windy".

O cara branco, de pele muito clara e sardenta, vestido com um macacão cortado na altura dos ombros, de cigarro pendurado no beiço, ergueu o corpo na hora em que Vaughn pigarreou para falar. O sujeito de cor ergueu a vista, ainda que por um instante apenas, e depois voltou a se ocupar da bomba-d'água, iluminada por uma lâmpada nua. Estava apertando um parafuso no grampo em volta de uma mangueira. Vaughn viu tatuagens toscas, muito provavelmente feitas com arame quente, nos dois braços.

"Como é que vão as coisas por aqui?", disse ele.

"Podemos ajudar?", falou o camarada branco, com uma voz toda jovial, sorridente, medindo Vaughn e concluindo que se tratava de um policial.

"Espero que sim", respondeu ele, mostrando o distintivo, que tornou a guardar, dentro da carteirinha, no bolso do paletó. "Frank Vaughn, do Departamento de Polícia Metropolitana. Estou procurando um certo Patrick Millikin."

"E achou."

"Podemos conversar um minuto?"

Millikin apontou o queixo na direção do Chevrolet.

"É mais ou menos o que eu tenho."

Vaughn avançou um pouco, diminuindo o espaço entre ele e Millikin. A intenção era intimidá-lo. Millikin não reagiu.

"Houve um homicídio, algumas noites atrás, envolvendo um Galaxie ou um Fairlane vermelho, ano 63, 64. Que pode estar amassado na grade ou no capô. Faróis dianteiros, pára-lamas da frente..." Vaughn bateu o olho no sujeito de cor, cuja expressão se acendera de novo, depois voltou a se concentrar em Millikin. "E eu gostaria de saber se por acaso não apareceu um carro assim por aqui."

"Não, senhor."

Millikin apanhou uma estopa do chão de cimento e limpou as mãos. Deu uma tragada, avivando a brasa, e franziu os olhos por causa da fumaça. Soltou a estopa no chão, bateu a cinza na mão em concha e limpou a mão na perna do macacão.

"Tem certeza *absoluta*?"

"Por aqui não passou nenhum carro assim."

"Mas você troca idéias com o pessoal que tem oficina aqui pelas redondezas, certo?"

"De vez em quando."

"Algum deles chegou a mencionar um carro parecido com esse que eu falei?"

"Não."

"Quer dizer que não sabe de nada?"

"Nadinha."

"Você tem um irmão em cana por homicídio, não tem?"

"Ele também não sabe de nada sobre esse tal de Ford vermelho."

Millikin deu mais duas tragadas no cigarro, uma atrás da outra, sem soltar a fumaça da primeira, e atirou a ponta pela porta aberta do boxe. O rosto pálido e sardento estava rosado.

"Você é um cara gozado", falou Vaughn.

"Só disse que ele não sabe de nada."

"Olha, eu mencionei o presídio porque... caramba,

Millikin, eu conheço tudo o que há pra conhecer do código. Sei que gente feito o seu irmão e gente com quem você... de vez em quando se *associa* não gosta de falar com a polícia. Mas escuta só, isto aqui não é um daqueles casos em que vigora o tal princípio da honra-entre-os-ladrões."

"Bonito, isso. Mas ainda assim, não sei de carro nenhum. Agora se me dá licença, eu preciso trabalhar. Prometi ao dono desse Chevrolet aqui que entregaria o carro pronto esta tarde."

"O trato é o seguinte", disse Vaughn, dando mais um passo à frente. "O motorista desse carro que eu descrevi pra você atropelou um garoto de cor assim sem motivo nenhum. Quebrou o pescoço do rapaz, estraçalhou a medula espinhal dele... deixou os fluidos do cérebro escorrendo pela rua. O garoto tinha emprego fixo, ia começar faculdade no outono, tudo certinho. A mim, pareceu que esse motorista estava se divertindo com a coisa. O rapaz não tinha feito nada pra ninguém."

Os olhos de Millikin haviam perdido um pouco de sua luminosidade.

"Não brinca."

"E alguém pintou com tinta spray 'crioulo morto' no asfalto, com uma flecha apontando pro lugar onde o corpo caiu. Já imaginou?"

"Que sacanagem", disse Millikin, desviando a vista.

"Pois é. Não se faz uma coisa dessas." Enfiou a mão no bolso, tornou a pegar a carteirinha com o distintivo e, de lá, tirou um cartão em que também estava escrito, à mão, o telefone de sua casa. "Se souber de alguma coisa a respeito de um Ford vermelho, ano 63, 64, amassado na frente, me dê uma ligada."

"Claro, pode deixar."

Vaughn olhou para ver se conseguia estabelecer um contato com o cara de cor antes de sair, mas o camarada estava imerso no trabalho. Saiu da oficina acompanhado pela música vagabunda, como se fosse uma piada de mau gosto.

Lá fora, parou ao lado do Dart cor de ameixa. Tirou mais um cartão da carteirinha, enfiou a mão pela janela aberta e deixou-o no banco do motorista. Sabia que um dos decalques no vidro traseiro era de uma das estações de rádio que tocavam *soul, rhythm-and-blues, race music* ou que diabo fosse o nome que andavam dando àquela porcaria ultimamente. Para ele, era tudo a mesma merda. O que o adesivo significava era que o Dart era do mecânico de cor, o que tinha tatuagens feitas no presídio. Quem sabe a mentira que Vaughn contara sobre a tinta spray no meio da rua mexesse com os brios do sujeito. Quem sabe não. De toda forma, eram tiros ao léu. De vez em quando, acertava na mosca.

Vaughn entrou no carro e tomou o caminho de volta para o Distrito Federal. Tinha prometido a Linda Allen que daria uma passada na casa dela.

De volta à oficina, Pat Millikin e Lawrence Houston esperaram até que o ruído do motor do carro do policial sumisse.

"Filho-da-puta imbecil", disse Millikin, acendendo mais um cigarro. "Ele deu uma força pro meu irmão na cadeia, de modo que eu tinha de dar uma força pra ele, também. Mas, depois deste serviço, acabou."

"Já terminou com o carro dele?"

"Não, estou com ele lá em Berwyn Heights, trabalhando à noite. Vai levar ainda uns bons dias até eu acabar."

"Aquele grandão que veio junto, você não disse que ele queria alugar um carro, também?"

"Buzz Stewart. É, mas agora ele não vai alugar mais nada. Vou ligar lá no posto de gasolina onde ele trabalha e dar a notícia. Vou ser bem claro: não tenho mais nenhum carro pra alugar."

"Vai contar pra ele sobre o cara que veio aqui visitar a gente?"

"Não é da minha alçada. Nós não dissemos nada pro policial, de modo que não há motivo pra contar pro Stewart. Quero o mínimo de contato possível com aqueles dois." Depois Millikin olhou para Houston. "Escuta aqui, Lawrence... negro ou não, se eu soubesse o que aqueles dois aprontaram, eu nunca teria aceitado o carro."

Houston deu de ombros.

"Pra mim, tá limpo."

E deu um puxão na mangueira, testando a força do grampo. Estendeu o braço para fechar o capô do Chevrolet e viu que as mãos tremiam.

Você acertou um macaco, é?

As mãos dele ficavam trêmulas quando o sangue lhe subia à cabeça.

23

Cinco minutos depois de ter conhecido Billy Dolittle, Strange já o classificava de preguiçoso, incompetente e "meio fresco". Ele e seu terno de algodão listrado, sua gravata vermelha e azul, seus sapatos marrons vagabundos, anotando coisas num caderninho, num daqueles cadernos de escola de capa preta com pintinhas brancas. Falando de cima para baixo com ele, pronunciando tudo bem devagar, e ainda por cima repetindo, como se Strange fosse criança. Dolittle chupando pastilhas de hortelã durante a conversa e Strange se perguntando se por acaso já teria bebido àquela hora da manhã, porque sem dúvida alguma o sujeito levava toda a pinta de alcoólatra. Incerto também quanto ao que dizer e ao que omitir.

Foi o próprio detetive quem sugeriu que Strange identificasse oficialmente o irmão, porque, como policial, poderia "lidar melhor" com a situação e, no processo, poupar aos pais a dor de ver um filho "daquele jeito". A essa altura Darius Strange já tinha chegado e, como Derek sabia que iria acontecer, quis ir junto. De modo que seguiram os dois pela viela, pararam ao lado de Dennis e viram-no "daquele jeito", e nem um nem outro sentiu ânsia de vômito ou virou a cabeça de lado. Darius pôs a mão no ombro do filho mais moço e disse uma prece em voz baixa, enquanto Derek Strange, de olhos fechados, sem pensar nem em Deus nem no espírito do irmão, pensava: vou matar o filho-da-puta que fez isso com meu irmão. E: esse cara vai morrer.

De volta à cozinha — os pais estavam sentados à mesa da sala de estar, o pai segurando a mão da mãe —, Derek Strange conversou com Dolittle e contou-lhe parte do que sabia sobre a vida de Dennis. Falou de sua passagem pela Marinha, do acidente que o incapacitara para o serviço ativo, contou que estava desempregado, mencionou a existência dos dois colegas, Alvin Jones e Kenneth Willis, e sugeriu que Dolittle falasse com eles, porque nenhum dos dois prestava. Mas não contou que Dennis vendia pequenas quantidades de maconha para o traficante do bairro, James Hayes, porque não tinha o menor desejo de emporcalhar ainda mais a imagem do irmão, nem de meter Hayes, um sujeito pacífico que nunca ferira ninguém, em apuros com a lei. Além disso, queria falar ele próprio com o traficante.

"E onde é que eu encontro esses dois, o Jones e o Willis?"

"O Jones mora com uma garota chamada Lula Bacon em LeDroit Park. Até onde eu sei, não tem emprego. Willis é servente num grupo escolar lá para os lados da Kansas Avenue; mas não sei qual. Ele mora num apartamento na H, na Zona Nordeste, em cima de uma loja de bebidas. Mais ou menos na altura da 8th ou da 9th, por aí. Minha mãe talvez saiba o número do telefone dele."

Dolittle rabiscava no caderninho, os lábios se mexendo enquanto trabalhava. "Mais alguma coisa em que consiga pensar?"

Strange sacudiu a cabeça.

"Agora não."

Dolittle entregou-lhe um cartão.

"Pode me ligar nesse telefone."

Strange viu que havia apenas o número da delegacia no cartão. Quando Dolittle encerrava o expediente, encerrava e pronto.

"Vou dar uma ligada esta tarde, pra ver se houve algum progresso."

"Nós ainda nem terminamos de falar com os vizinhos. Essas investigações levam tempo."

"Se levarem muito tempo, as pistas esfriam."

"Entendo que esteja ansioso", disse Dolittle, coçando o narigão largo todo marcado por vasos vermelhos. "Mas pode deixar que conheço meu trabalho. Estou nisso já faz um bom tempo."

Tempo demais, pensou Strange.

"Não se preocupe", continuou Dolittle, tocando no braço de Strange com todo o cuidado. "Nós vamos pegar o cara."

Só se for por sorte, pensou Strange.

"É só isso por enquanto?", perguntou ele.

"Por enquanto."

Strange escutou Dolittle falando com os pais, na sala. Escutou também o telefone tocando e o pai dizendo para a mãe que não atendesse. À medida que a notícia corria pela vizinhança, os telefonemas iam aumentando. Logo mais o pessoal começaria a aparecer com comida e bebida e o apartamento ficaria cheio de visitas. Torcia para que a mãe conseguisse lidar com a situação. Até o momento, estava se saindo muito bem.

Strange foi até a janela em frente à pia. As bordas do quadrado de papelão que a mãe colara no vidro, soltas em dois cantos, começavam a entortar. Strange tornou a grudá-las.

Escutou a porta da frente abrir e fechar. Escutou a mãe soluçando. Escutou o pai dizendo: "Vem cá, Alethea". E o farfalhar de roupas quando eles se abraçaram.

Strange queria estar junto, abraçado com eles também. Mas o momento pertencia aos pais e ele não era mais um menino. Sentou-se no chão da cozinha, ao lado da pia, onde tantas vezes se acomodara aos pés da mãe, quando criança, encostou a cabeça no gabinete e, muito silenciosamente, deu vazão a sua dor.

Buzz Stewart bateu a cinza de seu Marlboro.

"Lá está, bem ali."

"Não me parece grande coisa", falou Dominic Martini.

"Justamente. Vai ser moleza."

Estavam estacionados, dentro do Belvedere de Stewart, com o nariz do Plymouth apontado para o sul, do lado oeste da Georgia, não muito longe da divisa do Distrito Federal, em Shepherd Park. "Once Upon a Time" tocava no rádio e Buzz Stewart, balançando a cabeça ao ritmo gingado do arranjo feito pela Motown, mantinha os olhos fixos no conjunto de casas comerciais da calçada leste da avenida.

Ali perto ficava a loja de bebidas de Morris Miller, um marco na paisagem da região, onde os adolescentes da capital federal e da comarca de Montgomery compravam suas cervejas e traçavam seus planos, usando o estacionamento nos fundos como ponto de encontro e de partida para os embalos de sexta e sábado à noite. Anteriormente, Morris Miller estava impedido de morar perto de onde tinha seu negócio porque em Shepherd Park vigorava uma cláusula que proibia a venda de imóveis residenciais a judeus. Com o tempo, os moradores do bairro foram assumindo idéias mais progressistas. Em 1958, proprietários brancos e negros, irritados com as práticas das imobiliárias chamadas de "arrasa-quarteirão", haviam formado a Neighbors Inc., entidade que iria apoiar o surgimento de ruas racialmente integradas. Agora a área estava repleta de residentes negros e judeus, inclusive com vários casamentos inter-raciais pioneiros. Stewart e Hess ainda chamavam o Colégio Coolidge, que era a escola de segundo grau de Shepherd Park, de Colégio Judeulidge, mas o corpo discente já era quase só de negros.

Do outro lado da rua, um mercado da rede A&P era o maior estabelecimento do conjunto. Além dele, havia ainda uma *drugstore*, uma lavanderia, uma autopeças e, na esquina, um banco. Stewart e Martini olhavam para o banco.

"É o que eles chamam de caixa econômica", falou Stewart.

"Já entrou lá?"

"Uma vez. O Baixinho também já. Vimos tudo o que precisava ser visto. Um guarda só armado, velho decrépito. E a gente não vai mexer com essa merda de cofre. Deve ter milhares de dólares atrás daquele balcão. É a maior moleza, Dom. Tô falando sério."

Martini fitou o banco, de boca aberta.

"E agora?"

"A gente vai se encontrar com o Baixinho na hora do almoço lá no Shepherd. E aí conversamos."

Stewart deu a partida no Belvedere, afastou-se do meio-fio e fez uma conversão em U em plena Georgia. Aumentou o som; tinha visto Wells e Gaye cantando "Once Upon a Time" no palco da Howard, em 1964; a música o fazia sorrir só de lembrar quanto se sentira feliz naquela noite. Pisou fundo. O Shepherd Park ficava logo ali, mas Stewart gostava de ouvir o ronco do Plymouth. Pararam no estacionamento do restaurante, ao lado do carro da mãe de Hess, um Rambler Ambassador de três marchas, ano 64, cor de ervilha, que o Baixinho vinha usando nos últimos dois dias.

Assim que cruzou a porta da frente, Martini se deu conta da familiaridade do Shepherd. Costumava almoçar ali com a família nos anos 50, quando Angelo era sua sombra e o velho de vez em quando ainda se mantinha sóbrio. Naquele tempo, os donos e administradores do restaurante eram dois irmãos, George e John Glekas. Os hambúrgueres, os filés e uma garçonete de risada ardida eram a marca registrada do lugar. Políticos famosos do estado de Maryland dividiam o mesmo salão com as famílias e os excêntricos do bairro. A mulher de George Glekas costumava sentar numa das mesas para datilografar os cardápios com um dedo só e dar ordens emocionadas para Angie, sua filha. Os irmãos Gleka venderam o estabelecimento para outros três gregos, mas o cheiro bom de carne grelhada e o som daquela garçonete rindo de alguma coisa na cozinha diziam a Martini que pouca coisa mais mudara.

Havia algumas pessoas nas mesas do meio e nas que ficavam junto à parede. No balcão dos fundos, separado por uma pilastra, todas as banquetas estavam ocupadas por operários. O restaurante não tinha nenhuma frescura, nada de toalhas ou guardanapos de linho, oferecia um serviço básico e uma comida boa, algo muito comum entre as casas gregas. Em breve o local se tornaria um dos bares de strip-tease mais notórios e ruidosos da região. Mas, por enquanto, continuava parado no tempo.

Hess estava sentado numa das mesas do refeitório, usando sua camisa azul do uniforme, com o nome bordado num retângulo de pano.

"Aquele puta carro lá na frente é seu?", perguntou Stewart, puxando uma cadeira da mesa e acomodando o físico avantajado nela.

"Corta essa", falou Hess.

"A Rambler faz veículos de qualidade mesmo. E velozes, também. Aquele lá é o Ambassador ou o American? Você acredita que eu nunca consigo distinguir esses carros de corrida uns dos outros?"

"Corta essa, já falei. Agora falta pouco pra pegar meu Ford de volta."

"Sei não, cara. Sei não. E a gente tá com mais um probleminha."

Stewart contou que Pat Millikin havia ligado para ele no serviço. Tinha dito que o Galaxie ia ficar no conserto mais uns dias e que não dispunha de nenhum carro para alugar. Stewart insistira, mas Millikin garantira que não dava mesmo.

"O que é que tá havendo com ele?", Hess perguntou.

"Eu sei lá. Disse que o mercado anda fraco."

"Fraco, é? Ele tá precisando reforçar a memória e lembrar que, quando a gente tava lá em cana, fui eu que dei um chega pra lá num crioulo que tava de olho no irmão dele. O cara me deve um puta de um favor. Você disse isso pra ele?"

"Disse. E ele me deu a mesma resposta da primeira vez." Stewart olhou então para Martini. "A gente vai ter que usar o seu carro."

"*O quê?*"

"Bom, o meu é que não vai dar. Assim todo esmerilhado, vermelho sangue, com Max Wedge no capô e tudo, qualquer um que mora por aqui conhece o carro. Pô, você quase nem dirige mais aquele Nova."

"E as placas, como é que faz?"

"O Baixinho arranja umas novas pra gente."

"Mas logo, logo vai aparecer outro carro", disse Martini. "Por que a gente não pode esperar mais uns dias?"

"Porque não", falou Stewart. "Aquele acidentezinho que a gente teve na outra noite mudou tudo. Eu e o Baixinho andamos conversando. A gente não vai ficar esperando pra ver no que dá a coisa, entende? A gente vai dar o fora da cidade assim que botar a mão naquela grana. Pra Myrtle Beach. Daytona, quem sabe. Algum lugar lá pro sul."

"Tô fora", disse Martini, com um pequeno aceno de mão, como se estivesse tentando afastar os dois.

"O Bonitinho ainda não entendeu, Buzz. O Bonitinho é burro mesmo."

"Cala a boca, Baixinho."

"Nada, cara. Olha só. Ele não entende mesmo." Hess aproximou bem o rosto de Martini. "Você tá dentro, *Dominic.* Você tava com a gente na outra noite, quando a gente pegou aquele crioulo, e continua com a gente agora. Acho melhor ir rezando pra dar tudo certo e o serviço render dinheiro suficiente pra gente sair disso limpo. E vai ter que ajudar, sim. A gente não tá pedindo, cara."

"Olha pra mim, Dom", falou Stewart. "*Olha* pra mim."

Martini encarou o olhar de Stewart.

"A gente só precisa de um motorista. Eu e o Baixinho fazemos o resto. A gente se manda e você continua levando sua vidinha. Entendeu?"

"Quando?", perguntou Martini.

"Eu estou de folga amanhã. Você pode ligar e dizer que ficou doente. A gente vai entrar um pouco antes da hora do fechamento, no final da tarde."

Uma garçonete, de cabelos vermelho-fogo e quadris largos, aproximou-se da mesa para quatro com um bloquinho e lápis na mão. Os homens, que até então estavam debruçados sobre a mesa, bem juntinhos, recostaram-se nas cadeiras.

"Três hambúrgueres no prato, igual pra todo mundo. Com queijo", disse Stewart. "E três Cocas."

"O hambúrguer, como é que vocês vão querer?"

"No ponto", falou Stewart.

"Pra mim também", disse Martini.

"Eu gosto do meu quentinho e rosado por dentro", falou Hess, sorrindo para a garçonete, piscando com os olhos vesgos.

"Então é malpassado", disse ela, anotando no bloquinho, sem olhar uma vez sequer para Hess. Depois voltou para a cozinha, arrastando o cansaço nos pés.

"Ela me achou o máximo", disse Hess.

"O máximo do nojento", disse Stewart.

Stewart e Hess deram risada.

Quando a garçonete apareceu com as Cocas, Stewart bateu seu copo no de Martini.

"Todos por um", disse ele.

Martini desviou o olhar.

Alvin Jones jogou as luvas num bueiro de Shaw, depois rodou mais alguns quarteirões e se desfez da navalha da mesma maneira. Tinha afanado as luvas da D. J. Kaufman da 10th com a Penn, de modo que ali não houve perda nenhuma, e navalha não era difícil de substituir.

De todo modo, isso não quer dizer que tivesse ficado sem nada; ainda restava o revólver.

Depois de se livrar das provas, Jones fora até o apartamento de Lula Bacon. Lá, acordara a moça e o bebê, pegara seu chapéu predileto e outras coisinhas mais, pusera tudo numa sacola de lona e partira. A vaca ainda perguntou para onde ele ia, quando já estava na porta, mas ele não viu nenhum motivo para responder. De mais a mais, não era da conta dela. Fora dormir no sofá do apartamento do primo, numa travessa da 7th. Tinha acordado o primo também, para poder entrar.

Na manhã da quarta-feira, sentado na sala apertada do apartamento de Ronnie, Alvin Jones assistia à televisão, louco por um drinque. Só que Ronnie não era chegado em bebida. O rapaz não tinha cerveja nem vinho em casa, e também não gostava de puxar fumo. Jones não conseguia se relacionar com um cara que não estivesse procurando uma forma de ficar pirado.

Mas todo homem tem alguma coisa que lhe dá motivos para levantar da cama. Para Ronnie, era mulher. Claro que isso tira qualquer um da cama, mas Ronnie era tarado mesmo. Batia foto de toda garota com quem transava e punha num álbum com uma etiqueta na capa, preenchida com letra infantil, que dizia RETRATOS DAS MINHAS XOTAS. Fazia pouco tempo, Ronnie tinha comprado uma máquina Big Swinger novinha por trinta dólares na Peoples Drug Store porque a Polaroid não funcionava mais, de tanto ser usada.

Ronnie fora para a loja depois do almoço. Trabalhava no estoque da George & Co., um estabelecimento na 7th especializado em roupas masculinas de tamanhos grandes. Ronnie tinha um metro e noventa e dois, noventa e quatro, e dizia que estava naquele emprego por causa dos descontos. Não conseguia achar nada que lhe servisse direito, a não ser lá.

Assim que ele saiu, Jones foi buscar o álbum de fotografias. E tinha tudo quanto é tipo de mulher ali: garotas de pele escura, garotas brancas, garotas mestiças, garotas magrelas e até umas vacas bem bundudas. Todas segurando os peitos, espremendo os dois bem juntinhos, sorridentes, deitadas na cama de Ronnie, com algum tipo de coelho de pelúcia do lado, a mesma pose para todas elas. Algumas eram tão feias que nem Deus conseguiria amá-las. Pelo menos ninguém poderia acusar Ronnie de discriminação. O cara trepava com qualquer tipo de mulher e não tinha a menor dificuldade em levá-las para casa, nem em fazê-las posar. Jones já havia visto o primo várias vezes andando pelado pelo apartamento. O cara devia era usar uma sela nas costas, com um pau daquele tamanho.

Depois de ver as fotos e bater uma punheta, Jones sentou-se para assistir televisão. Não tinha nada, a não ser *Match Game* e o programa do Mike Douglas; Flip Wilson era o convidado de Pat Boone. Flip vestido de mulher, e com cara de quem estava gostando da encenação, fazia diante do espectador branco justamente o que o espectador branco achava que todo preto fazia, falando as mesmas baboseiras de sempre. Jones mudou para o canal 20, a estação em UHF que de vez em quando mostrava as touradas do México. Muitas vezes já se perguntara como seria enfiar uma espada bem no meio da cabeça de um daqueles filhos-da-puta, direto no cérebro. Mas precisava usar aquela roupa apertada e ouvir os olés da platéia. Sob esse aspecto era bem diferente de matar um homem. Mas só sob esse aspecto. No fundo, qualquer coisa viva acaba sofrendo no fim.

Não tinha nenhum programa de tourada. Só um treco chamado *Wing Ding* que devia ser para criança. Jones mudou para o canal Movie 4. Estava passando um filme chamado *Francisco de Assis*. Porra de filme mais besta, ele é que não ia assistir àquilo.

Jones decidiu sair, comprar alguma bebida barata e voltar. Já que era para ficar entediado, que ao menos ficasse entediado com a cabeça girando. Ele estava sem Kools, também.

Strange foi até a esquina da 9th com a Upshur para cuidar do enterro na mesma funerária que o pai havia usado para a mãe dele. Sempre gostara daquele pequeno trecho da 9th Street, tão sossegado, com a Georgia a leste e umas poucas casas de comércio: uma barbearia, um açougue, coisas do gênero. Na funerária, falou com um homem excessivamente polido, meticuloso, vestido num terno de risca de giz. Strange providenciou para que a cerimônia fosse realizada com o caixão fechado e a data ficou pendente da conclusão da autópsia e dos trabalhos da perícia.

Quando saiu da funerária, Lydell Blue esperava por ele parado na calçada, de farda. Eles trocaram um abraço desajeitado e bateram nas costas um do outro.

"Seu pai me disse que você estaria aqui."

"Que bom que você veio, cara."

"Nós", falou Blue, passando o punho no peito.

"Nós", disse Strange.

Quando ele voltou, a casa dos pais estava lotada de gente. Como era costume na cidade, o boato da morte de Dennis se alastrara rapidamente. Parentes e vizinhos, amigos de Derek e dos pais, mais alguns dos amigos de Dennis das três escolas que ele freqüentara, Park View, Bertie Backus e Roosevelt, tinham se juntado no apartamento. Dennis perdera o contato com a maioria deles desde que entrara para a Marinha, mas seus amigos não o tinham esquecido. Alvin Jones e Kenneth Willis não apareceram nem telefonaram.

Alguém, talvez o próprio pai, tinha posto um disco antigo do grupo Soul Stirrers na vitrola, Sam Cooke cantando um bocado e a música rolando baixinho por entre as conversas na sala. As pessoas fumavam cigarros e charutos e o ar estava pesado. Alguns já tinham começado a tomar um pouco de cerveja e de vinho. Mike e Billy Georgelakos estavam parados num canto, os dois juntos, ainda com as roupas de trabalho que usavam na lanchonete. Derek foi até eles, apertou a mão de Mike, deu um abraço em Billy e agradeceu por terem ido, sabendo quão pouco à vontade estariam ali, sabendo que tinham feito um esforço, apreciando esse esforço, fazendo questão de lhes dizer que eram da família. Depois disso trocou algumas palavras com Troy Peters, que chegou de farda e quepe na mão. Disse ao parceiro quanto significava ele ter ido até lá. Falou com James Hayes e disse que queria dar uma passada na casa dele, mais tarde. Falou com o alemão, agora um velho senhor, todo contrito, que um dia atirara água quente nele e no irmão, quando ainda eram garotos. Conversou com o seu Meyer, da venda da esquina. Recebeu um telefonema de pêsames de Darla Harris, que lhe pediu para ir visitá-la à noite. Respondeu talvez e encerrou a conversa. Foi ter com Carmen Hill assim que a viu cruzar a porta. Ao trazê-la para seus braços, teve a impressão de que estavam sozinhos na sala.

"Eu amo você, Derek", ela disse, com a boca pertinho de seu ouvido.

"E eu amo *você*."

Depois que ela partiu, olhou em volta e reparou que os pais não estavam entre os presentes.

Pediu à vizinha do andar de baixo para usar o telefone. Do apartamento dela, ligou para o detetive Dolittle, na delegacia. Cinco minutos depois, deram retorno a seu chamado. Havia muito pouco a acrescentar, até o momento. Não tinham sido encontradas impressões digitais no local. Não tinham surgido testemunhas. Kenneth Willis fora detido por porte de arma na tarde da segunda-feira, antes do homicídio. Dolittle disse que iria interrogar Willis na cadeia assim que estivesse indo "praqueles lados", e, quando Strange sugeriu que ele fizesse isso imediatamente, o detetive respondeu: "Não se preocupe, o Willis não vai a parte alguma". Lula Bacon fora localizada, mas Alvin Jones não estava na casa dela. Tinha deixado o apartamento, segundo a moça, no meio da noite, sem revelar seu destino.

"Você conversou com a tal Bacon?", Strange perguntou.

"Por telefone."

"E por que não dá um pulo até lá para ver se ele não está lá mesmo, em vez de aceitar a palavra dessa mulher?"

"É uma idéia", disse Dolittle, com voz lenta e carregada de sarcasmo. Strange não teve como não se perguntar em que bar o detetive teria entrado por último.

Pediu o endereço do apartamento de Lula Bacon e Dolittle lhe deu. Perguntou qual era a marca do carro de Jones e Dolittle lhe disse que era um Buick Special de cor verde, registrado no nome dele.

"Encontre esse cara", disse Strange. "Se concentre *nele.*"

"Pode deixar que eu estou trabalhando nisso."

Strange desligou, os olhos fixos no nada.

Voltou ao velório improvisado, abriu caminho entre as pessoas e encontrou os pais no quarto de Dennis. Fechou a porta, abafando o rumor das conversas travadas na área principal do apartamento. O pai estava com as costas apoiadas na parede, uma cerveja na mão, as mangas da camisa arregaçadas. A mãe estava sentada na cama de Dennis, as mãos cruzadas sobre o colo.

Alethea ergueu a vista.

"Quem faria uma coisa dessas, Derek?"

"Não sei. Mas vou descobrir."

Ela lançou um olhar para o marido, depois fitou Derek de um jeito que o fez sentir-se com dez anos de idade.

"Você tem de deixar o Senhor acertar isso à maneira Dele. Você me entende, filho?"

"Entendo sim, mãe."

Charlie Byrd tinha aquele dom. Você fechava o olho, escutava a guitarra tocar e sabia na hora que não podia ser mais ninguém neste mundo. Frank Vaughn de repente sorriu, ao escutar aquele som.

Estava no balcão do bar Villa Rosa, na Ellsworth Drive, em Silver Spring. O lugar era todo revestido com painéis de madeira e muito agradável para um drinque ou dois. Casais casados, casais adúlteros e gente solteira conversavam baixinho enquanto Charlie e seu quarteto tocavam aquele samba-jazz no Byrd's Nest, nome do espaço onde eram realizados os shows da boate e restaurante.

"Como você está, Frank?", falou a voz macia de um sujeito que passou atrás dele de gola olímpica debaixo de um paletó esporte de algodão lustroso.

"Não posso me queixar", Vaughn respondeu para o dono, Pete Lambros. Fazia pouco tempo que ele abrira o Villa Rosa ali no subúrbio, mas, por vários anos, fora dono do Showboat, uma boate na confluência da 18th Street com a Columbia Avenue. Aumento na criminalidade e falta de espaço para estacionar em Adams Morgan levaram-no a atravessar a divisa do Distrito Federal, rumo ao norte.

"Mais um?", perguntou o barman, de costeletas e cabelos compridos, com toda a pinta de sulista revoltoso. O rapaz estava começando o expediente. Vaughn não precisava de mais bebida. Já estava na quarta dose.

"Um Beam", falou.

"Com gelo?"

"Me dá puro mesmo."

O garçom despejou o *bourbon* num copo de fundo duplo e ajeitou-o sobre um guardanapinho. Vaughn tirou um L&M do maço e usou o Zippo para acendê-lo. Com o fetichismo comum a aficionados por bares, pôs o isqueiro simetricamente em cima do maço, puxou um cinzeiro até que ficasse ao alcance da mão e depois colocou o braço de leve na beirada do balcão. Cigarros, uísque e dinheiro para pagar as despesas. De que mais, pensou Vaughn, precisa um homem?

Bem, havia o trabalho. E mulher. Dessas, Vaughn tinha duas. Uma para lhe fazer companhia e partilhar as lembranças, a outra para o sexo. Dera um pulo na casa de Linda à tarde e fora muito bom. A trepada havia sido violenta, e a força viera de ambos os lados, em medidas iguais. As coxas dela estavam tendo espasmos quando eles acabaram. A coisa foi tão física que, quando terminou, a cama estava no meio do quarto, bem longe de onde se achava no começo.

"Você conhece aqueles trequinhos de borracha", disse Vaughn, "que a gente põe debaixo das rodinhas do estrado? Você precisava comprar alguns."

"E estragar a viagem? Jamais."

Vaughn soltou uma risadinha abafada. Linda lhe deu um beijo intenso na boca, com os longos cabelos castanhos molhados de suor.

Ele não estava apaixonado por ela, e também não estava com ela só pelo sexo. Sexo ele podia obter de graça, e com segurança, com qualquer uma das muitas prostitutas que conhecia no centro. Mas precisava ter certeza de que havia uma mulher no mundo que ainda o desejava, que esperava ansiosa que ele ligasse ou desse uma passada, que pensasse nele *daquele jeito* quando estava ausente. Não por dever conjugal nem por pena, e sim por se sentir meio zonza só de imaginá-lo. Significava que ainda não era carta fora do baralho, que continuava vivo. E para ele isso era o básico. Quando estava lá bem no fundo da seda, estava rindo da morte.

Vaughn emborcou metade da dose. Deu uma tragada e bateu a cinza.

Pelo menos no trabalho ele era limpo. Não honesto, mas limpo. Seu serviço era concluir inquéritos de homicídio e, independentemente dos métodos empregados, não havia ninguém melhor nisso do que ele. Porém, sempre fora um rematado filho-da-puta para a família. Era um verdadeiro fracasso em relação a Ricky, a quem mal conhecia. O melhor que poderia dizer em favor próprio é que conseguira mantê-lo longe do perigo.

Não que houvesse alguma coisa capaz de garantir a segurança de um filho. Por melhor que você agisse, ainda assim havia o risco de perdê-lo. Veja Alethea e o marido, como é mesmo o nome dele, Darrin, algo assim. Não, não confunda com Derek, um jovem policial. Um bom policial negro. Taí, eu disse *negro* e não *de cor*. Feliz, agora, Olga? Deus, estou bêbado.

O primogênito de Alethea se perdera nas ruas. O que não era nenhuma novidade, considerando o lugar onde moravam. Ali os negros eram tanto os perpetradores como as vítimas. Mas uma coisa dessas nunca deveria ter acontecido com uma família tão boa quanto aquela. Eles precisavam da satisfação e da paz de saber o nome do assassino. Precisavam daquele falso tapinha no ombro para dizer que o homicídio fora "resolvido". Claro que homicídio nenhum se resolve; para isso seria preciso trazer os mortos de volta. E sempre vai haver mais outra mãe enlutada, logo atrás da última da fila. Como a mãe daquele garoto atropelado na 14th, seguida de Alethea Strange. Não há um meio seguro de proteger os entes queridos. Mesmo quando fazemos tudo o que podemos...

"Mais alguma coisa ou está bem assim?", perguntou o barman.

"Me vê a conta", disse Vaughn.

Ergueu o copo, olhou as pálpebras pesadas no espelho do bar e virou a outra metade.

Quando começou a escurecer, Strange saiu do apartamento dos pais, foi até sua casa, tomou um banho e trocou de roupa. Vestiu uma jaqueta preta de couro, guardou o distintivo da polícia num dos bolsos e enfiou o revólver de serviço, um Special calibre 38, no coldre que prendera no cinto. Voltou até seu Impala, estacionado na 13th, e desceu a ladeira comprida, passando em frente ao Colégio Cardozo.

Não tinha nenhum destino específico. Baixou os vidros e deixou que o ar gelado e úmido de abril lhe batesse no rosto. Sintonizou o rádio na estação só de notícias, escutou um boletim sobre um comício gigante em apoio a Robert Kennedy que iria acontecer em Columbia Heights, depois desligou. Rodou até o centro de Shaw.

Tomando a direção oeste, passou pelo cine Republic, pela loja de roupas London Custom, pela loja de bebidas National Liquors e pela Jumbo Nut Shop, até desembocar na confluência da 14th com a U, já toda limpa dos detritos deixados pelos distúrbios da noite anterior. Na esquina da Peoples Drug Store, um papelão tampava a vidraça quebrada. Vigaristas, cafetões, putas, homens vestidos de mulher, traficantes, viciados, trabalhadores que haviam saltado de um ônibus mas ainda não tinham tomado o outro para voltar para casa e garotos soltos na rua quando, para seu próprio bem, já deveriam ter se recolhido circulavam misturados nas calçadas.

Strange pegou a 16th Street e virou de novo para voltar até a 7th, conferindo o movimento nas proximidades do Howard Theater e observando o que acontecia pela rua. Estava matando tempo. Tinha dito a Darla Harris que talvez fosse visitá-la, mas estava sem a menor vontade de ir vê-la. Encontrar Carmen na festa, vê-la aparecer no apartamento dos pais, saber que havia perdido aula para ir até lá, sentir ainda seu hálito quente na orelha, tudo isso apagara Darla Harris por inteiro de sua cabeça.

Passando a Universidade Howard, rumou para as ruas de numeração baixa de LeDroit Park. Passou pelo conjunto de casas geminadas onde Lula Bacon tinha um apartamento e reduziu a marcha do Chevrolet. As luzes estavam apagadas. Contornou a quadra, não viu nenhum Buick Special estacionado nas redondezas e seguiu em frente. Dennis tinha feito menção a uma outra mulher, com quem Jones tinha tido um filho. Dennis, Willis e Jones haviam ido ao apartamento dela, para puxar fumo, no domingo à noite. Entretanto, Strange não sabia o nome da moça nem onde ela morava. Voltaria para conversar com Lula Bacon. Também daria uma palavrinha com James Hayes. Se ela estivesse metida em alguma transação de droga com Dennis e aqueles dois, Hayes saberia. Mas, por enquanto, o máximo que Strange conseguia fazer era dirigir.

Terminou, como sabia que aconteceria, estacionado na Barry Street, em frente a onde Carmen morava. Galgou os degraus de concreto que levavam até a porta da frente, depois pegou a escada de madeira até o terceiro andar e bateu na porta. Carmen não atendeu. Uma mulher de meia-idade com uma fisionomia severa saiu de seu apartamento e perguntou a Strange o que ele queria ali. Strange disse que estava visitando a amiga Carmen Hill.

"Ela saiu com alguns amigos da faculdade", disse a mulher, medindo-o de alto a baixo. "Quer deixar recado, alguma coisa?"

"Não", disse Strange.

Voltou para o apartamento dos pais porque não suportaria se ver sozinho em sua própria casa. Darius Strange estava na poltrona, no escuro, vendo *Wanted: Dead or Alive*, com o som bem baixinho. Derek parou atrás e colocou uma das mãos no ombro dele, reparando que os dedos do pai estavam cravados nos braços da cadeira.

"Derek", ele disse, com os olhos fixos na tela, mas relaxando os ombros ao toque do filho.

"Se você não se incomoda, vou passar a noite aqui."

"Era o que eu estava esperando que você fizesse."

"Pai?"

"O quê?"

"Não quero que se preocupe com nada. Eu vou cuidar disto, entendeu?"

"Sua mãe lhe disse algo hoje. Quero que você escute o que ela falou."

"Vou escutar."

"Você tem uma responsabilidade, filho. Você não está só protegendo a sua comunidade, lá fora. Você está nos representando também. Se por acaso não agir à altura dela, perderá o direito de usar a farda."

"Sim, senhor."

"Então vá, meu filho. E não faça barulho no corredor. Não quero que sua mãe acorde."

Derek adormeceu na cama de Dennis, com o cheiro do irmão no quarto.

24

Na quinta-feira, 4 de abril, Martin Luther King reuniu-se com sua equipe num dos apartamentos do hotel Lorraine em Memphis para planejar a passeata da segunda-feira.

No meio da manhã, em Washington, Alethea Strange foi ver quem batia. Na soleira da porta havia um homem de pele bem escura, mais ou menos da mesma idade do marido, com salpicos de branco no cabelo cortado rente. Levava uma sacola de compras aninhada nos braços.

"Eu me chamo John Thomas. É aqui que moram os Strange?"

"É."

"A senhora é a mãe do Dennis?"

"Sou."

"Meus pêsames pela morte do seu filho."

Alethea entortou a cabeça.

"O senhor era amigo do Dennis?"

"Não exatamente. Nós tivemos uma conversa muito rápida na segunda-feira. Li sobre a morte dele no *Post* de hoje. Eu estava no bairro, vim buscar umas coisas com o seu Meyer, da venda aí da esquina. Ele e o meu patrão, o seu Ludvig, os dois têm um mercado. E são amigos da sinagoga..."

"E?"

"Quando um fica sem alguma mercadoria, o outro ajuda e empresta. Eu me ofereci para vir buscar os mantimentos, depois de ler no jornal... Seu filho me disse que vocês moravam na Princeton, e aí então eu perguntei ao seu Meyer o endereço certo."

"Não estou entendendo direito." Alethea havia recuado um passo e se segurava na porta, em busca de apoio. "O que o senhor quer?"

Thomas sabia que falava rápido demais, confundindo aquela senhora que obviamente estava enfraquecida de tanta dor. Mas acontece que ele também estava nervoso e não sabia direito como chegar ao ponto.

"Eu conheci seu marido", disse Thomas.

"Não me lembro de ele ter falado sobre o senhor."

"Não éramos chegados... O que eu quis dizer é que eu o conhecia de vista, dos tempos da Legião Americana. Posto Cinco? Eu costumava vê-lo naquelas reuniões lá no Republic Gardens, isso já faz muito tempo. Conversamos algumas vezes." Thomas pigarreou. "O que eu queria saber é se seria possível conversar com ele um minutinho, se seu marido não estiver muito ocupado. Tenho algumas informações sobre o filho de vocês."

"Meu marido foi trabalhar", falou Alethea.

Darius tinha saído cedo, apesar de Mike Georgelakos ter insistido para que tirasse o dia de folga. Darius achava que a lanchonete não andava sem ele e, de todo modo, seria pior ficar sentado no apartamento, sem nada para lhe ocupar a cabeça. Alethea entendia. Fisicamente, ainda não estava preparada para voltar ao trabalho, mas em breve estaria. Na verdade, planejava ir trabalhar em sua casa das sextas-feiras, a casa dos Vaughn, no dia seguinte.

"Talvez seja melhor eu voltar mais tarde", disse Thomas. "Não tive intenção de incomodá-la."

"Por favor, entre", disse Alethea, abrindo a porta de todo e afastando-se para um lado. "Meu filho mais novo, Derek, está em casa."

"Acho melhor dar uma passada mais tarde", disse Thomas, rejeitando a idéia de contar o que tinha para contar a um garoto.

"Se o senhor tem informações", falou Alethea, com uma firmeza súbita, "então deve conversar com meu filho. Por favor, entre."

Thomas fez o que ela mandou e entrou no apartamento. Assim que o fez, Derek Strange saiu do hall que levava aos quartos.

"O que foi?", perguntou.

"Este senhor veio vê-lo", disse a mãe.

"Sobre o quê?" Derek não estava com espírito para trocar amabilidades.

"Pode contar tudo o que sabe pra ele", disse Alethea, olhando para o homem de cabelos grisalhos e olhar bondoso. "Meu filho é da polícia."

Vaughn estava à mesa da cozinha, de calção e camiseta, cuidando de uma ressaca que dois comprimidos de Anacin, café, ovos, bacon e alguns L&Ms ainda não tinham conseguido curar. Lia a seção de esportes, dizendo mecanicamente "ahã", "tá", "claro, Olga" de tempos em tempos, enquanto ela discorria sobre um sapato aberto de verniz, com tira dupla no calcanhar, que tinha visto na Franklin Simon do novo shopping Montgomery. Olga encostou-se na pia, com o avental amarelo fazendo vivo contraste com os cabelos que pareciam um capacete negro azeviche.

"Estão por dezesseis dólares. Nada que vá nos arruinar."

"É só dinheiro, mais nada", disse Vaughn, com as pálpebras a meio mastro e os olhos grudados no jornal. "Vem fácil, vai fácil."

Vaughn leu que os Baltimore Bullets, que tinham sido os lanterninhas da última temporada, andavam tentando contratar o fabuloso Wes Unseld, o garoto de Louisville.

"Posso pôr no nosso cartão Central Charge", disse Olga.

"É uma idéia", disse Vaughn. Não que seja uma boa idéia, mas é uma idéia.

Os Kentucky Colonels, daquela outra liga nova, também estavam tentando contratar o Unseld. O técnico Shue acabaria conseguindo. Shue era legal. Vaughn o vira certa vez num bar, com uma bela ruiva, acendendo o cigarro dela. Um cara bacana.

"Frank, você está escutando?"

"Claro, Olga."

O telefone, amarelo-canário como o avental de Olga, tocou na parede da cozinha. Olga cruzou o linóleo e apanhou o fone.

"Residência dos Vaughn... Um minutinho." Estendeu o aparelho para Vaughn. "Pra você. Trabalho."

O braço de Vaughn avançou com uma energia que ele ainda não sentira a manhã toda.

"Frank Vaughn falando."

Ouviu o que o cara do outro lado da linha tinha a dizer. Falou que precisava de uma hora para "banho, banheiro e barba".

"A gente se vê lá." E desligou.

"Por que o sorriso?", Olga perguntou quando Vaughn levantou da cadeira.

"Porque eu acertei na mosca."

Subindo a escada, ele cruzou com Ricky, que vinha descendo com uma pilha de livros debaixo do braço, a caminho da faculdade. Nem falou com o filho, pensando só no telefonema e no que significava. Sentia aquela sensação de leveza nos pés que sempre lhe dava quando estava chegando lá.

"E isso foi quando, exatamente?", Strange perguntou.

"No final da tarde de domingo", disse Thomas. "Eles pararam com o Monterey debaixo de um poste de luz. Estava claro o suficiente para enxergá-los dentro do carro e anotar o número da placa."

"Tem certeza sobre o carro?"

"O Monterey é o único que eu conheço que tem aquela janela traseira meio quadrada."

"Certo. E na segunda-feira meu irmão Dennis foi até a venda contar sobre o assalto?"

"Ahã. Logo cedo. Disse que aqueles outros dois estavam planejando limpar a venda."

Eles estavam no quarto de Dennis, Strange de pé, com as costas apoiadas na parede, John Thomas sentado numa cadeira. Strange havia fechado a porta, para que a mãe não ouvisse a conversa.

"E depois disso o que o senhor fez?"

"Liguei para um tenente da polícia que foi meu amigo de infância. Um cara chamado William Davis." Pela expressão de Strange, Thomas viu que ele havia reconhecido o nome. "Você conhece o Bill?"

"Pessoalmente não. Mas eu reparava nele quando era garoto. Na época, ele era do 6º DP."

"Eram poucos os policiais negros naquela época."

"Decerto era por isso que eu reparava nele", disse Strange. "Mas continue."

"Eu contei ao Bill tudo o que sabia, mas sem mencionar o nome do seu irmão, para protegê-lo. Mais tarde, o Bill me falou que tinham detido o motorista do Monterey por porte ilegal de arma. Quanto ao outro, que estava no banco do passageiro, não sei o que houve com ele. O que eu sei é que nós não fomos assaltados. De modo que o que seu irmão fez foi certo."

"Descreva o outro sujeito para mim", disse Strange, sem trair nenhuma emoção na voz.

"Pele clarinha, me deu a impressão de ser meio franzino, talvez por estar sentado ao lado do outro, que dirigia. *Aquele* sim, era bem encorpado. O menorzinho estava de chapéu. Foi só o que deu pra ver."

Mas é o suficiente, pensou Strange. É mais do que o suficiente.

"O senhor ligou para o tenente Davis quando soube da morte do meu irmão?"

"Não, não liguei." Thomas fitou Strange com o rosto pensativo. "Quer que eu ligue?"

"Não." Descruzando os braços, Strange abrandou o tom. "Eu ficaria agradecido se não dissesse nada ao tenente Davis, a menos que eu... a menos que minha família lhe peça para fazê-lo. Não quero causar nenhum aborrecimento para o senhor em relação ao seu amigo. É só que, o senhor sabe como são essas coisas, nós gostaríamos de conduzir a questão do nosso próprio jeito, no nosso ritmo. De todo modo, já fez um bocado por nós."

"Não sei, não. Tá meio difícil lidar com a situação. No fundo, a impressão que eu tenho é que desencadeei algo que acabou com a vida do seu irmão."

"Mas não deve ficar com essa impressão. Eu diria que o que o senhor fez foi dar ao meu irmão um pouco de esperança. Ele estava feliz no dia em que eu o vi pela última vez, como se tivesse feito uma confissão. O senhor agiu certo. E continuará agindo certo se não mencionar esta conversa que tivemos com ninguém."

"Pode deixar", disse Thomas, levantando-se da cadeira para ir até o criado-mudo de Dennis. Ali, apanhou o livro que estava no topo da pilha e examinou a capa. "Tivemos uma boa discussão sobre este aqui, no dia em que ele me visitou."

"Falar era com ele", disse Strange, sorrindo um pouquinho pela primeira vez em dois dias. "Discutir também."

"Havia muita verdade no que ele me disse. Ele tinha o direito de estar com raiva. Todos nós temos."

"É."

"Jovens negros aí pela rua, se matando entre si. Algum dia ainda vamos canalizar nossa raiva na direção correta."

"Isso parece coisa que o Dennis diria pro pai, só pra deixar ele irritado."

"Meu filho faz a mesma coisa comigo. Se bem me

lembro, nas poucas ocasiões em que conversei com seu pai, naquelas reuniões, ele me pareceu estar tão bravo com as injustiças todas quanto o seu irmão estava. Se discordava do Dennis, devia ser só pra tentar acalmá-lo, protegê-lo, não deixar que se machucasse. Do mesmo jeito como eu faço com o meu filho."

"Meu pai não teria como protegê-lo."

"Jovens de boas famílias também acabam se metendo em encrenca. Qualquer um podia ver que seu irmão estava passando por uma fase difícil. Mas tem uma coisa que você devia contar pra sua mãe e pro seu pai. No dia em que foi falar comigo, o Dennis disse que tinha muito orgulho da família. Acho importante eles saberem disso."

"Claro", disse Strange, com a voz meio rouca.

"Então agora acho melhor eu ir andando."

"Muito obrigado." Strange desviou a vista, envergonhado com as lágrimas que lhe tinham saltado dos olhos. "Se o senhor não se importa, vou continuar aqui, pondo ordem nas idéias."

John Thomas concordou com a cabeça e saiu do quarto.

Frank Vaughn e Lawrence Houston estavam sentados no banco dianteiro do Polara, no estacionamento da loja de bebidas Tick Tock, na University Boulevard, na altura da Riggs Road, tomando uma Schlitz com as latas devidamente embrulhadas em sacos de papel pardo. O Dart GT cor de ameixa de Houston estava estacionado ali perto. A primeira cerveja apagara os últimos vestígios da dor de cabeça de Vaughn, mas descera meio amarga. Essa segunda descia bem.

Houston não tirara o macacão. Dissera ao patrão, Pat Millikin, que tinha de levar a irmã ao médico e que precisava de uma hora de folga. Sugerira o estacionamento da Tick Tock a Vaughn porque era perto da oficina. E também porque queria uma cerveja gelada.

"Me diga o que sabe", falou Vaughn. "Temos pouco tempo."

"Antes a gente precisa deixar um negócio bem claro."

"Tá bom."

"Eu não costumo falar com polícia."

"Você veio até aqui, não veio?"

"*Eu* sei que vim."

"*Você* me ligou. Disse que tinha informações sobre aquele Ford."

Houston mudou de posição no banco.

"O Pat foi muito legal comigo. Ele me deu emprego assim que eu saí. O que eu quero dizer é que ele *sempre* agiu certo comigo. E você sabe como é, quando eu saí da prisão, não tinha ninguém interessado em oferecer emprego pra delinqüente. Ele se arriscou, e me tratou com respeito."

"Certo, o Pat é um cara superbacana."

"O que eu não quero é aprontar uma sacanagem com ele."

"Escuta, Lawrence, eu não estou interessado em enquadrar o Millikin, se é com isso que você está preocupado. A polícia de Prince George tá careca de saber sobre aqueles certificados fajutos de inspeção que saem da oficina dele. E ainda não mexeu uma palha pra pegar o cara. Eles estão esperando, percebe? Em algum momento, vão dar uma prensa nele, em troca de informações importantes. O seu patrão vale mais como fonte de informação do que dentro da cadeia."

"Só não quero que o Pat se meta em encrenca por causa desse negócio do Ford, só isso."

"Isso não vai dar pra prometer. Se ele estiver envolvido com o veículo, seja de que forma for, vamos precisar do depoimento dele pra apoiar as acusações. Do seu também, muito provavelmente."

Houston deu um belo gole na cerveja, depois devolveu o saco pardo ao colo.

Vaughn deu uma olhada para ele.

"Você pegou cana por quê?"

"Homicídio culposo."

"Devia ser meio esquentado."

"Continuo sendo." Houston deu uma olhada de esguelha para Vaughn, com as veias saltando nas têmporas, veias se mexendo nos punhos, veias pulsando nas costas das mãos. "Deve ser por isso que eu vim."

"Então vamos lá, Lawrence. Manda bala."

Houston enfiou a mão pelo lado de dentro do peito do macacão e tirou um cigarro. Vaughn pegou um L&M do maço. Abriu a tampa do Zippo, acendeu o cigarro de Houston, depois o seu e fechou o isqueiro. Deixou o cigarro pendurado na boca, enquanto pegava um bloquinho espiral e tirava a tampa de uma esferográfica.

"Eu tenho um irmão caçula que tomou o caminho certo", disse Houston. "Foi fazer uma daquelas faculdades boas lá do Sul, só pra negros, arrumou um emprego no governo, tem casa própria, mulher e filhos... Quer dizer, ele se virou muito bem na vida. E aquele rapaz que foi atropelado na rua podia ter sido ele. Meu irmão podia ter morrido sem motivo nenhum, só pela cor, entende?"

"Me fale do carro."

"Dois caras trouxeram ele na segunda-feira. Um Galaxie 500 vermelho, todo batido na frente."

"Sessenta e três ou sessenta e quatro?"

"Sessenta e três e meio", disse Houston, com uma pitada de orgulho.

"E esses dois caras falaram o quê?"

"O motorista do Galaxie, um branco nanico, de olho vesgo, chamado Walter Hess, apelidado de Baixinho, falou que tinha atropelado um macaco na rua. E isso com um sorriso na cara. Provavelmente tava falando desse rapaz aí que morreu."

"Walter Hess", repetiu Vaughn, anotando o nome.

"E o outro branco que veio com ele, um cara grandão, sempre de manga arregaçada pra exibir os músculos, o sobrenome dele é Stewart. O primeiro nome eu não sei, mas o apelido é Buzz."

"E eles vieram em dois carros."

"Foi. Esse tal de Buzz Stewart estava com um Belvedere vermelho, capota branca rígida e uma entrada de ar Max Wedge no capô."

Enquanto escrevia, Vaughn sentiu o rosto esquentar com a subida do sangue. Conhecia o carro.

"Placas?"

"Peguei as do Ford." Houston tirou um pedaço de papel todo amarfanhado do bolso e leu os números para Vaughn.

"Mais alguma coisa?"

"O Belvedere tinha um nome escrito na lateral, do jeito que o pessoal do racha gosta de fazer."

"Que nome?"

"Bernadette."

Vaughn fechou os olhos, tentando visualizar o carro. Viu-o estacionado ao lado da oficina do posto Esso da Georgia com a Piney Branch. Viu o mecânico grandalhão, antipático, com as mangas da camisa do uniforme arregaçadas até o alto, afrouxando os parafusos das rodas de um Oldsmobile suspenso no boxe.

"Bernadette", Vaughn repetiu, balançando a cabeça. "Quer dizer então que o tal do Buzz deve ter uma namorada, hein?"

"Eu diria que ele é fã do Levi Stubbs."

"O que é isso?"

"Four Tops", Houston respondeu, com um sorrisinho. "Se tivesse escutado rádio nos últimos dez anos, ia tá por dentro."

Vaughn deu de ombros.

"Por falar nisso, você exagerou naquela história", disse Houston. "Sabe, a parte em que os caras escreveram *crioulo* com tinta spray no asfalto."

"Não deu pra engolir, né?"

"Foi a parte da flecha apontando pro corpo que não colou. Complicado demais praqueles dois."

"É, acho que eu me empolguei um pouco."

"O negócio é que você já tinha me fisgado sem aquela história."

"Muito obrigado, Lawrence." Vaughn estendeu a mão e apertou a do mecânico. "Você agiu certo."

Houston partiu no Dart GT. Vaughn terminou a latinha de Schlitz, atirou a ponta do cigarro pela janela do carro e foi fazer seus telefonemas de uma cabine pública num canto do estacionamento.

25

Parado no hall do segundo andar da casa onde ficava o apartamento de Lula Bacon, Strange batia na porta da moça. Estava com a jaqueta preta de couro, calça cinza, camisa cinza-escuro e o revólver no coldre preso ao cinto. O distintivo da polícia ia no bolso.

"O que é?", ela perguntou de detrás da porta.

"Lula Bacon?"

"Quem quer saber?"

"Polícia."

"Tem alguma identificação?"

Strange meteu o distintivo em frente ao olho mágico, que havia escurecido de repente.

"É sobre o quê?"

"Abra a porta, moça."

"Você não tem cara de polícia."

"Precisa abrir esta porta agora mesmo."

"Senão?"

"Senão eu volto com o cara que cuida do pagamento dos seus benefícios", disse Strange. "Ele vai ficar muito interessado no estilo de vida que você leva."

Strange não sabia coisa alguma sobre o estilo de vida que Lula Bacon levava, mas sua pouca experiência lhe dizia que seria uma boa maneira de entrar lá. Escutou uma corrente se soltando do engate e depois o estalido de um trinco na fechadura.

Strange já tinha dado uma passada na Otis para falar com James Hayes, mas ele não estava em casa. A manhã se fora nisso. Logo mais teria de ir trabalhar, seu turno era das quatro à meia-noite. Ele havia decidido não ligar mais para Dolittle e trabalhar por conta própria. Esse procedimento estava fora das normas policiais. Estava além de suas atribuições e com toda certeza era ilegal. Mas o tempo se esgotava depressa.

A porta se abriu, mostrando uma mulher miúda, de bata azul-marinho bem curta, na soleira. Ela tinha pernas e quadris bem torneados. Os olhos grandes pareciam ainda maiores por causa da maquiagem escura. Usava grandes argolas nas orelhas e o cabelo era alisado. Na mão, trazia um copo cheio com um líquido cor de âmbar e gelo. Cheirava a uísque e cigarro. Bacon parecia uma versão desleixada de Diana Ross.

Strange não fez o menor movimento para entrar.

"Estou procurando Alvin Jones."

"Mas ele não tá não. E acho que também não vai voltar."

"Pra onde ele foi, faz alguma idéia?"

"Nenhuma", respondeu a moça preguiçosamente, encostando o corpo na porta. Um bebê chorou em algum lugar nos fundos do apartamento.

"Ele tem outra namorada, não tem?", perguntou Strange, sem se preocupar com diplomacias nem com os sentimentos dela.

"Isso não é novidade."

"Vai ver ele voltou a morar com ela."

"E daí?"

"Sabe qual é o nome dela ou onde ela mora?"

Bacon encolheu os ombros e tomou um gole da bebida.

"E então, sabe ou não?"

"Eu não sei de nada."

"Se estiver mentindo, eu volto aqui."

"Olha, cara", disse Bacon, olhando Strange de alto a baixo, "você pode voltar quando quiser, na hora que quiser. Mesmo que eu tenha dito a verdade."

"Já estou comprometido."

"Então manda o seu irmão, se você tiver um. Quer dizer, isso se ele for parecido contigo."

"Olha o bebê chorando", disse Strange, num tom sereno. "Acho melhor se controlar e ir cuidar da criança."

"Se você cruzar com o Alvin, pode dizer pra ele que a gostosa aqui, ó, nunca mais."

Strange já tinha lhe dado as costas. Ia descendo as escadas, a caminho da rua.

Vaughn tomou conta da cabina telefônica do estacionamento da Tick Tock. Ligou primeiro para o posto Esso e obteve o nome correto do funcionário: Carlton "Buzz" Stewart. Segundo o gerente, que parecia meio irritado, era o dia de folga do mecânico. Vaughn ligou então para o 6º DP e informou o que queria ao sujeito que atendeu a chamada no Departamento de Homicídios. Pediu algo que exigia mais do que um trabalhinho superficial e sabia que levaria um certo tempo. Enquanto esperava, continuou à toa no estacionamento, fumando, vigiando o telefone e tomando outra lata de Schlitz, embrulhada num saco pardo. Um policial da comarca abordou-o por causa da cerveja aberta; Vaughn mostrou o distintivo, arreganhou os dentes e o policial se mandou. Até receber o telefonema que esperava, já tinha passado do meio-dia. Anotou a informação no bloquinho e entrou no carro.

Havia pedido ao sujeito do DP para divulgar um alerta por rádio com a descrição dos dois: Walter Hess, também conhecido por Baixinho, e Carlton Stewart, também conhecido por Buzz, estavam sendo procurados pela polícia para dar esclarecimentos sobre o atropelamento e morte subseqüente de Vernon Wilson. Essa era a versão mais suave de um alerta geral para detenção imediata. Se por acaso fossem parados por uma violação, digamos, de trânsito, e o policial encarregado transmitisse a ocorrência para a central, o alarme soaria na hora. Ambos eram fichados e Hess já cumprira pena. Mas como Vaughn achava que o crime fora conseqüência de uma noite de muito álcool, não os julgava perigosos, ainda que os considerasse burros e certamente cruéis. Além do mais, queria fazer a prisão ele mesmo.

Rodou até o número 700 da Silver Spring Avenue, nas vizinhanças da Georgia, a coisa de quinhentos metros da divisa com a capital. A rua era quase inteira de casas térreas, construídas bem junto à calçada, todas elas dotadas de quintalões inclinados, com alguns carvalhos, nogueiras e pinheiros plantados nos fundos. Os moradores, em sua maioria, eram uma segunda leva de operários qualificados do período do pós-guerra, pessoas que haviam comprado os imóveis construídos nos anos 20 graças às facilidades oferecidas pela lei dos pracinhas, a GI Bill. Seus filhos já tinham saído ou estavam em vias de ir embora. Motoqueiros e jovens profissionais haviam começado a alugar as casas, à medida que os proprietários iam se aposentando e se mudando. Vaughn sabia que alguns daqueles inquilinos usavam e muito possivelmente vendiam maconha e bolinha. Já estivera sentado ao lado deles em bares da Georgia Avenue em diversas ocasiões, já batera papo com eles várias vezes e já vira a droga fazendo efeito no olho esbugalhado daquele pessoal.

Segundo a informação obtida, Walter Hess morava com os pais numa casa térrea pintada de azul-claro e branco, com uma ampla varanda na frente, situada no alto de uma colina. Vaughn encontrou a mãe de Hess em casa. Contou a ela que tinha trabalhado junto com o Baixinho na loja de máquinas da Brookeville Road, que estava por perto e que resolvera arriscar uma visitinha ao companheiro.

"Ele foi pro trabalho", disse a mulher, que não era velha mas tinha fios de barba brotando do queixo. Refugiada na soleira da porta, não saiu para a luz natural do dia nem o convidou a entrar. A casa cheirava a repolho e cachorro. Havia pêlo de bicho enroscado no bordado do avental dela. Os olhos eram muito grudados. Ela respirava pela boca e parecia levemente retardada. Não era mais alta que uma criança.

"Eu já devia ter adivinhado", disse Vaughn. "Aquele Galaxie dele não está por aí."

"Foi pra oficina. Ele está com o nosso Rambler."

"Ah, é verdade, ele até mencionou uma vez que vocês tinham um. Azulzinho, não é isso?"

"Verde. Quer que eu diga a ele que passou por aqui?"

"Acho que vou fazer uma surpresa pra ele lá na loja. Muito obrigado, minha senhora."

Vaughn foi então para a Mississippi Avenue, à procura da casa de Buzz Stewart e do Belvedere. Porém o automóvel não estava parado na rua, nem na garagem aberta. Ele não queria falar com os pais de Stewart, mesmo que estivessem em casa. Já arriscara demais com a mãe de Hess.

Resolveu ir até a loja da Brookeville Road, que ficava a poucos quilômetros dali, numa área industrial perto de Montgomery, não muito longe de onde ele próprio morava. Encontrou a loja de máquinas, não viu nenhum Rambler verde nas redondezas, mas parou em frente. Pouco depois, um homem de camisa azul com o nome bordado num retângulo sobre o peito saiu para a rua e acendeu um cigarro. Vaughn baixou o vidro do Polara e gritou para ele.

"Ei, colega, por acaso cê sabe do meu chapa, o Baixinho? Ele me falou que a gente podia se encontrar aqui fora, na folga." Esse era Vaughn fazendo uma interpretação muito pessoal do trabalhador braçal, que por sinal não saiu lá grande coisa.

"A vida dele é uma eterna folga", disse o sujeito, aspirando faminto o cigarro.

"E onde é que ele se meteu, então?"

"Ligou dizendo que tava doente, que não podia vir trabalhar", respondeu o outro, jogando cinza sobre as botas de trabalho. "Conversa fiada, claro."

Vaughn suspendeu o vidro, girou a chave do Dodge

e partiu. Quer dizer então que tanto Hess como Stewart tinham faltado ao trabalho. Vai ver o porre da noite anterior fora tamanho que eles não haviam conseguido levantar da cama. Mas Hess tinha dito para a mãe que ia trabalhar. Também podia ser que tivessem pressentido o perigo e saído da cidade. Vaughn não acreditava que o pilantra fosse sair de Washington sem seu Galaxie. Mas era impossível afirmar com certeza.

Rodou até um telefone público, em frente a uma funilaria. Ligou para a delegacia para ver se o alerta tinha surtido algum efeito. O sargento na recepção disse que não havia recebido nada até o momento. Só um recado de um policial chamado Derek Strange. Strange pedira para Vaughn ligar.

"Me dá o número de onde ele está." Vaughn puxou o bloquinho e a caneta do paletó e anotou o número.

Strange estava na sala de um apartamento na Otis Place, conversando com James Hayes. Hayes havia saído para dar sua voltinha matinal, durante a qual comprava todos os dias um exemplar do *Post* e um maço de cigarros. O jornal estava empilhado ao pé da poltrona e um cigarro queimava num cinzeiro ao lado. Hayes vestia uma jaqueta de veludo. Trocara o sapato de sair por chinelos de couro macio. Segurava um lenço de pano, que usava para enxugar o nariz que escorria.

"Ele saiu daqui a que horas?", Strange perguntou.

"Não sei dizer ao certo. Talvez lá pelas onze horas. Eu ia receber a visita de uma amiga. Ela trabalha até tarde aos domingos."

"O horário bate."

"Eu *tive* que mandá-lo embora. Nós estávamos nos divertindo, sem fazer muita coisa, só aqui sentados, escutando uns discos antigos e discutindo umas coisas. Mas ele teve que ir embora."

"Vocês puxaram fumo?"

"Claro."

"E ele estava lúcido?"

"Estava meio paradão por causa dos barbitúricos. E nós tínhamos tomado umas doses de Margeaux e queimado fumo. Não posso responder pela cabeça dele. Mas no que diz respeito às pernas, me pareceu que estava inteiro. Eu não teria deixado ele ir embora se estivesse tropeçando."

"E o estado mental dele?"

"Bom", disse Hayes. "Ele me pareceu bem."

"Não deu a entender em momento algum que estava em perigo, coisa assim?"

"Não."

"Vocês dois fizeram uma transação no domingo à noite, não foi?"

Hayes deu uma tragada no cigarro, soltou dois feixes de fumaça pelo nariz e franziu os olhos para poder ver Strange.

"Isso mesmo. Ele tinha entregado um pacotinho pra dois amigos."

O telefone tocou na mesinha ao lado da porta da frente. Hayes levantou-se e atendeu, depois disse: "Ele está bem aqui". Estendeu o telefone para Strange, que atravessou a sala e pegou o fone.

"Derek Strange falando."

"Aqui é o Vaughn."

"Obrigado por retornar a ligação."

"Estou às ordens."

"O senhor disse que ajudaria."

"Pode falar."

"Estou investigando por aí, vendo o que consigo juntar."

"Sobre o assassinato do seu irmão."

"Resolvi deixar o Dolittle pra lá."

"Não o culpo."

"Tem dois caras com quem estou precisando conversar. Alvin Jones e Kenneth Willis. Eles..."

"Mais devagar. Estou anotando."

"Alvin Jones... Kenneth Willis."

"Certo."

"Willis e Jones planejavam assaltar uma venda de esquina, em LeDroit Park. Meu irmão foi contar pro sujeito da venda o que os dois pretendiam fazer. O cara chamou a polícia. A polícia pegou Willis por porte ilegal de arma antes que eles tivessem a chance de executar o assalto."

"De qual delegacia?"

"9º DP"

"Quem é que sabe o que seu irmão fez?"

"O homem pra quem ele contou tudo", disse Strange, dando uma olhada para Hayes. "Fora ele, o senhor e eu."

"O Willis continua detido?"

"Até a última informação, sim."

"Eu conheço um pessoal lá do 9º. E o outro, você sabe de alguma coisa?"

"O Jones sumiu. Estou tendo uma certa dificuldade em localizá-lo."

"Vai ficar por aí mais um tempo?"

"Vou sim."

"Eu ligo de volta."

Strange pôs o fone no gancho. Ficou onde estava e olhou de novo para James Hayes.

"Você ouviu a conversa?"

"Talvez sim, talvez não. Você é que decide."

"Os nomes que eu citei lhe dizem alguma coisa?"

"Não."

"Você falou que o Dennis tinha vendido um pouco de maconha no domingo à noite. Será que foi para o Jones e o Willis que ele vendeu?"

"Pode ser. Mas nenhum desses nomes está no cheque."

"Como é que é?"

"Olhe nesse cestinho bem aí na sua frente", disse Hayes. "Deve ter um cheque aí no meio. Andei meio doente e não tive coragem de ir sacar. Já me custa um bocado andar até o Meyer pra comprar jornal e cigarro."

Strange leu o nome impresso no cheque e examinou o endereço.

"Foi o Dennis que lhe entregou isso?"

Hayes balançou a cabeça afirmativamente.

"Era assim que ele pagava pela maconha que consumia."

O telefone tornou a tocar. Strange atendeu.

"Strange falando."

"Falei com o Jim Mahaffie lá do 9º. Más notícias sobre o Willis."

"Quais são?"

"Ele saiu. Foi indiciado por porte de arma, mas não tinham como mantê-lo detido; os antecedentes dele não eram dos piores. O advogado que deram para ele conseguiu a soltura."

"Quando?"

"Hoje de manhã."

"Droga."

"Veja pelo seguinte prisma: agora você pode falar com ele sozinho, se quiser, e do seu jeito."

"Verdade."

"Sabe onde ele mora?"

"Em algum ponto da H Street."

"Estou com o endereço dele aqui", disse Vaughn. E passou-o para Strange.

"Obrigado, detetive."

"Sempre às ordens. Vai trabalhar hoje?"

"Eu entro às quatro."

"Então a gente se vê."

"Está trabalhando em turno dobrado?"

"Estou resolvendo umas coisinhas."

Strange repôs o fone no gancho, dobrou o cheque e enfiou-o no bolso.

"Vou precisar disto."

"Pode levar", disse Hayes. "Escuta, meu jovem..."

"Não precisa dizer nada. Estamos todos achando a

mesma coisa. Só existe um responsável pela morte de Dennis."

"Boa sorte."

Strange conferiu o relógio de pulso e saiu.

Depois de desligar o telefone, Vaughn ligou para a casa de Stewart e foi atendido por uma mulher. Ela tinha uma voz cansada, envelhecida. Vaughn não se identificou nem usou de qualquer estratagema. Simplesmente perguntou se Buzz estava em casa e, quando ela disse que não, perguntou se sabia onde estava.

"Foi se encontrar com uns amigos."

"Que amigos? O Baixinho?"

Vaughn escutou a mulher dar uma baforada e soltar a fumaça.

"Imagino que sim."

"Ele estava saindo da cidade?"

"*O quê?*"

"A senhora viu se ele pôs alguma mala ou coisa parecida no carro? Por acaso estava agindo como alguém que não iria vê-la por uns tempos?"

"Com quem eu estou falando?"

Vaughn desligou, saiu da cabina telefônica e entrou no Polara.

26

A moça morava na Fairmont Street, a oeste da 13th, a dois quarteirões de distância do prédio de Strange. Ele olhou para o cheque na mão, conferiu o endereço, depois olhou para o sobrado no fim de uma entrada comprida de concreto. Era um daqueles casarões antigos, tão característicos da arquitetura de Washington, com uma pequena torre no alto. Com toda certeza já tivera seus dias de opulência, mas estava malcuidado e necessitava de uma demão de tinta.

Strange cruzou a galeria e entrou no saguão do térreo. Espiou as caixas de correio até achar o nome constante do cheque, identificou o apartamento, subiu pela escada até o primeiro andar e bateu na porta.

Ela abriu sem perguntar nada. Era uma mulher bem jovem, não devia ter nem vinte anos, alta, de traços largos, esparramados, olhos amendoados e pele clara. O corpo devia ter sido voluptuoso no início da adolescência, mas as curvas haviam virado gordura. Trazia nos braços um bebê embrulhado num cobertor, uma criança inquieta, de olhos bem fechados, com os dedinhos minúsculos tentando agarrar alguma coisa. O garoto queria voltar ao seio da mãe, onde estivera mamando até baterem na porta. A blusa dela, desabotoada até o meio do peito, estava molhada de leite. Os brincos de plástico cor de abóbora brilhante eram duas silhuetas femininas com cabeleira afro e a frase "Black is Beautiful" escrita embaixo. Entre os seios pesados, havia um crucifixo.

"Boa tarde", disse Strange. Ela tinha um olhar crédulo e abrira a porta a um estranho sem a menor precaução. Ele resolveu jogar com a própria ingenuidade da moça e não lhe dizer que era policial.

"Derek Strange."

"Mary", respondeu ela.

"Eu estou à procura de Alvin Jones."

"Aqui ele não está", falou a moça, com voz suave e aguda.

"O Alvin costumava sair com o meu irmão, o Dennis. Ele foi morto faz umas duas noites."

Ela meneou devagar a cabeça e não desviou a vista.

"Eu sinto muito."

"Eu só queria trocar umas palavrinhas com o Alvin, ver se ele podia me informar alguma coisa sobre as últimas horas do meu irmão."

"Eu também gostaria de trocar umas palavrinhas com ele", disse ela, com um suspiro longo e cansado. "Quer entrar? Preciso terminar de dar de mamar pro meu garoto."

Strange cruzou a porta aberta.

As casas do lado norte da Longfellow Street, entre a 13th e a Colorado Avenue, eram isoladas dos dois lados, com pequenos quintais e uma garagem junto ao beco dos fundos. Na cozinha da casa da família Martini, Angela preparava sua leva semanal de molho para macarronada. Tinha começado a dourar algumas costeletas de porco, um pedaço de agulha de vitela e um pouco de lingüiça em óleo bem quente. O molho em si levaria umas três horas para ficar pronto. O aroma de alho e manjericão permaneceria na casa por dias a fio.

Na garagem, Dominic Martini, Buzz Stewart e Walter Hess rodeavam o Nova de Martini. O espaço era pouco e quase todo ocupado por ferramentas de jardinagem, um cortador de grama manual, ferramentas de automóvel, um bujão de gás e um rolo pequeno de arame farpado. A velha bicicleta de Angelo Martini, que ainda ostentava figurinhas de beisebol presas com pregadores aos aros, continuava encostada na parede. E as meias de náilon e as duas capas de gabardine retas, sem cinto, que Stewart tinha comprado na Montgomery Ward's estavam penduradas num gancho.

A porta da garagem fora fechada. O Belvedere de Stewart estava estacionado na viela, colado ao quintal, e atrás dele, o Rambler verde da mãe de Hess.

Walter Hess jogou a cabeça para trás, terminou uma Schlitz, amassou a lata na mão e jogou-a numa caixa. Enfiou a mão num saco de papel pardo e pegou outra. Puxou a argola para cima, empurrou-a para dentro da lata e deu um gole.

"Eu acho melhor você ir com calma", disse Stewart.

"Eu tô com sede."

"Foram aquelas bolinhas que você engoliu."

"Quem não sabe *disso*?"

"Vai com calma."

"Eu podia tomar uma caixa inteira de cerveja."

Stewart não tinha a menor dúvida quanto a isso. Entupido de Beleza Negra, Hess podia ingerir álcool indefinidamente. Quando usava anfetamina, a cerveja não lhe atrapalhava a fala nem o deixava de perna bamba. A bebida apenas abrandava o temperamento esquentado do Baixinho.

"Dom", disse Stewart, "os pneus estão calibrados?"

"Tudo em ordem", falou Martini, fitando seu carro com olhos sem expressão. "O óleo também."

O Nova não chamaria atenção. Era um Chevrolet II SS de duas portas, todinho preto, com aparência de modelo de fábrica. Tinha caixa de câmbio Hurst de quatro marchas e, sob o capô, um motor de 5,7 litros com carburador Holly de quatro cabeças. Era leve, ágil e rápido. A única bandeira que ele dava de que podia ser veloz eram as rodas de magnésio Cragar.

Hess deitou-se no chão de concreto, em posição de flexão de braço, e olhou embaixo da carroceria.

"Sem vazamento nenhum", falou, erguendo-se em todo o seu um metro e sessenta de altura.

"Eu não disse que já tinha visto isso?"

"Foi só pra te dar uma força, Bonitinho."

"Você arrumou as placas?", Stewart perguntou a Hess.

"Tão lá no Rambler. Tirei de um Mustang em Prince George."

"Mas eu não mandei você ir um pouco mais longe pra pegar?"

"Peguei as placas não faz nem uma hora. Até o cara dar pela falta e a ocorrência entrar no sistema, elas já foram bueiro abaixo. A essa altura, a gente já fez a festa e se mandou daqui."

"Tá bom." Stewart fez um gesto com o queixo, por cima dos ombros de Martini e Hess, na direção de uma bancada. "Vamos ver o que a gente tem."

Havia uma sacola de lona sobre a bancada, e dentro da sacola havia armas: a espingarda italiana de gatilho duplo com cano e coronha serrados, calibre 12; dois trinta-e-oito S&W com arremates niquelados, coronha de nogueira e cano de dez centímetros de comprimento; e um Colt Combat calibre 45. As armas vinham passando de mão em mão pelo submundo do crime fazia anos. Estavam limpas e lubrificadas. Todos os números de série tinham sido lixados. Dentro da sacola havia ainda três pares de luvas de couro fininho, uma correia para prender o rifle italiano, dois coldres de ombro, balas para os dois revólveres, um pente carregado para o Colt e cartuchos de cobre para a espingarda.

Além disso, Stewart estava com sua trinta-oito de tiro único enfiada na bota do pé direito e Hess levava uma faca de combate com lâmina de aço inox de doze centímetros de comprimento embainhada no estojo.

Agruparam-se todos em volta da sacola. Stewart retirou de lá de dentro a espingarda, a correia para prendê-la, as balas e pôs tudo na bancada, enquanto Hess afivelava os coldres no ombro. Stewart entregou-lhe os trinta-e-oito.

Primeiro Hess guardou as duas armas, depois sacou as duas num movimento cruzado e fingiu atirar contra a parede. Havia praticado esse gesto várias vezes na frente do espelho. Fitou os revólveres alguns instantes e sorriu. Virou-se, apontou um para o rosto de Martini e puxou o gatilho. O cão bateu no tambor vazio com um estalido surdo que ecoou pela garagem toda.

Hess soltou uma gargalhada de bruxa.

"Porra, cara, que puta susto, hein?

"Não tem a menor graça, Baixinho", disse Stewart.

"Qual é", respondeu Hess, "o nosso velho Dom aqui sabe lidar com a situação. Ele e aqueles soldadinhos durões cupinchas dele, aposto que já viram coisa muito pior no Vietnã. É ou não é, *Dominique*?"

Martini não abriu a boca.

"Toma", falou Stewart, tirando o Colt da sacola e entregando para Martini. Em seguida, passou-lhe o pente.

Com a palma da mão, Martini encaixou o pente na automática. Com o polegar, destravou o pino de segurança. Depois engatilhou o Colt e, num gesto rápido, ergueu a arma até encostar o metal no rosto de Hess. Hess recuou um passo e Martini foi junto. Hess não tinha mais para onde recuar e Martini aumentou a pressão da arma. Hess teve de virar a cabeça. Martini deslocou o cano para o olho vesgo de Hess, o direito.

"Calma, gente", falou Stewart, que não movera um músculo.

"Aqueles caras com quem eu servi o exército? Nem ouse tocar no nome deles de novo."

"Tá bom", disse Hess, num balbucio que não foi mais que um sussurro. "Tá certo."

Martini recuou e sopesou o Colt volumoso, de aço inox. Não segurava um desde que dera baixa. Parecia fazer parte de sua mão.

"Preciso falar com a minha mãe", disse ele.

"Então vai lá", disse Stewart.

Martini deixou a automática sobre a bancada e saiu da garagem sem dizer mais nada, rígido feito um pau.

"Eu tava só tirando um sarro dele", disse Hess, esfregando a bochecha.

"Todos por um", disse Stewart, com um sorriso safado. "Aquele garoto tá no ponto agora."

Na Sligo Avenue, indo para o sul, na direção do perímetro de Washington, Vaughn passou debaixo do viaduto da B&O. Puxou o último L&M do maço. Se Hess e Stewart estivessem deixando a cidade, qual seria a última parada que fariam? A casa de alguma namorada, talvez. Um pulo na Morris Miller para comprar cerveja e cigarro para a viagem, com certeza. Mas a última coisa mesmo seria passar pelo posto Esso, onde Stewart poderia tanto encher o tanque de graça como pôr na conta.

Vaughn atirou a ponta do cigarro pela janela. Cruzou a divisa entre a capital federal e a comarca de Prince George, passou diante do restaurante Shepherd Parke e da loja de bebidas Morris Miller, e logo em seguida estava rodando em frente ao conjunto de estabelecimentos comerciais formado pelo supermercado A&P, pela *drugstore*, pelo tintureiro e pelo pequeno banco ao lado do shopping center, o Capitol Savings & Loan. Pisou fundo e foi para o posto Esso na esquina da Georgia Avenue com a Piney Branch.

O apartamento cheirava a cigarro e fralda suja. O garotinho, que segundo a mãe estava com dois meses, havia terminado de mamar e dormia num velho moisés ao lado do sofá. Sentado no sofá, Strange segurava uma xícara lascada de café, sobre um pires sujo, com Mary do lado.

"Eu não faço idéia de onde ele está morando agora", disse ela.

"Ele esteve aqui uma noite dessas, não foi? Com o Kenneth e o meu irmão?"

"O Alvin e eles vieram aqui me oferecer um baseado e me arrancar um dinheiro. O Alvin aparece muito de vez em quando, na hora em que precisa de alguma coisa. Mas nos últimos tempos, isso tem sido muito raro. Na verdade ele se mandou assim que o bebê nasceu."

"É duro, pra alguns homens, lidar com isso."

"Pra *ele* foi duríssimo, não tem dúvida."

"O garoto não é dele?"

"É. Mas isso não fez a menor diferença pro Alvin. Disse que não suportava o choro da criança. Eu falei 'Alvin, toda criança chora. É o que elas fazem. Estão só pedindo alguma coisa, é o único jeito que elas têm'. Mas ele não quis nem saber. Acordei um dia de manhã e ele tinha ido embora."

"E não faz idéia de aonde ele foi?"

"Eu *imagino* que tenha ido pra casa de alguma outra mulher, porque ele sempre faz a mesma coisa. Nunca vi o Alvin empregado em lugar nenhum. Ele passa a lábia numa mulher e vive à custa dela até achar uma outra. Eu sei porque foi assim que ele apareceu pra mim, cheio de promessas e sorrisos. Mas não sei o nome da nova garota dele."

Strange ergueu o pires da mesinha e viu antenas se mexendo por trás da xícara. Apareceu uma barata, se arrastando pelo pires. Strange colocou xícara e pires de volta sobre a mesa, diante do sofá.

"E onde ele poderia estar morando, se não fosse com uma mulher? Alguma vez mencionou algum parente? Por acaso se lembra de algum nome?"

Mary fitava o aparelho de televisão, ligado mas sem som. Strange reconheceu o programa, *Eye Guess*, que tinha aquele apresentador que usava uns óculos de fundo de garrafa. Dennis gostava de assistir de vez em quando e ficava lá na sala, durante a tarde, berrando as respostas antes que os participantes tivessem a chance de fazê-lo. Deixava o pai furioso, ver Dennis de cueca assistindo televisão. "O sujeito fica vendo jogos", dizia o pai, "enquanto os outros estão na rua trabalhando."

"Lembra de algum parente?", Strange perguntou.

Mary pigarreou.

"Tem o Kenneth."

"Mais alguém?"

"Alvin tinha um meio-irmão, mas ele está no presídio Leavenworth e vai ficar lá pra sempre. A mãe morreu. A única vez que falou no pai, foi com ódio. E tinha um outro primo, de quem ele falava às vezes, um cara que mora numa travessa da 7th e trabalha numa loja de roupas de tamanhos grandes nas redondezas. Ronald, Ronnie, alguma coisa assim. Pode ser que ele saiba pra onde o Alvin foi."

Strange fez uma anotação mental da informação.

"Se por acaso você cruzar com o Alvin", disse Mary, "diz pra ele que precisa vir ver o filho."

"Eu digo."

"O Alvin não é boa coisa. Mas eu acredito que uma criança consegue mudar um homem. E um garoto precisa de um pai na vida, pra ser inteiro."

"Concordo", disse Strange.

"Você falou que o Alvin e o seu irmão eram amigos?"

"Isso mesmo." A pequena mentira saiu com muita dificuldade da boca de Strange.

"Espero que seu irmão esteja em paz com o Senhor."

"Melhor eu ir andando." Strange levantou-se sem fazer barulho, para não acordar a criança. "Obrigado pelo café."

"Estava bom? Você mal tocou nele."

"Estava ótimo."

Espiou o relógio que havia na parede da sala. Tinha tempo para mais uma visita antes de ir para o trabalho.

"Mama", falou Dominic Martini, nas costas da mãe. Ela estava na frente do fogão a gás, de vestido, meias e sapatos pretos pesados, mexendo o molho que fervia dentro de um caldeirão.

"O que foi, Dominic?"

"Vou dar uma saída."

"Com quem, hein?"

"Com o Buzz e o Baixinho."

"Esses sujeitinhos não valem nada", falou Angela. "Você ainda vai acabar se metendo em encrenca por causa deles."

"Mãe."

"Vem cá e prova esse molho, antes de ir."

Martini cruzou o chão de linóleo. No caminho, pendurou a chave do cadeado da garagem num prego enfiado no friso da cozinha. Chegou ao fogão na hora em que ela mergulhava uma colher de pau no caldo feito com tomates frescos, extrato de tomate, costeleta de porco, carne de vitela, lingüiça, alho, manjericão e pimenta. A mãe soprou a colher para esfriar e deu para o filho provar.

Ele inclinou o corpo de leve; a colher fumegante exalava um cheiro forte de alho, provocava uma queimação agradável nas narinas. Experimentou o molho.

"Tá bom. Mas precisa de um pouco mais de sal."

"O sal eu ponho depois!", disse Angela, com paixão.

Martini olhou-a com afeto.

"Tá certo, mãe."

Os olhos aumentados por trás das lentes grossas piscaram uma vez.

"Vem jantar em casa?"

"Venho", disse Martini. "Eu venho jantar em casa sim."

E deu um beijo no rosto fresco de sua mãe.

27

Vaughn saltou e parou do lado do carro enquanto o cara do posto Esso, um sujeito gordo, de respiração barulhenta, punha oito galões de gasolina especial no Polara. Já havia um automóvel atrás do detetive, esperando para abastecer, e um terceiro, cujo dono espiava o gordo com olhar impaciente, do outro lado das bombas. O gordo retirou a mangueira, fechou a tampa do tanque e devolveu o bico da mangueira ao suporte. Vaughn entregou-lhe as notas e esperou até ele pegar o troco no moedeiro que usava preso ao cinto, sobre a barriga.

"Ficou sem ajudante, hoje?", disse Vaughn, lendo a palavra "GERENTE" impressa no peito da camisa do camarada e vendo o suor que lhe escorria pela testa e pelas têmporas.

"É folga do meu mecânico e o cara que trabalha aqui nas bombas ficou doente."

"Aquele rapaz que está sempre por aqui?" Vaughn se lembrava bem do garoto de cabelos escuros, bonitão, com um olhar meio perdido.

"É, o Dominic", disse o gerente, entregando o troco de Vaughn. "Mas ai dele se eu descobrir que não tem *doença* nenhuma na história."

"Qual é o sobrenome do rapaz?"

"Vai desculpar, mas agora estou bem ocupado."

Vaughn tirou a carteirinha com o distintivo da polícia e a abriu na frente do gerente.

"Qual é o sobrenome dele?"

O gerente usou uma estopa suja para enxugar o rosto. "O sobrenome dele é Martini. Feito o Dean Martin, antes de mudar de nome."

"Esse Martini serviu o exército, não foi?"

"Serviu sim."

"E é amigo do Stewart?"

"É. Eles são unha e carne."

Vaughn mastigou os lábios enquanto girava a informação de um lado para outro na cabeça: Stewart, Hess e Martini tinham todos faltado ao trabalho no mesmo dia.

"Qual é o carro desse Martini?", Vaughn perguntou.

"Um Nova preto", falou o gerente, indo para o carro do outro lado da bomba e acrescentando, por cima do ombro, "mas acho melhor pra ele não pegar no volante hoje. Se ele estiver fazendo qualquer outra coisa que não seja ficar de molho na cama..."

Ele já era, pensou Vaughn, terminando a frase do gerente na cabeça enquanto voltava para o Polara.

Dali, foi direto até o 6º DP, coisa de quinhentos metros adiante, para pegar o endereço de Martini.

Derek Strange cruzou a entrada que servia aos moradores, pegada à loja de bebidas da H Street, subiu as escadas de dois em dois degraus e chegou ao hall do segundo andar. Achou a porta do apartamento de Willis e começou a socá-la com o punho. Parou de esmurrar quando escutou passos pesados chegando perto da porta.

"O que *é*?" A pergunta foi feita num tom abafado, raivoso e petulante.

Strange não se identificou. Esperou até o olho mágico escurecer. Quando teve certeza de que Willis estava do outro lado, com a cara grudada na madeira, recuou e deu um chute brutal na região da maçaneta. A porta lascou e cedeu.

Ele entrou no apartamento e fechou a porta. Willis

estava caído de costas, com uma das mãos segurando o queixo. Virou o corpo, gemeu e ficou de joelhos.

Cuspiu no chão.

"Levanta daí", disse Strange.

Willis ergueu-se devagar.

"Que porra *você* tá fazendo aqui?"

Strange avançou mais alguns passos e agarrou a camisa de Willis com a mão esquerda. Mandou uma direita curta na boca do outro, girando o quadril e o torso para dar mais força ao murro. Sentiu uma queimação nos nós dos dedos e, quando a cabeça de Willis deu um tranco para a frente, socou-o outra vez. Os olhos de Willis apagaram e suas pernas dobraram. Com as duas mãos, Strange pegou-o pela camisa e o empurrou. Ele tropeçou de ré e desabou no sofá feito uma trouxa de roupa.

Strange sacou o trinta-e-oito do coldre. Foi até onde Willis estava e enfiou o cano da arma na têmpora dele, depois mudou para o olho. Puxou o cão para trás e preparou o tiro.

"Quem matou meu irmão?"

Os olhos de Willis estavam vidrados e receosos. De perto, Strange viu os hematomas, o inchaço no maxilar e, pela boca escancarada daquele jeito, um buraco e sangue pisado no lugar onde antes havia um dente. Sangue novo escorria do lábio superior, que Strange partira com a segunda direita.

"Dennis?", Willis disse, com uma voz trêmula e ardida. "*Eu* não sei. Dennis era meu chapa..."

Strange acreditou nele. Mas apertou mais ainda o revólver no canto do olho de Willis.

"Pra onde foi o Jones?"

Sob a pressão da arma, Willis tentou livrar a cabeça. Um pouco do sangue salpicou a mão de Strange.

"*Pra onde*?", falou Strange, os dentes à mostra, a mão escorregadia de suor e firme na coronha do trinta-e-oito. "Eu te *mato*, seu desgraçado filho-da-puta, eu juro por Deus que te mato."

"Ele está na casa do nosso primo Ronnie. Ronnie Moses."

"Me diz onde fica."

Willis descreveu a localização aproximada do apartamento de Moses. Disse que não sabia o endereço certo.

"Tem o número do telefone dele?"

Com um gesto débil, Willis apontou para um telefone numa mesinha. Ao lado do telefone havia uma caderneta com capa marmorizada.

"Tem uma caneta?"

"Debaixo daquelas revistas", disse Willis, apontando com o queixo.

Strange afastou-se e pôs o trinta-e-oito no coldre. Procurou papel e caneta e encontrou ambos debaixo de umas revistas pornográficas com um cinzeiro por cima. Jogou revistas e cinzeiro no chão. Voltou até a caderneta, pegou o número do telefone de Moses e anotou no papel. Caminhou até a porta, depois se virou para falar com Willis. Ele estava todo encolhido no sofá, fitando os sapatos, envergonhado demais para olhar para Strange. Sangue vermelho vivo coloria a frente da camisa branca.

"Eu não estive aqui", falou Strange.

Willis balançou a cabeça. Strange saiu.

Na delegacia da Nicholson, Vaughn obteve a informação que queria: Dominic Martini morava na Longfellow, a dois quarteirões dali. Obteve também o número das placas do Nova preto, modelo 1966, registrado no nome de Martini, e anotou tudo no seu bloquinho espiral. A ficha do rapaz até que não era das piores: alguns delitos pouco graves quando menor de idade, sem passagens pela polícia depois de adulto.

Vaughn trocou o Polara por um Ford à paisana e pediu a dois policiais fardados, que fumavam um cigarro nos fundos, na garagem das Harleys, para acompanhá-lo com uma viatura. Mandou que a dupla mantivesse contato por rádio.

Passando devagar diante da casa da Longfellow, viu cortinas fechadas em todas as janelas. Na metade do quarteirão, indo no rumo oeste, na direção da Colorado, virou o Ford e entrou no beco dos fundos. A viatura estava parada perto de uma garagem, no fundo do quintal dos Martini. Estacionados mais à frente da viatura, bem junto à propriedade, estavam o horrendo Rambler verde e, atrás, um Belvedere vermelho.

"Bernadette", falou Vaughn em voz alta, com um sorriso canino se espalhando pelo rosto.

Colocou o carro em ponto morto, saltou do Ford e foi falar com o policial que dirigia a viatura.

"Que é que está havendo, detetive?", perguntou o loirinho de cara limpa, chamado Mark White.

"Vocês ficam aqui, White", falou Vaughn, examinando a porta basculante da garagem, fechada com cadeado. "Se aparecer alguém pra pegar o Rambler ou o Plymouth, podem prender."

Vaughn atravessou o quintal e contornou a casa, até a varanda, onde bateu na porta da frente. Uma senhora italiana usando óculos de lentes grossas e um vestido preto atendeu.

"Pois não?"

"Frank Vaughn, minha senhora", ele disse, sorrindo e mostrando o distintivo.

"Meu filho está bem?", disse ela, repetindo a primeira pergunta que vem aos lábios da maioria das mães quando aparece um policial na porta.

"Dominic? Até onde eu sei, sim. Ele está, por acaso?"

"Não", disse ela, desviando rapidamente o olhar.

"Eu estava querendo falar com os amigos dele."

"O Buzz e o Baixinho." Havia um quê de desdém na voz dela. "Eu disse pra ele ficar longe daqueles dois."

"Quer dizer que eles estão juntos, os três?"

Angela Martini balançou a cabeça, em sinal de assentimento.

"Eles saíram."

"A senhora não saberia pra *onde* eles foram, por acaso?"

"Não", disse ela, piscando forte. "Mas o Dominic disse que estaria em casa pro jantar."

"Eu vou precisar entrar na sua garagem."

Porque é ali que eu vou encontrar alguma coisa, pensou Vaughn. Porque é ali que todo mecânico gosta de fazer planos.

"Pra quê?"

"Porque talvez haja algo lá dentro que vai me ajudar a resolver um caso em que eu estou trabalhando. E que tem a ver com os dois amigos dele." Vaughn lhe deu o olhar mais sincero que um sujeito como ele era capaz de dar. "Seu filho por enquanto não está metido em nenhuma encrenca. Mas o Stewart e o Hess são bem capazes de metê-lo."

Angela olhou para trás, para dentro da casa, depois tornou a encarar Vaughn, torcendo as mãos. Ele sabia que aquela mulher não entendia nada de mandados de busca. Sabia que ela não gostava dos "amigos" do filho. Sabia que ela o ajudaria, se isso significasse ajudar seu filho.

"Eu vou buscar a chave pro senhor", disse ela.

Na garagem, Vaughn encontrou uma sacola de lona com caixas de cartuchos de espingarda e munição para armas de calibre 45 e 38. Faltavam uns seis cartuchos e várias balas. Um conjunto de placas da capital, de numeração igual à que constava do registro do Nova, fora largado sobre a bancada. Vaughn concluiu que os três rapazes estavam à solta na rua, armados, num carro com placas falsas, prontos para cometer um assalto.

Saindo da garagem, retirou as luvas e agradeceu a Angela Martini, que estava parada na entrada para carros. Disse a ela para não se preocupar, que tudo iria dar certo e que não aconteceria nada com o filho. Falou que ficaria só mais alguns momentos por lá e que seria melhor ela entrar.

Assim que Angela Martini entrou, Vaughn passou por rádio um alerta geral sobre o Nova de placa desconhecida com três elementos "armados e perigosos" dentro, dando tanto a descrição do veículo como as de Martini, Stewart e Hess. Repôs o microfone no console e voltou à viatura.

"Vocês dois vão continuar aqui, de olho naqueles dois carros", Vaughn falou para o policial Mark White.

"O senhor vai sair?", perguntou ele.

"Vou dar uma rodada por aí. Ver se eu cruzo com os donos desses carros."

Derek Strange e Troy Peters deixaram a delegacia da Nicholson de farda e pegaram a viatura 63 para fazer a ronda. Saíram pela entrada de veículos em forma de ferradura e viram o Polara de Vaughn estacionado num trecho de terra batida.

Peters subiu a 13th, passou pelo Fort Stevens e, no cruzamento da Piney Branch com a Georgia, virou à direita, contornando os postos Esso e American. Estavam atendendo ao alerta geral. Strange havia reconhecido o nome de Martini e disse para Peters passar pelo posto.

"Por aqui nada", falou Peters. "Você conhece um deles, é isso?"

"É o mesmo de quem eu estava falando outro dia. Aquele que nós vimos discutindo com um cara grande, bem ali junto das bombas."

"No alerta disseram que eles estão sendo procurados por atropelamento. Os caras fugiram do local. Acha que ele faria uma coisa assim?"

"Não sei. Nunca mais tive contato com ele. Na verdade eu nunca o conheci direito."

"Vamos dar uma espiada lá para os lados da divisa

da capital", disse Peters. "Lá a gente faz meia-volta e percorre o circuito norte-sul."

Peters acelerou na saída da Tuckerman. Passaram pela sorveteria Polar Bears e pela confeitaria Hubbard House. Strange quase podia sentir o gosto adocicado da torta de chocolate em camadas, quase podia ver o pai atravessando a rua com a caixa branca na mão, no final das tardes de sábado, quando eles levavam a guloseima para casa, para dividir com a mãe e com Dennis.

"Tudo bem com você?", falou Peters.

"Só pensando num negócio, nada demais."

"Estou falando da sua mão."

Strange olhou para a mão direita, pousada sobre a coxa. Os nós dos dedos, rosados em comparação com a pele marrom-escuro, ainda sangravam um pouco. Ele limpou, mas não escondeu a mão, para não chamar a atenção sobre o machucado e para que ninguém lhe dissesse que não podia trabalhar daquele jeito. Ele precisava trabalhar.

"Eu soquei uma parede."

Peters deu uma boa olhada.

"Vai ser bem duro, por uns tempos."

"A sensação é que vai ser *sempre* duro."

"Alguma novidade na investigação?"

"Não."

Depois da Aspen Street, passaram pelo Centro Médico Militar Walter Reed e, em seguida, por uma mistura de imóveis residenciais e comerciais. Peters acelerou assim que a radiopatrulha pegou uma ladeira comprida.

"Eu falei com a sua mãe ontem", disse ele, dando uma olhada de lado para Strange. "Uma senhora excelente."

"Não tem ninguém melhor."

"Mencionei o emprego dela no consultório dentário."

"Sei."

"Ela não sabia do que eu estava falando. Me disse que trabalhou a vida toda como doméstica."

"Você me pegou, Troy", disse Strange, sem emoção nenhuma na voz. "Você me pegou mentindo."

"A questão é saber por que você achou que tinha que me contar aquela história de dentista."

"Não foi por sentir vergonha da minha mãe, se é isso que você está pensando. Eu tenho orgulho dela, entende?"

"Então por quê?"

"Foi por mim, e mais ninguém. Eu com nada na bagagem a não ser um diploma de colegial, fazendo patrulha com um cara que já trabalhou no exterior pelo Peace Corps, um cara formado em Princeton. Ao elevar a minha mãe, eu estava tentando elevar a mim mesmo. E, depois que eu lhe contei aquilo, não dava mais pra dizer a verdade."

"Por acaso alguma vez eu tentei diminuir você?"

"Nunca."

"De onde você acha que eu saí, Derek?"

"De um bom berço, claro."

"Quer dizer, você imagina que seja assim."

"Exato."

"Pois saiba que eu saí do nada. E é só isso que eu vou contar, porque você não quer ouvir. Mas ter uma família como a sua... Olha, eu tenho inveja de você. Eu não estou nem aí pro que seus pais fazem pra ganhar a vida. A questão é que eles estão ali quando você precisa. Diferente dos meus."

"Eu não sabia."

"Nunca me perguntou. Não estava interessado."

Strange não fez a menor tentativa de retrucar porque Troy tinha razão. Quando olhava para ele, via primeiro um branco e só depois um homem. Nunca tivera o menor interesse em ir um pouco mais fundo para enxergar o coração do parceiro. Sabendo o tempo todo que era assim que muitos brancos olhavam para ele.

"Eu peço desculpas", disse Strange.

"Não esquenta."

Strange e Peters relaxaram os ombros e não disseram mais nada. O silêncio não estava desconfortável.

Uns quinhentos metros adiante, à esquerda, ficava a

loja de bebidas Morris Miller. À direita, havia um shopping center, ladeado, numa ponta, por um supermercado da rede A&P e, na outra, pelo Capitol Savings & Loan.

28

"Espera até abrir uma vaga bem na frente", disse Stewart.

"Olha lá", falou Hess do banco traseiro. "Aposto uma grana como aquela velha vai entrar no Buick."

"Só sendo otário pra apostar contra", disse Stewart. "Assim que ela sair com o Buick, você estaciona o carango, Dom."

"Certo", falou Martini, enquanto seus olhos sem vida seguiam a mulher idosa que saía do banco em direção ao Skylark parado bem na frente do estabelecimento.

Eles estavam com o Nova encaixado numa vaga do estacionamento conjunto, no extremo oposto da área reservada ao clientes do supermercado. No meio havia poucos carros, já que aquela era uma hora do dia em que as mães costumavam ficar em casa, esperando os filhos chegarem da escola. Uma mulher saltou de um utilitário com uma criança pequena, pegou um carrinho abandonado no pátio e seguiu para o supermercado, empurrando o carrinho e puxando o filho pela malha. Um homem com um corte à escovinha, levando sacos de compras para o seu Oldsmobile, acendeu o cigarro que trazia pendurado na boca.

Buzz Stewart e Walter Hess já tinham posto as gabardines; usavam jeans, camisa azul de trabalho e botas pretas. As máscaras de meia e as luvas estavam no colo. As armas guardadas nos coldres haviam sido carregadas. Ambos levavam cartuchos extras para a espingarda e munição de revólver nos bolsos da capa. O Colt 45 de Martini descansava no assento, entre as pernas dele, a coronha de aço para fora, o cano encostado na genitália.

Hess achou um Beleza Negra entre as balas que tinha no bolso e abriu o invólucro. Encurvado no banco traseiro, tirou um dos seus trinta-e-oito e, com a coronha, amassou o comprimido na palma da mão calosa. A pílula se desfez em partículas e poeira. Hess tornou a guardar a arma, debruçou o corpo, enfiou a cara na mão em copa e cheirou a anfetamina.

"*Porra*, é isso aí", falou atirando a cabeça para trás, sentindo a queimação nas narinas e uma explosão brilhante atrás do olho.

"Vai lá, Dom", disse Stewart. "Pega a vaga."

Assim que o Buick Skylark saiu do estacionamento, Martini engatou a marcha, avançou devagarzinho, ultrapassou a vaga, engatou uma ré e entrou de primeira entre um Satellite e um Bel Air. Ao olhar por cima do ombro para manobrar, Martini viu Hess todo ligado por causa das bolas, os olhinhos de porco mexendo de um lado para outro nas cavidades oculares. Atrás do Nova ficava a calçada e, em seguida, a vidraça do banco, sobre uma base de mármore de um metro.

"Tá pronto, Baixinho?", falou Stewart, com o rosto avermelhado de sangue.

"Já nasci pronto, rapaz. A gente vai dar o maior rapa."

"Olha pra mim, Dom", disse Stewart. "*Olha* pra mim."

Martini virou a cabeça e fitou Stewart bem nos olhos.

"Você vai esperar a gente aqui. Fica com o motor ligado e espera. A gente não vai demorar nada. Quando a gente voltar, você manda bala. Pega pro sul e vai pelas ruas secundárias, até chegar lá na sua viela. Isso vai ser a maior moleza, pode acreditar."

"Pode deixar que daqui eu não saio", falou Martini.

Eu passei a vida me preparando pra desembocar aqui.

Stewart e Hess encaixaram a máscara de meia na cabeça e cobriram o rosto. Calçaram as luvas. Stewart, com as feições mutiladas pela máscara e os lábios com jeito de peixe comprimidos lá dentro, olhou para Hess e meneou a cabeça para indicar que era hora. Saltou primeiro, depois esperou até Hess empurrar o banco dianteiro e sair. Stewart fechou a porta. Martini olhou pelo espelhinho lateral e viu os dois cruzando o asfalto e o concreto branco. Stewart abriu a porta do banco e deixou Hess passar. Tirou da capa a espingarda de cano serrado e entrou atrás do comparsa. A porta se fechou silenciosamente. Depois só ficou o ruído do motor 5.7 do Nova roncando sob o capô.

Os olhos de Martini continuavam fixos no espelhinho lateral, sem olhar para a frente, sem ver a viatura de número 63 do Departamento de Polícia Metropolitana passando devagar pela Georgia Avenue.

Vaughn abriu a tampa do Zippo, acendeu um cigarro e fechou o isqueiro de novo. Apoiou o cotovelo na borda da janela enquanto fumava seu cigarrinho e usou só uma das mãos carnudas para segurar o volante. Desceu pela Georgia até a altura da Sheridan, examinando as calçadas em frente ao comércio; passou pela Victor Liquors, pela Vince's Agnes Flower Shop, pelo John's Lunch, pela lavanderia chinesa e pelo 6200 na esquina. Continuou rodando devagar diante do Lou, onde rapazes que se pareciam com Martini, Stewart e Hess bebiam, fumavam e jogavam bilhar. Não viu nem sinal de um Nova preto estacionado na avenida nem nas transversais mais próximas. Seguiu descendo a Georgia, sabendo lá no íntimo, e enquanto examinava o rosto escuro dos residentes da região, que estava esfriando. Ele procurava indivíduos que haviam atropelado alguém que não lhes causara nenhum mal, ou seja, procurava covardes. Gente que nunca teria peito de realizar um assalto num bairro de pretos.

Estava manobrando seu veículo para voltar quando

veio o aviso pelo rádio, dando conta de um assalto em andamento no Capitol Savings & Loan, perto da divisa de Washington.

Vaughn pegou o giroflex portátil que estava no chão do carro, do lado do passageiro. Pela janela, pôs as luzes de identificação na capota, com os fios passando por cima do colo. Ligou a sirene e pressionou o botão para acender o giroflex. Pisou fundo. O Ford saiu do chão com a acelerada e deu uma rabeada ao mudar de pista, quando Vaughn desviou para não bater num ônibus da D. C. Transit.

Strange foi o primeiro a ver o Nova preto estacionado na vaga em frente ao Capitol Savings & Loan. Havia fumaça saindo pelo cano de escape.

"Vai mais devagar um pouco, Troy."

"O que foi?"

"Reduz um pouco, só isso."

Strange sabia, pelo alerta geral, que as placas do carro eram roubadas e de numeração desconhecida. Mas enxergou perfeitamente a cabeleira farta, escura e ondulada do homem sentado atrás do volante do Nova.

"Dá uma parada", pediu ele. "A gente localizou o carro do alerta geral."

Eles estavam na Georgia, já bem adiante do banco, na altura do supermercado A&P.

Troy levou o Ford até o meio-fio enquanto Strange avisava a delegacia, por rádio, que tinham localizado os suspeitos. Foi instruído pela voz na outra ponta da linha a esperar reforços. Encerrou a conversa e recolocou o microfone no lugar.

Peters olhou por cima do ombro para o Nova e para o banco. Depois para Strange.

"E agora?", disse Strange.

"Você escutou o que eles disseram. O reforço não vai demorar mais que um minuto ou dois."

Peters sacou o revólver do coldre preso à cinta, liberou o tambor, conferiu a munição e encaixou o tambor de volta no lugar. Strange fez o mesmo, antes de abrir o estojo de munição para ver quantas balas havia ali dentro. Ambos tinham realizado toda essa inspeção antes de sair da delegacia. Mas o nervosismo dizia que seria melhor conferir tudo de novo.

Escutaram a sirene de um carro vindo da direção sul.

Ouviram o estalido inconfundível de um disparo de revólver e o estrondo de uma espingarda. O ruído vinha do outro extremo do shopping center. Antes que se recuperassem para pensar com clareza, veio mais um disparo de espingarda. Viram uma centelha de luz pela vidraça do banco.

Peters engatou uma primeira e saiu cantando pneu enquanto Strange ligava a sirene e o giroflex e, pelo microfone, reiterava que estavam com os suspeitos do alerta geral na mira. Peters entrou no estacionamento do supermercado, brecou, derrapou e pôs ponto morto.

"Fica com ela", falou Peters.

"Fica com o *quê*, porra?"

"Fica aqui com a viatura. Se protege na lateral, aí do seu lado mesmo."

Peters sacou a arma, abriu a porta do veículo e saiu engatinhando pelo pátio. Chegou até as portas do A&P, abriu uma delas, parou na soleira e gritou algo para um trabalhador lá dentro. O jovem avançou alguns passos e parou perto da entrada, com as mãos erguidas, sinalizando a todos os fregueses que tentavam sair da loja para ficarem onde estavam. Peters grudou as costas na parede externa do supermercado e, com todo cuidado, foi caminhando na direção do banco.

Strange saiu da viatura pelo lado do passageiro, sacou o trinta-e-oito, apoiou o braço direito no teto do carro, endireitou-o e fez mira no banco. Em seguida transferiu o alvo para o pára-brisa do Nova e deu ordens para que o sujeito atrás do volante, que reconheceu ser Dominic Martini, saísse do veículo e deitasse na calçada. Martini olhou para ele sem demonstrar emoção e não se mexeu.

Logo em seguida, Strange escutou um guincho de pneus e o berro de uma sirene. Era o carro de Vaughn que parara no estacionamento, atrás dele.

O plano de Buzz Stewart era simples: ele e o Baixinho iriam mostrar as armas logo de cara, declarar a firme intenção de usá-las e fazer uma barulheira danada para assustar os caixas e o guarda, obrigando-os à submissão imediata. E, como era simples, sabia que Hess não teria dificuldade em segui-lo.

Hess entrou primeiro e sacou os dois trinta-e-oito com os braços cruzados. Stewart tirou a espingarda da correia antes que a porta fechasse de novo e engatilhou a arma.

"Atenção, todo mundo!", gritou Hess.

"Isto é um assalto!", gritou Stewart. "Todo mundo com a mão pra cima!"

Ele estava com uma das mãos em volta do cano serrado do rifle e a outra no guarda-mato, com o indicador afagando o duplo gatilho. Apontou a arma na direção geral dos caixas, cujas cabeças, ombros e torsos via através das grades, os três boquiabertos e pálidos, e na direção dos dois clientes, um homem de meia-idade e uma jovem, parados na frente dos guichês.

"Ninguém se mexe nem toca em nada!", berrou Hess, apontando um dos revólveres para o segurança já de idade e o outro para o gerente, um sujeito magro e careca, atrás de uma escrivaninha.

Todos fizeram o que foi mandado. Todos levantaram os braços e ninguém se mexeu, nem falou.

"Ô vovô, *fica* com as mãos bem lá pra cima", falou Hess, caminhando até o velho de uniforme azul-marinho, enquanto guardava um trinta-e-oito e apontava o outro para o rosto do segurança. As mãos do velho, salpicadas de manchas e erguidas para o alto, tremiam, e sua boca articulava palavras sem som. Hess soltou a correia do coldre e puxou o Colt 45 que o segurança levava à cintura. Em seguida enfiou-o, com a coronha virada para a direita, no cós do jeans. "Agora deita de barriga e põe a cara no chão."

O velho guarda fez conforme Hess ordenara. Gemeu ao se pôr de joelhos e ao se deitar de barriga.

O banco era pequeno, com chão de mármore e três guichês por trás de um balcão também de mármore, protegidos por grades de latão. Atrás dos caixas havia o cofre, cuja porta se achava fechada. A um lado do saguão ficava a área para receber os clientes, acarpetada de verde, onde estava o gerente careca, com as mãos para o alto, atrás de uma mesa de cerejeira. No meio do saguão havia uma espécie de console de mármore com canetas pretas presas por correntinhas e, em cima, uma estrutura de madeira dividida em pequenos compartimentos contendo pilhas de comprovantes de depósito, papeletas de saque e envelopes em branco à disposição dos clientes.

Junto ao console, um cliente esperava, de mãos erguidas. Seu nome era Alex Koutris. Koutris era um cidadão norte-americano nascido na ilha grega de Naxos. Tinha quarenta e seis anos, estatura média, porte médio, bigode escuro e era co-proprietário de uma lanchonete pequena num bairro barra-pesada no centro de Washington. Entrava às cinco da tarde para começar o turno da noite e trabalhava até fechar; saía do estabelecimento com toda a receita do dia, por volta das três da manhã, e atravessava um beco sem iluminação pública para pegar seu carro. Andava sempre armado por precaução. Sobrevivera a Guadalcanal e a várias outras campanhas ferozes durante a Segunda Guerra Mundial, e sentia-se à vontade com uma arma. Estava ali no banco para fazer seu depósito diário, antes de pegar no batente. Havia um envelope contendo trezentos dólares sobre o console a sua frente. Tinha passado dez horas atrás de um balcão para ganhá-lo, o que tornava o dinheiro real. Sua arma, um trinta-e-oito de cano curto, dançava livre no bolso lateral do paletó mostarda da loja Peters.

"Vai enchendo as sacolas!", Stewart gritou, contornando a parede e abrindo com um chute uma portinhola de vai-e-vem colocada no meio de uma divisória. Parou atrás dos caixas, mirando a espingarda ora num, ora noutro, uma mulher e dois homens, todos eles jovens.

Eles trabalharam rápido, tirando os macinhos de dinheiro das gavetas e colocando tudo em sacolas de pano branco que pegaram de sob o balcão.

"Trinta segundos!", gritou Stewart. "Ou eu boto esta espingarda aqui pra *funcionar.*"

A única mulher entre os caixas parou de recolher o dinheiro, endireitou o corpo, cambaleou, dobrou o joelho e caiu estatelada no mármore. A cabeça fez um som oco ao bater no chão. Um círculo de urina escureceu a saia verde-claro, aberta em leque em volta das pernas.

"Que foi isso?", disse Hess, transferindo furtivamente a mira do guarda para o gerente e dele para o sujeito de aspecto calmo parado junto ao console de mármore, que o fitava sem medo nem qualquer outra emoção estampada no rosto.

"A moça desmaiou, só isso", falou Stewart. Apontou a espingarda para um dos caixas restantes e indicou com o cano a mulher caída. "Termina o que ela tava fazendo. Rápido, anda!"

O rapaz foi até o guichê da moça e encheu a sacola branca de notas.

Hess reparou no gordo envelope sobre o console, diante do sujeito de bigode e olhar calmo. Foi na direção dele, mantendo as armas sempre em movimento, miradas ora nos fregueses, ora no gerente, ora no guarda deitado no chão. A cliente começou a soluçar.

"Que é isso aí?", falou Hess com voz irritada sob a máscara, a boca seca e paralisada em algo que era mais uma careta do que um sorriso. "Que tem aí nesse envelope?"

Koutris não respondeu.

"Eu te fiz uma pergunta."

"É meu."

"Sai de perto daí", ordenou Hess e, vendo que o homem não se mexia, destravou o cão de uma das armas e pôs o cano na cara dele. Koutris recuou dois bons passos, o olhar fixo no outro. Hess agarrou o envelope que jazia sobre o tampo do console e enfiou no bolso da capa.

"Quem tá com a arma sou eu. De modo que isto é meu."

"*Koritsi mou*", disse Koutris. Que significa "minha menininha".

"Do que é que você me chamou?"

Koutris lançou-lhe um olhar de desdém.

"*Do que é* que você me chamou?", Hess repetiu, avançando.

Koutris não abriu a boca. Hess riu, girou um dos revólveres, de modo a ficar com o cano na mão, e, usando toda a força, bateu na cara do outro com a coronha. O nariz de Koutris cedeu e afundou, e ele baixou as mãos para cobrir o rosto. Sangue jorrou por entre os dedos.

"Ei, Buzz", falou Hess, com uma risada de bruxa, procurando o amigo através das grades. "Esse carcamano aqui se fodeu legal, ó."

Em seguida virou a cabeça para olhar de novo para o grego. O cara estava com um revólver de cano curto na mão e havia sangue no sorriso dele. Ele apertou o gatilho e, na hora em que escutou o disparo, Hess sentiu a garganta abrir e viu sangue salpicar a máscara de meia. Caiu para trás e sentiu a ferroada e o choque do segundo tiro entrando na virilha. Falou "Buzz" e já estava deitado de costas, vendo o teto trabalhado do banco girar e duplicar.

Alex Koutris começou a se virar em direção aos caixas, percebendo um movimento com o rabo do olho, e foi erguido do chão por um disparo de espingarda. A carga de cobre rasgou-lhe a carne do rosto e salpicou-lhe o pescoço. Ele tombou e caiu de lado, rosto e ombros encharcados de sangue. Os ouvidos ressoaram com o grito de uma mulher e ele pensou: sobrevivi aos japoneses para morrer assim, por míseros trezentos dólares. Cuspiu algo rosado e grosso no chão.

Koutris ergueu a vista e viu o branco corpulento apontar a espingarda para seu rosto, viu o dedo do sujeito apertar os dois gatilhos dentro do guarda-mato, fechou os olhos, viu fogo, viu a mãe e não viu mais nada.

Stewart afastou-se do corpo, abriu a espingarda, suspendeu-a na vertical e deixou que as cápsulas vazias caíssem no chão. Encostou o cano duplo no braço, pegou munição no bolso, enfiou uma em cada câmara e tornou a fechá-las. Nem se preocupou em olhar os fregueses ou os caixas, tampouco o segurança, que passara a rezar em voz alta, e também não tentou sossegar a mulher, que alternava berros e soluços, totalmente fora de si. Nenhum deles seria louco de tentar algo depois daquilo.

Stewart cruzou o ambiente enfumaçado para chegar até um Hess arfante que, qual uma lesma, ia deixando uma trilha de sangue nas lajotas de mármore, ainda agarrado aos dois trinta-e-oito. Logo depois, as convulsões cessaram, ele parou de se arrastar pelo chão e os olhos vesgos giraram nas órbitas, por baixo da meia, lutando para se fixar no amigo. Defecou. Arqueou as costas. Quis respirar.

"Baixinho", falou Stewart, olhando para o chão, onde estava Hess. "A gente vai tirar você daqui, rapaz. Você vai ficar bom."

Hess morreu enquanto as palavras saíam da boca de Stewart.

Ele olhou pela vidraça e viu o Nova, de motor ligado, na porta do banco. Tinha ouvido sirenes. De onde estava não dava para ver a viatura, estacionada diante do supermercado, nem o veículo sem identificação que parara do lado. De onde estava, não dava para ver o policial fardado, Troy Peters, avançando ao longo da fachada das lojas na direção do banco.

Stewart guardou a espingarda na correia, por baixo da capa. Curvou-se, pegou a Colt 45 que Hess havia tirado do guarda, soltou o pente, encaixou-o de volta e destravou o pino de segurança.

"Me tragam as sacolas", ordenou com voz embotada, falando com os caixas que continuavam de pé.

Stewart engatilhou a Colt. Havia um cheiro forte de fumaça, excremento e sangue no ar. Buzz piscou algumas vezes.

Um dos rapazes que estava atrás dos guichês dos caixas saiu e entregou-lhe três sacolas de pano pesadas de dinheiro. Stewart arrebanhou as três com a mão esquerda, enquanto a direita empunhava a Colt. Devagar, caminhou até a porta da frente.

Vaughn e Strange observavam o avanço de Peters ao longo da *drugstore* e, depois, em frente à lavanderia, fazendo sinal para que os ocupantes desses estabelecimentos recuassem e ficassem onde estavam, ao mesmo tempo que vigiava o banco, com a arma baixada do lado.

Uma outra viatura entrara no estacionamento e bloqueara a saída. Vaughn havia sacado a arma. Parado com o braço sobre o teto do Ford, mirava direto no banco. O braço de Strange também apontava para a mesma direção, só que na ponta da mira estava o Nova. Aguardavam alguém com megafone do 6º DP, mais reforços e uma ambulância. A sirene da ambulância já se fazia ouvir ao longe, aproximando-se.

"O que você ouviu?", Vaughn perguntou.

"Tiros de revólver e de espingarda", disse Strange.

"O quê, *exatamente?*"

"Dois tiros de revólver, um atrás do outro, com um certo intervalo. Um disparo de espingarda logo depois disso e uns dez, quinze segundos mais tarde outro disparo de espingarda."

"Parece que vamos ter alguns mortos."

"Será que não era melhor a gente invadir?"

"Nem pensar. Agora, o mais importante é salvar quem não morreu. Você quer que eles comecem a matar os reféns? Vamos esperar até Stewart e Hess saírem. Só não deixe eles entrarem naquele carro."

"E o Martini?", disse Strange, um olho fechado, fazendo mira no rapaz com o trinta-e-oito.

"A gente não precisa pegar ele agora."

"Certo."

"Você consegue atingir os pneus daqui?"

"Posso tentar."

"Porque você vai ter que imobilizar aquele carro. Deixa o Stewart e o Hess que eu me encarrego deles."

"Vou tentar."

"Olha só o seu parceiro", comentou Vaughn, com admiração na voz. "Lá vai um rapaz muito esperto."

"Troy Peters", disse Strange.

"Vocês trabalharam muito bem."

Strange piscou para que o suor não entrasse no olho. Firmou a mão.

Martini, de olho cravado no retrovisor lateral, tinha sido testemunha da violência dentro do banco. Tinha visto Buzz parado sobre o corpo do Baixinho. Tinha visto Buzz tirar a arma do corpo dele e pegar os sacos de dinheiro na mão. E agora Buzz estava vindo em direção à porta. Buzz ouvira as sirenes, muito provavelmente, e sabia que a polícia havia chegado. Mas não sabia que o detetive grandão do Departamento de Homicídios, aquele que sempre enchia o tanque no posto, estava com a arma apontada para o banco. Não sabia que Strange, o policial negro que Martini conhecera quando garoto, estava com a arma apontada para o Nova. Não sabia que havia um policial loiro avançando bem rente à parede das lojas.

Martini não pusera as mãos na arma que tinha entre as pernas. Não iria pôr as mãos nela. Em momento algum tinha dito a Buzz que poria. Buzz o mandara esperar e era o que estava fazendo. Era tudo o que iria fazer. Não atiraria contra aqueles homens de farda, que serviam como ele servira, como seus amigos serviram, durante a guerra.

Dominic Martini pisou na embreagem e engatou uma marcha. Pensou nos caras fardados e engatou outra marcha. Apertou o acelerador e a embreagem ao mesmo tempo. No conta-giros, a agulha oscilou na direção do vermelho.

Buzz Stewart empurrou a porta da frente e deu alguns passos rápidos na calçada, bem atrás do Nova. Escutou um policial berrar à direita e, sem se virar, disparou às cegas.

Strange escutou a ordem de Peters e viu a hesitação do parceiro na hora em que o assaltante corpulento atirou às cegas. Viu Peters levar bala, soltar a arma e cair.

Vaughn disparou e acertou o grandalhão na parte de cima do corpo. Strange, conforme as ordens, atirou nos pneus do Nova, mas atingiu a grade e o pára-choque. O grandalhão reagiu e atirou de volta, fazendo com que ele e Vaughn buscassem proteção; os disparos apagaram as luzes do giroflex e arrancaram faíscas do teto da viatura.

"Vamos levantar a cabeça juntos, meu jovem" Vaughn falou para Strange, com voz calma e segura. "Agora."

Strange ergueu-se junto com Vaughn, pronto para atirar. Ambos viram os pneus do Nova cantando no asfalto e o sujeito corpulento parado atrás do carro.

Stewart saiu do banco e viu dois policiais debruçados sobre o teto de uma viatura, com as armas apontadas para ele. Pela direita, escutou um cara gritar: "Polícia, largue a arma!", e disparou a automática na direção de onde vinha a voz, sem nem mesmo virar a cabeça. Mas pelo canto do olho enxergou o policial caído no chão. Logo em seguida escutou berros que vinham do estacionamento, virou a arma na direção do ruído e sentiu a bala entrar feito um soco certeiro. Levou um tranco, cambaleou, disparou alucinadamente, viu a luz vermelha do giroflex virar poeira, viu balas arrancando a pintura do teto e viu os policiais se escondendo na lateral da viatura. Ele estava bem atrás do Nova. Escutou o carro acelerar, viu fumaça sair dos pneus traseiros na preparação da arrancada, e pensou: Essas rodas estão girando para o lado errado.

O Nova ganhou o asfalto e rugiu na direção de onde ele estava. Ultrapassou a calçada, levantou-o do chão e levou-o de volta ao banco, pela janela. Vidros explodiram sonoramente em volta.

Fui atropelado pelo carro do Dominic. Fui baleado.

As pernas estavam imprensadas entre o pára-choque traseiro do Nova e a beirada da mureta de mármore da fachada do banco. Uma bala de um trinta-e-oito estraçalhara a clavícula, descera e se alojara no deltóide. Mas Buzz sentia muito pouca dor.

Esse Dominic nasceu para foder as coisas. Meu Deus, que frio.

Seu torso estava penso para trás, por cima da beirada da mureta. Ele tinha deixado cair as sacolas de dinheiro. Tinha deixado cair a pistola. A espingarda estava presa no coldre e ele estava sem forças para soltá-la. Ouviu homens gritando e ruído de passos correndo na direção dele.

Eu matei um homem e talvez um policial e eles vão acabar comigo por isso. Mas eu levo um deles junto. Eles vão falar de mim nos bares por muito tempo, se eu conseguir realizar esta última façanha. Ainda tenho uma arma. Está aqui na bota.

Estendeu a mão na direção da bota direita e sentiu visgo e pano. Olhou para baixo. Não havia bota nem coisa alguma abaixo do joelho direito. Um pedaço da perna esquerda ainda estava dependurado ali, esmagado, achatadao, ligado apenas por nervos, músculos e o tecido esfiapado do jeans. A maior parte se fora. O que não se fora estava vermelho e molhado.

Stewart gritou.

29

Troy Peters fora baleado na coxa direita. A bala saíra sem atingir a artéria femoral. O paramédico conseguira estancar o sangue antes de colocá-lo na maca para ser transportado. A ambulância levou Peters para o Washington Sanitarium, o hospital dos Adventistas do Sétimo Dia em Takoma Park, Maryland, a pouca distância do Capitol Savings & Loan. Strange resolveu acompanhá-lo e disse a Vaughn que o encontraria no 6º DP, onde redigiria o relatório oficial sobre os acontecimentos.

Um médico que fazia compras no A&P acudiu e tentou estabilizar Buzz Stewart, que estava tendo convulsões, enquanto esperavam a chegada de uma segunda ambulância. O sangue de Stewart correu da calçada até a rua.

Dominic Martini foi posto no compartimento gradeado de uma viatura, com as mãos algemadas nas costas e um hematoma escurecendo o queixo inchado. Ao sair do Nova de braços erguidos, em sinal de rendição, fora derrubado na calçada por um dos policiais que haviam bloqueado a saída do estacionamento e, em seguida, esmurrado várias vezes no rosto. O parceiro do novato, um veterano do Exército, com cerca de trinta anos, tinha entrado no banco para tentar acalmar os sobreviventes e mantê-los longe dos dois cadáveres, o da vítima dos tiros de espingarda e o de Walter Hess.

Sentado num banquinho ao lado da maca de Peters, Strange seguia na ambulância pela Eastern Avenue, na direção de Takoma Park. Contrariando as ordens do paramédico, Peters tirou a máscara de oxigênio que lhe cobria o nariz e a boca.

"Liga pra Patty", disse ele.

"O Vaughn vai ligar", disse Strange.

"Eu quero que *você* ligue pra dizer o que aconteceu. Diga que não é nada sério."

Strange fez um gesto apontando para a máscara de oxigênio, pendurada frouxamente no pescoço de Peters. "Melhor botar isso de volta."

"Não preciso disso. Estou ótimo."

"Você não me parece tão ótimo assim. Está sem um pingo de cor no rosto."

"De novo essa história."

Strange deu risada e olhou para o amigo deitado.

"Folgado."

"Sem essa, cara."

"Tinha que ser o herói."

"Que herói o quê."

"Você se saiu bem."

Peters balançou a cabeça.

"Eu devia ter atirado naquele filho-da-puta ali mesmo. Em vez disso, eu hesitei. Não tive peito."

"E desde quando é preciso coragem pra matar um homem? O que é que você está falando? Isso não é motivo de vergonha pra ninguém."

"Eu não estou com vergonha. Mas se aquele cara tivesse atirado em você por eu não ter atirado antes..."

"Esqueça isso agora."

"Estou na profissão errada."

"Deixa eu dizer uma coisa, Troy. Por alguns momentos, lá no estacionamento, eu achei que o Vaughn fosse me mandar atirar no Martini. Quando ele me mandou segurar as pontas, senti um dos maiores alívios de toda a minha vida."

"E daí?"

"Daí que você não está sozinho."

A ambulância caiu num buraco e a maca balançou.

Peters fez uma careta de dor, fechou os olhos, depois tornou a abri-los e olhou emocionado para Strange.

"Derek?"

"O quê?"

"Segura minha mão."

"Mas você nem se machucou tanto assim."

"Segura assim mesmo. Pelo menos até a gente chegar no hospital."

"Ah, vai se foder."

Strange deixou Troy Peters sedado e sonolento no pronto-socorro do hospital por volta das cinco e meia da tarde. Quando saiu, encontrou sua viatura à espera, junto com os dois policiais que tinham bloqueado a saída do estacionamento.

"O *Hound Dog* falou que você ia precisar da viatura", disse o mais velho deles.

Strange agradeceu, sentou-se ao volante do Ford e voltou para a capital.

Ao chegar à delegacia, Strange foi cumprimentado por diversos policiais fardados e pelo sargento da recepção, embora não soubesse por quê. Recebeu os apertos de mão e os tapinhas nos ombros sem comentários, mas sempre se perguntando o motivo da festa. Quem fizera tudo fora o parceiro. Não achava que tivesse agido com algum heroísmo especial; na verdade, apenas sobrevivera a uma situação perigosa desempenhando suas funções de forma passável, cautelosa e profissional.

Na sala dos policiais, achou uma mesa desocupada e ligou para a mulher de Peters no trabalho. Tranqüilizou-a, dizendo que Troy iria ficar bom. Ela já estava de saída para ir ao hospital e agradeceu por Strange ter ligado.

"O Troy fala tão bem de você", disse Patty, com um quê de sotaque sulista na voz. "Você precisa vir jantar conosco qualquer dia desses, Derek. Estamos combinando isso faz tempo e nunca dá em nada."

"Eu vou, sim."

E jurou se esforçar. Já havia coisas demais para lamentar.

Strange desligou o telefone e se pôs a preencher os formulários necessários relacionados com o ocorrido, em três vias, para que a promotoria pudesse começar as acusações. Sentiu cheiro de fumaça e ergueu a cabeça. Vaughn estava parado diante da escrivaninha, com uma bituca de cigarro queimando entre os dedos grossos.

"Detetive", disse Strange. "Como foi que nos saímos?"

"Conseguimos um depoimento completo do Martini. E ele também arrematou um caso de atropelamento com fuga do motorista em que eu estava trabalhando. Ele era um dos passageiros do carro que matou um rapaz de cor, algumas noites atrás, lá na 14th."

"Quem era o motorista?"

"Walter Hess. Buzz Stewart estava do lado. Martini abriu o jogo sob uma condição. E eu disse a ele que não seria problema."

"E que condição foi essa?"

"Ele quer falar com você."

"Agora?"

Vaughn fez que sim com a cabeça.

"Venha falar comigo depois que você terminar."

Strange foi até a ala da detenção, situada do lado direito da delegacia. Um policial fardado, montando guarda, o introduziu na cela onde Dominic Martini esperava sentado numa cama de campanha coberta por um colchão fininho, todo desgrenhado, os olhos vazios, sem expressão. Um dos lados do rosto estava roxo e deformado por causa dos socos que levara no queixo.

Strange encostou-se nas grades e cruzou os braços.

"Demorei, mas consegui", disse Martini, com uma voz suave e amarga. "Igualzinho a meu velho."

Strange não disse nada.

"Eu costumava ficar olhando os policiais entrarem e saírem desta delegacia. Eu agia como se estivesse contra todos eles, mas no fundo era admiração que eu sentia. Eu queria usar uma farda como eles, mas nunca achei que conseguiria. Bom, o fato é que, depois que dei baixa, comecei a sair com o Buzz e o Baixinho de novo e..."

Martini olhava para a parede da cela.

"Eu sou capaz de lhe descrever tudo o que tem aí fora", continuou ele, com os olhos cravados nos blocos de cimento. "Não preciso de janela nenhuma porque tenho tudo aqui na cabeça, sabe? A entrada para os carros, o tanque com os peixinhos de aquário. A cerca. Depois da cerca, aquele velho carvalho que nós usávamos para nos esconder. Atirar pedras na polícia e correr, se estivéssemos a fim de uma corrida. O policial Pappas, com aquele bigodinho. Nós o chamávamos de Jaques, lembra?"

Strange negou com a cabeça.

"Você veio comigo uma vez. Você e aquele grego gorducho. Você não me deixou jogar pedra num policial negro, o Davis."

Strange não se lembrava de muita coisa a respeito de Martini, a não ser do episódio do furto na Ida. Lembrava-se de que Martini gostava de brigar. Lembrava-se de que ele tinha um irmão mais novo, bem menos agressivo. Mais nada.

"E do meu irmão mais novo, o Angelo?", Martini disse. "Lembra dele?"

"Um pouco."

"Eu vivia querendo que ele fosse mais valente, sabia? Eu forçava umas brigas com os outros garotos, mesmo contra a vontade dele. Uma vez, lá no Fort Stevens, eu tentei fazer você brigar com ele. Mas você não aceitou."

Strange mudou o peso do corpo, ainda encostado às grades.

"É isso mesmo", disse Martini, olhando para Strange, vendo a expressão de incompreensão em seu rosto. "Você se recusou a lutar com ele, mesmo sabendo que seria moleza vencer meu irmão. E foi muito bom pra ele, aquele dia. Você não era mais do que um garoto, mas agiu feito um homem. E eu não esqueci, sabe?"

Strange não disse nada.

"Eu nunca disse a ele que tudo bem não querer brigar. Eu o chamei a vida inteira de maricas, bicha e de tudo quanto foi nome que você possa imaginar. Eu devia ter previsto que ele iria atrás de mim, pra lutar na guerra. Pra tentar provar pro irmão mais velho que ele também era durão. Só que ele não era durão. Era só um bom garoto." E uma lágrima saltou dos olhos de Martini. "Eu me pergunto por que eles mandam um menino como ele pra guerra. Angie nunca quis machucar ninguém."

Strange deixou cair os braços e olhou para os sapatos.

"Bom, mas continuando", disse Martini. "Ele morreu. Angelo pisou numa mina. Puseram o garoto na dianteira logo na primeira missão de reconhecimento dele. Pra quê, eu não sei. Ele não teria matado ninguém." O olhar de Martini perdera o foco. "Ele pisou numa mina."

"Eu sinto muito", Strange falou.

"Eu sabia que você provavelmente não iria se lembrar de muita coisa. Eu só queria lhe agradecer, mais nada."

Martini deitou-se no catre e cobriu os olhos com o braço. Strange chamou o guarda, que apareceu e destrancou a porta. Ao entrar no vestíbulo do bloco de celas, conferiu o relógio. Eram sete e quinze da noite.

Vaughn estava esperando por ele do lado de fora do bloco.

"O que ele queria com você?"

"Queria só esclarecer umas coisas. Umas coisas de quando a gente era criança."

"Você conhecia o Martini?"

"Na verdade, não", disse Strange. "Eu não diria que eu o conhecia. O que acha que vai acontecer com ele?"

"Homicídio qualificado. Pouco importa que não tenha puxado o gatilho naquele banco. O cara teve sorte de ter sido apanhado cem metros para o lado de cá, dentro do perímetro de Washington, se é que se pode chamar isso de sorte. Em qualquer outro lugar, iria direto pra cadeira elétrica. Mas aqui vai pegar perpétua."

"E o Stewart?"

"Amputado também vai pra cadeia. Se ele sobreviver."

"Aleijado não dura muito lá dentro."

"Mas cumpre a sentença inteira do mesmo jeito."

Vaughn deu uma chacoalhada no maço de L&M, levantou um cigarro a meio e ofereceu a Strange. Strange recusou. Vaughn puxou o resto do cigarro para fora com a boca e o acendeu com o Zippo.

"Eu acho melhor ligar pra sua mãe. Ela pode escutar alguma coisa no rádio sobre um policial baleado da nossa delegacia. Ela ficaria em pânico, sobretudo agora, com a morte do seu irmão."

"Vou ligar pra ela."

"Como ela está?"

"Ela é forte."

"Uma boa mulher."

"É."

"Estes últimos dias também não têm sido muito fáceis pra você", disse Vaughn, dando uma boa olhada em Strange.

"Acho que vou me sentir bem melhor depois que o assassino do meu irmão for preso."

"Acha mesmo? Acha que vai se sentir melhor depois?"

"Aonde você está querendo chegar?"

"É isso mesmo que você *quer*? Ver o cara na cadeia?"

Strange olhou bem dentro dos olhos de Vaughn.

"Não."

"Como eu já disse, estou disposto a ajudar."

"E eu agradeço."

"Alguma novidade?"

Strange contou-lhe, em detalhes, o que acontecera durante a tarde. Falou sobre a visita que fizera ao apartamento de Kenneth Willis e sobre as porradas. Também disse que tinha obtido uma pista sobre o paradeiro de Jones e que ele talvez estivesse na casa de um primo, lá para os lados da 7th.

"Onde é que esse Ronnie Moses mora, exatamente?", Vaughn perguntou.

"Não sei. Mas eu peguei um número de telefone. Estava planejando conseguir o endereço com um telefonema."

"Está com o número aí?"

"Deixei no armário, no vestiário."

"Vamos verificar isso agora mesmo. Tem certeza sobre esse tal de Jones, certo?"

"Não tenho nenhuma prova concreta. Mas tenho quase certeza."

"Você carrega alguma arma sem registro?"

"Não."

"Pois eu sim", disse Vaughn. "E você vai ter que arranjar uma também."

Strange chegou a pensar em desistir ali mesmo, na hora. Mas ficou de bico calado.

Foram juntos até a sala dos policiais. Alguns homens, agrupados em volta de um rádio, ouviam o noticiário. Um deles, um recruta negro chamado Morris, abandonou a rodinha. O parceiro, um policial branco chamado Timmons, tentou agarrar Morris pelo braço, mas o outro se livrou e saiu carrancudo da sala. Quando ele passou, Strange viu angústia em seus olhos. Strange e Vaughn foram até o rádio e ouviram o locutor repetir o boletim noticioso.

Às seis e cinco da tarde, hora da região central do país, o reverendo Martin Luther King Junior fora baleado no pescoço por um franco-atirador, na sacada do hotel Lorraine em Memphis, no Tennessee.

Durante os sessenta minutos seguintes, os policiais continuaram naquela sala, recebendo telefonemas e ligando para os entes queridos, falando baixinho entre si. Vaughn deu uma saída para fumar um cigarro ao ar livre. Strange ligou para a mãe, conforme Vaughn tinha lhe dito para fazer. Os dois falaram sobre o assalto ao banco e sobre o horror em Memphis; ela disse que o amava e ele disse a ela a mesma coisa. Assim que desligou o telefone, o locutor voltou ao ar.

Martin Luther King fora declarado morto pela equipe do hospital Saint Joseph às oito e cinco da noite, hora da costa Leste. O policial Morris, que voltara para ouvir as notícias, meteu o punho na parede da sala. Strange foi ao banheiro, onde poderia ficar só.

Na 14th Street, em Shaw, a notícia chegou primeiro para um menino que estava andando pela calçada com um radinho de pilha barato na orelha.

"Mataram Martin Luther King!", ele berrou, para ninguém em especial. "Mataram Martin Luther King!"

E correu desabalado pela rua, enquanto as pessoas paravam para olhá-lo.

30

À medida que a notícia se espalhou no boca a boca e por telefone, as pessoas foram ligando seus transistores, aparelhos de rádio e televisores para obter mais detalhes sobre o assassinato de Martin Luther King. Muitos moradores do centro de Washington estavam ouvindo a WOL, a estação de *soul*, no 1450. O locutor Bob Terry, uma voz familiar e reconfortante para a audiência negra, pedia aos ouvintes que refletissem de forma espiritual sobre o que ocorrera.

"Este não é um momento para ódio", Terry falou. "E para você que é branco, aqui vai um conselho semelhante... é melhor você também ir parando de odiar."

Depois de conversar por telefone com líderes do Comitê de Coordenação Estudantil sem Violência de Memphis, o ativista negro Stokely Carmichael dirigiu-se aos escritórios do SNCC na 14th, a alguns quarteirões ao norte da U Street, onde se reuniu com os responsáveis da entidade pela seção de Washington. Carmichael propôs uma greve que forçaria o fechamento do comércio, para homenagear Martin Luther King. Argumentou que as lojas deveriam cerrar suas portas em sinal de respeito, como acontecera por ocasião do assassinato de John Kennedy. Entretanto, os diretores do SNCC, ainda que concordando com a necessidade de algum tipo de protesto, não aprovaram medida tão drástica. Carmichael, de óculos escuros e jaqueta de combate, sua marca registrada, desconsiderou o desejo de seus superiores, saiu da sede do SNCC e começou a reunir simpatizantes que poderiam ajudar na organização da greve.

Pouco depois, ele e um grupo de seguidores entraram na Peoples Drug Store da 14th com a U, local dos distúrbios da terça-feira anterior, e pediram ao gerente que fechasse o estabelecimento pela morte de Martin Luther King. O gerente aquiesceu e apagou as luzes. Em seguida, encabeçando um grupo de trinta a quarenta pessoas, Carmichael foi de porta em porta para pedir aos donos ou gerentes de lavanderias, lojas de bebidas e barbearias que suspendessem os negócios. Todos concordaram.

Terminada essa parte, o grupo pegou a U Street, no sentido leste. Caía uma garoa fina, algo bastante comum para uma noite de abril.

A dona da Jumbo Nut Shop foi convocada a fechar as portas. Lanterninhas e bilheteiros do cine Republic foram avisados para suspender a primeira sessão da noite. Dois seguidores de Carmichael entraram no auditório do Lincoln e gritaram para a platéia — que assistia a *Adivinhe quem vem para jantar?* — que o filme teria de ficar para um outro dia. Acenderam-se as luzes e todos abandonaram seus lugares.

Às nove e meia, alguém espatifou a vitrine da Peoples Drug.

O reverendo Walter Fauntroy, presidente da Câmara de Vereadores de Washington e amigo íntimo de Martin Luther King, viu os problemas começarem da janela do segundo andar da sede da Conferência da Liderança Cristã Sulista, anexa à Peoples Drug. Fauntroy foi até a rua conversar com Carmichael e seus seguidores, cujo número já havia aumentado bastante. Carmichael libertou-se do punho diminuto do reverendo e seguiu pela 14th, na direção norte, acompanhado por centenas de pessoas. O reverendo Fauntroy passaria o resto da noite indo de um lado para outro, de estações de televisão para estações de rádio, pedindo a "irmãs e irmãos negros" que reagissem à dor “sem espírito de violência”. Suas palavras chegaram tarde demais e não foram atendidas.

O protesto improvisado fechou as portas de restaurantes e casas comerciais ao longo da 14th, a exemplo do que já acontecera na U Street. Na retaguarda da multidão, uma lata de lixo acabou com a vitrina da Peoples. Na seqüência, uma garrafa estilhaçou a vidraça da National Liquor. Brados de “*black power*”, “morte aos branquelas” e “vamos acabar com a vida dos filhos-da-puta agora” ressoavam pelo ar noturno. Carmichael discursou para o povo e disse a todos que não iniciassem nenhuma violência, que isso seria prejudicial a eles mesmos, já que eram minoria e sairiam derrotados. Fez isso enquanto continuava a liderar a multidão ladeira acima pela 14th, numa região em que havia dezenas de pequenos negócios, lojas de redes e prédios residenciais.

Até as dez da noite, a presença policial nas ruas parecia pequena. Mas a polícia sabia do problema e estava começando a enviar suas unidades para o local dos distúrbios. O diretor de Segurança Pública, Patrick Murphy, convocou a polícia a fim de que tentasse manter a ordem, mas mandou recuar diante de qualquer “confronto iminente”.

Cinco quarteirões ao norte da U Street, no topo da ladeira, uma mulher enfiou o traseiro na vitrine da loja Belmont TV. Algumas pessoas tentaram invadir para pegar os televisores do mostruário, mas foram impedidas por Carmichael e dois outros funcionários do SNCC. Carmichael puxou uma pistola do bolso da jaqueta, brandiu a arma no ar e disse a seus seguidores inflamados que aquela não era “a maneira” de fazer as coisas.

Nesse meio-tempo, a concentração de pessoas na confluência da 14th com a U já era enorme. Ao se aproximar desse cruzamento de novo, na volta da passeata, Carmichael percebeu que havia perdido o controle da situação. A multidão aumentara de forma assustadora e movimentava-se ao acaso, sem liderança nenhuma. A voz dos manifestantes denotava raiva, além de uma ligeira satisfação. Carmichael entrou num carro que o aguardava e sumiu de cena. Não seria mais visto pelo resto da noite.

Por volta das dez e meia, o povo arrebentou a vitrina de uma loja de penhor, a Sam's Pawnbrokers, e a da loja Rhodes Five & Ten, ambas ao sul da U Street, e jóias, televisores, rádios, utensílios domésticos, badulaques inúteis e tudo mais que não estava trancado nem pregado no chão foi roubado. Voluntários do SNCC tentaram impedir o saque. Os participantes riram e não tomaram conhecimento.

O barulho de vidro estilhaçado aumentava, à medida que as vitrines de diversas lojas nos arredores da 14th e da U Street iam sendo quebradas. A London Custom Shop foi saqueada, bem como as lojas vizinhas. No norte da U, o pessoal dos conjuntos habitacionais começou a sair para a rua, danificando e roubando as lojas da região, alguns por curiosidade, outros por raiva e vários devido ao efeito maria-vai-com-as-outras típico das multidões.

Um posto de comando informal foi organizado no 13º DP, perto da 16th e da V Street. Ali, o prefeito Walter Washington, o chefe de polícia John B. Layton e Patrick Murphy elaboraram o esboço de um plano consensual. A Divisão de Operações Especiais da Unidade para Contenção de Distúrbios Civis, que tinha extenso treinamento para combater esse tipo de ocorrência, foi chamada para intervir. Além disso, todos os policiais do 13º DP que faziam a ronda no turno das quatro à meia-noite receberam ordens para dobrar o turno e trabalhar também da meia-noite às oito. Todas as viaturas disponíveis foram convocadas a se apresentar em Shaw, na área onde ocorriam os saques.

O policial Lydell Blue, do 13º DP, foi um dos que se apresentaram nessa leva.

Policiais de outras delegacias que não estivessem atendendo ocorrências foram incentivados a participar da operação montada pelo 13º DP.

No 6º DP, o policial Strange, o policial Morris e dois outros ofereceram-se como voluntários. Entraram numa viatura e rumaram para o sul da cidade.

O detetive Frank Vaughn foi até a casa de Vernon Wilson e contou para a mãe dele que os assassinos de seu filho tinham sido encontrados e que os que não haviam morrido na tentativa de assalto passariam o resto da vida na cadeia. Em seguida foi até o Villa Rosa, no centro de Silver Spring, e tomou umas doses.

Strange e os companheiros, agrupados nas proximidades da U Street, receberam instruções de um sargento do 13º DP.

"Mantenham a ordem por meio de intimidação e ameaça. Usem os cassetetes e o gás lacrimogêneo só se não tiver outro jeito. Não saquem a arma."

"Gás?", perguntou um dos policiais mais jovens. "Mas nós não temos nem máscara."

"Estamos com falta de máscaras", o sargento respondeu.

"Quer dizer então que não podemos sacar a arma", continuou o jovem policial, olhando em volta, em busca do apoio dos colegas. "Eles estão saqueando o quarteirão inteiro. E nós fazemos o quê? Ficamos parados olhando o pessoal levar tudo embora?"

"São ordens vindas de cima", disse o sargento, repetindo o comando. "Intimidação e ameaça."

Strange olhou para o sul da rua. Policiais da Unidade de Contenção de Distúrbios Civis, de capacete branco, máscara contra gás, cassetete branco e bombas de gás lacrimogêneo marchavam rua acima. Tinham entrado em formação no cruzamento da 14th com a Swann e avançavam para o norte numa coluna compacta, usando os cassetetes para empurrar os saqueadores na direção da polícia, que vinha logo atrás deles em viaturas e camburões. Na marcha, passaram em frente ao Nick's Grill, de propriedade de Nick Stefanos. Até aquele momento, a ampla vidraça da lanchonete e o vidro da porta continuavam intactos.

Strange começou a subir a ladeira a pé, junto com outros dois policiais. Passou por uma loja de carros usados na Belmont Street onde alguém ateara fogo num Chevrolet. Luzes laranja coloriram sua farda e dançaram a seus pés.

O chuvisco se transformara em chuva forte. Strange ajustou o quepe, puxando-o bem para cima da testa, para que a pala desviasse a água do rosto. Viu vários colegas nas transversais, dentro ou fora das viaturas, conversando nervosos, tentando acender cigarros úmidos de chuva. Continuou caminhando.

No topo da ladeira, na altura da Clifton, jovens atiravam pedras e garrafas em ônibus e nos últimos carros que ainda trafegavam pela 14th. Uma garrafa entrou pela janela de uma viatura estacionada de viés na rua. Strange perseguiu um apedrejador, mas o perdeu de vista num beco. O rapaz parecia estar entrando na adolescência, não mais que isso. Uma moça xingou-o da janela de um prédio, na volta para a 14th Street. Ele nem sequer virou a cabeça.

Seguiu na direção norte. Viu alguns policiais se reagrupando na Fairmont Street. Viu as costas largas de um que gesticulava muito enquanto falava com os outros. Sabia, pelos movimentos amplos e pelo jeito como havia parado, que era Lydell Blue. Aproximou-se do grupo e apertou a mão do amigo. Ele e Blue se afastaram um pouco dos outros.

"E aí, como você está, meu irmão? Fiquei sabendo por um colega, o Morris, lá do 6º, que você evitou um assalto hoje."

"Eu não evitei porra nenhuma. Meu parceiro levou bala enquanto eu me agachava atrás de uma viatura."

"Você deve ter ficado chateado."

"Estou bem."

"Mas está fazendo turno dobrado, não está? Você está bem para ficar por aqui?"

"Eu *preciso* ficar aqui, Lydell."

E bem nessa hora a atenção de ambos se desviou para o norte, onde a gritaria atingira níveis de histeria coletiva. Do quarteirão seguinte em diante, vale dizer da Girard e além da Park Road, centenas de jovens haviam começado a quebrar vitrines de lojas de roupas, bebidas e ferragens e saquear tudo o que havia lá dentro. Policiais fardados misturavam-se à multidão, brandindo os cassetetes.

"Acho melhor a gente ir pra lá", falou Strange, empunhando o cassetete ao mesmo tempo que os outros policiais se juntavam em volta deles. Blue também tirou o cassetete.

Eles penetraram no meio do aglomerado de borracha em punho. Detiveram alguns saqueadores e correram atrás de outros até os becos. Estes, quase todos garotos, saíam minutos depois das vielas e retomavam o saque. Strange levou uma pedrada nas costas, sentiu a agulhada, virou-se e viu o homem que atirara, sorrindo para ele do meio do aglomerado. Ele perseguiu o sujeito com uma explosão de energia alimentada por adrenalina e, ao alcançá-lo, baixou o cacete, atingindo-o no ombro. O agressor, que tinha a mesma idade de Strange, tropeçou e caiu. Strange o manteve ali, até que um camburão, que passava vagarosamente recolhendo os arruaceiros, chegasse.

"Seu preto capacho de branco", disse o homem.

Strange levou-o sem fazer comentários até o camburão e empurrou-o rudemente para dentro.

Sua captura seguinte foi um menino em carreira desabalada que trombou com ele ao olhar para trás, tentando carregar um aparelho de som pela rua. O garoto deixou o aparelho cair no asfalto assim que Strange o colheu num abraço. Ele olhou nos olhos do menino, viu-se aos doze anos e o deixou partir.

Cerca de quinhentos homens do Departamento de Polícia Metropolitana e da Unidade para Contenção de Distúrbios já estavam a postos no corredor da 14th Street, devido às convocações extraordinárias e aos turnos dobrados. Os caminhões dos bombeiros também já se achavam no local. O problema é que, além de serem minoria, policiais e bombeiros não estavam preparados para a loucura em que aquilo se transformara, e não podiam fazer muita coisa devido às ordens recebidas.

À meia-noite e meia, surgiram focos de incêndio em esquinas opostas do cruzamento da 14th com a Fairmont. Um deles alastrou-se para o prédio vizinho, que tinha uma loja de bebidas embaixo e apartamentos em cima. Quando os bombeiros foram tentar apagar o fogo, viramse rodeados por uma multidão que, em meio às vaias, atirava pedras e garrafas contra eles da rua e dos telhados adjacentes. A polícia usou bombas de gás lacrimogêneo para controlar o povo. Eles jogavam as bombas da janela de viaturas em movimento, de camburões e até a pé. O batalhão de choque da Unidade para Contenção de Distúrbios usou bazucas para disparar cilindros de gás lacrimogêneo nos telhados de onde os arruaceiros lançavam seus projéteis.

A chuva havia parado. Alarmes contra ladrão soavam sem parar. Fumaça permeava a rua toda, por entre as luzes estroboscóbicas do giroflex das viaturas.

Strange sentou-se no estribo de um carro de bombeiros com um pano molhado nos olhos que ardiam, doloridos; estava sem fôlego, sentindo a garganta queimar. O pano lhe fora dado por um dos bombeiros. O gás lacrimogêneo arrefecera os ânimos da multidão, mas também incapacitara diversos policiais, que não possuíam máscara. Strange viu duas mulheres descendo a rua, rindo e medindo roupas roubadas uma na outra, para conferir o tamanho, com lágrimas rolando pelo rosto. Eram da geração dele. Eram da cor dele.

Olhou em volta, na rua, e não viu nenhum policial conhecido. Lydell não estava por lá.

Um policial branco passou por ele, com o rosto cheio de fuligem, esfregando os olhos, sem se dar conta de que Strange estava sentado no caminhão. O sujeito falou: "Negrada de merda", pra ninguém em especial, depois repetiu a frase, sacudindo a cabeça, e seguiu seu caminho. Strange manteve-se calado.

Pensou em Carmen: onde ela estaria e o que estaria fazendo? Devia estar com os amigos, claro, com os colegas de faculdade. Falando sobre o assunto, muito provavelmente superando o assunto, enquanto ele estava ali, combatendo a desordem. Pensou no irmão e no que ele diria se ainda estivesse vivo. No pai e na mãe. Na conversa que todos teriam, na discussão animada, se estivessem todos juntos de novo na Princeton. O que o pai lhe diria para fazer, se estivesse ali do lado?

Strange largou o trapo no chão, levantou-se e caminhou até uma zona de distúrbios mais ao sul.

Nas imediações da 14th com a Euclid, um grupo de jovens havia tentado pôr fogo na mercearia Empire Market, que fora saqueada. A polícia espantara todo mundo com gás lacrimogêneo, mas o pessoal tinha voltado. Um dos rapazes jogou uma bomba de gás lacrimogêneo de volta nos policiais. Strange juntou-se a eles, na tentativa de repelir o ataque. Os garotos sumiram num beco ali perto, voltaram quinze minutos depois e tentaram de novo. A polícia conseguiu afastá-los outra vez, mas foi chamada para acudir novos distúrbios mais ao norte. Quando Strange voltou com mais policiais, o Empire Market estava envolto em chamas.

Strange ficou parado no meio da rua, enquanto os bombeiros dirigiam em vão as mangueiras para a loja.

Uma mulher da idade de sua mãe, de penhoar, saiu de um dos prédios vizinhos e entregou-lhe uma xícara com água. Strange agradeceu e tomou até a última gota, como um cão sedento. Ele e a mulher continuaram vendo a mercearia arder, os rostos iluminados pelas chamas e fagulhas que subiam e se perdiam na noite.

Strange só foi reencontrar Lydell Blue de madrugada, nas imediações da U Street. A polícia conseguira ocupar a região toda e a maioria dos cidadãos tinha voltado para casa. Gás lacrimogêneo e fumaça permeavam a atmosfera; os alarmes contra ladrão continuavam a soar. Mas a impressão predominante era de que os distúrbios haviam terminado.

Duzentas pessoas, entre maiores e menores de idade, foram detidas. Duzentas lojas tiveram as vitrines quebradas e a maioria delas fora saqueada. Vários imóveis haviam sido destruídos pelo fogo.

Algumas vitrines da Hecht da F Street estavam quebradas, bem como as da D. J. Kaufman da 10th com a E Street, perto da Pennsylvania Avenue. Vandalismos semelhantes foram registrados na Mount Pleasant Street, na 7th, na Florida e em Park View, onde alguns garotos apedrejaram carros em movimento. Mas os distúrbios pareciam ter ficado restritos ao corredor da 14th Street.

"Vá dormir agora", falou Blue, com o rosto listrado de lágrimas e fuligem.

"Estou de serviço até as oito."

"Eu falei com meu comandante. Ele disse que você pode ir embora. E leve os rapazes que você trouxe junto, também."

Strange concordou com a cabeça. Blue bateu com o punho no peito. Strange repetiu o gesto.

Os policiais do 6º DP levaram a viatura de volta. Aqueles que não pegaram no sono imediatamente fizeram o trajeto em silêncio. Na delegacia, Strange entrou no Impala e foi direto para a casa dos pais. Assim que saiu da Georgia e entrou na Princeton, reparou que os vidros da porta da venda do seu Meyer tinham sido quebrados. Mas ele estava lá, pregando um quadrado de papelão para tapar o estrago.

Os pais de Derek Strange estavam sentados à mesa de jantar quando ele entrou em casa. Abraçou a mãe, que se levantou para cumprimentá-lo, e apertou a mão do pai.

Depois sentou-se à mesa e esfregou o rosto enquanto a mãe ia até a cozinha buscar uma xícara de café preto.

Darius Strange olhou para o rosto manchado de fuligem do filho, para as áreas da farda escurecidas pelas cinzas e pelo suor.

"Você teve um dia e tanto, filho."

Derek balançou a cabeça. Pelo tom, sabia que o pai estava lhe dizendo que ele se saíra bem.

"Quero que você se cuide muito bem, está me ouvindo, rapaz?"

"Estou, pai."

"Sua mãe não agüenta outra perda."

"Pode deixar que eu vou ficar bem."

"Olhe pra mim, filho." Darius debruçou-se para a frente e baixou a voz. "Eu estou doente, Derek."

"Como assim, *doente*?"

"O que eu quero dizer é que eu não sei quanto tempo mais eu tenho nesta terra."

"Pai..."

"Não tem motivo nenhum pra você ficar agitado. Estou só lhe dizendo isso agora pra você pensar bem da próxima vez que sair na rua."

"E como é que o senhor sabe?"

"Eu *sei*. Agora me escute. Você vai ter que permanecer muito saudável pra cuidar da sua mãe. Ela é forte, mas tudo na vida tem um limite."

"O senhor contou pra ela?"

Darius abanou a cabeça e manteve o olhar cravado no filho, dizendo-lhe com os olhos, na hora em que Alethea voltou para a mesa e pôs uma xícara de café na frente dele, que não era para tocar mais no assunto.

"Obrigado, mãe."

"Acho que nós devíamos fazer uma prece", falou Alethea.

Darius liderou a oração. Rezaram para o reverendo King e para tudo o que ele representava, rezaram para que a paz voltasse às ruas. Rezaram por justiça. Rezaram pela alma do reverendo e pela alma do filho e irmão, Dennis Strange.

"Amém", disseram Alethea e Derek, quando Darius terminou.

Darius pigarreou.

"Essa confusão vai mudar os planos para o enterro."

"Eu vou ligar pra funerária hoje", disse Derek. "Pra ver o que eles têm a dizer."

"Primeiro você precisa descansar um pouco", disse Alethea.

"Eu vou, pode deixar." Só então reparou que a mãe estava com o vestido que usava para trabalhar e que o pai estava de camisa branca engomada. "Vocês vão trabalhar hoje?"

"Todo mundo vai", disse Darius. "O comércio continua em ritmo normal, é isso que eles estão dizendo no rádio e na televisão."

"Mas eles precisavam é fechar todo o comércio", falou Derek. "Pra mostrar um pouco de respeito pelo reverendo. É isso que a maior parte do pessoal quer."

"Eu concordo", disse Darius. "Mas a decisão já foi tomada. Até mesmo as repartições públicas estão funcionando."

"Mas o senhor não trabalha pro governo."

"Verdade. Mas não vou deixar o Mike na mão. E sua mãe também tem as obrigações dela." Darius olhou seu relógio de pulso. "É melhor eu ir andando. Preciso acender a chapa."

Darius levantou-se da cadeira, foi até onde Alethea estava e beijou-a de leve na boca. Pegou o paletó de um dos suportes do cabideiro e vestiu. Derek seguiu-o até a porta.

"E não se esqueça daquilo que eu lhe falei. Cuide-se muito bem, toda vez que estiver aí fora."

"Vou fazer o possível."

Darius olhou o filho de alto a baixo.

"Você passou por um bom teste, não passou?"

"O senhor *sabe* que sim. Fui xingado de todos os nomes possíveis pela minha própria gente. Fui olhado com ódio por pessoas que foram desprezadas a vida inteira como eu fui. E uma coisa eu vou lhe dizer. Houve momentos em que tive vontade de passar para o lado deles, ontem à noite."

"E quer saber de uma coisa?", disse Darius. "Eu também tive vontade de tomar parte dos protestos."

"E por que não tomou, então?"

"Porque não seria eu. O que não significa que eu não possa reconhecer que o que ocorreu ontem à noite foi necessário. As pessoas agora vão ouvir. Elas terão que ouvir."

"E eu, o que *eu* faço?"

"Você tem um compromisso. As pessoas sempre hão de respeitá-lo por isso, mesmo que da boca pra fora digam coisas diferentes."

"O que o senhor está me dizendo, exatamente?"

"Faça seu trabalho."

Darius abraçou o filho e lhe deu um tapinha nas costas. E meneou a cabeça para Alethea antes de abrir a porta.

Derek voltou à mesa e tomou seu café.

"Alguém me ligou?"

"Você quer dizer a Carmen?"

"Qualquer pessoa."

"A Carmen não ligou." Alethea estendeu a mão por sobre a mesa e tocou na do filho. "Vá tomar um banho enquanto eu preparo alguma coisa pra você comer."

Derek tirou a farda no quarto do irmão, dobrou-a bem dobrada e a dispôs em cima de uma cadeira. Tomou uma chuveirada e vestiu uma calça e uma camisa que eram de Dennis e que cheiravam igual a Dennis. Enquanto se vestia, a mãe usou um pouco de banha tirada de uma antiga lata de café Wilkin para fritar o bacon e os ovos numa frigideira rasa. Serviu com torradas, molho apimentado e outra xícara de café. Depois sentou-se e ficou vendo o filho comer.

"Precisa de carona?", Derek lhe perguntou, molhando um triângulo de torrada na gema.

"Não, eu pego o ônibus, não se preocupe. Termine o seu café e vá para a cama. Quero que durma um pouco."

Derek fez o que a mãe mandou. Adormeceu rápido na cama do irmão e não ouviu a mãe saindo de casa.

31

Na sexta de manhã, Strange dormia feito uma pedra.

Enquanto ele dormia, os moradores da Grande Washington pegaram carros e ônibus para ir trabalhar na capital. Cento e cinqüenta mil alunos e professores compareceram às escolas públicas, mantidas abertas pelo prefeito Washington depois de uma reunião com o superintendente de ensino William R. Manning. Ficou decidido também que as atividades relacionadas com o Cherry Blossom Festival iriam prosseguir conforme o planejado. Apesar dos distúrbios da noite anterior, funcionários do governo e autoridades policiais esperavam um dia calmo na capital federal.

Desde o começo havia indícios de que a calma era ilusória.

Durante a noite toda e o começo da manhã, os relatos sobre as façanhas dos revoltosos e saqueadores de Shaw espalharam-se de uma ponta a outra da cidade, propagados por telefone ou então pelo "telégrafo do gueto" — vale dizer, por conversas nas ruas, nas paradas de ônibus, nas salas de estar, nas vendinhas de esquina e, antes do amanhecer, nos pontos onde os operários esperavam pela condução que os levaria para as fábricas. Os relatos foram sendo embelezados a cada repetição; eles incendiaram a imaginação, a raiva, o espírito de aventura e a ambição da juventude.

Muitos operários e operárias, assim como funcionários públicos, gerentes e burocratas negros ficaram em casa e não foram trabalhar. Vários professores negros e alguns professores brancos deram uma desculpa para não comparecer, enquanto outros não tiveram o menor receio de pedir folga para assistir aos serviços fúnebres em honra do reverendo King.

Pouco depois da primeira sineta para o início das aulas, funcionários de diversas escolas começaram a informar que era grande o número de faltas e, também, que eram muitos os atos de insubordinação e mau comportamento por parte daqueles que haviam ido à escola. Um funcionário do SNCC tentou convencer o superintendente Manning a fechar os estabelecimentos de ensino, mas ele se recusou. Com o avanço da manhã, diretores cada vez mais preocupados, alguns com voz de pânico, relatavam que a situação estava se deteriorando e diziam que não estavam mais conseguindo controlar os alunos.

Com base em dados históricos, as autoridades acreditavam que os distúrbios de rua ocorreriam, em grande parte, no período da noite, após uma longa fase de inatividade durante o dia. Com essa idéia em mente, a Guarda Nacional de Washington recebera ordens de se preparar para uma possível intervenção na sexta-feira à noite e havia dado início aos preparativos no prédio do Arsenal, na região central. A polícia de choque da Unidade de Contenção de Distúrbios Civis só se apresentaria para o serviço às cinco da tarde da sexta-feira. Além disso, devido à relativa calma verificada nas primeiras horas do dia, vários policiais que tinham cumprido turno duplo foram mandados para casa mais cedo. Conseqüentemente, na sexta-feira pela manhã a presença policial nas ruas da capital federal não era mais forte do que em dias normais.

A garotada começou a se reunir e a perambular, em bandos, pelas ruas 14th, 7th e H, na direção nordeste, e também pela região a leste do rio Anacostia. Paravam na porta de estabelecimentos comerciais, provocando os donos e os funcionários brancos que tinham ido trabalhar. Sacudiam o carro de motoristas brancos parados no semáforo. Um rapaz branco foi arrastado para fora do automóvel na 14th e brutalmente espancado. Sua vida foi salva por um padre católico.

Logo abaixo do prédio de Derek Strange, na confluência da 13th com a Clifton, os alunos do Colégio Cardozo começaram a deixar as classes. Até o meio-dia, metade do colégio já tinha ido embora. Junto com colegiais de outras escolas da área, muitos foram se juntar aos amigos nas ruas 14th e 7th. Alguns foram para o campus da Universidade Howard, onde Stokely Carmichael deveria fazer um discurso.

Durante uma coletiva à imprensa, pela manhã, Carmichael tinha dito: "Quando a América branca matou o reverendo King, ontem à noite, declarou guerra contra nós. Não haverá choro nem funeral". E também: "Não é mais preciso haver discussões intelectuais. Os negros sabem que precisam de armas. A América branca viverá para se lastimar por ter matado o reverendo King ontem à noite".

Na Universidade Howard, fora realizado um serviço religioso logo de manhã, no auditório Crampton. Depois de um discurso feito pelo diretor, James Nabrit, um coro liderou os presentes no *Réquiem* de Brahms e também no "Precioso Senhor", que o reverendo King pedira que fosse cantado na reunião da quinta-feira, momentos antes de ser baleado. A última música, "We Shall Overcome", já não foi tão bem recebida, segundo testemunhas. Muitos jovens na platéia do Crampton se recusaram a cantar junto.

Em seguida ao serviço religioso, diante da escadaria do salão Frederick Douglass, teve início um comício bem mais agressivo, com oradores se apresentando para denunciar o racismo branco a uma platéia de várias centenas de pessoas. A atmosfera estava pesada, os rostos sérios, com muita camisa preta de gola olímpica, muita jaqueta de combate, cavanhaques e moscas, cabeleiras afro e óculos escuros. A bandeira norte-americana, hasteada a meio-pau, foi baixada e a bandeira da Ujamma, uma organização de nacionalistas negros do campus, que defendia uma nação negra separada, foi erguida. Uma oradora se pronunciou contra a proposta de uma reação sem violência. "Eu até posso morrer de forma violenta", ela disse. "Mas levo um branco comigo." Stokely Carmichael, de óculos escuros e uniforme de combate, foi o próximo a pegar o microfone.

Carmen Hill estava no meio da multidão. Tinha passado metade da noite acordada discutindo e vendo os acontecimentos se desenrolarem na televisão. Quase todos os amigos eram a favor da violência que irrompera na quinta à noite. Nenhum deles participara. Ela ligara duas vezes para o apartamento de Derek, para ver se estava tudo bem. Não tinha obtido resposta.

Carmen sabia, racionalmente, que tudo o que acontecera, que tudo o que iria acontecer, era inevitável e já estava a caminho havia um bom tempo. Ela era negra e, no íntimo, achava-se do lado de sua gente. Assim como a maioria dos jovens de sua cor, sentia-se fortalecida e encorajada pela reação ao assassinato de Martin Luther King. Mas também sentia medo.

Ela escutou o discurso de Carmichael. Viu quando ele sacou uma arma da jaqueta e brandiu-a por sobre a cabeça, como fizera na noite anterior, na 14th.

"Não fiquem na rua se não tiverem uma arma", avisou ele, "porque vai haver tiroteio."

Carmen pensou em Derek e pediu a Deus para mantê-lo a salvo.

Pouco depois do meio-dia, na 14th Street, ao sul da U, irrompeu um incêndio no Safeway. Quatro minutos mais tarde, a onze quarteirões ao norte do supermercado, um bando de jovens pôs fogo numa loja de roupas na esquina da Harvard Street.

O corpo de bombeiros e a polícia foram chamados de volta à 14th.

Quase no mesmo momento, adolescentes e rapazes que vinham se agrupando desde cedo ao longo da região começaram a agir, incendiando as lojas Belmont TV, London Custom e a Judd's Pharmacy, que já haviam sido danificadas e saqueadas na noite anterior. Quando os bombeiros tentaram ligar as mangueiras nos hidrantes, foram apedrejados, atacados e xingados; a proteção de apenas uns poucos grupinhos de policiais de cassetete em punho não foi suficiente. O fogo alastrou-se para os apartamentos e conjuntos habitacionais vizinhos. A loja de roupas Worthmore Clothing da Park Road começou a arder.

Os bandos moviam-se de um lugar a outro, sem se importar com bombas e cilindros de gás lacrimogêneo. E invadiram as lojas situadas entre a Columbia e a Park Road, onde predominavam comerciantes brancos e estabelecimentos de rede. As pessoas usavam latas de lixo como projéteis e arrebentavam as vitrines com pontapés. Arrancavam as placas de sinalização de rua para utilizá-las como aríete. Os baderneiros ocuparam a Lerner e a Grayson, lojas de vestuário feminino, a Irving, especializada em roupas masculinas, a Carousel, a Kay Jewelers, a Beyda, as lojas de calçados Cannon Shoes e Mary Jane Shoes, a Howard Clothes, a Woolworth e a barateira G. C. Murphy.

Muitos negociantes negros haviam pintado a palavra "Irmão" em suas vitrines ou portas logo cedo. Vários desses estabelecimentos foram poupados.

Até gente de meia-idade, homens e mulheres, estava saqueando as lojas. As famílias roubavam unidas. Pais e filhos carregaram conjuntos inteiros de estofados, mesas, cadeiras, camas e guarda-roupas das lojas Hamilton e Jordan Fine Furniture, na Euclid Street.

"Animais", disse um policial, parado numa esquina, sem poder fazer nada, vendo um pai e seus filhos passarem pela 14th com cabides cheios de roupas nas costas, rindo sem o menor receio de represálias. À polícia, só restava olhar. Foram feitas pouquíssimas prisões. Os policiais estavam em minoria e se achavam completamente despreparados.

Os coquetéis molotov eram preparados nos becos e atirados das calçadas. A loja de calçados Hahn queimou inteirinha depois de ser depenada. A Beyda virou cinza. As mangueiras faziam ziguezague na rua, enquanto os bombeiros iam de um lado a outro à procura de torneiras, entre vaias e confusão generalizada.

A G. C. Murphy foi engolfada por enormes labaredas. Dois adolescentes ficaram presos entre as chamas. Ambos morreram. Um deles ficou de tal forma carbonizado que nunca pôde ser identificado.

Três horas depois do primeiro incêndio criminoso, logo após o meio-dia, um bom pedaço da 14th, acima da U Street, estava em chamas. A essa altura, outras regiões da cidade começavam a experimentar a mesma devastação que ocorria em Shaw.

As autoridades convocaram todos os policiais disponíveis e deram ordem para que o plantão noturno também se apresentasse ao serviço. Lydell Blue chegou à 14th numa viatura lotada com cinco policiais. Saltou do carro de olho arregalado e empunhou o cassetete.

Derek Strange ouviu o telefone tocar na sala dos pais. Adormeceu de novo. O telefone começou a tocar outra vez e não parou até ele se levantar da cama, a cabeça ainda zonza, e atender.

A baderna, os saques e os incêndios haviam se espalhado para a 7th e para o corredor da H Street, na Zona Nordeste. Ed Burns, o policial plantonista, estava na linha, dizendo que precisava dele. Tinha ligado várias vezes para o apartamento e estava tentando o outro número que Strange deixara na ficha.

"Você não é obrigado", disse Burns. "Sei o que você andou passando nos últimos dias. Não me agrada nem um pouco estar ligando pra você, mas é que estou ligando pra todos, entende?"

"Eu estou bem", disse Strange, pensando em Alvin

Jones, pensando em onde ele estava hospedado, segundo as informações dadas por Kenneth Willis. "Meus pais moram bem numa travessa da Georgia, a poucos quilômetros ao norte da 7th. Vou pra lá agora mesmo."

"Boa sorte."

Strange foi até o fogão e usou um fósforo para acender um dos bicos de gás e aquecer o meio bule de café que sua mãe lhe deixara. Depois voltou para a sala e ligou a televisão.

A 14th Street estava em chamas. E centenas de jovens estavam se deslocando para a região sul, pela 7th, saqueando e pondo fogo nas lojas. A loja de móveis Charles Macklin Furniture Store, na O Street, já fora saqueada e estava queimando. O povo estava se juntando na rua H, onde uma loja de bebidas fora incendiada. Incêndios e saques esporádicos pipocavam a leste do rio Anacostia. Na região comercial do centro da cidade, as filiais modelo da Hecht, Woodward e Lothrop haviam cerrado as portas e protegido as vitrines com tapumes, depois que bandos de jovens percorreram suas dependências roubando pequenos artigos e berrando obscenidades e ameaças aos clientes e funcionários.

Strange pegou uma xícara de café preto, voltou para o telefone e procurou o número do Washington Sanitarium na lista. A recepcionista transferiu a ligação para o quarto de Troy Peters. Contou ao parceiro como fora a noite e como estava a situação.

"Estou vendo pela televisão", disse Peters. "O repórter disse que Lyndon Johnson vai convocar o Exército e a Guarda Nacional."

"Você vai perder o melhor da festa."

"Pelo jeito levei o tiro da sorte."

"Pelo jeito sim. Justamente você, que queria estar na comissão de frente, quando a revolução chegasse."

"Não devia ter acontecido deste jeito."

"Só tinha *um* jeito pra ela acontecer. Todo mundo viu o fusível queimando, mas virou a cabeça pro outro lado."

"Escuta..."

"Tem muita gente arrependida agora", falou Strange. "E eu preciso trabalhar."

"Tenha cuidado, Derek."

"Você também."

Strange preparou um sanduíche, já que não sabia quando teria a chance de se alimentar de novo, e comeu-o acompanhado por dois copos de água. Tomou mais uma xícara de café enquanto vestia a farda no quarto do irmão. A farda fedia a fuligem e suor, da noite anterior. Ele afivelou o cinto em volta da cintura, conferiu para ver se as algemas continuavam presas e apalpou a munição. Enfiou o cassetete na argola. Conferiu a carga do trinta-e-oito e guardou-o no coldre. Olhou para a cama desfeita do irmão antes de voltar para a sala e apanhar o telefone.

Strange ligou para o pai na lanchonete. Disse-lhe que estava indo para a área e sugeriu que o pai voltasse para casa.

"Estou saindo já. O Mike vai fechar."

"E a mamãe?"

"Eu liguei pra ela na casa dos Vaughn. Ela me disse que Frank Vaughn está vindo pra cidade. E que vai lhe dar uma carona."

"O Vaughn é legal", disse Strange. "Pode deixar que ele se encarrega de trazê-la a salvo pra casa."

"Certo."

"Talvez eu fique de prontidão um bom tempo, pai. Não quero vocês preocupados comigo o tempo todo."

"A gente se vê domingo, no jantar", falou Darius, tentando disfarçar a voz engasgada.

"Até domingo", disse Strange.

Saiu do apartamento, desceu a Princeton e virou à esquerda na Georgia Avenue. Caminhou no sentido sul, ouvindo sirenes de radiopatrulhas e carros de bombeiro uivando de todas as direções. Um rapaz berrou algo com voz raivosa para ele, de um carro em movimento, e Strange não reagiu. Parou alguns instantes no topo da longa ladeira que contornava o campus da Howard e olhou para o cruzamento com a Florida Avenue, onde a Georgia se tornava a 7th Street. O cânion lá embaixo formigava de gente sob um céu escuro de fumaça.

32

Na calçada em frente ao Three-Star Diner, na Kennedy Street, a rapaziada de vez em quando dava uma espiada pela vidraça, alternando risadas e carrancas dirigidas a Mike Georgelakos e seu filho Billy, que estavam ambos atrás do balcão. Mike conhecia todos eles de vista e vários pelo nome; conhecia os pais e já servira comida para alguns dos avós.

Darius Strange, depois de remover a gordura da chapa e deixar o chapéu de mestre-cuca na bancada dos sanduíches, vestiu o paletó. Ella Lockheart havia terminado de encher os vidros de ketchup, bem como os de sal e pimenta, e, sentada numa banqueta vermelha, tirara o batom da bolsa para retocar os lábios. Meio-Período, o lavador de pratos e pau-para-toda-obra ligara alegando doença e não fora trabalhar.

"*Mavri*", falou Mike, com nojo, olhando para a molecada.

"Papai", disse Billy.

"Ah, que inferno", respondeu Mike.

No decorrer dos anos, Darius ouvira os mais diversos palavrões gregos da boca de Mike. Sabia que *mavri*, em todas as suas diversas variações, queria dizer pessoa negra e que, em geral, quando Mike acrescentava algo antes ou depois, ou levantava o lábio daquele jeito que acabara de fazer, o significado era negativo e sujo.

Os olhares de Darius e Ella se encontraram por instantes. Guardando o batom na bolsa, Ella disse:

"Eu já vou indo."

"Precisa de carona?", Darius perguntou.

"Não, obrigada. Eu vou a pé mesmo."

"Eu ligo pra vocês dois", disse Mike, "pra ver o que fazemos. Estou torcendo pra que as coisas se acalmem por aqui e a gente possa abrir amanhã."

Ella foi para a porta sem dizer uma palavra. Darius a viu já na calçada, metendo-se entre um grupo de garotos que se afastaram para deixá-la passar.

"Acho melhor você ir andando", falou Mike.

"Vocês também", disse Darius.

"Que nada." Mike abanou a mão. "Eu não me preocupo com essas coisas."

"Cadê o Derek?", Billy perguntou.

"Na 7th, bem neste momento", disse Darius, erguendo a gola do paletó. "Trabalhando."

"Deus abençoe a Polícia Metropolitana. Diga que me lembrei dele. Não se esqueça."

"Pode ficar sossegado."

"Ei", falou Mike, fazendo Darius, que já ia abrindo a porta, parar. A testa de Mike estava molhada de suor, e o tórax avantajado subia e descia com cada bocado de ar que ele inspirava e soltava, com dificuldade. Estava com um cigarro aceso entre os dedos.

"O que foi?"

"Obrigado por ter vindo trabalhar hoje, Darius."

Darius meneou a cabeça e olhou o patrão sem grandes comoções. Nenhum dos dois poderia saber que estariam ambos mortos até o ano terminar.

Darius caminhou do *diner* até o carro estacionado na rua.

"Vamos nós também", Billy disse ao pai. "*Pa-meh.*"

"Eu não vou a lugar nenhum. Daqui eu não saio. Aqueles garotos vão me quebrar uma vitrine."

"Vidro a gente conserta", disse Billy, pondo a mão no ombro de Mike. "Vamos, *ba-ba.* É hora de ir."

Mike deixou a gaveta da caixa registradora aberta, como fazia todas as noites, depois de fechar, para que qualquer um que passasse pudesse ver que estava vazia. Pegou as chaves da lanchonete do bolso e trancou a porta da frente.

Apesar do aviso, na quinta-feira à tarde Kenneth Willis ligou para o apartamento de Ronnie Moses e contou a Alvin Jones que Derek Strange estava procurando por ele. Strange tinha deixado Willis bem assustado, e machucado também, mas isso não o impedira de fazer o telefonema. Não poderia aprontar uma trairagem dessas com Alvin. Alvin era seu sangue.

No telefone, Jones negou ter qualquer conhecimento do assassinato de Dennis Strange. Havia decidido não admitir o crime porque, afinal, Dennis e o primo eram amigos antigos e ele não queria que Kenneth se chateasse. Além do mais, não apreciava a idéia de fornecer informações que a polícia poderia usar contra ele, caso Kenneth acabasse sendo apanhado por algum outro delito, mais tarde. Kenneth era forte, mas mesmo um homem forte podia ser dobrado.

"Tá legal, Ken", falou Jones. "Valeu a dica."

"E agora, o que vai fazer?"

"O que você acha?" Jones disse isso como se estivesse falando com uma criança. "Vou ficar na moita. Só quero esclarecer bem uma coisa: eu não tive porra nenhuma que ver com a morte do seu amigo, mas não vou ficar de bobeira pra polícia me enquadrar."

"Tem algum plano?"

"Um cara como eu sempre tem um plano", disse Jones, antes de desligar o telefone.

Os distúrbios da quinta-feira à noite lhe forneceram o plano. Jones saíra por volta da meia-noite da casa do primo, entrara num ônibus da D. C. Transit que passava pela Rhode Island Avenue, indo na direção leste, de meia de náilon na cara e arma de fogo na mão, e roubara oitenta dólares do motorista. Tinha sido o roubo mais fácil de toda a sua carreira. Pelo visto a polícia todinha estava em Shaw. E ele sabia que não iam dar a mínima para um assaltozinho à mão armada quando a 14th estava pegando fogo.

E lá estava ele no dia seguinte, no apartamento de Ronnie nas proximidades da 7th. Parado na frente do espelho, admirando a muamba nova que ele e o primo tinham roubado da Cavalier, entre a L e a K, fazia poucos minutos. Admirando a calça Zanzibar, admirando a camisa Damon, admirando a bota maneira. A camisa, principalmente, era o máximo, num tom de dourado bem bacana mesmo. Combinava com a fita do seu chapéu predileto. Deu uma virada nele, para assentar melhor na cabeça.

Ronnie tinha saído para pegar mais uns panos. Disse que ia dar um pulo no emprego, na loja para tamanhos grandes, e afanar o que desse porque aquelas eram as únicas roupas que serviam num cavalo como ele. Disse que sabia onde ficava o número dele e exatamente o que queria porque já estava de olho naquelas peças fazia um tempo. Jones ainda chegou a comentar que o primo não tinha raciocinado direito, que fazer aquilo era o mesmo que cagar no próprio prato, mas Ronnie nem tomara conhecimento.

"Eu sei o que eu tô fazendo", Ronnie Moses tinha dito a ele, indo em direção à porta. "Você vem comigo, mano?"

"Não, vai você. Eu vou descansar um pouco."

"Não esquece de trancar o apartamento, cara, se resolver sair."

"Tá certo."

E Jones pensando consigo: agora eu vou botar pra quebrar. E entrar numa grana preta. Porque a polícia tá ocupada. Ocupada demais controlando aqueles milhares de negros filhos-da-puta à solta na rua para se ocupar com *um* negro filho-da-puta que nem eu. Fazer uma jogada legal, meter a mão num dinheiro de verdade, nada daquela merda de oitenta dólares, e sair da cidade. Descer até a Carolina do Sul, onde ainda tinha uns parentes da mãe morando, e passar uns tempos por lá. Ver qual é a jogada do pedaço.

Obrigado, reverendo King. Obrigado por esta oportunidade.

Jones foi até a sacola onde guardava todos os seus pertences, mantida ao lado do sofá no qual dormia, e pegou o velho trinta-e-oito, já sem o polimento azulado no cano. Jones enrolara fita adesiva de eletricista na coronha; as mãos dele costumavam suar quando estava trabalhando e precisava de firmeza na hora H. Liberou o tambor, conferiu as cinco balas e encaixou tudo de novo. Enfiou a arma no bolso da calça Zanzibar. Descobriu uma meia de náilon amarfanhada numa gaveta do quarto, era de uma das namoradas de Ronnie, e meteu no bolso esquerdo da calça. Conferiu sua imagem no espelho mais uma vez, reajustou o chapéu e saiu, sem se esquecer de trancar a porta, como tinha dito que faria.

Desceu a 7th Street, na direção sul.

Havia centenas de jovens nas ruas, saqueando as lojas, berrando, rindo e se divertindo. Rapazes e moças, e algumas pessoas mais velhas também. A polícia tentando conter o tumulto, sem grande sucesso. Bombeiros jogando água nos prédios incendiados, se esquivando de pedras e garrafas ocasionais que eram atiradas contra eles.

A loja de móveis Leventhal's Furniture Store, na Q, não passava de uma casca vazia sendo rapidamente consumida pelas chamas. Não sobrara uma peça de mobília em seu interior. Os apartamentos em volta também queimavam.

Leventhal, pensou Jones, contornando um colchão incendiado. O nome era judeu, não era? Como a maioria das lojas daquele trecho, todas de judeu. Bem depois de terem se mudado da área, continuavam negociando na 7th, vendendo jóias, móveis, estéreos e eletrodomésticos para os negros. Vendendo a prazo, é bom que se diga, e com juros altíssimos, claro. Jones viu a exultação no rosto dos saqueadores que invadiram um outro estabelecimento. A coisa já não tinha mais muito a ver com o reverendo Martin Luther King, *tinha*? Tinha a ver, isso sim, com conseguir coisas de graça e com dar o troco em todos os filhos-da-puta, judeus e brancos, tanto fazia, que haviam passado a vida arrancando o couro e montando no lombo dos negros. Pelo menos era assim que Jones via os acontecimentos. Sua gente se desforrando um pouco.

Sua gente. A bem da verdade, Jones estava pouco se lixando para os negros. Quando isso tudo terminasse, eles voltariam a viver a mesma vidinha fodida de sempre. Ao passo que ele, Jones, estaria indo para o Sul com dinheiro vivo no bolso de sua calça nova, quem sabe ao volante daquele El Dorado branco que tinha visto no outro extremo da cidade. Aquele que tinha vidros elétricos e tudo.

Passou por um negro de óculos escuros e uniforme de combate que implorava aos outros jovens negros que largassem ali mesmo toda a mercadoria roubada e voltassem para casa.

"O reverendo King não iria querer uma coisa dessas!", ele gritava.

Jones riu. Não faltava mais nada.

Um sujeito negro, parado na porta de seu mercado, com uma pistola na mão, via o quarteirão pegar fogo. Sua loja não fora depredada. Jones passou por outras casas comerciais e escutou cachorros latindo e rosnando furiosos atrás das portas. Também esses estabelecimentos não haviam sido depredados.

Todo mundo corria em volta dele, se chocava contra ele e não dizia nada. Jones tossia e esfregava os olhos. A polícia tinha começado a usar gás lacrimogêneo. Ele começara a suar. Os prédios em chama soltavam um calor e tanto.

Na frente da loja de roupas de tamanhos grandes, viu o primo deitado de cara no chão, com um policial branco suado em cima dele, de joelhos, algemando as mãos de Ronnie nas costas, e outros policiais fazendo a mesma coisa com outros jovens negros; viu também um camburão parado nas proximidades.

Se fodeu, primo, pensou Jones. E, ainda por cima, perdeu o emprego. Mas eu não posso fazer nada, posso? Você sai em poucos dias, se tiver sorte, e aí então dá um jeito na vida. Nesse meio-tempo, eu tenho que trabalhar.

Abaixo da L Street, passando a Cavalier's Men Shop, que já fora totalmente depenada, Jones viu uma fileira de policiais e viaturas bloqueando a praça Mount Vernon. Essa era a linha divisória entre a zona onde moravam os negros e o comércio fino da Washington branca. Que novidade, pensou Jones. Eles estão protegendo o castelo do dono, como sempre.

Virou à direita e de novo à direita para subir pela Massachusetts Avenue. Tinha deixado o carro ali, na noite anterior. Escutara rumores na rua de que a 7th iria ferver no dia seguinte. Engraçado como a maioria das pessoas por ali estava por dentro de tudo e a polícia nem desconfiara.

A casa em Wheaton tinha caído num grande silêncio pela manhã e assim permaneceu durante a tarde. Olga, sentada na cozinha, fumando seus Larks, assistia aos noticiários no pequeno Philco preto-e-branco que ficava num suporte móvel na parede. Olga, sem olhar Alethea de frente quando falava, dizendo-lhe que sentia muito por sua "gente". Frank, de roupão para lá e para cá na casa, fumava e tomava café, lendo o caderno de esportes, como se fosse um dia como outro qualquer. O filho único deles, Ricky, falara com ela não como se falasse com uma negra e sim como alguém que fala com uma mulher. Também lhe perguntara se podia ajudá-la a voltar para casa.

"Seu pai vai me levar", ela disse. "Obrigada."

Ele lhe deu um abraço na porta da cozinha, sem nenhum constrangimento, como costumava fazer quando criança. Alethea sempre gostara de Ricky. Talvez ainda houvesse esperança nos jovens. Talvez ela e os Vaughn e todos que eram iguais a eles tivessem de morrer, antes de se poder apagar do mapa a doença. Pena que tivesse de ser assim. Mas Alethea tinha a impressão de que não havia outra saída.

Parada no hall de entrada, esperava Frank Vaughn descer a escada para levá-la para casa. Dava para escutar a voz dele e a de Olga saindo abafadas do quarto, e a música por trás da porta fechada do quarto de Ricky.

Lá em cima no quarto, Vaughn enfiou seu Special calibre 38 no coldre de ombro e foi até o criado-mudo do seu lado da cama. Puxou a gaveta e usou uma chave para abrir um cofrinho verde. Dentro havia uma outra arma: uma pistola automática barata, calibre 32, guardada num coldre. Pegou a arma, examinou o pente para ver se estava carregado e encaixou-o de volta na coronha de madeira laminada. Prendeu o coldre do trinta-e-dois, que ele tinha confiscado de um cafetão de Shaw seis meses antes, no cinto, na parte de trás do corpo. Dobrou um lenço num quadrado pequeno e enfiou-o no bolso da calça. Vestiu o paletó cinza com listras azuis da Robert Hall e olhou-se no espelho.

"Por que é que você tem que ir pra delegacia hoje?", Olga perguntou, olhando o marido do outro lado do quarto, encostada no batente da porta do banheiro da suíte.

"Estou trabalhando num caso."

"Hoje?"

"O Homicídios não dorme nunca."

"Você não viu os noticiários?"

Vaughn franziu a boca num O bem redondo e lançou para a mulher um olhar teatral de surpresa.

"Por quê? Alguma coisa errada hoje?"

"Não banque o bobo."

"Eu não vou nem chegar perto da encrenca, Olga. Não se preocupe."

"Promete, Frank?"

"Prometo, prometo."

Era mentira.

"Vem cá", disse ele.

Ela atravessou o quarto e enlaçou-o pela cintura. Ele baixou o rosto e beijou-a na boca. Apertou a mulher contra si para que ela soubesse que estava vivo. Lembrou-se de Linda Allen e do calor do corpo dela.

"Talvez eu chegue mais tarde hoje, meu bem."

"Me liga. Pra eu saber que você está bem."

Vaughn saiu do quarto e pisou no hall do primeiro andar, com uma olhada para a porta fechada do quarto de Ricky, antes de descer a escada. Alethea Strange esperava por ele na porta, abotoando o casacão por cima do uniforme.

"Vamos indo, então", falou Vaughn.

"Não vai se despedir do seu filho?"

"O quê? Não brinca."

"Dizer a ele que o senhor gosta dele. Dar um *abraço* no menino." Alethea fez um gesto com o queixo, apontando para o andar de cima. "Pode ir. Eu espero."

Algo no olhar castanho e cristalino de Alethea lhe disse para não protestar. Ele subiu a escada e bateu na porta de Ricky.

No coração da capital, ao ouvir a atualização das notícias de rádio sobre o distúrbio crescente, ao receber telefonemas apavorados de maridos e esposas e ao ver a fumaça que vinha da banda leste da cidade, funcionários públicos e empregados do setor privado começaram a deixar o trabalho em massa. Os comerciários da F Street e do resto da região central fizeram o mesmo, acarretando enormes engarrafamentos para atravessar e sair do perímetro da capital. Houve cidadãos que se postaram nos grandes cruzamentos, tentando dirigir o trânsito e livrar os carros dos congestionamentos. Outros abandonaram seus veículos e continuaram a pé, buscando aliviar a ansiedade que sentiam ao se verem encurralados dentro de um automóvel.

Na Georgia Avenue, as faixas que iam na direção norte estavam praticamente paradas. Vaughn não teve grande dificuldade para seguir rumo ao sul, com Alethea Strange a seu lado, no banco do Polara. Tinham passado por Shepherd Park e pela Sheridan, onde havia algumas vidraças quebradas e lojas como a Ida tinham sofrido saques esporádicos, mas nada da magnitude do que ocorria na 7th, mais ao sul. O céu escurecera e o cheiro de fumaça aumentava à medida que avançavam pelo território da capital.

Vaughn acendeu um cigarro, que manteve na mão esquerda, para fora da janela, para não incomodar Alethea. Ligou o rádio e sintonizou numa estação para gostos variados, justamente na hora em que o locutor apresentava a música seguinte: "E aqui está uma de que vocês vão gostar, Frank e Nancy Sinatra em 'Somethin' Stupid'. Eu sou Fred Fiske e você ouve a WWDC nos 1260 quilohertz".

Vaughn cantou as partes de Frank Sinatra baixinho e deixou que Nancy fizesse as dela sem acompanhamento. Alethea não tinha como não admirar essa atitude de indiferença diante dos acontecimentos. Por outro lado, esperar o que mais de Frank Vaughn? Obstinado, imutável, preso a uma época que nunca existiu, que talvez existisse apenas em sua cabeça.

"O senhor falou com o Ricky?", ela perguntou, quando a música terminou.

"Um pouquinho", disse Vaughn, mantendo a atenção no trânsito.

"Ele é um bom rapaz."

"É, não é mau."

"É muito importante dizer a eles que nós os amamos. Toda vez que eles saem de casa, ou que nós saímos... Nunca se sabe se teremos outra oportunidade. Somente Nosso Senhor sabe essas coisas."

"Amém", disse Vaughn, muito sem jeito.

Estava suando um pouco debaixo do colarinho. Sabia que ela refletia sobre a morte do filho mais velho e sobre seus próprios remorsos. Nunca se sentira à vontade com esse tipo de conversa.

Ao entrar no quarto de Ricky, a rápida troca de palavras entre eles tinha sido desajeitada e forçada. O filho nem sequer baixara a música, um cara qualquer cantando a respeito de um "quarto branco", alguma coisa a ver com drogas, muito provavelmente. Como Alethea havia sugerido, antes de sair Vaughn dera um abraço no filho, o primeiro em muitos anos. E fora tão bom quanto pode ser um abraço entre dois homens. Mas não conseguira dizer nada sobre amá-lo. Não entendia por que alguém precisava dizer isso a um filho, assim como também não entendia por que alguém tinha de abraçar um filho para mostrar isso. Porra, ele havia passado a vida inteira pondo comida no prato do garoto, pondo roupas no armário dele, comprando coisas para ele o tempo todo. Pelo amor de Deus, será que não bastava?

"Obrigada", disse Alethea.

"Pelo quê?"

"Por ter cuidado do Derek ontem, durante aquele assalto. Ele me contou a história toda."

"Ele..." Vaughn buscava a palavra certa. "Ele se portou muito bem. É um rapaz excelente. Vai ser um bom policial."

Entraram em Park View e aproximaram-se da rua onde ela morava.

"Estou preocupada com ele. Por aí pelas ruas, no meio disso tudo."

Vaughn sentiu o olhar de Alethea.

"Eu cuido dele", disse, tão casualmente quanto foi capaz. "Estou indo pra lá agora."

Para lá, pensou Vaughn, para encontrar o sujeito que matou seu filho. Eu estraguei tudo o que havia de bom em minha vida, mas ainda tem uma coisa que eu faço bem.

"Obrigada, Frank."

Ele enrubesceu ao ouvir Alethea chamá-lo pelo nome. Virou à esquerda na Princeton e subiu bem lentamente a rua. Parou na frente da casa dela, onde o marido, Darin ou coisa parecida, esperava na entrada. Virou-se para olhá-la. Ela meneou uma vez a cabeça e sorriu com os olhos. E Vaughn pensando com seus botões: ela não é nenhuma Julie London. Mas eis aí uma mulher e tanto.

Ainda teve tempo de ver marido e mulher trocarem um abraço na entrada da casa, antes de virar o Dodge. Desceu pela Georgia Avenue e pegou a esquerda sentindo agulhadas desconhecidas de inveja. Pôs esse sentimento de lado e pisou fundo. Na Irving, alguns moleques parados na calçada gritavam insultos para os carros que iam na direção sul. Um garoto berrou "branco filho-da-puta" para Vaughn, quando ele passou.

Vaughn jogou o cigarro pela janela e deu risada.

33

Na H Street, na Zona Nordeste, os distúrbios começaram mais tarde do que na 7th e na 14th Street; mas quando a baderna explodiu, foi mais intensa e toda ao mesmo tempo. Em algum momento após a uma da madrugada, mais de mil pessoas desembestaram pela área, queimando e saqueando doze quarteirões ininterruptos de lojas de todos os tipos — o mais longo corredor comercial de toda a Washington negra. Quando o tumulto começou, havia apenas 24 policiais no local.

Estes resolveram proteger as lojas maiores, enquanto todo o contingente disponível do 9º DP acorria para o local. Armados com rifles, os policiais passaram a patrulhar a frente da filial do supermercado Safeway. Viaturas policias bloquearam a entrada da Sears. Mas as autoridades não puderam impedir os danos provocados pelos incêndios entre as ruas 3th e 15th, altura em que a H Street cruza com a Florida Avenue e a Bladensburg Road.

Os saqueadores usavam os becos para juntar a mercadoria roubada e fazer novos planos de assalto. Homens que não estavam mais interessados nem em roubar bebidas nem nas mercadorias enchiam as garrafas e acendiam os trapos dos coquetéis molotov. Os incendiários percorriam metodicamente os estabelecimentos comerciais, atirando bombas. Foi dessa maneira que a loja de roupas Morton, na 7th com a H Street, uma das maiores empregadoras da população negra na área, acabou inteirinha destruída. Mais tarde, o corpo carbonizado de um adolescente foi achado entre as ruínas; o garoto não pôde ser identificado. Na loja de móveis I-C Furniture Company, na 5th, um homem de trinta anos morreu esmagado quando uma parede em chamas ruiu sobre ele. A polícia, ao chegar à H Street, não hesitou em usar bazucas para disparar bombas de gás lacrimogêneo contra a massa de arruaceiros, o que arrefeceu os ânimos por alguns breves momentos. Mas, àquela altura, todo o corredor parecia estar em chamas.

Kenneth Willis desceu a H Street cheio de propósito. Ao sair do apartamento, havia gritado incentivos aos jovens que pegavam as últimas garrafas de cerveja e vinho da loja de bebidas no térreo. Havia saudado com o cumprimento do gueto os que estavam parados na calçada. Mas não estava interessado em bebida, nem em nada assim tão pequeno. Tinha visto um belo relógio, dava a impressão de ter brilhantes em volta do mostrador, na vitrine de uma joalheria a alguns quarteirões dali. Talvez fossem brilhantes falsos, grudados naquele relógio; ele não tinha muita certeza. Entretanto, uma mulher num bar escuro não saberia a diferença. Uma mulher iria querer conversar com um homem que usasse um relógio daqueles no pulso.

Willis continuou andando, torcendo para que o pessoal em volta não tivesse chegado à joalheria antes.

A leste do rio Anacostia, os saques tinham se tornado generalizados. Os policiais do 11º e do 14º DPS, exibindo menos controle do que os colegas de outras delegacias da capital, e temerosos por suas vidas, começaram a disparar balas de verdade sobre a cabeça dos saqueadores, para assustá-los. Até o final do dia, a polícia tinha baleado e matado dois rapazes em Anacostia.

Altas autoridades policiais e o prefeito Washington reuniram-se com o presidente Johnson. As escolas foram oficialmente fechadas, bem como as repartições públicas. Sessenta e quatro companhias do Corpo de Bombeiros da capital foram acionadas ou postas em estado de prontidão. Um número semelhante de companhias do Corpo de Bombeiros pertencentes aos estados de Maryland, Virgínia e Pensilvânia dirigiu-se para a capital federal. Soldados do 6º Batalhão da Cavalaria Blindada partiram de Fort Meade, Maryland, rumo a Washington, bem como tropas do 3º Batalhão de Infantaria da Companhia D, estacionadas no forte Meyer, Virgínia. O 3º Batalhão protegeria o coração da capital e policiaria a 7th Street; o 6º partiria da Casa do Soldado, na North Capitol Street, para a H e a 14th Street. O 91º Batalhão de Engenharia de Combate, de forte Belvoir, Virgínia, recebeu ordens para se dirigir a Anacostia, no extremo sudeste da capital. A Guarda Nacional de Washington, já a postos no Arsenal, iria se dirigir para o extremo nordeste da cidade.

Alvin Jones estacionou seu Special na 15th, junto ao parque Meridian Hill, e cortou caminho por ele até a 16th. Estava se dirigindo para um trecho de casas de pedra, apartamentos e alguns hoteizinhos. Era tudo muito agradável ali na "Avenida dos Presidentes". Uma rua larga, limpa, cheia de árvores... e em geral de brancos também. Mas não nesse dia. Estavam todos encafuados em seus veículos, olhando tudo pelos vidros da janela. Mais pálidos do que de costume, apavorados.

Jones levara umas duas horas para atravessar a cidade. Já tinha percebido que teria de deixar o carro onde estava e voltar a pé para o apartamento de Ronnie. Torcia para que o que estava prestes a fazer valesse todo aquele suor e desperdício de tempo.

Pisou na calçada que levava ao hotel. O estabelecimento parecia idêntico a qualquer outra casa, mas não era. Já fizera uma checagem por lá, duas semanas antes: fora direto até a recepção e perguntara os preços. O sujeitinho branco atrás do balcão, um que tinha uma boca de boneca e levava jeito de quem tomava no rabo, havia dito para ele: "Que tipo de acomodação você está procurando?", sem nem mesmo pensar em chamá-lo de "senhor". Pois bem, agora o cara teria de mostrar um pouco de respeito.

Ele enfiou a meia no rosto, antes de abrir a porta. Dois passos depois de entrar, tirou o revólver do bolso. No saguão, uma mulher sentada numa poltrona deu uma olhada para ele e disse "Oh!" em voz alta.

"Cala a boca, sua vaca", Jones ordenou. Ela não deu mais um pio.

Exceto por ela, o vestíbulo estava vazio. Jones foi direto até a recepção onde aquele garoto com boca de boneca ficava. Ele já tinha levantado os braços. E já estava tremendo antes mesmo de Jones falar. No outro dia o idiota estava usando uma daquelas camisas com alamares e botões de latão nos ombros, como se fosse um almirante da Marinha ou uma porcaria dessas qualquer. Dessa vez, Jones achava que ele devia estar usando terninho de marinheiro.

"Você sabe bem o que é isto, não sabe, seu filho-da-puta?", falou ele, apontando o trinta-e-oito para o peito do rapaz branco. "Vai passando tudo."

Jones olhou para a rua pela janela do vestíbulo, enquanto o recepcionista tirava algumas notas da gaveta e colocava sobre o balcão. Não havia ninguém lá fora, exceto os que estavam entalados no trânsito, dentro dos carros. Os hóspedes do hotel deviam estar todos enfurnados nos quartos.

"Vocês têm cofre nessa joça?"

"Temos, mas..."

"Vai abrindo, espertinho."

"Tudo bem, mas vai ter que esperar alguns minutos."

"O *senhor* vai ter que esperar alguns minutos."

"O *senhor*", repetiu o jovem, com os lábios trêmulos.

Jones sorriu sob a máscara.

"Eu tô com tempo."

Quinze minutos depois, ele caminhava na direção leste, a arma num dos bolsos, oitocentos dólares no outro, sorrindo de quando em quando para nada em especial, pensando no ótimo dia que tinha sido aquele, sonhando com o El Dorado branco de interior vermelho, vidros e bancos elétricos.

Lá vou eu, pensava Jones. Chega de polícia no meu pé, chega de mulher com filho me pentelhando. Eu vou sair desta porra hoje à noite. E estou rico.

Frank Vaughn deixou o Polara no estacionamento da Universidade Howard e caminhou de ombros eretos até a balbúrdia na 7th. Havia tirado o distintivo da polícia da carteirinha e prendido na lapela.

Tudo em volta queimava. Veículos de escada longa, já então com pranchas de compensado por cima e arame farpado em volta, para proteger os bombeiros, tentavam se locomover entre a multidão. Tropas de choque, de capacete branco, alinhavam-se na calçada. Vaughn nunca vira nada parecido em solo americano. Lembrava um pouco os últimos dias da guerra.

Virou à esquerda assim que passou a P Street. Os ratos, fugindo das chamas, da fumaça e do calor, corriam desesperados pelo asfalto. Alguns quarteirões adiante, passou por uma venda de esquina que tinha sido saqueada e destruída, com todos os vidros quebrados. Segundo havia apurado, estava próximo de onde o primo de Alvin Jones, Ronnie Moses, morava: uma casa geminada igual a tantas outras. Entrou no pequeno saguão e subiu um lanço de escada.

Bateu várias vezes na porta. Bateu de novo. Disse "Polícia" só por dizer, depois sacou o revólver de serviço e chutou a porta na altura da maçaneta. Entrou no apartamento de Moses e tornou a fechar a porta.

Vaughn foi de aposento em aposento. Encontrou revistas de mulher pelada e roupas femininas no quarto. Encontrou uma Polaroid junto de um álbum de fotografias e uma sacola de lona aberta, com roupas e equipamento de barba, largada ao lado de um sofá rasgado na sala. Itens que revelaram, primeiro, que Ronnie Moses gostava de uma fêmea e, segundo, que no momento ele hospedava um homem.

Vaughn voltou para a rua.

Na H Street, o 6º Batalhão da Cavalaria Blindada chegou em jipes e caminhões e bloqueou as duas extremidades da área comercial. Os soldados usavam lenços amarelos em volta do pescoço e máscaras negras contra gases no rosto. Eles marchavam em formação de combate pelo centro da rua, armados com rifles M14 sem baionetas, jogando bombas de gás lacrimogêneo sem dó nem piedade nos saqueadores. Camburões da polícia iam atrás, fazendo as prisões.

Kenneth Willis empurrou um bêbado e o derrubou no chão, na volta para casa, na altura da enorme loja de peças para automóveis Wester Auto, na 9th, completamente em chamas. Havia um bocado de gente embriagada na rua, tropeçando e rindo, sentindo os efeitos da bebida que fora roubada.

Willis tivera sorte. Encontrara o relógio, se bem que não na vitrine onde esperava encontrá-lo; não tinha mais vitrine nenhuma na joalheria, muito menos peças expostas nelas. O relógio ficara largado no chão e alguém o chutara para os fundos da loja. O mostrador estava um pouco riscado, mas Willis sabia que uma pasta de dente removeria todas as marcas. Willis já pusera o relógio no pulso.

Estava perto do prédio onde morava. Bombeiros jogavam água na loja de bebidas e nas unidades de cima. O fogo tomara conta dos apartamentos. O prédio todo estava em chamas.

Willis parou estatelado. Tinha perdido o emprego, sem sombra de dúvida. Fora indiciado por porte ilegal de arma. Nos últimos dias, levara múltiplas surras de diversos policiais. E agora tudo o que ele possuía no mundo tinha virado carvão e fumaça.

Olhou o relógio no pulso. Viu que um dos brilhantes em volta do mostrador estava solto. Pegou-o e espremeu entre o polegar e o indicador. A pedra virou poeira.

É falso, pensou. Achou graça e deu risada.

Strange usara o cassetete e os músculos para fazer algumas prisões. Perseguira diversos garotos e conseguira tirá-los do corredor da 7th, empurrando-os em direção aos becos e transversais, na esperança de que ficassem longe da artéria principal. Estava fazendo o que podia.

Na altura da Q Street, viu uma loja de roupas e os apartamentos que ficavam em cima envoltos pelas chamas. Um homem berrava com os bombeiros, dizendo-lhes que a mãe, vagarosa demais para descer as escadas, estava encurralada lá dentro. Mais tarde, os jornais noticiariam que a mulher, que morrera intoxicada pela fumaça, pesava quase duzentos quilos. O filho havia implorado para que os incendiários não pusessem fogo no prédio, mas eles não tomaram conhecimento de seus apelos.

Strange passou depois por uma pequena loja de móveis intacta, com uma vitrine grande que não tinha sido estilhaçada. Dentro dela havia um branco sentado numa cadeira de balanço, com uma espingarda de cano duplo nos braços e um charuto encaixado entre os lábios. O sujeito piscou para Strange.

Logo adiante, cruzou com um negro de óculos escuros e trajes de combate que tentava convencer um grupo de jovens a sair das ruas invocando os ensinamentos do reverendo King. Strange sabia que era um policial à paisana, um homem treinado para fazer esse trabalho. Porém não estava tendo muito sucesso.

Seus olhos lacrimejavam. A garganta estava em fogo e os olhos ardiam feito o diabo por causa do gás. A pele exposta parecia crestada pela ação do calor. A 7th queimava à volta toda.

Soldados do 3º Batalhão de Infantaria haviam chegado ao local e começado a jogar gás lacrimogêneo. Além de perseguir os saqueadores, estavam protegendo os bombeiros dos tijolos e garrafas de cerveja que vinham de todos os lados; muitas mangueiras tinham sido cortadas. Os soldados também estavam efetuando prisões em massa. O pior parecia ter passado. Mas restava muito pouco da rua.

"Meu rapaz", disse uma voz atrás de Strange.

Ele se virou. Era Vaughn. Estava com o rosto manchado e o cabelo escurecera por causa da fuligem no ar.

"Detetive", falou Strange.

"Eu dei um pulo até a casa de Ronnie Moses, à procura de Alvin Jones."

"E?"

"O Jones está dormindo lá, eu acho. Mas não voltou... ainda."

"E?"

"Você *quer* pegá-lo, não quer?"

Strange balançou a cabeça todo tenso, em sinal de assentimento.

"Acabei de conversar com um tenente", continuou Vaughn, "e as autoridades encarregadas estão prestes a declarar o toque de recolher. Eles vão acabar controlando isto aqui, uma hora. Todo esse pessoal que está por aqui vai ter que voltar para casa, mais cedo ou mais tarde."

"O que está querendo dizer com isso, detetive?", Strange perguntou, elevando a voz para se fazer ouvir entre os alarmes contra ladrão e os berros em volta.

"Vamos sair um pouco daqui. Essa balbúrdia toda, não consigo pensar com este barulho."

Vaughn e Strange entraram na P Street, contornando uma viga de aço incandescente, luzindo vermelha no meio da rua.

O prefeito Washington, em conjunto com o diretor de polícia, John Layton, o diretor de Segurança Pública, Patrick Murphy, e o presidente Johnson, impôs o toque de recolher à capital federal, restrição que iria vigorar das cinco e meia da tarde da sexta-feira até as seis e meia da manhã do sábado. Policiais, bombeiros, médicos, enfermeiras e técnicos de saneamento ficaram isentos. Estava proibida a venda de cerveja, vinho e destilados. Gasolina só seria vendida a motoristas que estivessem abastecendo o próprio carro.

Soldados do 6º Batalhão de Cavalaria tinham chegado no final da tarde à 14th. Entraram em formação na S e seguiram para o norte em colunas de marcha compassada. Atiraram bombas de gás lacrimogêneo liberalmente contra a multidão e, ao lado da polícia, efetuaram prisões em massa. Asseguraram posições nas extremidades sul e norte do corredor com dois batalhões de setecentos homens.

Assim como acontecera na 7th e na H Street, restara muito pouco para proteger.

Lydell Blue, sentado no banco de um caminhão do exército, comia um sanduíche de pasta de amendoim e geléia e tomava água de um cantil. Uma senhora das redondezas aparecera com sanduíches para alimentar a polícia e os soldados durante uma folga mais do que necessária.

A farda de Blue tinha adquirido um tom de carvão. As costas doíam e, se pudesse, ele teria dormido ali mesmo. Tinha tossido sangue nas mãos, momentos antes.

Apesar de tudo isso, sentia-se bem.

No meio daquilo tudo, no pior momento, enquanto protegia sua gente e sua cidade, tinha afinal chegado à conclusão de que sabia quem era e sempre seria. Era um negro, sem a menor sombra de dúvida. E era um policial. Uma coisa não eliminava a outra. Podia ser ambas as coisas, e sê-lo com muito orgulho.

Na rua, um mano avisou Jones sobre o toque de recolher. E ele se deu conta na hora de que seria preciso atravessar a cidade com mais cuidado ainda. O plano era seguir ao sul da Massachusetts Avenue, rente aos edifícios do centro da capital e protegido pelas sombras, fora das vistas de soldados e da polícia, até a 6th e, dali, alcançar o apê do primo, onde pegaria a sacola de lona que continha suas poucas posses para então voltar até o carro. Daria para fazer isso tranqüilo, quando ficasse mais escuro. Bastava chegar até o Buick, parado lá na 15th, e em pouco tempo estaria na estrada, sem mais nenhuma pentelhação.

Levou um tempo, mas alcançou a 6th sem incidentes e dali continuou na direção norte e leste, até chegar ao bloco de apartamentos onde Ronnie morava. Passou pelo mercado destruído da esquina, mantendo a cabeça baixa, e atravessou a rua. Em seguida entrou na casa geminada onde o primo tinha seu apartamento, no primeiro andar.

Das profundezas do mercado, olhando por um buraco onde antes existira uma janela de frente para a rua, Frank Vaughn passou o dedo pelo acendedor do Zippo, obteve uma chama e pôs fogo num cigarro. Então fechou a tampa do isqueiro.

Era um negro pequeno, de pele clara, quase amarela. Bem como Strange havia dito, usava um chapéu preto com uma fita dourada. Agora tudo o que Vaughn tinha a fazer era olhar para a janela do apartamento de Ronnie Moses. E esperar pelo sinal que Strange lhe daria.

Vaughn deu uma tragada no L&M. A chama do cigarro aumentou, clareando muito de leve a venda destroçada. A única iluminação ali vinha da luz tênue do lusco-fusco. Havia pouca coisa nas prateleiras. Romances baratos, caixas de mistura pronta para bolo e farinha esparramada no chão. A água escorria com estrondo de um cano estourado. Havia uma pilha de jornais semi-incinerados no meio da loja. Alguém pusera fogo neles, mas o fogo não se espalhara. O cheiro de queimado era forte dentro do que um dia fora um pequeno armazém.

Vaughn avançou mais para perto da porta. Dali, dava para ver o apartamento de Ronnie Moses no primeiro andar.

"Faz ele falar e depois deixa ir embora", Vaughn tinha dito a Strange. "Me dá um sinal de luz da janela se ele confessar. Eu faço o resto."

"Faz o quê?", Strange tinha dito.

Vaughn não precisava soletrar para o recruta. Deixaria que o rapaz tirasse as próprias conclusões.

E deu mais uma tragada funda no cigarro.

Assim que entrou no hall, Jones viu que alguém arrombara a porta do apartamento do primo. E ela se abriu com apenas um pequeno empurrão. Alguém tinha entrado na casa do primo, isso era óbvio, porque ele se lembrava claramente de ter trancado a porta. Entretanto, Jones concluiu que o arrombamento fazia parte do pandemônio generalizado do dia. Era a garotada fazendo das suas.

Assim mesmo, tirou a arma do bolso da calça. E entrou.

Strange saiu de trás da porta aberta e pôs seu revólver de serviço na nuca de Jones.

"Não abre a boca", falou ele. "Larga a arma no chão."

"Assim ela pode disparar", disse Jones, sem se mexer, sem virar a cabeça.

"Faz o que eu mandei."

Jones deixou cair o velho revólver. A arma atingiu o assoalho com um baque surdo.

"Agora vai lá pro meio da sala", disse Strange, "e vira pra cá."

Ele obedeceu à ordem. Strange manteve a mira e fechou a porta com o pé.

Jones sorriu muito de leve ao se virar e ver Derek Strange.

"O homem da lei. Eu soube que você tava me procurando."

Strange não disse nada.

"É sobre o seu irmão, não é?"

Strange não respondeu.

"Fiquei sabendo que apagaram ele. Meu primo Kenneth me contou, cara. Uma pena."

"É", Strange escutou a si mesmo dizendo, enquanto olhava para aqueles esquisitos olhos dourados de Alvin Jones.

"Eu não sei de nada desse assunto", falou Jones. "Quer dizer, se é por isso que você tá atrás de mim, eu só queria informar que... Eu tava com uma garota, na noite em que ele morreu." Jones soltou uma risadinha. "A noite *toda*. Foi a vadia que não me deixou *sair* da cama, tá me entendendo? Posso até dar o número do telefone dela, se quiser. Ela conta tudo pra você."

"Eu não quero número de telefone de ninguém."

"Então você quer o *quê*? Em vez de ficar aí parado, me apontando uma arma, me diz o que você quer. Eu já disse que não sei de nada, cara. Mais que isso, não sei o que dizer."

Strange cravou o olhar em Jones.

"Se tá achando que fui eu que cortei ele, tá enganado. Não fui eu."

Eu não disse que meu irmão tinha sido cortado. Eu não contei ao Willis que ele morreu desse jeito. Os jornais não publicaram nada a respeito... então como é que você sabe?

Strange baixou a arma.

"Assim é melhor", disse Jones, sorrindo. "Agora você tá enxergando as coisas mais claro. Sem ressentimentos, mano. Entendo que você tá meio chateado."

"Sai daqui", falou Strange, bem de manso.

Jones foi até o sofá, curvou-se, fechou o zíper da sacola de lona e ergueu-a do chão.

"Já fui", disse ele.

Caminhou para a porta, de olho na arma jogada no

chão. Strange fez que não com a cabeça. Jones soltou uma risadinha, feito um garoto, e continuou andando até sair do apartamento. Strange escutou os passos dele na escada.

Depois desligou a luz do teto da sala. Foi até a janela que dava frente para a rua. Havia uma luminária com uma lâmpada nua, sem a cúpula, sobre a mesa perto da janela. Pôs o dedo no interruptor. Hesitou um instante; Jones não havia confessado, não exatamente. Mas sabia que Dennis tinha sido "cortado". Apenas uns poucos amigos, membros da família e a polícia tinham conhecimento do fato. E o assassino. O assassino sabia.

Strange ligou a luminária e logo depois desligou.

Da escuridão do apartamento, viu Jones atravessar a rua. Viu Vaughn surgir das entranhas da venda de esquina, com uma pequena automática na mão. Viu-o dizer algumas poucas palavras a Jones, de forma ameaçadora, depois apontar o cano da arma para dentro do armazém. Vaughn se pôs de lado para deixar Jones passar e entrou atrás.

Derek Strange ouviu um estalo seco vindo de lá de baixo, em seguida mais dois estalidos em sucessão rápida. Uma luz se acendeu nas profundezas da venda, iluminando a rua por alguns instantes.

Saiu do apartamento no escuro e desceu a escada. Deixou o imóvel geminado e rumou para a entrada de um beco, do outro lado da rua, ao lado da venda. Vaughn surgiu de lá de dentro, olhou em volta e alisou o paletó. Foi ter com Strange, parado num trecho escuro no começo da viela. Tirou um maço de notas do bolso e entregou a ele.

"Pega isso. Eu esvaziei os bolsos e a carteira dele."

"Eu não quero."

"Pega. Joga fora, ou dá pra alguém, pra mim tanto faz. Precisa parecer que foi um assalto, por isso pega logo."

Strange pôs o dinheiro no bolso.

"Com o tempo fica mais fácil", disse Vaughn, olhando nos olhos de Strange. "Vamos embora."

Caminharam na direção da 7th. O barulho das sirenes e dos alarmes foi crescendo, assim como a voz alterada de soldados, cidadãos e policiais. Ao se aproximarem da comoção, toparam com um bueiro que estava recebendo um rio de água da sarjeta. Vaughn tirou o trinta-e-dois barato da cinta, limpou-o com o lenço e jogou a arma no bueiro, junto com a carteira de Alvin Jones. E mal interrompeu a caminhada para se desvencilhar daquilo tudo.

No cruzamento da 7th com a P, no meio da confusão toda, das luzes das viaturas, das chamas e do barulho, apertou a mão de Strange e se despediu.

Vaughn sumiu na fumaça. Strange caminhou na direção norte.

34

O toque de recolher, somado à presença de mais de seis mil soldados, integrantes da Guarda Nacional e policiais, todos armados, conseguiu estabelecer a ordem na cidade. Os detidos que lotavam as cadeias das delegacias foram transferidos para instalações no centro da capital. Arruaceiros e saqueadores que tinham conseguido escapar da prisão começaram a voltar para seus apartamentos, casas e quartos de pensão para examinar o fruto da pilhagem, cuidar das feridas e contar suas façanhas. Alguns poucos cidadãos cumpridores das leis saíram de casa, violando o toque de recolher, para dar de comer e beber a bombeiros e policiais exaustos. Para muitos, seria a primeira oportunidade de ver o estado lastimável das ruas e das casas de comércio que eles haviam freqüentado todos os dias durante a vida inteira. A destruição fora devastadora e completa.

Por volta da meia-noite, a capital dos Estados Unidos estava sob a ocupação de tropas federais. Agitações esporádicas e atos de desobediência civil continuariam durante todo o fim de semana, porém num ritmo infinitamente mais lento, até a calma relativa do domingo.

Terminado o fim de semana, haveria um saldo de cerca de oito mil prisões, mil e duzentos feridos com entrada em hospital e quase trinta milhões de dólares de prejuízos. Doze mortes foram atribuídas aos distúrbios. O décimo terceiro óbito foi considerado homicídio. Encontraram o corpo de um homem num mercado saqueado, nas proximidades da 7th, cuja morte resultara de ferimentos à bala na cabeça, garganta e peito. Os tiros haviam sido dados à queima-roupa.

O homem nunca chegou a ser identificado. Seu assassino nunca foi encontrado.

Tarde da noite, ainda na sexta-feira, uma viatura subia a Georgia Avenue, ao longo da Universidade Howard. Seus ocupantes, dois brancos veteranos do 13º DP, encostaram no meio-fio, junto a um homenzarrão também branco, vestindo um terno barato, que falava ao telefone dentro de uma cabine pública, com a porta aberta para ficar mais confortável. O policial que ia ao lado do motorista havia reconhecido o homem.

"Detetive", falou ele, inclinando a cabeça para fora da janela do Ford. "Tudo bem com o senhor?"

Vaughn tapou o bocal com a mão.

"Tudo. Resolvendo uns casos de homicídio, como sempre."

"O senhor está dentro das linhas inimigas, caso ainda não tenha reparado."

"Estou disfarçado", disse Vaughn, fazendo os fardados darem risada.

"O senhor sempre esteve", respondeu o policial, piscando para o parceiro. "Algum conselho para a situação que estamos tendo por aqui?"

"Não atirem até enxergar o branco do olho deles."

"Isso é moleza."

"Cuidem-se, ouviram?"

Os patrulheiros afastaram-se. Vaughn retirou a mão do fone.

"Dois fardados", disse ele ao telefone. "Preocupados com o papai aqui."

"Eu também estava preocupada com você", falou a mulher na outra ponta da linha.

"Eu falei que ligava, não falei?"

"Falou, mas é que..."
"O quê?"
"Eu queria te *ver*, Frank."
Frank enfiou um cigarro na boca.
"Até que um drinque cairia bem agora."
"Estou te esperando", disse Linda Allen, e desligou.
Vaughn saiu da cabine e acendeu o cigarro. Ele voltaria para Olga e o filho. Mas não ainda.

A viatura continuou na direção norte. Os veteranos passaram por um jovem policial negro, subindo muito devagar a longa ladeira.

Derek Strange viu a viatura passar. Não acenou nem fez gesto nenhum de reconhecimento. Atravessou a Georgia Avenue e seguiu para oeste pela Barry Place. Parou diante da casa onde Carmen Hill morava, olhou para cima, para o apartamento dela, e viu que estava tudo às escuras. Fitou por alguns momentos a escuridão atrás da janela, depois seguiu em frente.

Apesar do toque de recolher, as pessoas estavam nas ruas, sentadas na frente de casa, os mais novos em grupinhos nos becos, ou nas esquinas, encostados nos postes, empoleirados nas latas de lixo. Alguns encararam Strange. Alguns menearam a cabeça de forma amistosa. Ninguém lhe disse uma palavra.

Strange pensava no irmão. Imaginou-o parado no meio da sala, tentando fazer uma preleção à família sobre a revolução que tinha de vir.

"Pena que você não viu, Dennis", Strange falou em voz alta.

Enxugou as lágrimas ao ver um garoto sair correndo de uma viela, levando um vestido no ombro. Os olhos do moleque se arregalaram quando Strange estendeu a mão e agarrou-lhe o braço.

"O que você está fazendo?", perguntou.

"Tô brincando", respondeu o menino. "O vestido é pra mãe."

"E onde estão seu pai e sua mãe? Eles não lhe disseram que está tendo um toque de recolher?"

"Eu não tenho pai, não, seu guarda. E minha mãe saiu com um cara."

"Volte pra casa", disse Strange, soltando o braço do garoto. "Pra casa!"

O menino largou o vestido na rua e saiu chispando. Strange continuou seu caminho.

Virou à direita na 13th Street e subiu a ladeira que contornava o Colégio Cardozo, sem olhar para as ruínas fumegantes de Shaw, atrás dele. No topo do morro estava seu prédio. Deu uma espiada para o apartamento lá em cima. As janelas estavam escancaradas. Tentou se lembrar se tinha deixado tudo aberto na última vez em que estivera em casa.

Chegou até a porta do prédio, procurou a chave e sentiu o maço de dinheiro dobrado no bolso da calça da farda. Ficou ali parado alguns instantes, diante da porta, pensando no menino em quem acabara de dar uma prensa. Pensando em todos os meninos que ele via pelas ruas todo santo dia. Pensando no bebê cujo pai ele acabara de matar.

E então voltou para a calçada da 13th. Continuou no sentido norte, passou pela Euclid e pela Fairmont. A oeste da Fairmont, encontrou a casa geminada com a torre no alto e a pintura descascada. Entrou e subiu até o hall do primeiro andar. Bateu na porta e esperou.

A porta se abriu e lá estava a moça alta, pesada, com os traços largos e os olhos amendoados. Vestia uma camisa velha e usava os mesmos brincos "Black is Beautiful" de antes. Segurava o filho na dobra do braço.

"Mary", disse Strange. "Desculpe incomodar a essa hora."

"Você não tá com cara boa."

"Virei quase dois dias trabalhando direto, sem descanso. Posso entrar? Não vou ficar mais que um minuto."

Ela afastou-se para deixá-lo passar e em seguida fechou a porta. Pararam os dois meio sem graça no pequeno hall do apartamento. Tudo ali cheirava a bebê e cigarro.

"Quer um café, algo assim?"

"Não, obrigado", disse Strange, pensando na xícara em que ela servira o outro café e na barata andando no pires.

"É sobre o Alvin de novo?", perguntou ela. "E aí, você encontrou ele?"

"Pelo visto ele se mandou. Acho que não volta mais."

"Não me espanta."

"De toda forma", disse Strange, enfiando a mão no bolso para retirar o maço de dinheiro. "Eu só passei por aqui para lhe dar isto. É para o seu filho."

Mary olhou as notas na mão de Strange.

"Não estou entendendo."

"Eu tirei hoje de um suspeito. Lá onde ocorreram os distúrbios, na 7th. Só pode ter sido roubado da caixa registradora de alguma loja. Eu não posso ficar com ele. E tampouco me pareceu uma boa idéia entregá-lo. Olha, a intenção não é ofender... mas, escuta, eu *sei* que você tem no que usar o dinheiro. Pode comprar algumas coisas pro menino."

A testa da moça franziu-se toda, cheia de suspeitas.

"Quanto tem aí?"

"Não sei. Quer contar?", disse ele, estendendo o dinheiro.

Ela hesitou um pouco.

"Segura ele."

Strange trocou o dinheiro pelo bebê. Os lábios de Mary se mexiam, enquanto ela contava as notas. Strange fitou o menino de pele clara que olhava para ele com dois estranhos olhos dourados.

"Tem oitocentos dólares aqui."

"São seus", disse Strange, ainda olhando para o menino. "Como é o nome dele?"

"Granville. Granville Oliver. Ele tem meu sobrenome."

"Ele vai ser bem bonitão."

"Espero que ele seja um ótimo rapaz", disse Mary Oliver, sorrindo pela primeira vez para Strange. "Obrigada pelo dinheiro."

Dinheiro sujo, pensou Strange. Nada mais do que uma forma de aliviar minha consciência, só isso.

"Melhor eu ir andando agora", falou.

Descendo a Fairmont, Strange aspirou o perfume de um arbusto de lilases que crescia junto a uma cerca. Virou à direita na 13th e andou mais dois quarteirões para o sul até seu prédio, sem olhar uma vez sequer para o topo do grande morro.

Cruzou as portas duplas de vidro e entrou no saguão, onde grupos de jovens, sentados, conversavam e fumavam. Calaram-se todos ao vê-lo. Strange pensou: será que eles sabem que essa foi minha última noite como policial?

"Você tem uma responsabilidade, filho. Se por acaso não agir à altura dela, perderá o direito de usar a farda."

No andar onde morava, saiu do elevador para o hall acarpetado e ouviu música saindo de sua casa. Aproximou-se, encostou o ouvido na porta e escutou uma voz conhecida. Sorriu.

Era Otis, acompanhado por aquela cozinha instrumental fantástica em *That's How Strong My Love Is.* Era um *single* da Volt, número 124.

Strange usou sua chave para entrar.

Ela estava lá, perto das janelas abertas, usando aquele vestido azul-claro, com a fita azul no cabelo. Strange atravessou a sala e caiu em seu abraço, envolto pelo perfuminho barato. Beijou-a na boca, depois pronunciou seu nome.

Lá embaixo, em Shaw, as luzes piscavam de leve através da cortina de fumaça preta que encobria o bairro e escurecia o céu azul-marinho. Uma brisa entrou pelas janelas. Magnólias, cornisos e cerejeiras haviam desabrochado pela cidade inteira. O aroma das flores e o cheiro de coisas queimadas e purificadas enchiam o ar.

AGRADECIMENTOS

Um obrigado a meus amigos Logan Deoudes e Jerome Gross, que me forneceram extensa e imprescindível ajuda durante a fase de pesquisa para este romance. Obrigado também a Dan Fein, Leonard Tempchin, Pete Glekas, Tim Thomas, Bob Fegley, Gary Phillips, Ruby Pelecanos, Bob Boukas, Paulina Garner, Billy Caludis, Frazier O'Leary, Mary Rados, Jim e Ted Pedas, Michael Pietsch, Reagan Arthur, Claire McKinney, Betsy Uhrig e Alicia Gordon. Além destes, conversei com muita gente que participou ativamente dos distúrbios de abril de 1968 e que há de permanecer anônima. Agradeço muitíssimo a sinceridade e a honestidade de todos.

Assim como já me aconteceu no passado, a sala Washingtoniana da Biblioteca Martin Luther King forneceu as ferramentas e a atmosfera de que eu precisava para escrever *Hard Revolution*. O livro *Ten Blocks from the White House*, de Ben Gilbert, e o pessoal do *Washington Post* forneceram as diretrizes temporais e a espinha dorsal dos fatos para a parte em que eu falo dos distúrbios. O *Sweet Soul Music* de Peter Guralnick e o *Capitol Rock* de Mark Opsasnick me deram os detalhes musicais que me faltavam. As gravações de Otis Redding, O. V. Wright, Impressions, James Carr, Wilson Pickett, Johnnie Taylor e muitos outros me inspiraram.

Este aqui vai para toda a boa gente da capital federal — operários, pais, filhos, voluntários, professores, clérigos e policiais — e para minha família também — Emily, Nick, Pete e Rosa. Com todo o amor e respeito por todos vocês.

Série Policial

Réquiem caribenho
Brigitte Aubert

Bellini e a esfinge
Bellini e o demônio
Bellini e os espíritos
Tony Bellotto

Os pecados dos pais
O ladrão que estudava Espinosa
Punhalada no escuro
O ladrão que pintava como Mondrian
Uma longa fila de homens mortos
Bilhete para o cemitério
O ladrão que achava que era Bogart
Lawrence Block

O destino bate à sua porta
James Cain

Post-mortem
Corpo de delito
Restos mortais
Desumano e degradante
Lavoura de corpos
Cemitério de indigentes
Causa mortis
Contágio criminoso
Foco inicial
Alerta negro
Patricia Cornwell

Vendetta
Michael Dibdin

Edições perigosas
Impressões e provas
John Dunning

Máscaras
Passado perfeito
Leonardo Padura Fuentes

Tão pura, tão boa
Correntezas
Frances Fyfield

O silêncio da chuva
Achados e perdidos
Vento sudoeste
Uma janela em Copacabana
Perseguido
Luiz Alfredo Garcia-Roza

Neutralidade suspeita
A noite do professor
Transferência mortal
Um lugar entre os vivos
Jean-Pierre Gattégno

Continental Op
Dashiell Hammett

O talentoso Ripley
Ripley subterrâneo
O jogo de Ripley
Ripley debaixo d'água
Patricia Highsmith

Sala dos Homicídios
Morte no seminário
Uma certa justiça
Pecado original
A torre negra
Morte de um perito
P. D. James

Música fúnebre
Morag Joss

Sexta-feira o rabino acordou tarde
Sábado o rabino passou fome
Domingo o rabino ficou em casa
Segunda-feira o rabino viajou

O dia em que o rabino foi embora
Harry Kemelman

Um drink antes da guerra
Apelo às trevas
Sagrado
Gone, baby, gone
Sobre meninos e lobos
Dennis Lehane

Morte em terra estrangeira
Morte no Teatro La Fenice
Donna Leon

A tragédia Blackwell
Ross Macdonald

É sempre noite
Léo Malet

Assassinos sem rosto
Os cães de Riga
A leoa branca
Henning Mankell

Os mares do Sul
O labirinto grego
O quinteto de Buenos Aires
O homem da minha vida
Manuel Vázquez Montalbán

O diabo vestia azul
Walter Mosley

Informações sobre a vítima
Vida pregressa
Joaquim Nogueira

Revolução difícil
George Pelecanos

Serpente
A confraria do medo
A caixa vermelha
Cozinheiros demais
Milionários demais
Mulheres demais
Ser canalha
Aranhas de ouro
Clientes demais
Rex Stout

Fuja logo e demore para voltar
O homem do avesso
Fred Vargas

A noiva estava de preto
Casei-me com um morto
Cornell Woolrich

ESTA OBRA FOI COMPOSTA PELO GRUPO DE CRIAÇÃO EM GARAMOND E
IMPRESSA PELA GEOGRÁFICA EM OFSETE SOBRE PAPEL ALTA ALVURA DA
SUZANO BAHIA SUL PARA A EDITORA SCHWARCZ EM MARÇO DE 2005